Sunflower

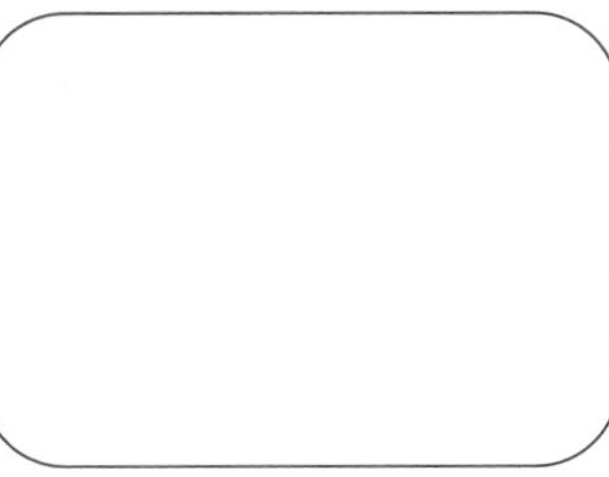

Sunflower

太陽花

一步錯不得的

好了，你可以回去了

Sunflower

製作人
魏約翰
魏玫娟

太陽花

Sunflower

情歸何處

太陽花02

Sunflower

生智出版社◎發行

第十六章

一幢坐落在山腰上的豪宅裡，一場詭異的協議默默地進行著。

亮亮，一個出身不高卻成爲財大勢大的趙家少奶奶，因爲母親與公公趙靖不單純的戀情，以及自己與小姑士芬的心上人的一段情，始終遭受著不公平的待遇，不被他們所包容，雖然有深愛自己的丈夫，但始終採取息事寧人的逃避心理，讓她以爲自己的婚姻就快結束了。

而今天，亮亮瞇了瞇眼，被灑落一地的陽光給喚醒，伸了伸懶腰，渾然不覺自己的幸福和母親的幸福緊密相連著。

婆婆秀女看著亮亮穿著睡衣睡眼惺忪晚起的模樣，一反常態的沒有責罵，反而熱絡親切的招呼著亮亮吃早餐，而小姑士芬也只是低頭吃著吐司，對於亮亮的存在沒有一如往常的厭惡。

亮亮有些不自然地道了聲早安，坐了下來。秀女的笑容讓亮亮眞以爲她們對於她和她母親的一些誤會，終於釋懷，心中反而有些虧欠。

關於母親那一天坦承對自己的公公趙靖產生愛意，在她心裡造成多大的震撼。那等於宣判了母親背叛了自己深愛的丈夫，雖然父親已經不在人世間，但亮亮曾經深深以爲，母親對父親的愛是永遠永遠割捨不掉，永遠永遠堅定不移的。而自己負氣的離去，之後的不聞不問，她知道對母親妍秋造成的傷害很大，但是她現在就是無法平靜地去面對如此不堪的事情，即使她從不曾拂逆過母親，不曾讓母親傷心過。

而看著眼前的婆婆，亮亮感同身受地理解了先前她們的惡言相待，也是出自於女人的一種本能。亮亮輕嘆了一口氣，不了解母親怎麼會有這些糊塗的想法，卻沒看出秀女嘴角的笑，是那樣的詭異，那樣的充滿了計謀。

晚上，丈夫士元推開了房門，亮亮放下手上的書本，起身幫士元解開領帶，放好西裝外套，她知道士元又因爲公司的事情忙晚了。看見丈夫不再遊戲人間開始認眞工作的態度，亮亮心中實在感動。這些日子兩人的關係也恢復了以往的甜蜜，做愛的次數也比以往更加激情更加頻繁。

這一天兩人又在床上纏綿時，士元喘著氣問亮亮是否是安全期，亮亮在士元的懷抱裡羞紅著臉點了點頭，士元看著緊纏著他的亮亮是那麼急切熱烈的需要他，也沒想那麼多地用力抱緊著他美麗的妻子，吻如狂雨般下在她的每一吋肌膚上。

而亮亮微張的眼神裡卻也透著一股異樣的光，她知道趙家因爲她遺傳瘋病的基因，並不歡迎她有小孩，但是她想要孩子的心，卻沒有消失過一天。

＊＊＊＊＊＊＊＊＊＊＊＊＊＊＊＊＊＊＊＊＊＊＊＊＊＊＊＊＊＊

「先生他有去找過汪太太耶，可是他們在吵架唷，那吵什麼我是不太清楚啦，不過我只知道汪太太最後打了先生一個耳光耶，還叫先生不要再去找她。」阿惠將趙靖去找妍秋的細節毫不遺漏的告訴秀女。

「你看看，我說的是不是啊，那個宋妍秋爲了她女兒什麼事都願意做的。」秀女得意的露出勝利的笑容。

「然後呢？」

「然後先生就走啦。」

「我看宋妍秋這回大概是不敢再作怪了，都出手打了爸，我看他們是很難了。」士芬對於母親的計畫表示贊許。

「你爸呀，可惡！在家裡就只會跟我大小聲，這回自個兒送上門給人賞耳光了，連氣都不吭一聲呢。」秀女對於趙靖被打耳光的事耿耿於懷，準備等他回來好好的嘲弄一番。

「好啦～你就當她幫你教訓爸。」士芬安慰母親，這時候最好別把事情鬧大了，以免亮亮懷疑。

「哼，要訓要罵也只有我這個做老婆的才有權利呢！」秀女雙手插腰沒好氣的說。

「好啦～別氣了，我倒是有一件事情要媽你幫忙。」士芬突然小聲的對秀女提出了要求。

「好啦，什麼事啊？」秀女附耳過去。

「ㄟ……你……」聽完士芬密語的秀女，驚訝著自己的女兒不知何時城府變得如此之深，竟然有這樣的想法。

＊＊＊＊＊＊＊＊＊＊＊＊＊＊＊＊＊＊＊＊＊＊＊＊＊＊＊＊＊＊

亮亮坐在椅子上，手摸著自己的肚子，眼中充滿慈母的光芒。

「小朋友，你已經在媽媽肚子裡了嗎？如果你已經來到媽媽的身體了，我們要乖乖的悄悄的，好不好啊？我們先安安靜靜的做朋友，等到……」

亮亮雙眉突然緊蹙地想起秀女對他們家的遺傳基因一直無法接受，但想到最近她們對她態度上的改變，也就搖搖頭安慰著自己。

「他們會歡迎你的，你是兩家的第三代耶，你會是個快樂的小天使，你會是媽媽的小天使。」亮亮撫著自己的肚皮，又開心的說著。

此時電話響了，亮亮接了起來，士芬卻也在同一時間接了起來。

「士元嗎？」亮亮問道。

「亮亮……」中威出聲了，他的聲音讓亮亮震顫了一下，而士芬在另一個話筒邊更是激動地握緊了手。

「中威，你找士芬嗎？」亮亮試圖平復心情，她與中威之間本來就不該存有多餘的情愫。

「亮亮，你好嗎？告訴我，你好不好？」中威卻再也克制不了自己的情緒，激動的問亮亮。

「中威，我們不應該再私下說話了，你必須要接受我已經結婚的事實，同時不要再逃避你跟士芬的親密關係了。」亮亮用平靜的口吻劃清了兩人的界線。

「你都知道了？這件事，我不知道應該怎麼說。」中威用歉疚的語氣說道，對於他對士芬酒後亂性的事情，他也不知道該如何解釋。

「什麼都不要說，已經做了，這是事實。」亮亮打斷中威的話，她不要聽任何解釋，一切與她無關。

「可是我不愛她。」中威正色說道，堅決的語氣不容人打斷。

「中威，你明明知道她的個性，既然不愛她爲什麼跟她發生關係。」亮亮開始有點同情他了。

「那是因爲你，那一天我喝醉了把她當成你，就……我眞的不愛她，一點也不愛她，她太瘋狂了，太可怕了，我甚至有點怕她，我眞的好痛苦。有誰能幫幫我？幫幫我？」中威對亮亮說出他心中的恐懼，他怕她，他怕趙士芬啊，中威激動到差點拿不穩話筒了。

「我也不知道該怎麼辦？怎麼會這樣呢？」亮亮聽見中威向她求助，心中一急，也不知該如何是好。

「誰的電話？誰呀？是我哥嗎？」士芬故意出聲，亮亮趕忙用手按住了話筒。

「亮亮、亮亮……」中威叫著亮亮的名字，沒有回應。

「這聲音聽起來不太像我哥啊！」士芬忍住情緒，假裝不知道。

「喂！」中威一聽到士芬的聲音就將電話掛上了。

士芬牙一咬，開始故意放聲大哭了起來。

「士芬！」亮亮走到士芬的房間，看見士芬哭得慌亂。

「他不肯接我電話，他打電話給你卻不肯接我的電話，他跟你說什麼？」士芬一臉楚楚可憐，像個弱者一樣在亮亮面前低著頭。

「沒有。我們什麼都沒有說，士芬你不要誤會。」亮亮努力向士芬解釋。

「我怎麼辦？我該怎麼辦？亮亮……你救救我……我完了，我不知道該怎麼辦。」士芬哭得更傷心了。

「士芬，你不要哭啦～中威不是壞人，你們關係已經這麼密切了，他會回來的。」亮亮拍拍士芬的背，想辦法安慰她。

「他連話都不跟我說了。」士芬把頭埋進枕頭裡，大聲的哭著。

「給他時間，士芬。」

「沒有時間了，我來不及了，我……我懷孕了。」

士芬知道亮亮臉上現在一定充滿了訝異，頭也不抬地繼續哭訴著。

「我已經懷了他的孩子了，他也知道了，我在他臨走之前，我有告訴他，可是……可是他連一個電話也沒回一個，他根本不想負責。亮亮，我該怎麼辦？你告訴我，我該怎麼辦？」

士芬抬起頭抓著亮亮手足無措地說。

「士芬……你一定要告訴媽媽，一定要趕快告訴媽媽。」亮亮嚇了一跳，懷孕？這該如何是好呢？

「不行！絕對不行！我媽最好面子，如果她知道了不是要了她的命！這件事情我只告訴你，沒有別的人知道了。」士芬說罷，又低下頭哭泣。

「不行啊，我不能擔這麼大的責任。」亮亮搖搖頭，不知道該如何幫士芬。

「你不能讓他們知道，我求求你……」士芬握緊亮亮的手，眼淚潰堤似的流了滿臉。

「要瞞多久呢？這是瞞不住的。不管將來留不留，都要讓爸媽知道的。」亮亮開始同情起士芬了，不管當初情況是怎樣，吃虧的始終是女人啊。亮亮搖搖頭，輕聲勸士芬。

「我要留，我要留下這個孩子，這是我跟中威的孩子，我愛他，我不管他回不回來，我都要把這個孩子生下來。」士芬邊哭邊說，卻堅強得令亮亮心疼。

「那更要讓媽媽知道啊，不然你自己怎麼生下這個孩子。我一定要告訴媽媽。」

「亮亮，你要害死我嗎？他們不會留下這個孩子的，我什麼都沒有了，人格尊嚴還有中威的孩子，亮亮，我求求你，你幫幫我吧……」

士芬跪下。

「士芬，你起來。」亮亮把士芬扶了起來。

「亮亮，我沒有姊妹也沒有朋友，孩子的父親又不在身邊，我眞的要告訴你，不然我眞的要崩潰了……你要跟我一起等待一起保密，在中威回來之前，在他願意娶我之前，我只能依賴你了，亮亮……」士芬無助的靠在亮亮的肩上，一副可憐兮兮的模樣。

士芬把亮亮的手放在她肚子上。

「亮亮，肚子裡的孩子會感激你的，你是這個家裡，除了他媽媽之外，第一個知道他存在的親人。」士芬感激的對亮亮說，希望她能保守這個秘密。

「小朋友……多好……能有個小朋友。」亮亮感同身受地看著士芬的肚子。

「亮亮……我能夠信任你的對不對？我們一起保守這個秘密。亮亮……」士芬近似哀求的看著亮亮。

亮亮點了點頭，卻不知道士芬肚子裡懷的不是孩子，而是一肚子的陰謀。

✳✳✳✳✳✳✳✳✳✳✳✳✳✳✳✳✳✳✳✳✳✳✳✳✳✳✳✳✳✳✳

「媽，你今天就別出去了，爸就要回來了。」士芬叫住正要出門的秀女。

「唉呀，他下班還早咧。」秀女揮揮手，從容的趕赴一場牌局。

「他不會等到下班的，據我估計，他接到信到回家，不會超過半小時，應該快到了。」士芬悠閒的坐在客廳的沙發上，很肯定趙靖一定會馬上趕回家。

「士芬啊，你……你真的要……真的要……」秀女沒想到士芬真的是認真的，開始有點慌張了。

「我一大早就請快遞送過去了。」士芬輕鬆的說。

「要命啊～你爸有高血壓啊，你真是把他給氣爆了，萬一……」秀女走到士芬的面前，看見士芬一派悠閒的模樣，更是著急了。

「媽，你害怕啦？我不出險招，怎能得到我要的。」士芬挑了挑眉，信心滿滿的對秀女說。

「你……你就等陳中威回來，跟他說你小孩流掉了，那不就好了？」秀女不安的在客廳裡走來走去。

「哼～哪有這麼簡單，平白無故就讓汪子亮脫了關係？孩子是一定要流的，汪子亮的黑鍋也要給我揹到底，我要陳中威恨她，徹底恨到底，要不這樣，陳中威是不會娶我的。」士芬目露兇光，恨不得汪子亮永遠被陳中威討厭。

「媽，你是不是同情她啦？」看著不說話的秀女，士芬問著。

「唉呀，你這樣……那……他不是很倒楣嗎？」秀女對陳中威平白無故被陷害感到有點歉疚。

「他活該！還敢在電話裡說我的不是，媽，你要幫我，你不能宋妍秋現在跟爸太平了，你就不管我了。」士芬怕母親不幫她忙，趕緊又扯到趙靖和宋妍秋的事情。

「唉呀，你爸回來了……你爸回來了……」看見趙靖腳步急速地穿過庭院，正朝著屋裡來的秀女慌張的大喊。

「媽！」士芬拉著秀女的手，要她答應幫忙。

「唉呀～我知道啦，我知道啦！」秀女只好趕緊答應。

趙靖怒氣沖沖的進了門。

「趙士芬！趙士芬！」

趙靖衝上樓去找士芬，亮亮聽到聲音出來。

推了門。

「你無恥！」趙靖一進門就賞了士芬一個巴掌。

「唉呀～趙靖啊～幹什麼發這麼大脾氣啊？」秀女跳出來阻止趙靖。

「問問你女兒做了什麼好事了？這就是你教出來的有家教的大家閨秀！」趙靖氣急敗壞的說。

「到底發生什麼事啦？」秀女故意裝作不知道，一副焦急的模樣。

「你自己看！」

趙靖手一甩，交給秀女一封信。

上面寫著：

「趙士芬利用酒醉誘騙陳中威發生關係，現已未婚懷孕。」

「未婚懷孕了！你還要不要臉，我平常對你的教育都白教了，你簡直是……不知羞恥！」趙靖用手指著士芬，破口大罵。

「這到底誰做的呢？是誰告訴你的？我都不知道呢！」秀女故作慌張。

此時士芬大吼。

「汪子亮！」

她衝下樓去要找汪子亮卻不慎摔下樓梯。

亮亮趕去扶起士芬。

「你沒事吧，士芬！」

「汪子亮～我恨你。」士芬甩開亮亮的手，咬牙切齒對亮亮說。

「媽～肚子～」

士芬突然抱著肚子以疼痛不已的表情叫著秀女，秀女趕忙衝下樓要扶士芬，嘴裡還不忘張著要大喊給趙靖聽。

卻在此時聽到樓上一個聲響，趙靖也突然倒地了。

「爸！」亮亮看到驚呼了一聲。

「趙靖～」秀女見狀更是急得就要撇下士芬，去看趙靖。

女兒的手卻抓得死緊，不讓秀女離開她。

「你爸爸啊～」秀女看著倒在地上的趙靖，叫士芬不要再鬧了。

「媽，送我去醫院～」士芬緊緊抓住秀女的手不放，痛苦的叫道。

「爸……爸……」亮亮慌忙地跑到趙靖身邊，扶起趙靖。

秀女卡在趙靖和士芬中間，一時慌得不知該如何是好。

「媽……送我去醫院，立刻！」士芬抓著秀女的手，臉色凝重地要秀女把戲演完，趕緊送她去醫院。

「媽……媽……爸……」亮亮無助的看著秀女，頓時間也失去了方寸。

「我的肚子……媽，我的肚子……」士芬更加作勢地痛得在地上打滾。

此時秀女想著不能再耗著了，大聲對著樓上的亮亮吼著。

「快呀，扶你爸到床上去，打電話叫李醫生啊！」自己則扶起士芬趕去醫院。

士芬躺在醫院裡，面色也眞有其事地蒼白著，整個人看起來十分虛弱。

醫生走了出來，告訴秀女和士芬，超音波裡已經沒有胎兒的跡象了，所以應該是已經流掉了。士芬馬上示意母親跟醫生要證明，她這麼辛苦演著這一切，可不就是爲了那張證明嘛。

秀女看著自己的女兒已經入戲到這種地步，連父親暈倒了都還要繼續演著，但護女心切，秀女也實在是不知該說些什麼……不知道趙靖現在狀況如何了？秀女的心情七上八下的。

趙靖高血壓犯了，李醫師看完診之後對亮亮說著。

「情緒隨時要保持平穩，我開的藥要定時的吃，高血壓就是要長期的服用藥物來控制的。像剛才這種情形是很危險的，一不小心就會中風的。」李醫生叮嚀亮亮，亮亮看了看床上平躺著的趙靖。

「以後我們會特別注意的，謝謝李醫師。」亮亮向李醫生道謝，送走李醫生。

亮亮擔心趙靖的病，趕快回到趙靖身邊照顧他。

「爸……」亮亮輕聲叫著趙靖。

趙靖醒著，要亮亮將他扶坐起來。

「這個家啊，你看到了，千瘡百孔，表面上是漂漂亮亮的富麗堂皇，裡頭啊早就被蛀空了，這個家要毀了……」趙靖無力的靠在床頭上，頓時間憔悴了不少。

「不會的，爸！你不要想那麼多嘛。」亮亮安慰趙靖。

「我還眞不想想，在這個家裡沒有想法的人比較快樂。你早就知道了對不對？」

「醫生剛剛特別交代，爸爸要特別注意保暖，我去幫你關窗。」亮亮避開趙靖的問題，走去關窗戶。

「士芬懷孕的事你早就知道了對不對？」趙靖問亮亮。

「也比你早知道兩天而已。」亮亮平靜的說。

「信是你寫的嗎？」

「不～不是我！我沒有告訴任何人。」亮亮急忙否認。

「爲什麼不說呢？至少你應該告訴士芬她媽啊，這麼重要的事，你怎麼可以瞞著不告訴我們呢？」趙靖對亮亮隱瞞這件事有些不滿。

「士芬她求我，拜託我不能說的，我……我也不知道該怎麼辦，我一再告訴士芬一定要告訴爸爸媽媽，可是她……對不起，爸，我知道錯了。」亮亮低下頭，歉疚的對趙靖說。

「陳中威知道嗎？」

亮亮點頭不語。

「他怎麼說？有什麼打算？他知道但是沒有任何的打算？照樣出他的國，讓我女兒一個人承擔這一切？她懷的是他的孩子啊。」趙靖不悅的責怪中威的不負責任。

「爸！你放心，中威不是個不負責任的人，他也是臨上飛機被告知的，他會回來的。他一定會處理的。」亮亮很有信心的向趙靖保證。

「他還處理什麼？這麼一鬧啊，孩子能不能保得住還是個問題，他回來的時候也許連孩子都沒了。荒謬啊荒謬啊，我羨慕漢文，十八年來我頭一遭羨慕他，兩眼一閉，都沒了。」

趙靖閉上了眼，眞希望自己也能夠不去想這些是是非非了。

秀女扶著士芬回到家中，一進門就急著問亮亮趙靖的狀況，得知趙靖睡了，秀女急忙衝上樓去，留下亮亮與表情虛弱的士芬。

「士芬，我扶你，士芬……」亮亮伸手去扶士芬。

「你滿意了嗎？我跟中威的孩子沒了。」士芬厲聲說道，語中帶有哽咽。

「士芬，你要相信我，那封信不是我寫的，甚至我連士元都沒有說。」亮亮急忙解釋，希望士芬不要誤會她。

「那是我說的嘍？我自己寫封信去告訴我爸爸，我有多麼的不堪多麼的無恥！」士芬甩開亮亮的手，破口大罵。

「眞的不是我寫的。」亮亮試圖澄清。

「我有神經病，誘拐別人上床，未婚懷孕，然後告發我自己，我有神經病嗎？」士芬說這番話故意讓亮亮難堪。

「不是你，當然絕對也不是我，我答應過你……」

「對！你答應過我，你還記得你答應過我，我居然會相信你，我居然天眞的相信你會替我守密。是，是不該怪你，是該怪我自己，我可恥，我可恥可恥！」士芬將錯誤攬到自己的身上，讓亮亮更感到愧疚了。

「士芬你不要這樣！」

「那要怎麼樣？孩子已經沒了，你的中威跟我已經沒有任何關係了，你可以高枕無憂啦。」士芬冷冷的說道。

「汪子亮！你怎麼這麼陰險？這麼壞？今天就算有了孩子……中威也不見得會娶我，你何必這麼狠毒，讓我在這個家裡抬不起頭來。」士芬仍然不放過亮亮，繼續得理不饒人的用言語狠狠刺傷亮亮。

「士芬，眞的不是我，你要怎樣才肯相信我？」亮亮看見士芬這副模樣，知道自己怎麼解釋都沒用。

「不是你，不是我，還會是誰？中威嗎？他從美國寫信給我爸？這件事一共就只有我們三個人知道！我知道他不愛我，我也不敢奢求他會娶我，可是我有了孩子，是他的孩子，我天眞的以爲這是老天爺可憐我，給我一絲希望，就算他不娶我，最起碼這輩子我可以跟他保有一份關係，這個孩子，會是我跟他之間永恆的一個關係。」士芬滿面淚痕，聲音哽塞，她嗚咽著對著亮亮喊。

「現在……沒有了……我跟他，從此以後形同陌路，汪子亮！你爲什麼要這麼殘忍，你怎麼做得出來？他是一個生命耶！」士芬又一古腦兒地把錯完全推給亮亮，眼睛狠狠的盯著亮亮。

「我沒有，我眞的沒有！」亮亮猛力搖頭，不知該如何是好。

「我永遠不會相信你！老天爺也不會原諒你的！汪子亮！我詛咒你，你害我失去一個孩子，我詛咒你，你這輩子都不會有孩子！你要拿你孩子的命來償！」士芬撂下這句話，拖著虛弱的身子憤然離去。

只留下錯愕的亮亮，下意識的摸了摸微微凸起的肚子。

第十七章

「懷孕？陳中威的？」亮亮將士芬懷了中威孩子的事情告訴了士元，士元由一臉驚訝到不齒地罵著陳中威的行為。「難怪……我們結婚那天那麼親熱地擁著他，口口聲聲說是自己人了，可惡都已經跟我妹有這種關係了，還勾搭我老婆，媽的！他是什麼心態啊？想腳踏兩條船？」

「士元～你不要話說得這麼難聽。」亮亮的冷靜和士元的臉紅脖子粗形成強烈對比。

「亮亮，你不要再護著他了，你既然知道他們的關係，為什麼那個時候不避嫌，難怪士芬會誤會你們。」

「我跟中威之間沒有曖昧為什麼要避嫌？再說，我也是後來才知道他們之間的關係。」

「所以我說姓陳那個人可惡，他還不告訴你，要不是士芬說出來，他是不是打算就這樣隱瞞下去，然後等到我們兩個離婚，然後看我們的笑話？」士元咬牙切齒。

「我們離不離婚跟他們之間有沒有發生關係是一點關係都沒有的啊，士元。」亮亮直接點明，是你的龜縮懦弱造成的結果。

「你敢保證，如果沒有這種關係，你不會對他保有一點希望嗎？」士元不相信的看著亮亮。

「士元，我們不要翻舊帳了好嗎？爸病了，血壓都下不來了，士芬……她……她身體不舒服對我又有誤會。」亮亮無意再爭執。

「都是那個姓陳的！士芬懷了他的孩子現在又無緣無故的流掉了，他不能這樣置身事外，他要像個男人回來，處理善後！我打電話叫他回來！」

士元氣憤難當的站起身。

「士元你不要那麼衝動好不好？我們應該問問士芬的意見。」

「不願意也得回來，不用問了，我決定就可以了！」

「誰叫你打電話給陳中威的？」在趙家的餐桌上，趙靖知道士元打了電話給中威，責問著他。

「我覺得他有義務知道啊！這是他的事，他必須負責！」士元覺得自己的行爲很恰當，不懂父親幹嘛對他發火。

「什麼義務？什麼責任？這種事情……這種事情還要我們自己送上門去自取其辱嗎？」

「爸！這怎麼會是自取其辱，這本來就是他的孩子，他的孩子啊。」

「你聽清楚，這是誘騙，誘騙啊，人家是把士芬當成了……人家是認錯了，人家喝醉啦～」趙靖知道內情卻又羞恥的說不出口。

「可惡！喝醉了就可以把士芬當成我老婆嗎？亮亮是我老婆耶，憑什麼被他當成一個幻想的對象啊？不管怎樣，我覺得陳中威都應該回來面對！」亮亮拉著士元暗示他不要再說了。

「面對什麼？讓趙士芬再去被羞辱一次嗎？」趙靖看了看身旁始終低著頭的士芬。

「ㄟ～我覺得士元說的沒錯啊，好歹他也應該覺得有些抱歉，一個女孩子肯爲他懷孩子啊……」秀女在一旁插話著。

「你看不出來嗎？人家不喜歡你女兒～他怕啦，怕她！上次把人家的房子燒了人家找上門來，你看他那個樣子還看不出來嗎？一個男人怕一個女人比不喜歡她還要可悲，人家是敬鬼神而遠之，所以躲到國外去了。」

趙靖看見自己沈重的字句讓自己心愛的小女兒臉上一陣難堪，心中也不好過。

「士芬～你不要怪爸爸把話說得這麼難聽，我們寧可自己家人關著門說難聽話，也好過讓一個外人羞辱，是不是？爸爸知道這件事情上，我們是吃虧了，我們只有認了，我們能逼著人家對我們表示多大程度的歉意嗎？沒有誠意的道歉，一點意義也沒有。」

趙靖希望士芬能瞭解他所說的。

「士芬……他如果眞的不愛你，就算跟你道歉又能怎麼樣呢？跟你說對不起然後掉過頭去鬆口氣，如釋重負？那叫道歉？那叫羞辱啊！」

「那就這樣便宜他呀？」秀女不放過地仍要替自己的女兒抱不平。

「不然你要人家怎麼樣？萬一他來一句那是趙士芬自己心甘情願的，不是在你臉上賞了兩耳光嗎？」

「他敢！我要叫他把趙士芬給我娶回去！現在孩子沒了，他更要負責娶她了。」

「唉～這個家裡就是沒有一個人聽得懂我說的話，他不愛她啊～」趙靖感嘆的搖了搖頭，而士芬在這時候終於打破了沈默。

「他本來可以愛我的，他親口跟我說過，我們要重新開始，重新認識交往，給彼此一個機會，他說他願意負責，這是他給我的承諾，如果不是因爲有人跟他哭訴抱怨，跟他藕斷絲連給他希望，我們之間不會這樣的。」

士芬斜眼瞪著亮亮。

「士芬……我……」亮亮想要解釋，士芬卻執意的如此認爲。

「不要再說你沒有，現在事實很明顯，我們現在是眞的毫無關係了，孩子沒了……」士芬摸了摸自己的肚子，突然又惡狠狠的盯著亮亮。「汪子亮，我希望你晚上躺在床上能夠安心的睡得著。」

士芬丟下碗筷轉身上樓去。

「現在你滿意啦？」秀女看著女兒離去，繼續把戲給接演了下去。

「不要扯到亮亮，跟她無關。」趙靖護著亮亮。

「唷～跟她無關，現在掉了孩子，誰會願意啊？對誰有好處啊？那一定是不希望他們在一起，對陳中威還有希望的人。」

「好啦！不要生事啦！士元，陳中威什麼時候回來？」

「他說他搭最快的一班飛機回來。」

「叫他一回來立刻來見我。」

趙靖鐵青著一張臉，秀女擔心他的身體，也不方便再多說什麼，一家人就這樣默默地吃著飯。

＊＊＊＊＊＊＊＊＊＊＊＊＊＊＊＊＊＊＊＊＊＊＊＊＊＊＊＊＊＊＊＊

中威依約地一下了飛機就到趙靖的辦公室。

「伯父……」

「不是我要你回來的，老實說我根本就不想再見到你，只是我的家人覺得你應該回來一趟，但是我要你回來第一個見到的人是我，而不是趙家其他的人，更不是趙士芬！」

趙靖看著眼前這個文質彬彬的年輕人，竟然傷害他女兒這麼深。

「我不想他們再面對一次羞辱，也就是說你有什麼打算，眞實的想法，你只要面對我一個人，老老實實的說出來就可以了。我們趙家不會賴著你不放，就算士芬以後嫁不出去，我們趙家還養得起。」

中威瞭解趙靖保護家人的心態，這一次，他也希望能好好的與趙靖談一談。

「伯父，我首先要說的是我並沒有打算不回來，本來開完會我就是要回來，士芬懷孕的事，是我臨出國她才告訴我，我本來就給過士芬承諾，我不管將來大家有沒有結果，在她結婚前只要嫁的不是我，我不會跟其他女人結婚，所以我不是不負責。」

「你負責任的態度，就是到了美國以後就對她不聞不問？」趙靖不以爲然的看著中威。

「伯父，我也需要一段時間好好的思考調適，思考一下大家的未來，畢竟這不是一件小事情，這是一個生命。」中威希望趙靖能瞭解，趙靖卻覺得中威說的只是藉口。

「現在你可以放心，這個生命已經消失了，可能他自己也知道自己不是那麼被期待！」

「爲什麼你們要扭曲我的心態呢？好像我犯了十惡不赦的罪！我風塵僕僕的趕回來，也遵照你的指示來見你，可是我得到的是什麼？冷嘲熱諷。你們有沒有想過，這整件事情裡面……我可能是受害者，我也很無辜的。」

趙靖聽到無辜的受害者從中威的嘴裡說出，馬上怒視著中威。

「這就是我不讓你見我家人的原因！你的心態！你有什麼無辜的？你在心理上受了什麼折磨了？像士芬那樣？惶恐害怕等待？你在生理上有什麼痛苦？士芬我女兒還沒結婚就先到婦產科做了流產手術，就因爲懷了你的孩子！你還可以振振有詞的在我面前訴苦？」

「你走吧！沒什麼好說的了！」趙靖揮手要中威走。

「我回來是來解決問題的。」中威不願被誤會，停留在原地不動。

「沒什麼好解決的，我們趙家的人出了事我們趙家會自己解決！」

「伯父，你講點道理好不好？」

「陳中威，從今以後你跟趙士芬沒有任何一點關係，同時我禁止你跟趙家的任何人見面！」趙靖指著中威，激動又嚴正地說。

中威的嘴唇輕顫著，似乎也竭力在抑制情緒上的激動，他知道趙靖心疼女兒的心情，於是不再多說什麼，轉過頭大踏步地出了趙靖的辦公室。

而才一出門的中威卻差點撞上士芬，看見士芬臉上帶著淚痕，似乎已經聽到剛才的談話。

士芬目光哀愁地瞅著中威，轉身想離去，中威連忙拉住她。

士芬顫抖著身子，嗚咽了起來。

「孩子……沒了……對不起……」鼻涕眼淚糊了她一頭一臉。

「是我對不起你。」中威心中有些不忍。

「你知道嗎？我眞的很想替你生個孩子，我知道你不愛我，但是沒關係，我不會用孩子困住你，我會自己愛他，我會替你一起愛他，把他養大，給他很多很多的愛，原本……原本我想的，是這樣子而已。」

「士芬，不要哭了。」中威握住士芬的手。

士芬順勢把頭埋進中威寬闊的胸膛，手環住他的腰，中威輕輕拍撫她的背。

「我誰都不敢說，我不敢告訴我爸告訴我媽，我怕他們不肯讓我留下這個孩子。而你……你又都不打一通電話來，我眞的很害怕……我不知道該怎麼辦……」

「所以我告訴了亮亮，她說她會幫我，她是個磊落的人，不是嗎？」

士芬抽抽噎噎地說。「結果……結果她出賣了我，她寫了一封信告訴我爸爸，我爸爸很生氣，我在驚慌之下，就從樓梯上摔了下來，孩子……孩子就沒了。就這樣……孩子就沒了，他是這樣一個小生命，是我沒那個福氣。」士芬一步一步朝著自己的計畫說著。

「不要難過了，你還健康年輕，將來會有孩子，你會有那個福氣做母親。」中威誠懇地說道。

「不可能的，失去這個孩子，是老天爺在懲罰我，罰我的癡心妄想，我們的關係，從一開始它就是個錯誤，不是嗎？我怎麼可以癡心妄想，留住你，留住孩子。」

中威不知該如何安慰士芬。

「我可以為你做什麼？我可以彌補你什麼？」

「不……你自由了，以前的承諾你就當它是夢一場，好夢由來最易醒，現在夢醒了，你可以自由了。有孩子，我都不敢奢望留住你，現在，我更不敢了。是我的錯，都是我的錯……」士芬開始歇斯底里地自責起來。

「士芬，不要再自責了。」中威看著她，心中的憐憫內疚不斷升起。

「你願意彌補我嗎？」

中威點頭。

「願意。只要能讓你不再痛苦，我願意……」

「請你擁抱我，就這一次，當我是趙士芬，而不是別人，眞心誠意的擁抱我……」士芬抬頭看向他，聲音柔和酸楚。

中威百感交集，抱了她。士芬哭倒在中威懷裡。這一刻，中威眞的被這女子的癡情感動了。

「士芬，我們結婚吧。」他說。

✳✳✳✳✳✳✳✳✳✳✳✳✳✳✳✳✳✳✳✳✳✳✳✳✳✳✳✳✳✳✳

亮亮看著醫生微笑著恭喜她的時候，她整個人簡直覺得世界正在繞著她旋轉，開心的不可置信。

「我要當媽媽了？我要做母親了！」

步出醫院的亮亮，恨不得對街上的每個人大聲的告訴他們，她要當母親的喜悅。

「亮亮……」突然一個人自身後喚住她，是中威。

「中威，我們不能……我們不可以……」亮亮本能的往後退了退，有些驚慌。

「我們可以，我們可以再見面，一輩子都要見面。」

亮亮張著嘴，並不懂中威爲何如此說地看著他。

＊＊＊＊＊＊＊＊＊＊＊＊＊＊＊＊＊＊＊＊＊＊＊＊＊＊＊＊＊＊

「媽，他說他要娶我。」士芬興奮地說。

「眞的呀？還是你爸爸有辦法啊～」秀女也替女兒開心著。

「是我有辦法，借力使力，我太聰明啦～什麼都沒有損失就得到一個好男人。」

「那他……他沒懷疑啊？」秀女環顧四周，確定了四下無人才說。

「這從頭到尾毫無可疑之處啊，我們發生了關係，我懷了他的孩子，汪子亮心理不平衡，讓我失去了孩子，他內疚……」士芬把計畫全盤吐出，還得意地表示自己眞該獲頒一座奧斯卡最佳編導獎。

「聽起來是合理啦，你不會覺得太……容易啦？」

「我說過，人生本來就是一場賭局，現在，我贏啦！」

「是啊，你贏啦～你不但敢啊你還狠啊！」秀女想到趙靖當時危急的情況，士芬竟然還可以冷靜地演著。

秀女看著女兒，希望自己這樣做是對的。

「媽，以後不准再提這件事了，是汪子亮寫的信，如果連我們自己都懷疑的話，那誰還會相信？」士芬認眞地囑咐母親，將自己所有邪惡的行爲全都給合理化了。

✳✳✳✳✳✳✳✳✳✳✳✳✳✳✳✳✳✳✳✳✳✳✳✳✳✳✳✳✳✳

咖啡廳裡，中威臉上一點表情都沒有，看了亮亮好幾分鐘，這幾分鐘眞像好幾百個世紀。然後，他低下了頭，攪動著桌上的咖啡。

亮亮看著失了神的中威，低聲地說。

「你不好奇那封信是誰寫的？」

「誰寫的？也許是我，也許是你，也許是她，」中威毫不在意地說著。

「嚴肅一點好不好？」

「無所謂啦，眞的，我不在乎了，爲什麼不可能是她呢？」中威並不掩飾對士芬的懷疑，但平靜地看不出情緒。

「她沒有理由，她愛你，有了孩子，她更可以牽制你。」

「孩子？可是現在孩子沒有了，她還是可以牽制我，而且，讓我更內疚更有罪惡感，讓我……無所謂，眞的，無所謂了……這就是人生嘛，我們愛的是一個人，然後娶的是另外一個我們不愛的人，你有沒有聽過一個莫非定律，通常我們等公車，來的那一班絕對不是我們要的那一班，這是什麼？這是人生嘛……」中威像洩了氣的皮球，變成一只失去光彩與活力的塑膠皮。

「我不知道什麼莫非定律，我只記得你曾經跟我說過，人生是充滿希望，烏雲旁邊也會鑲著金邊。」亮亮想鼓勵中威接受士芬。

「天眞吧，眞是天眞。」中威苦笑著。

「你不要這樣，她愛你，」

「是啊，她也應該絕望了，她也是莫非定律的受害者，嫁的人是一個不愛自己的人。」

亮亮嘆了口氣，看著眼前的中威，仍然坐在那兒，微仰著頭，凝視她。他的眼光裡透著悲切和愁苦，還有一抹深刻的……遺憾……

「以後，我再也不能叫你亮亮了……大嫂嗎？我是中威，我是你妹夫中威，我……爲什麼會這樣子？亮亮，只差一點點，一點點我們就結婚了，我眞的希望時光可以倒轉，我不要多久，只要一年前你生日的那一天，我不會等你開口向我要禮物，我會主動向你求婚。我不會等你拒絕我，這樣子第二天我們就結婚了。」他突然捉住了亮亮的肩膀。

「不要再說這些了，中威。」亮亮不想看他沈浸在痛苦的深淵中。

「我眞的好恨，可是我不知道該恨誰，恨小敏嗎？如果他不去破壞別人的房子，你跟士元就不會認識，我恨你嗎？如果不是你熱心介紹士芬給我，我們就不會有機會交往，恨她媽媽？她爲什麼要定三師條件，而我又是一師，爲什麼？我……」中威頽然道，「也許……我該恨我自己，該恨我自己，是老天爺在懲罰我，是他在懲罰我！」他放開亮亮，感覺也放開了自己的幸福。

「中威……」亮亮欲言又止。

「亮亮，我沒有說過我愛你，我心裡說過，我電話裡說過，可是，就是沒有面對面跟你說過，亮亮，我愛你。」他喑啞地說。

亮亮強忍住就要奪眶的淚水。

「我要跟人家結婚了，可是我愛你。」中威落淚。「我愛你，眞的愛你。」

亮亮聽著中威毫不遮掩的愛意，嘴裡的咖啡味特別的酸、苦，心中的感受複雜極了。

＊＊＊＊＊＊＊＊＊＊＊＊＊＊＊＊＊＊＊＊＊＊＊＊＊＊＊＊＊＊＊

在趙家，秀女又盛裝地準備出門趕赴牌局去了。邊交代士芬話，邊搖搖擺擺走向門口。

「士芬啊，我到李太太家去了，別等我啊。」

正好亮亮開門回來。

「我說大小姐啊，都這麼晚了，野哪去啊。對啦，晚飯沒做，衣服還沒收呢。」

秀女看到亮亮的態度此時是大爲改變，而亮亮也不以爲意，反正做家事她本來就是該做的。想起中威的話，心裡面的情緒還久久不能平息，但是如今，說再多都已經沒用了，兩個人是已經沒有緣分了。亮亮搖了搖頭，不願也不該再多想了，走到了士芬的房裡，正要拿走士芬要清洗的衣物時，卻看到放在床上的衛生棉，心裡奇怪著。

「奇怪，爲什麼她還需要用到衛生棉？」

此時士芬早已靜靜地出現在亮亮身後。

「喂，你在我房裡幹什麼？」

「我收衣服來洗。」亮亮有些慌張，士芬瞪了她一眼，接著挑眉微笑了起來。

「你知道嗎？中威跟我要結婚了。」下巴昂得高高的，笑裡透著些許得意。

「恭喜你們。」亮亮淡淡道。

「你眞的恭喜嗎？眞心誠意的恭喜？」

士芬才不相信亮亮心胸有這麼寬大。

「對，恭喜。」

「好，我接受，希望你是眞心的。」士芬擺出勝利者的姿態。亮亮啊亮亮，想跟我鬥，你等下輩子吧！到最後跟中威結婚的人還是我趙士芬。哈！

「士芬，你的身體好些了嗎？」

聽到亮亮這句話的士芬，身體微微地顫抖了一下。

「你這什麼意思啊？」馬上轉身瞪著亮亮。

「我沒什麼意思，我是說你的身體已經完全康復了嗎？」

「還沒有完全康復，不過體力足以應付一個婚禮沒有問題。我不喜歡好事多磨這句話，結婚對我來說是件好事，多磨那就不必了。所以我不希望有人破壞我的好事，你明白嗎？」她意有所指。

「你懷孕幾個月流掉的？」亮亮看著士芬緊張的態度，疑點重重。

「這關你什麼事啊？」

「你流產我脫不了關係嗎？我想我總該有權利知道孩子幾個月了。」

「記不清楚了，三四個月吧？」士芬想一語帶過，可是亮亮卻緊抓著不放。

「這麼重要的事怎麼會記不清楚呢？發生了幾次關係，生理期什麼時候，這麼重要的事怎麼會記不清楚呢？」

對著亮亮連番不斷的問題，士芬心虛地一陣惱怒。

「你究竟想幹什麼？」士芬提高了音量，你最好別想跟我玩花樣！

「我只是想問清楚。」亮亮回答她。

「你沒資格過問！」看著亮亮一副光明磊落的虛僞樣，士芬就是一股氣。

「我被冤枉了，但是我不想一輩子被冤枉，更不希望一輩子被詛咒。」亮亮道，「你忘了嗎？你詛咒我不能當母親。」

「我原諒你啦，你已經將功折罪了。」士芬諷刺地說著。

「我需要被原諒嗎？你眞的懷過孕嗎？每個女人都知道懷孕期間不可能有生理期的。爲什麼你還需要用這個？」亮亮指著床上的衛生棉，眼睛不放過士芬的每個表情。

「你沒常識嗎？我是流產，醫生怕我沒流乾淨，所以給我打了催經針，所以我得用這個。」

「你眞的有懷過孕嗎？你眞的去看過醫生嗎？」

亮亮銳利的眼神直盯著士芬。

「你看仔細一點，醫生證明在這裡。」士芬掐著證明送到亮亮眼前。

「疑似妊娠初期不正常出血。」亮亮唸著上面的字。

「看得懂字吧？」

「但是醫生說疑似。」

「因爲胎兒還沒成形所以只有血塊。」士芬恨恨地質問，「你究竟想要幹什麼？眞的不甘心放棄陳中威？我們已經要結婚了，你還想玩什麼手段？」

「我覺得想玩手段的不是我，是你！」亮亮毫無畏懼地迎向士芬扭曲的臉龐。

「汪子亮我警告你，這個婚我是一定要結的。如果有人敢破壞它，我絕不會善罷干休的，可惜了，上次車禍你居然沒死成，可是誰能擔保，每次你都會這麼幸運呢？」士芬眼神透著一股陰森。

「你說這話什麼意思啊？」亮亮感覺到士芬話中有話。

「沒什麼意思啊，只是想提醒你一聲，識相點，認命點，聰明點，你懂了嗎？」

亮亮回到臥房後，思索著士芬剛剛所說的話。

「她剛剛說那話是什麼意思？會是她？會是她在我車子上動了手腳嗎？」

＊＊＊＊＊＊＊＊＊＊＊＊＊＊＊＊＊＊＊＊＊＊＊＊＊＊＊＊＊＊＊

「我不贊成！」趙靖看著秀女，還是一樣堅決的立場。「我不認爲那個陳中威會善待士芬。」

「天底下哪有你這種老爸啊？專門反對兒女婚事的？人家當初趙士元啊……」

「當初士元的婚事我就應該反對到底的，省得他害人害己！」

「我告訴你喔，你不要雙重標準喔你。」秀女說起趙靖這偏袒外人的死個性又來了。

「什麼叫雙重標準？」

「人家當初趙士元要娶汪子亮，你說汪子亮太好，我們家士元配不上人家，那現在呢我們家趙士芬條件不差啊，人品也比她哥哥成熟穩重，那你又有什麼說法啦？」

「我說他不愛士芬，那個陳中威根本就不愛我們女兒！」

「不愛我們女兒？他都跟我們女兒……」

「所以他可惡啊，心裡面明明就想著別人，還跟士芬發生這麼親密的關係，這件事情一開始就錯了，我不能眼睜睜看著他們繼續錯下去！」趙靖有著他的堅持，他的女兒不能再受傷害了。「反正現在孩子也沒了，算了，了無牽掛，大家乾乾淨淨的就此分手，兩不相欠。」

「怎麼會兩不相欠啊？他欠我們家士芬的可多的呢，上次士芬差點爲他死掉，現在又爲了他懷孕流產，我們好好一個女孩，還沒嫁人，一個女人一輩子所受的苦，士芬差不多都受盡了！還說不欠她？欠她可多啦！」秀女扳起手指數給趙靖聽。

「你這腦筋我要怎麼講才講得通啊？人家沒有強迫我們女兒，是她自己願意的！」趙靖氣自己的女兒不顧顏面，也氣著秀女不分是非。

「我們也沒強迫他娶士芬啊，是他自己願意的！」

趙靖覺得秀女實在不可理喻，嘆了一口氣。

「我說老頭子啊，不是我們腦袋不通啊，我覺得是你太迂腐了，都已經什麼時代了？是～他們是婚前發生關係啦，趙士芬又未婚懷孕啊，可是那小子現在願意彌補了吧，你就讓他們結婚不也是喜劇收場嗎？」

「喜劇收場？以後呢？日子還要不要過下去，你荒謬不荒謬啊？一段勉強的婚姻不叫作喜劇收場，那是悲劇的開始。」

「你女兒說了，不嫁陳中威她誰也不嫁了！」秀女嚷嚷著事情的嚴重性。

「我養她，她活到多老我養到多老！」趙靖不讓步。

「她說要出家當尼姑了！」

「我出錢給她蓋座廟！」

「趙靖唉唷趙靖啊！你還要我怎麼說啊！說更明白更難聽嗎？趙士芬都已經到這個地步啦！睡也給人睡過啦，孩子都懷了，難得人家現在肯負責～」秀女眞想敲趙靖的腦袋瓜子。

「我最痛恨的就是你這種想法，我女兒怎麼啦？變成二手貨沒人要啦？沒得挑沒得選了，現在好不容易有人肯要她不退貨，我們就得感激涕零興高采烈的去謝謝人家？莫名其妙！」趙靖吹鬍子瞪眼睛的，「那一天，那個姓陳的就在這，當著我面前一副慷慨成仁受害者的姿態，我想到我就生氣，說什麼他要負責他肯負責，我希罕啊！我趙靖的女兒自己負責，今天別說那個孩子沒保住流掉了，就算她生下來了，我趙靖也未必要他娶趙士芬，我趙家自己養！」

趙靖突然一陣暈眩，腳步不穩，一個踉蹌……

「趙靖啊，坐一下，發那麼大火幹什麼嘛，自己血壓高！」

趙靖大聲喘著氣，面紅耳赤。

「好啦，喝杯水。」秀女拿杯水給他。

「那要是那小子來求你呢，求你把趙士芬嫁給他，那……」

「不必了！不必了！」趙靖手一揮，還在氣著。「那小子心裡怎麼想，我一清二楚，他要是眞的對我們士芬有心，當初知道她懷孕就不會一走了之了！」

秀女眼看勸不了趙靖，再勸下去，恐怕士芬的婚事不但沒了，趙靖都要先住院了。

她看了看趙靖依然在氣頭上，只好內心暗暗盤算了起來。

＊＊＊＊＊＊＊＊＊＊＊＊＊＊＊＊＊＊＊＊＊＊＊＊＊＊＊＊＊＊

中威的診所裡，剛送走了最後一個病人，中威翻著病人的病歷，爲明天的看診做著準備，士芬坐在一旁，靜靜地看著眼前這個即將要娶她的男人，斯文得體的面容上，嘴唇緊閉著，似乎多說一句話，都是浪費時間。看著他專心的態度，似乎自己儼然已成爲空氣的一部分。

「我哥在笑我，他說你肯娶我是天方夜譚，他說，你不可能忘記亮亮的。」士芬面容哀傷地說。

中威抬起了頭，看著士芬有些委屈的臉。

「請你轉告你哥，把他自己事情管好就好了，結婚是我們兩個人的事情，跟其他人無關！」中威對士元一點好感都沒有。

「對啊，我媽也這麼說呢，她說我們的婚禮，是不是一切從簡完全自理，就跟亮亮他們一樣，直接上法院公證就行啦，她說我們……」

「爲什麼每件事情都要扯到亮亮，我們是我們，她是她好不好？」

士芬被中威激動的態度有些嚇到，沈默了一下，但還是接著說了下去。

「是啊，我也覺得她滿無辜的，好像我們結不結成婚，都跟她有關似的，我看她這幾天在家裡，一句話都不敢吭，就怕動輒得咎。」

中威繼續翻著病歷，但士芬發現他的眼神根本沒在看。

「中威你知道嗎？上次那封信，連我爸都懷疑是不是她寫的，可是她有什麼動機呢？是不希望我們結婚嗎？還是她覺得……」士芬的話題還是不斷圍繞著亮亮，中威聽了實在是心煩，把病歷往旁邊一放，終於抬頭看著士芬。

「好了好了，你們家要怎麼樣的婚禮？怎麼樣才可以把事情簡單化呢？不就是我們兩個結婚嗎？」

士芬看著中威不耐的表情，對於婚事的處理漠不關心，心裡有些刺痛。

中威看著突然沈默的士芬，心裡也知道自己的態度有些不對，但是他心中此刻充滿著沈重的無奈，又怎麼能興高采烈的裝開心呢？

話題就此冰凍，中威的診所裡，只有翻著紙張的聲音，還有安靜的士芬，吐著輕到中威聽不到的嘆息聲。

＊＊＊＊＊＊＊＊＊＊＊＊＊＊＊＊＊＊＊＊＊＊＊＊＊＊＊＊＊＊

今天是中威來提親的日子，士芬一大早就醒了，在客廳走來走去的，讓秀女看了酸溜溜的諷刺士芬是人還沒嫁過去，心早就過去嘍～趙靖倒是一臉嚴肅的坐著看報紙。

亮亮低著頭在廚房忙著準備等會兒中威來時士芬要用的奉茶，士芬從客廳裡晃到了廚房，一看到亮亮就想起中威對她的愛，令她多麼的不堪又嫉妒。

亮亮感受到士芬寒冷的眼神，迴避著，專心的把茶弄好，時間對兩人而言，似乎變得很緩慢。

門鈴聲突然響了，是中威！士芬的心跳了一下，趕忙衝出去開門。

果然，門一開，中威挺挺地站在門口，臉上的表情卻和士芬開心的笑顏相反，帶著些凝重。

士芬領著中威進來，趙靖面無表情，繼續看著報紙。

亮亮把泡好的茶端了出來，中威一看到亮亮，思緒又掀起一陣翻騰。亮亮迴避著中威的眼神，一放好了茶，就又迅速地進了廚房。

「唉呀～中威啊，杵在那幹嘛呢？快來坐～」秀女熱絡的招呼著中威。

中威坐了下來，士芬也有些害羞的坐在中威身旁。

中威推了推眼鏡，看著眼前的趙靖，面無表情的說著。

「伯父，請你答應讓士芬嫁給我。」

趙靖像是沒聽見似地，只翻開了下一張報紙。

士芬有些著急地用眼神向秀女求救。

「我說老爺子啊，人家在問你，人家在求你，求你把女兒嫁給他。」秀女扮著笑臉給趙靖使眼色。

「我沒聽見。」趙靖冷漠以對。

「聽見了聽見了，我都聽見啦。」秀女給中威熱情鼓勵的笑容。

「我沒聽見！」

「伯父，請你同意讓士芬嫁給我。」中威試著讓聲音聽起來更有誠意一點。

「聽見啦，這回我們大家可都聽見啦！」秀女恨不得替趙靖答應下來。

「你是來提親的啊？怎麼看起來像是來借錢似的，垮著一張臉，日子難過啊？不開心啊？」趙靖起身，「沒那麼痛苦，就算到趙家來借錢也不用那麼痛苦吧？」趙靖語帶諷刺的說。

中威清楚趙靖的用意，深吸了一口氣。

「伯父，請求你，請求你恩准，把士芬嫁給我吧。如果你願意，我會很放心很愉快的離開這裡。」士芬也在一旁用懇求的眼神看著父親。

亮亮在廚房，打開了水龍頭，讓水花聲蓋掉了客廳裡的所有聲音，她並不想知道所有的細節，不是心中不捨，而是……此時的身分，已經不允許她再對中威有一些些的依戀。

「好啦，唉唷我說老爺子啊，人家都請求你恩准啦，這回你聽見了吧？」

趙靖看著中威又轉頭看看士芬，士芬眼裡滿是企盼。

「你眞要娶士芬？沒有孩子了喔，沒什麼要負責任了喔？」

「我知道，我要娶的是士芬這個人。」中威堅定的看著趙靖，趙靖嘆了口氣，語氣深沈。

「她這個人也沒什麼可取之處，從小到大不做家事，那是我規定的，我趙家的女兒在出嫁之前，是不必做家事的。你願意嗎？」

「我願意。」

士芬臉頰緋紅，這一句話她等的好辛苦……

「她也不負責賺錢貼補家用，從小到大家裡沒拿過她一毛錢，但是她會花錢，你供得起嗎？」

「唉唷，你說這些幹什麼啊？中威啊，趙伯伯愛開玩笑喔……」秀女趕忙打圓場。

「我一點也沒有開玩笑，我說的每一點都是眞的，婚姻是終身大事，所以醜話我得先說在前頭，她懶，那是我慣的，愛花錢那是我寵的，脾氣不好那像我。」趙靖完全不像開玩笑的樣子。

「唉唷，哪有爸爸這麼說自己女兒的，其實中威啊，士芬也沒那麼差，做家事呢，她可以學啊，學不會我們請人做嘛，這愛花錢，唉唷，哪個女人不花錢啊，再說她自己的嫁妝，也夠她花一輩子了，至於脾氣……」秀女一迭聲地要解釋著。

「陳中威，你自己要考慮清楚，雖然這女兒缺點這麼多，但在我眼裡面，那些都可以被包容的，如果你有什麼猶豫的話，現在就離開，沒有人會怪你的，但如果結婚以後，嫌她那個不對這個不好，對不起，我無法忍受。」

「多好，什麼事都有爸爸撐場面。」亮亮在一旁歆羨地想著，如果漢文也在，她也會這樣有人寵著。

「我知道，我明白。」中威的語氣依然，沒有任何改變。

趙靖點了點頭，看著士芬臉上盡是嬌羞又是喜悅。

「聽見了沒有啊？人家說都知道呢，唉唷，好啦好啦……坐下來談啊，坐下來談，喝杯茶，亮亮啊，茶涼了換杯茶啦。中威啊，我看就先訂婚吧，訂婚是有規矩的……」秀女開始討論起結婚細節。

中威看著亮亮的背影在廚房加熱水換茶葉，思考早已失焦，今天他這麼做，完全都是爲了亮亮，爲了她……只要她快樂…他願意犧牲自己的一輩子，去和一個根本不愛的人相處……士芬突然緊握著中威的手，中威既沒有放開也沒有握起，就這樣無知無覺地讓她牽著。

他們眞的要結婚了……亮亮想著。

＊＊＊＊＊＊＊＊＊＊＊＊＊＊＊＊＊＊＊＊＊＊＊＊＊＊＊＊＊＊

半夜亮亮突然害起喜，跑到廁所裡又是一陣狂吐，這種折騰人的日子到底要到什麼時候才會結束，亮亮用水沖了沖嘴，看著鏡子前憔悴的自己，搖了搖頭。

突然想起，士芬說她懷孕了，可是爲什麼一點跡象都沒有，不害喜，不疲倦，這可能嗎？我該不該去告訴中威呢？

亮亮又將冷水潑了潑在臉上，清醒點吧，亮亮，我憑什麼說她是騙人的呢？她會恨死我的。可是，如果眞的是個騙局呢？中威才是最大的受害者，他要賠上他一生的幸福嗎？而且疑點實在太多了，再說自己背著一個不明不白的黑鍋，亮亮心中始終覺得事情沒有那麼簡單。

亮亮猶豫著，或許有些話說出來才不會後悔吧，她拿起了電話，打給了中威。

「中威，你方便出來嗎？我有很重要很重要的事情必須立刻告訴你，對，立刻！現在啊，不能在電話裡說，好，診所見，拜拜。」

士芬看到亮亮躡手躡腳離開趙家，心中有股不祥的預感。

「想整我？汪子亮，我會讓你死得很難看的！」

＊＊＊＊＊＊＊＊＊＊＊＊＊＊＊＊＊＊＊＊＊＊＊＊＊＊＊＊＊＊

「可能是假的，這什麼意思啊？」中威一臉困惑地看著半夜出現在他診所裡的亮亮。

「就是說……她可能利用懷孕這件事牽制你要你回國，可是這件事會穿幫的，所以她必須在你回國前處理掉這個孩子，不不……是處理掉這個幌子，可是…可是她就說孩子流掉就好了，爲什麼還要弄出這封信呢？」亮亮整理著自己的邏輯推理。

「她是在借刀殺人，你是唯一知道她懷孕的人，多完美的計畫，留住我，又抹黑你，那個根本不存在的胎兒又可以順理成章的不見。」中威像是看清整個局盤般地接口說道。

「太可怕了，那你呢？你現在怎麼辦？」

「那只是我們的推論，根本沒有證據，她一口咬定，受傷流產，到婦產科做善後處理，甚至……她甚至……沒有開口叫我求婚，是我主動向她求婚的……」

中威猛地問著亮亮，「爲什麼你知道了不直接告訴她父母了？」

「她求我，她哭著求我要我不要告訴任何人，我……」亮亮慌了，士芬簡直像設下了一個陷阱，讓她自己跳進去。

「所以，正如我所說的，她知道我們的弱點，她知道你在趙家的處境，知道你不敢跟她爲敵，甚至害怕你反悔，急著就把信寄出去。」中威繼續分析著。

「對，第二天……」亮亮恍然大悟了。

「是啊，再拖下去我就回來了，她來不及流產，來不及嫁禍給你，來不及博取我的同情，來不及……現在眞的來不及了，我這一輩子是眞的來不及了……」

中威痛苦地看著亮亮，他的犧牲……不會是在這麼不堪的計畫裡吧。

「中威，也許……事情並不像我們所想的那樣，或許她眞的懷孕了，一包衛生棉並不能代表什麼。」亮亮似乎想安慰著中威，又想推翻自己先前所想的。

「夠了，你現在跟我說這些有什麼用呢？該嫁給我的時候你沒嫁給我，該離開那個男人的時候，你偏好強死要面子的撐下去，不該同情趙士芬的時候，你偏偏中她的計去同情她！我現在已經答應要娶她了，你三更半夜跑來跟我說你的推測，再安慰我推翻你的猜測，你到底要我怎麼樣？我們這一生，就是這樣彼此來來回回給耽誤了！你知道嗎？」中威有些激動地說著，他是這麼的希望能跟亮亮共度此生，這個夢卻沒有機會圓了。

「對不起……我很抱歉……」亮亮楚楚可憐地望著中威，她知道中威愛她的心，一直是這麼明明白白的，可是她就是不可能再回頭了。

「不要跟我說對不起，每一個對不起都代表著一個遺憾，不要再提醒我。」

「我是因爲……因爲我今天在趙家看到……」

「卑躬屈膝？像個忍辱負重的小丑？亮亮，我是爲了你，我是爲了你！」

中威深情地看著亮亮，一瞬也不瞬地。

「知道嗎？我不想他們永遠拿你當藉口，信說是你寫的，我不娶趙士芬也說是你，是因爲你，我相信他們都知道我心裡忘不了你……是啊，亮亮，我忘不了你！我……我眞的忘不了你……」中威再一次吐露埋藏內心的眞感情，亮亮才是唯一，「多可悲，我忘不了你，所以我要娶她……」頓時間，他覺得胸口劇痛而五內如焚，在這一瞬間，他忽然有個強烈的預感，他就要失去亮亮了……

亮亮看著固執又急切的中威，只能無奈的低著頭，默默地轉身離去，現在的她眞的無法替中威做些什麼了，或是給他些什麼了……當初兩個人要一起幸福的約定，他希望中威能夠努力地堅持下去……和她一樣。

可是就在亮亮開門的瞬間，她看見了她最不想看到的畫面，趙家一家子全都站在門口。

趙靖一臉不可置信又失望的表情，士元憤怒的臉和緊握的拳頭，秀女和士芬早就料到看好戲的嘴臉。

亮亮抖著身體，顫顫地叫了聲。

「爸……」

中威驚訝的轉身。

而趙靖一步步地走向亮亮，趙家人全都一步步地踏了進來。

趙靖難過失望著亮亮竟然眞如士芬秀女所說的，有著這樣荒誕的行爲，他再怎麼客觀都無法再袒護亮亮下去了。

趙靖還沒開口，秀女就是一個箭步上前，打了亮亮一個巴掌。

又輕又脆的聲響，在半夜裡特別清晰，清晰到讓趙靖看清楚了某些事。

「賤人，怎麼這麼賤啊你！」秀女吼著。

「爸……」亮亮摀著臉，她不管秀女的辱罵，她只希望趙靖相信她。

「每一次，每一次他們都說我誣賴你陷害你，現在我讓他們自己看看，你汪子亮的眞面目。」士芬的眼神和語調都在指控著亮亮，但最令亮亮感到害怕的，是趙靖的冷漠與士元的鄙視。

「你們聽我說好不好？」中威急忙解釋著。

士元怒吼。「不要再說了！你眞的……什麼都不要再說了！」

瞪了亮亮一眼，大踏步地狂奔而去。

「士元……士元……你聽我說……」亮亮在後面追著士元。

「還有什麼好說的？我全都看見了，三更半夜，你偷偷摸摸穿著睡衣跑去跟另一個男人見面，你可不可恥要不要臉啊！」士元激動的吼著。

「亮亮，你搬回你媽那去吧。」趙靖突然的一句話，讓亮亮跌入了萬丈深淵般的黑暗裡。

「爸，你要趕我走嗎？爸！你是要趕我走嗎？」亮亮不敢置信呆愣地問趙靖，眼眶中盡是淚水。

「哼～又來了，又來這一套，明明是自己做了虧心事，還硬要說是我們趙家趕你走。」秀女嗤之以鼻。

「爸，我沒有做錯事，連你都不相信我！」

眼前的趙靖變得像雕像一樣僵硬，一動也不動，表情冷漠又陌生，亮亮從未看過趙靖這樣望著她過，那裡面包含了失望與憤怒。

「你回去問問你母親，問問她你這樣做對不對？我知道趙士芬不滿意你，大家都知道，可是今天這個難堪是你自找的，以前幾次你去找陳中威，我都相信你，可是今天是三更半夜穿著睡衣孤男寡女的跟他共處一室，你還有什麼話好說？你是讓你媽蒙羞啊！」趙靖第一次對亮亮感到生氣。

「那可不一定啊，她們母女不是都喜歡三更半夜跟男人混在一起嗎？」秀女刻薄地說。

「你閉嘴！」趙靖怒斥。

「冤枉我就可以了，不要羞辱我母親。」亮亮又悲又憤。

「誰冤枉你啦，你有哪一次是被冤枉的？」士芬在一旁幫著母親。

「趙士芬你不要逼我！」亮亮咬著牙怒視著士芬。

「我逼你？你想怎麼樣？告發我啊？」

「爸！」亮亮轉向趙靖。

「我知道，士芬都告訴我了，你懷疑她懷孕是假的，你不覺得很荒謬嗎？懷孕流產這些是她自己一個人能自導自演的嗎？醫生可以跟著他作假？在她的計畫中，能把我的反應陳中威的決定也都算進去？趙士芬也許任性小心眼，可是她還沒那麼聰明。」趙靖難掩激動地說，「最讓我痛心的是，是你的心態，就算你有所懷疑好了，你就迫不及待的跑去告訴他嗎？連天亮都等不及？你希望他們怎麼樣？不要結婚？還是希望他輕視趙士芬的人格？你心裡面到底在想些什麼啊？」趙靖看著亮亮，這個他一直相信著的善良孩子。

「汪子亮，你眞的像你的名字一樣那樣光明敞亮嗎？你太讓我失望啦。」

趙靖轉過身離去不再多說一句話，秀女示威地看了亮亮一眼後跟著離去。

那一步步沈重的腳步聲，踩踏在亮亮的心上。

士芬看著離去的父母，手插在胸前，對著亮亮微笑著。

「這一幕可不是我事先算進去的，我是不是應該感謝你呢？自己拿磚塊砸腳，痛不痛啊？」士芬笑亮亮的無知，想整她只是顯得亮亮自己太天眞了。

「趙士芬！你懷孕是假的！」亮亮目光炯炯看著士芬。

「哼！也許。」士芬不甘示弱地回瞪。

「你流產更是假的。」

「可能喔，既然懷孕是假的，這流產當然就更不可能是眞的啦，但是……我比你聰明是眞的，我比你瞭解陳中威是眞的，甚至我比你瞭解你自己。」士芬咧張著嘴，像是獲得全盤勝利般地得意。

「他不會跟你結婚的！」亮亮咬牙說著。

「他一定會娶我的。」士芬瞪著亮亮，再也沒有人可以阻止她跟中威結合了，包括眼前的這隻落水狗。

＊＊＊＊＊＊＊＊＊＊＊＊＊＊＊＊＊＊＊＊＊＊＊＊＊＊＊＊＊＊＊

俱樂部裡，嘈雜的音樂、高談闊論的客人或輕聲細語的男女，不時舉酒杯相互致意，士元一杯杯的牛飲著，今天的一切他想藉著酒精忘卻掉，但是亮亮穿著睡衣站在中威診所裡的身影，卻像酒精發酵般地布滿了士元的每一個思緒。

他們在做什麼？他們在裡面關著門做什麼？幾次了？這樣的情形到底有幾次了？士元不斷地問著自己，卻只覺得天越旋地越轉。

「士元……」亮亮手裡拎著皮箱，找到了士元沈重的背影。

一聽這聲音，士元眉頭皺更緊。

「士元……」

「你是來投靠我的嗎？很抱歉，我個性幼稚不成熟，不是三更半夜約會的好對象，恐怕你要失望了。」他冷冷地說。

「士元，我要回我媽那了……」亮亮告訴他。

「那樣離他會不會又太遠了呢？兩個人見面會不會不方便呢？」

「好好保重……」

面對士元的冷嘲熱諷，亮亮一臉淒苦準備離去。

「怎麼？他不來接你嗎？爲了他被趕回娘家，他一點表示都沒有？就這樣讓你一個人拎著皮箱回娘家了？」士元紅著臉，搖搖晃晃地盡是酒氣吐在亮亮臉上。「你就這麼賤？表現像個男人嘛！你爲他犧牲，爲什麼他不肯稱頭點呢？汪子亮！」士元指著亮亮，「你不要以爲這樣我就會同情你了！」

「我不需要同情……我並不可憐……我來這裡，並不是要博取你的同情，夫妻一場，我有義務要讓你知道我的去向。」亮亮清楚地說著，但此時她多麼希望自己也能恍惚，就不用面對這一些難堪的話語。

「是嗎？可是昨天晚上你沒有盡到你的義務告訴我你要去哪裡，你只是很瀟灑地穿著睡衣就到他那裡去了！」

「士元，不要吵架了好不好？你仔細想想，如果你們站在門外半天，你有沒有聽到，我跟他說半句兒女私情的話。」亮亮反問他。

「確實沒有，可是以前呢？以前我在家或不在家你們見過幾次面了？每次都穿睡衣見面的嗎？你們還做了什麼？」士元氣得口不擇言，「昨天是我知道的，其他我不知道的呢？難怪你贊成我搬到俱樂部來住，更方便了你。」

亮亮聽到這些無情的話，默默地流下了眼淚。

「你還要跟我生孩子嗎？該在心中慶幸鼓掌了吧？我們都沒有孩子不是嗎？先是千方百計求證趙士芬沒有懷孕，然後你也沒有孩子，正好啊！兩個無牽無掛的人，迫不及待要擁抱了吧！」

士元每一句話，像利刃狠狠地割開亮亮努力閃躲的傷口，那樣的準確那樣的不手軟，亮亮看著眼前這個男人，伏在桌上，嘴裡還不斷地咒罵著。亮亮只有快步離開，心中悲痛地哀嚎著。

「我恨你，士元，我眞的恨你！」

＊＊＊＊＊＊＊＊＊＊＊＊＊＊＊＊＊＊＊＊＊＊＊＊＊＊＊＊＊＊＊

中威與士芬的婚事終於定了下來，現在趙家主要的大事就是忙著士芬的婚禮，亮亮的離去，對秀女和士芬來說更是一件愉悅的事情，完全不會影響到她們辦喜事的心情。

這天，士芬與秀女忙著買東買西張羅著婚禮，士芬的心情好不喜悅。

「媽，還有什麼東西是我們女方負責要買的啊？」

「他還會來提親嗎？」

「他當然會啦！」

「眞的會？」

「當然，他恨我嘛，他愛汪子亮，所以他會娶我。」這點士芬倒是有十足的把握。

「你到底在說什麼名堂啊？」秀女聽著女兒奇怪的邏輯，實在摸不透士芬在想什麼。

「他愛汪子亮，所以他很明白，如果這個婚事告吹，汪子亮的日子會更難過，更難推其咎，跳到黃河都洗不清，所以他會娶我。」士芬講解給母親聽，「他恨我……他恨我把事情弄成這個局面，把他的人生逼到這個地步，可是又怎樣？只能娶我，以示負責，並替汪子亮脫罪。」

秀女聽著士芬這麼一解釋，沒有更明白，反而心一沈。

「女兒啊～這個婚我們不結了，這樣結來也沒有意思啦！他以後會給你好日子過嗎？哪有人像你啊，明明知道人家不愛你啊，非要嫁給人家！」秀女這下埋怨起士芬的糊塗了。

「我愛他，我就是愛他。」士芬的語氣萬分堅定。

「傻孩子你還年輕啊，以後……」秀女心裡惴惴不安，總覺得那陳中威高深莫測，女兒能得到他全心的愛與保護嗎？

「我心裡就是忘不了他，還是想著他嘛。」士芬自己也無可奈何，心中就是只有中威。

「忘不了就不要忘啊，記在心裡啊，何必毀了自己大半輩子的幸福啊！」

秀女不希望女兒將來後悔一輩子的苦口婆心著。

「我不甘心！我永遠記得他說的那句話，就算沒有汪子亮，我也不可能愛你，多殘忍，我就那麼差嗎？他甚至還沒有看到我的優點，就全盤否定了我。」

「傻孩子～！何必賭氣呢？很多不幸福的婚姻都是賭氣來的～」

「你不也是這樣嗎？明知道爸心裡想著宋妍秋，你也賭這口氣賭了半輩子，因爲你愛他，嚥不下這口氣，對不對？」士芬回嘴。

「士芬啊，我跟你不一樣啦，我都已經到這把年紀了，這一輩子就只有你爸爸一個男人，你們兩個又這麼大了，如果我今天像你一樣，我就不見得忍得下這口氣啦！」秀女嘆說。

「媽，你會忍的，因爲你愛他，愛一個人就會忍，就會認！就像一條不歸路，總覺得前面有希望。」士芬凝視著遠方，「我也是這樣，說什麼不甘心不服氣，都是藉口，其實說穿了，不就是爲了一個愛字。我要嫁給他，我會做一個好妻子，我要讓他慶幸娶了我，爲了那一天，我現在付出的一切代價都是値得的。」

看著女兒心意如此堅決，秀女也只有心疼的將女兒擁在懷中，希望她能眞正獲得幸福，得到中威的善待。

＊＊＊＊＊＊＊＊＊＊＊＊＊＊＊＊＊＊＊＊＊＊＊＊＊＊＊＊＊＊＊

亮亮提著行李，回到了老家。她想按門鈴，卻猶豫著。之前還和母親賭氣，這會兒就提著大包小包的出現，眞不知該如何告訴母親，她爲什麼要回來？她爲什麼如此倉卒的回來？嘆了一口氣，亮亮想轉身離去，一回頭，卻碰見了母親與阿惠。

「汪太太，這我先拿回去好了。」阿惠對妍秋說。

亮亮低著頭想快步離去，眼尖的妍秋早已經認出她來。

「亮亮……」她開心地喚，「媽好想你哦～我跟小敏都要按時吃藥，我們就怕你擔心，我沒有再打電話給你，我也沒再跟趙靖聯絡過了。」

亮亮望著母親，有兩行淚水正靜靜的沿著她的面頰流下來。

「媽……」

「亮亮……」妍秋溫柔地凝睇著亮亮，伸出手撫摸著亮亮的臉龐，輕輕地拭去了她的淚。

「媽……」亮亮一下子衝進母親的懷裡。

「我的亮亮，我的亮亮～」妍秋鼻子裡一陣酸，淚水就瀰漫了整個視線。

「媽，我好想你哦，我好想你。」

亮亮仰頭熱烈的看著母親，烏黑的眼珠裡充盈著淚水，她伸手摸了摸妍秋那又白了不少的頭髮，想著自己當初怎麼忍心不理會母親，讓她一個人孤單地面對著心中的寂寞……

「你討厭！亮亮討厭！你不理媽媽，也不回來看我們，你變壞了，我討厭你！你都沒有想我們。」小敏的聲音突然從兩人身後響起。

亮亮抬起頭，看見小敏正噘著嘴，跺著地。

亮亮擦了擦眼淚，走到小敏身邊，笑笑的伸出手要摸小敏的頭。

「小敏……」

「你不要碰我我討厭你！」

亮亮猛地一把抱住小敏。

「不准討厭我，你想我。」

「我沒有想你我才沒有！」

「你就是想我，姊姊想你，姊姊好想你。」

「亮亮……討厭……」小敏還在鬧著脾氣，但聲音中已經帶著笑意。

而一旁的妍秋看著亮亮帶回來的行李，心裡浮現出一些疑惑。

「亮亮為什麼突然又回來了？是跟士元吵架了？還是……他們又欺負亮亮？他們又欺負她了嗎？」

妍秋轉身看著亮亮，有好多話想要問清楚。

第十八章

中威猶豫了許久，終於拿起電話撥打給士芬。

「喂。」

「喂。」中威故作平靜的聲音。

士芬聽到中威的聲音，遲疑了一下，故意說。

「找亮亮嗎？如果你找亮亮，她不在。她回她娘家去了。」

「什麼？」中威掩不住訝異的問著。

「昨天晚上我爸大發雷霆，她在這個家裡待不下去了，可是很抱歉，我沒有她家的電話，你等一等，我去問我媽，她應該知道的。」士芬料到中威的反應，故意好心的說著。

「不用了！」中威不想再讓士芬去造事端，心中滿是疑惑，亮亮昨晚回去到底受到了什麼樣的責難，他沈默了一下，用一種妥協的聲音對士芬說著。

「我們是不是應該先拍結婚照？這樣結婚的時候可以掛在禮堂上。」

士芬不敢相信自己聽到的，有些興奮地想要回應時，中威卻一臉無奈地慢慢把話筒掛上。

士芬不管，她最終的目的得到了的歡喜和中威黯然的神情實在是天壤之別。

接下來的幾天，士芬拉著母親開心的到中威家布置未來兩人世界的新房，母女倆忙著到處張貼喜字，換上豔紅的床單以及鴛鴦棉被，頓時中威原本樸素的家充滿了一片喜氣。

士芬也不忘將自己的照片擺在中威家的每個角落，客廳、書房、臥室，每一處都有士芬巧笑的身影。像是宣告著一個新女主人來到的時代，誰也不准干擾到她和中威的生活。

秀女環繞著屋子的四周，不滿的說著。

「看唷，這個房子就這麼一丁點大……」

「我覺得滿好的啊，小家庭住剛好嘛。」士芬幻想著和中威的兩人世界，臉上擠滿幸福的笑容，一點也不在意秀女的抱怨。

「什麼叫剛好，整個房子加起來都沒咱們院子大呢，我說士芬……」秀女不滿足的說著。

「不要挑剔！」士芬毫不在意家裡是大是小，只要自己和中威能在一起，多小都沒關係。

「我……」秀女又說，「我還沒給你開始挑剔呢，你看你怎麼住唷，這個客廳，轉個圈咱們就面對面了，你看看那個電話，你在客廳講個稍微大聲一點，臥室裡都聽得見。」秀女不滿的指指這裡指指那裡，挑剔東挑剔西的。

士芬不理會秀女，自顧自的布置著客廳。

「說你都不聽，看看這廚房，這要是開火炒個菜，這整個屋子都是油煙啊。還有還有……你哪兒洗衣服啊？沒有洗衣房，我看你衣服晾哪裡，這到了夏天連個曬被子的地方都沒有，你……」秀女大驚小怪繼續嫌這嫌那的，看到小小的餐桌只有四把椅子，用不可思議的語氣說著。

「四把椅子，你要不要請客啊？多請幾個客人不全都要罰站啦？我那張麻將桌都不知道擺哪呢？」

士芬卻一副小女人的模樣，得意地說著。

「媽，第一，中威說不用開伙，所以不會有油煙，第二，我也不會洗衣服，這衣服可以送洗衣店，第三，中威也不喜歡打麻將，所以我家不會有牌局，請客可以到外面請，反正中威不喜歡熱鬧嘛。」

說完又開始忙著布置。

「你哦～我看你都還沒嫁過門，就先輸一半啦，開口閉口中威長中威短的，人還沒嫁過來，幹嘛事事以他爲主啊？」秀女看士芬心甘情願的模樣，不禁嘲笑起她來了。

「我不覺得我是輸家，這個男人是我愛的，我得到了。這個婚姻是我要的，我也要到了，一個月以後，我順順利利成爲陳太太，我就是最大的贏家。」士芬環視著屋子，想到一個月後就是這個家的女主人，驕傲的對秀女說。

「然後呢？一個人關在這間小屋子裡幹嘛呀？自己給自己鼓掌啊？我說士芬啊，你過不慣的，你跟你哥哥是一個樣啊。」秀女一副很瞭解士芬的模樣。

「媽，不要叫我搬回去住，你可擺布哥，可是不要干涉我的婚姻哦。」士芬擔心的向秀女說，深怕秀女像對待亮亮一樣的態度對待中威。

「我哪是干涉你啊，我是心疼你，為你著想，你們要住回娘家來，好歹他要欺負你，娘家有人啊，有哥哥爸爸媽媽都在替你撐腰。」秀女擔心士芬會被欺負，關心的說道。

「然後重蹈你跟爸爸當年的覆轍？媽，你忘了嗎？當年你結婚也是住在娘家，我還記得，我跟哥都念到國中了，才搬到台北跟爸團聚的。」

「都嫁人了，還能跟媽黏在一起，那還不快樂啊？」秀女不願意重提當年的往事，連忙帶開話題，親暱的對士芬說。

「媽，你快樂嗎？這麼多年來，你跟爸的婚姻危機就是在那幾年種下來的，夫妻不能生活在一起，讓宋妍秋有機可乘的，不是嗎？爸他那麼空虛……」士芬想起父母感情不睦、貌合神離的婚姻，低聲的說著。

「我不是要拆散你們！我只不過要你們一起搬回來住，搬回家來，多三個人幫你盯著你老公不好啊？」秀女看士芬不領情，使出最後的絕招。

「你錯了，就是我們四個人八隻眼睛，也抵不過汪子亮一個眼神，如果我們搬回去，要讓他們天天見面，朝夕相處在一個屋簷下嗎？不，我絕不答應！」士芬堅決的說道，她才不要幫中威與亮亮製造相處的機會來對自己不利呢。

「你傻瓜呀！能夠幫你盯著陳中威，那就更可以替你盯著那汪子亮呀，你想想，大家天天都得回家，兩個人都在眼前，行蹤全在掌握之中，你們要是住到外面去，你真的能掌握陳中威什麼時候回家？那個汪子亮會不會在外面跟你老公幽會？」秀女自以為是的嘲笑士芬太天真了。

「我能掌握，我一定要掌握！我會寸步不離的跟著他，我要在最快的時間內懷孕，我們會眞的有小孩，至少一個，等他成了家，當了爸爸……他的一生就眞的掌握在我手中了。」士芬眼裡盡是對未來的期待，只要她等待，中威有一天定會完完全全屬於她的。

「媽，我會盡我一切力量阻止他們見面，現在、以後，永遠我都要他們保持距離，我跟我們的孩子會擋在中間，讓他們越來越遠的。所以，媽，千萬不要讓我搬回去。」士芬認眞的說著自己的計畫，表情堅決，不容許任何人的阻撓。

秀女見她如此，也不再多說些什麼了。

＊＊＊＊＊＊＊＊＊＊＊＊＊＊＊＊＊＊＊＊＊＊＊＊＊＊＊＊＊＊＊

人來人往的醫院門口，亮亮還在爲剛才婦科醫生對她說的話有些失神的走著，才一不注意，小敏就跑到跟前距離她有一大段路。

亮亮大聲喊著小敏，小敏終於停住腳步等著亮亮，亮亮有些心煩地跟小敏抱怨著。

「你看！醫生生氣了，說你沒定期去複診，光吃藥是不行的，該看醫生的時候還是要看醫生。」亮亮假裝生氣的責怪小敏。

小敏不回答卻突然問。「亮亮，你爲什麼去看婦產科？」

亮亮沒料到小敏會這樣問，遲疑了一下，不知道該如何回答。

「你剛剛去看婦產科，你懷孕啦？」小敏毫無顧忌的說著。

「沒有，不准亂說，我是生病了……女生的病。」亮亮趕緊摀住小敏的嘴，急忙澄清。

「你不要騙我哦，你剛剛進去的時候，我坐在外面等你，那些女生說，女生生病是看婦產科，懷孕了看的是產科，你看的是產科，我……我知道的。」小敏認眞的注視著亮亮。

亮亮避開小敏的視線，轉過身背對著小敏。

「亮亮，我是精神病，我又不是智障，這麼簡單的事情我會分不出來嗎？」

小敏看著亮亮一直沒反應，跑到她面前，就要一個答案。

「亮亮，你如果有了小孩以後，我就是舅舅了吧？我可以當舅舅吧？可以哦？你先不要告訴他我生病了，我會按時吃藥按時看醫生，等他生下來了，說不定我的病就好啦，嗯？我……我想我會是一個正常人，我一定會是一個好舅舅的，好不好？」小敏抓起亮亮的手，想著自己當舅舅的模樣，開心的笑了起來。

亮亮摸摸小敏的頭，欣慰的微笑。

「小敏……」

小敏則摸了摸亮亮的肚子。「他在這裡吧？」

「小敏，姊姊也很想讓你當舅舅，你一定會是全世界最好的舅舅……」亮亮看著小敏認眞的模樣，忍不住哽咽。

「是，我會是！我……我保證！」小敏舉起右手，信心滿滿的向亮亮保證。

「可是現在……現在還沒有……」亮亮搖著頭，不想多做解釋，乾脆否認的說著，她被趕出了趙家，對於將來的婚姻都茫茫然，何況是肚子裡的孩子。

「那你爲什麼要去看醫師呢？」小敏一臉疑惑地問。

「我……我著急啊，我問醫師爲什麼沒有啊。」亮亮胡謅了一個理由。

「眞的是這樣嗎？」小敏還是不相信，逼問著亮亮。

「你一定要相信我，小敏，一定要相信姊姊，現在還沒有，等到有了……等到可以生了，姊姊一定第一個告訴你。」亮亮怕小敏失望，不住地哄著他。

「說話算話唷。」

亮亮轉過身去，小聲地承諾著弟弟，卻又陷入了自己不安的情緒裡。

＊＊＊＊＊＊＊＊＊＊＊＊＊＊＊＊＊＊＊＊＊＊＊＊＊＊＊＊＊＊

「亮亮多吃點。」姸秋看亮亮胃口不好，夾了一塊雞肉到亮亮的碗裡。

「媽……不用了，我吃不下。」亮亮放下碗筷，一臉無精打采的說著。

「奇怪，你今天中午也沒吃多少東西，你的胃口怎麼這麼差啊？」姸秋擔心的問亮亮。

「你去看醫生的時候，醫生有沒有告訴你，你可能就是因爲吃得太少……」小敏直覺的說。

「小敏！」亮亮趕緊阻止小敏，小敏張著口發現自己多嘴了，馬上摀住嘴巴。

「你今天去看醫生？」姸秋關切的問著，「你去看什麼醫生啊？你說呀，亮亮。」

亮亮一臉爲難，不發一語的走向屋外去了。

姸秋只好問小敏，小敏老實告訴姸秋亮亮今天去看婦產科醫生的事情，姸秋聽了心中有了些想法，趕忙到庭院去找亮亮，而亮亮正低著頭哭泣。

「你是不是懷孕了？」姸秋開心的抱著亮亮，「你眞的懷孕啦？」姸秋自顧自的說著笑著，卻沒看見亮亮一臉的淒苦。

「太好了，我們家亮亮懷孕了，你爸要知道，不知道有多開心，亮亮要做媽了，我要做外婆了……」姸秋拉著亮亮的手，開心的說著。

「不要再說了，媽，不要再說了。」亮亮的處境讓她眞的不知該如何開口，只好哭著跑開，姸秋發現事有蹊蹺，連忙跟了上去。

「亮亮，懷孕是好事啊，你不是一直都想當個母親的嗎？是不是？士元已經知道了吧？」姸秋看亮亮絲毫沒有當母親的喜悅，懷疑的問著。

亮亮沈默，繼續流著淚。

「他是爸爸，應該知道了吧，趙靖呢？還有你婆婆……」

「沒有人知道，沒有人知道……」亮亮哭著，不住的搖頭，傷心的說道。

「爲什麼沒有人知道？你爲什麼不告訴他們？你是今天下午檢查才知道結果的吧？好了……別哭了，懷孕嘛，應該開開心心的，你怎麼沒告訴他們呢？」妍秋輕拍亮亮的肩膀，安慰地問著。

「因爲沒人關心！沒有人歡迎……更沒有人期待……期待這個小生命……我沒有告訴他們……因爲……因爲……我可能連這個婚姻都保不住了。」妍秋聽見亮亮的這一番話，內心感到震驚。

「我不知道……該不該……要不要生下這個孩子……」亮亮不安的求助於妍秋。

「他們沒有好好對你？他們對你不好？那趙靖呢？趙靖也這樣由著他們欺負你嗎？亮亮。」妍秋大概知道亮亮又在趙家受到委屈了，關心的問著。

「是趙叔叔要我走的……」亮亮哽咽的說。

妍秋簡直不敢相信，亮亮不願多說，快步地奔跑進屋。

「趙靖？」

妍秋想著趙靖曾經對她說過的承諾，承諾會好好對待亮亮，怎麼會讓她的女兒懷孕了卻沒有做母親的喜悅呢？妍秋咬了咬唇，心中似乎下了重大的決定。

在趙家，這陣子可是充滿著喜悅的氣氛。

秀女和士芬在家中忙著列出宴客名單，兩個女人手忙腳亂的打電話、寫邀請函。

「陸氏企業啊，王董事長他們，你三舅他們的電話到哪去啦?」秀女高聲的問著士芬，嘴裡盡是一些達官顯要。

「三舅他們的電話在前面吧！」

秀女拍了一下士芬的手。

「哎呀！士芬啊，這樣算一算都快一百桌了～」秀女喘了一口氣，擦擦臉上的汗，嘴角卻充滿了驕傲的笑容。

「沒關係，坐鬆一點，吃起來也舒服，才氣派呀～」秀女不慌不忙的說著，心中只想著要替自己的女兒舉辦一場盛大的婚禮。

正當母女倆相視而笑時，門鈴突然響起。

「中威來了，我去開門。」士芬開心的打開門要迎接中威，卻看見妍秋站在門口，嚇了一跳。

「是你！」士芬斜眼上下打量著妍秋，奇怪著她怎麼會出現。

「誰呀？」秀女在屋裡叫嚷著。

「媽……」秀女走向門口，抬頭看見妍秋跟著士芬進來，也嚇了一跳。

秀女緩緩的走到妍秋面前，看見妍秋一臉肅穆的模樣，心中也有了底。

「算算時間你是該來啦～」秀女睨了妍秋一眼，冷冷的說著。

「趙太太，我們有過協議的，你答應過我會對亮亮好。」妍秋神情認真的質問秀女。

「哼！現在頭腦挺清楚的嘛……」秀女冷哼了一聲。

「你答應過我，為什麼要欺負亮亮？」妍秋無視於秀女高傲的姿態，嚴厲的追問著。

「我欺負她？我說宋妍秋啊，你回去好好問問你女兒，我怎麼對待她的？把她伺候得像個老祖宗似的，欺負她？上回她生病了，我家事也不敢叫她做啦，飯也不要她煮啦，我還幫她管教老公，逼著趙士元去上班啊，我甚至搬到她房裡，好伺候她大半夜裡吃藥啊。我做得已經夠大方夠意思啦！」秀女內心絲毫沒有一點愧疚，還向妍秋細數著她的辛勞。

「那她為什麼要委屈的搬回娘家？」妍秋一聽，更是疑惑了，她無法相信秀女的說法。

「你問我？她沒告訴過你呀？」秀女挑著眉，「她不敢說，她不敢告訴她娘呀！」秀女提高音量尖聲的向士芬說著，卻是故意說給妍秋聽。

「汪媽媽，你家汪子亮快把我家搞翻天啦，她先是寫匿名信給我爸爸，揭發我的隱私，差點把我爸氣得中風，然後害我流產。這不打緊，接著她三更半夜趁著大家都睡著了，穿著睡衣，跑到我未婚夫陳中威那去私會他！」士芬順著母親的意，在一旁幫著腔，逮到機會就揭亮亮的瘡疤。

「不會……我的亮亮不會做這種事的，不會……」妍秋睜大著眼，極力否認著。

「我說宋妍秋啊，這件事要是我說、士芬說、士元說你都可以不相信啊，可是這一回可是我們趙靖親眼見到的，三更半夜啊，我們一家四口就抓到他們幽會，穿著睡衣呢！」秀女斜瞪著妍秋，譏嘲著亮亮。

「對呀，連我爸都看不慣了，是我爸把亮亮趕回去的。」

「這回你女兒自己不爭氣，丟人可丟大啦，別人想對她好都難啦！」秀女假裝遺憾的搖著頭，雙手一攤，一臉的無可奈何。

「我……我的亮亮……我的亮亮不會做這種事的，她不會背叛士元的，否則……否則她不會替士元懷孩子的！」妍秋猛的轉過來對秀女說著。

秀女一驚。「你說什麼懷孕啦？」

「對呀，我家亮亮懷孕了。」妍秋再度重複了一遍，秀女和士芬兩人驚訝的對望著。

「你確定是懷我哥哥的孩子嗎？她半夜都敢去找陳中威私會，這很有可能……」

不等士芬說完，妍秋狠狠的就揮了士芬一巴掌。

「宋妍秋啊！」秀女趕緊護著女兒，不甘示弱，憤怒的吼著。

「你們眞是欺人太甚了！」妍秋也吼著，眼神嚴厲的瞪著秀女和士芬。

「我可警告你唷，宋妍秋，POSE擺擺就可以了，適可而止，看你是長輩，我女兒白挨你一巴掌就算了，你不要太過分了你。」秀女看見妍秋突然發飆，不禁有些畏懼。

「過分的是你們！我女兒懷了你們趙家的孩子，可憐兮兮的被趕回娘家，眼淚往肚裡吞，就算有天大的喜事也不敢說！就因爲……」

想到女兒所受的委屈，妍秋不禁哽咽了起來。

「因爲她心裡有鬼啦！如果她心裡坦蕩蕩的，她幹嘛不說出來？不敢告訴我們？那她總可以告訴她老公吧？怎麼連趙士元也不知道啊？」秀女把話給接了下去，繼續侮辱著亮亮。

「因爲她自己也不確定！」士芬摀著火辣的臉頰，在一旁也不甘心的大吼。「說不定孩子是陳中威的，所以不敢告訴大家！想偷偷把孩子拿掉，而且陳中威要跟我結婚了，她更沒指望了！」

妍秋看著兩人的態度，心疼著亮亮竟然在這樣的家庭裡生活，狂搖著頭。

「你們會得到報應的，你們一定會得到報應的！」

看著妍秋離去的背影，秀女聽得出妍秋此番話是說眞的，不禁慌了。

「眞的懷孕啦？怎麼就眞的給她懷上了呢？」她氣得跺著腳，事情不是都在她的掌控當中嗎？「老天爺啊，這下可怎麼辦啊，要生個小神經病啦～」秀女實在不敢想像，不知道該如何是好。

「緊張什麼，不會讓她生的，又不見得是趙士元的。」士芬在一旁冷冷的說。

「士芬啊～」秀女當然知道一定是士元的，怎麼可能不緊張。

「說不是就不是，緊咬著懷疑就不准她生。」士芬面無表情地獻上了一計。

「你……你哥哥他……」秀女又擔心的問著。

「哥他根本不想要有孩子，再加上懷疑他們，這還不順水推舟啊？」士芬平靜的分析給秀女聽。

「那你爸爸……我怎麼……」秀女一聽到亮亮懷孕，方寸大亂，緊張了起來。

「哥不要孩子，爸能怎麼辦呢？」士芬在一旁安慰著母親，此刻的她早已經脫胎換骨成另一個心機險惡的趙士芬了。

而妍秋默默的走出趙家後，禁不住內心的屈辱，再也無力地蹲在路邊喃喃說著。

「你們爲什麼要這樣呢？我都已經離開了……你們爲什麼還要對亮亮這樣呢？爲什麼……」妍秋情緒激動，抱著頭痛哭了起來。

此時中威正開著車往趙家去，看見蹲坐在路邊的妍秋，急忙下車。

「汪媽媽？」中威走向妍秋，奇怪著妍秋怎麼在這傷心的哭泣。

「汪媽媽，你怎麼會在這裡啊？怎麼啦？」

「亮亮……亮亮……」妍秋不理會中威，口中直叫著亮亮的名字。

「亮亮怎麼啦？汪媽媽，你快點說！」中威以爲亮亮出了什麼事，擔心的問妍秋。

「我的亮亮……」妍秋已經泣不成聲了。

「汪媽媽，好，沒事，汪媽媽，你不要哭了，不要哭了。」中威只能抱住妍秋不斷的安慰著，眼神望向趙家的方向，不安的情緒充斥著。

＊＊＊＊＊＊＊＊＊＊＊＊＊＊＊＊＊＊＊＊＊＊＊＊＊＊＊＊＊＊＊＊

亮亮在家裡發現母親不見了，急忙到處尋找母親。

「阿惠，阿惠～我媽出去的時候有沒有說要去哪裡啊？」亮亮慌張的問著。

「沒有耶，就說出去走走。」阿惠搖搖頭。

「怎麼不跟到？」

「阿惠現在已經不跟我們了，我們現在很自由耶～」小敏說著，這些日子以來，阿惠似乎也知道汪家這一家人的處境，開始眞心的相處，慢慢的與他們親近了起來。

「跑到哪裡去了？」亮亮不安地想去打電話。

此時門鈴響了，亮亮看見中威送著母親回來。看到母親是一陣喜悅，看到中威，卻有些尷尬的別過頭去。

「媽，你到哪裡去了？我擔心死了。」亮亮連忙牽著母親，鬆了一口氣。

妍秋一句話也沒說就進屋裡去了，連亮亮的叫喚都沒理會。

而庭院裡就只剩下中威和亮亮，亮亮知道這種情況不能再發生了，太多的誤會太多的耳語摧毀了她的婚姻，亮亮掉頭就要跑著進屋去。

「不要跑！」中威走向亮亮，平靜的說道。「懷孕初期要特別注意。」

亮亮驚訝的停下腳步。

「你都知道了？我媽告訴你的？她去找你？」亮亮一臉的疑惑。

「她去了趙家，我在路上碰到她……」

亮亮看著屋裡坐著發呆的母親，心疼的說。「傻媽媽，一定又受了羞辱，傻媽媽……」

中威走向亮亮。「亮亮，恭喜你。」中威伸出手，祝福亮亮。

亮亮臉上絲毫沒有喜悅，轉過身去，她要怎麼喜悅的回應？現在的她實在無法假裝。

「看著我，亮亮……」中威將她轉過來。「亮亮，你看著我，看著我。」亮亮眼淚無助的滑落看著中威。

「把孩子生下來，這是你這輩子最大的夢想，你要把孩子生下來。你要做母親，知道嗎？答應我，說你會把孩子生下來，你說好，亮亮，答應我。」亮亮聽著中威鼓勵的話語是那樣的溫柔，那樣的充滿祝福，這是她的小BABY第一個接受到的祝福，亮亮不禁淚流滿面。

「中威，我眞的很想說好，我眞的想……我眞的很想答應你……」亮亮不住的哽咽。

「那就答應我，我要看到汪子亮做母親。我不准你放棄，我要看到從前那個汪子亮，那個勇敢堅強的汪子亮。」中威雙手緊握住亮亮的肩膀，試圖給亮亮力量。

「沒有人喜歡他……沒有人歡迎他……」亮亮猛力的搖著頭說著，臉上掛滿了傷心的淚水。

「我歡迎，你歡迎，汪家的所有人都歡迎，不可以放棄，不准！」中威眼神專注地看著亮亮，透著一種哀戚。

「我要結婚了……我要娶趙士芬了……這是我唯一能爲你做的事，我爲了愛你，我勉強自己，去愛一個我不愛的人，這是我唯一……唯一能爲你做的事情。」

「不能放棄，我要你幸福，我要看到你幸福。否則我不會原諒你的。」中威忍住心中的傷痛，要亮亮答應。

「中威……中威……」亮亮抬頭看著中威，一臉的感動。

中威放下搭在亮亮肩上的手，轉身，緩緩走向大門。

「亮亮，你是孩子的母親，你有絕對的權利讓這個生命來到這個世界上，知道嗎？」中威突然回頭對亮亮說。

「今天我離開這裡，走出這個大門，以後我們再見面，就會是另一種關係，我不能再帶給你困擾了，也許我會帶著士芬離開台灣，以後，我聽到的消息是，亮亮很快樂，她很幸福，她是一個快樂的媽媽……」中威掩飾住欲潰堤的情緒，平靜的說著。

亮亮走向中威，看著他堅毅的背影。

「中威……」亮亮伸手，緊緊握住中威的手。

中威更加堅決的說，「我要你幸福！我們都要幸福！」他轉身看著亮亮。

「一定要！絕對要！一起努力，我們一起努力。」兩人雙手緊緊的交握著，好像要訣別似的。

亮亮流著淚點了點頭，嘴角有了一絲希望的笑容。

中威捨不得移轉的目光看著她，似乎要將這一幕深深的烙印在心裡，一輩子都不要忘記。

＊＊＊＊＊＊＊＊＊＊＊＊＊＊＊＊＊＊＊＊＊＊＊＊＊＊＊＊＊＊＊＊＊＊＊

士芬望著牆上的鐘，今天中威明明說好要到她家談結婚照的事情，可是到了晚上都還沒出現。等不住的她早就直接來到中威的家，卻撲了個空，心中百般不願意的想到一種可能性，中威不會又跟亮亮見面了吧，不確定的等待，讓士芬悶著氣，只能在中威家默默等著他。

聽到門鎖開的聲音，士芬趕緊擺出笑臉，迎向中威。

「我在等你。」

只見中威一臉冷漠。

「你可以把湯煮好了就回去啊。」

士芬知道他意有所指，但還是笑笑的勉強坐了下來。

「我在等你一起選照片。」士芬把結婚照一張張的拿到中威面前，像是沒事般地笑著。

「還要選嗎？這個婚還要結嗎？」中威連看都不看士芬一眼，冷冷的說道。

士芬臉色一變，果然被她料到了。

「你們又見面了？從中午到現在？」士芬逼問著中威。

「是。」

「她還是在你面前出現了？」面對中威毫不隱蔽直接承認的態度，士芬的眼睛嚴厲的瞇成了一條線。

「錯！是我在她面前出現。是我千方百計找到她，你有什麼問題？」中威理直氣壯的說。

「沒有，我們選照片。」士芬勉強的笑著，在這個當口她還是個輸家，但是只要婚事定了，有一天，中威會完全屬於她的。士芬如此安慰著自己，試圖平復自己的情緒。

一張張兩人親密靠在一起的結婚照就放在桌上，中威看著只覺得悲哀，奮力伸手一揮將照片全打落在地上。

「早說嘛，不喜歡這家照的，可以換別家啊。」士芬自己找著台階下，尷尬的把照片一張一張撿起來。

「不必了吧，我跟亮亮都有了孩子了，我們還要結婚嗎？」中威瞪著士芬，「你跟你媽都說那個孩子是我的，你還要嫁給我嗎？我是不是要對亮亮負責任？就像當初你們家也是這樣要求我，對孩子負責，我才去提親的，雖然你的孩子沒了，但是我還得負責，那現在亮亮肚子裡的孩子，我是不是更要去負責啊！」

士芬強裝鎮定，她沒有想到中威這麼快就知道這件事情。

「趙士芬，你很清楚，我跟亮亮之間什麼都沒有！那個孩子就是你哥的，你還要使什麼壞呢？就因爲你知道我愛亮亮，我……我是愛她，可是我已經答應要娶你了，你還怕什麼呢？」中威此刻已經豁出去了，爲了亮亮，婚姻是可以拿來當談判工具的，現在他也只有這個籌碼來壓制趙士芬。

「我現在要講清楚，趙士芬，這個婚我可以結也可以不結，如果有人硬要破壞亮亮的名譽，硬是要把孩子栽給我……好！我負責任，明白嗎？」中威一口氣說完，連看都不看士芬一眼，憤憤的轉身離去。

士芬握緊拳頭，狠狠地喘著氣，想著亮亮是如何對著中威哭訴的模樣，禁不住的顫抖著，她，趙士芬，永遠都忘不了汪子亮。

＊＊＊＊＊＊＊＊＊＊＊＊＊＊＊＊＊＊＊＊＊＊＊＊＊＊＊＊＊＊

亮亮端了碗湯走向妍秋，只見母親動也不動的呆坐在躺椅上，今天出去回來後，她就這樣一個人默默地什麼也不說，那無神的樣子讓亮亮擔心著。

「媽～你晚上也沒怎麼吃，我給你熱了一碗湯。」亮亮柔聲地說著。

妍秋背對著亮亮，忍不住掉下眼淚，趕緊擦去，強忍著情緒故作平淡的說。

「謝謝，擱那吧。」

「媽，不要再去趙家了，他們給我們的羞辱已經夠多了。」亮亮坐在妍秋的身旁，充滿無奈的說著。

「可是孩子是士元的，他們怎麼可以這樣對你。」妍秋替亮亮感到不甘心。

「我已經不敢確定，是不是要這個孩子了，雖然中威說，我有權利讓他來到這個世界上，可是……沒有人歡迎他……他跟我一樣孤單無助，而且……你的離開你和趙叔叔的關係，也會讓他一輩子在趙家抬不起頭，我希望我的孩子平安快樂，如果不能……我就不配擁有他，對不對？」亮亮平靜的說著，心中早有打算。

妍秋知道亮亮還在誤會著她和趙靖的關係，想要開口解釋，卻還是忍著不說一字。她有太多心裡的話不能告訴亮亮，雖然委屈，但為了亮亮的幸福，只好繼續沈默。

妍秋心裡知道，她的病讓她一直不是個好母親，可是現在，她會盡她所能的做個好母親。她想好好保護亮亮，她的女兒不是孤單無助的。妍秋下定決心，臉上泛著母性堅強的光輝，疼惜地看著亮亮。

＊＊＊＊＊＊＊＊＊＊＊＊＊＊＊＊＊＊＊＊＊＊＊＊＊＊＊＊＊＊＊

趙靖在辦公室裡忙著和屬下商談事情。

「立刻聯絡手中握有房子的股東，請他們釋出部分的空屋作爲客房部，既然旅館部不夠，只好請他們釋出了。」趙靖嚴肅的吩咐著。

「是！」

「那就這麼辦了。」

趙靖起身，他還有另一個會忙著開。

「董事長有您的訪客。」此時秘書進來知會了趙靖。

趙靖匆忙的來到會客室，看見妍秋站在窗前，凝望窗外發著呆。

趙靖腳步不再急促，慢慢走到妍秋的身後，他知道這一刻是遲早要來的。

「妍秋……我知道你遲早會來找我的。」趙靖一臉的肯定。

「是嗎？」妍秋回過頭，冷冷的說。

「要不是爲了亮亮的事情，你不會輕易見我的。」趙靖瞭解妍秋，「可是妍秋，亮亮這一次鬧得太過分了，站在一個客觀的立場，我不能再護著她了。」趙靖搖搖頭，無奈的對妍秋說。

「所以你把她趕回娘家？」妍秋質問著趙靖。

趙靖嘆了一口氣，他以爲妍秋是可以明事理的。

「趙士元兇她，秀女欺負她，士芬整她，這些事情我都有立場可以教訓他們，甚至於陳中威找她，我都認爲那不是亮亮的錯，可是妍秋，結了婚的女人，半夜穿著睡衣去跟一個男人見面，這是可以被原諒的嗎？」趙靖反問妍秋。

「當天早上，陳中威才到我們家來提親的，夜裡頭亮亮就去了，換了是你，你是趙家的大家長，你要怎麼樣處理這件事情呢？」

「你們一家四口站在門口聽得清清楚楚，他們什麼也沒有！」妍秋態度堅決地說著。

「我知道他們什麼也沒有，我氣的是亮亮的心態，她如果愛陳中威，她大可嫁給他，可是她沒有，她選擇了趙士元。既然選擇了趙士元，勸她離婚她也不願意，那她又何必阻止那小子娶士芬呢？自己放棄的，又不願意別人得到，這種心態不是很可議嗎？」趙靖不滿的說。

「你們又是什麼心態？一家四口站在門口偷聽，你們期待什麼？聽到什麼？看到什麼？到底是防賊還是想抓姦呢？這是你趙家大家長該有的行爲嗎？」妍秋也不甘示弱，據理力爭著。

「聽見什麼都比聽見她對著陳中威分析推測懷疑趙士芬的人格來得好！那個人是士芬將來的對象耶，她要嫁給他的，亮亮這樣打擊她對嗎？厚道嗎？你叫他們小倆口將來怎麼生活？怎麼相處？如果他眞的受了影響了，對士芬的人格有……」趙靖護著士芬，埋怨著亮亮。

「你們趙士芬的人格沒有可疑之處嗎？」妍秋厲色地說道。「趙靖，我宋妍秋大半輩子沒跟人紅過臉，更別說對一個有三十年交情的老朋友，今天如果不是爲了亮亮，我不會這樣。剛剛你振振有詞，說了半天我們家亮亮的不是，說穿了，不也是在維護你們家士芬嗎？」妍秋直盯著趙靖，一針見血的說出問題所在。

趙靖沈默，抬頭看著妍秋。

「儘管你再不喜歡陳中威，你知道你們家士芬愛他，你也不希望他們婚事起變化，恕我不客氣地說，你是惱羞成怒了。」妍秋繼續說著。

趙靖一臉被說中了心事的模樣，低下頭不敢回應。

「那天晚上你的心態是一個惱羞成怒的父親。」妍秋厲聲的說著。

「她可以不要這樣處理的，她如果懷疑可以來告訴我。」趙靖自知理虧，低聲的回著話。

「是嗎？可以嗎？這麼些日子以來，你明明知道士芬母女倆天天欺負亮亮，你做了什麼處理？我們亮亮如果不是被逼急了，她也不會去找陳中威啊。」

趙靖緩緩的轉過身，想著這些日子一家人對待亮亮的態度，自己的確有著疏失。

「我會讓士元去接亮亮回來的。」趙靖勉強的說著。

「不用麻煩了。」妍秋知道趙靖沒有心解決這件事，轉身就要離去。

「妍秋！」趙靖叫喚住妍秋。

「你一直怪亮亮不告訴你，好，我現在告訴你，清清楚楚的讓你這個趙家的大家長知道。」

妍秋轉過身看著趙靖，一個字一個字慢慢的說道。

「亮亮懷孕了。」

趙靖抬頭一臉震驚。

「我不知道耶……」趙靖搖著頭，不敢置信。

「你當然不會知道，因爲你的妻子兒女不會讓你知道啊，現在你是不是也要懷疑，他們不讓你知道的心態呢？你會不會也一怒之下，把他們趕出家門呢？」妍秋諷刺的逼問趙靖。

「妍秋……對不起，我不知道亮亮懷孕這件事，我親自去接亮亮，孩子是我們趙家的……」趙靖一臉的歉疚。

「你錯了，孩子不是趙家的。因爲你的妻女不認他，他們認爲孩子不是趙士元的，是陳中威的！」妍秋面無表情的說著。

趙靖面色一變，尷尬得不知該如何是好。

「現在你應該知道，士芬母女倆是怎麼刻薄的對待我們家亮亮了吧，孩子是我們汪家的，是漢文的孫子，汪家自己會養，就算他天生帶有精神病的遺傳基因，我們也會愛他，不希罕你們趙家來認這個孩子！」妍秋說完，頭也不回的轉身離去。

趙靖從沒見過妍秋如此憤怒過，這才認眞的思考起自己在這件事情上，的確有些處理不當，可是這件事情怎麼都沒有人告訴他呢？趙靖決定要好好問個清楚。

正巧此時秀女也在俱樂部的教堂裡打點著女兒婚禮的布置，完全還不知道即將有一場家庭戰爭要爆發了。

「一定要隆重要氣派，教堂那邊給我放滿鮮花，到處都要放綵帶。」

秀女指著這指著那，一點小地方都不放過的吩咐著。

「是，董事長夫人。」

「停車場啊，我告訴你，到時候至少有一百桌客人，到時一定要請專人調度，要有代客停車，不要怠慢我們的客人。你看看那邊……」秀女指著大門正要開口，突然看到妍秋出現在俱樂部裡，心裡一驚，滿腦子的疑惑，趕緊追了上去。

「你敢跑回來台北啊？你敢跑到這兒來找趙靖啊？」秀女尖聲的對妍秋吼著。

「當然！」妍秋挺直著身子，無所懼的直盯著秀女看。

「你居然敢！」秀女臉色大變，用手指著妍秋的鼻子正要開罵。

「你不是已經看見了嗎，我就是來了，我來看趙靖。」妍秋斜瞪著秀女，故意說著秀女最害怕的事情。

「你好大的膽子啊你，你忘了你是怎麼答應我的嗎？」秀女的臉一陣青一陣白。

「是你忘了當初你是怎麼答應我的吧，要對亮亮好，要讓她幸福。」妍秋反倒先回嘴，提醒著秀女。

「哼！是趙靖啊，是趙靖趕她回去的。」秀女還在把責任都推到趙靖身上。

「趙靖可沒像你們那樣羞辱亮亮，可沒不承認那個孩子是士元的。」

「好哇，跑回來告狀的呀，」秀女雙手插腰，恨得牙癢癢。

「怎麼樣？告狀是你們母女倆才有的權利嗎？我告狀說的可都是事實，你敢嗎？你女兒誣賴我們家亮亮，你逼我搬家，你敢把這些事情讓趙靖知道嗎？」

秀女原本目光兇惡地瞪著妍秋，自知理虧，趕緊將視線轉移，試圖掩飾心中的不安。

「爲了我們家亮亮，我都忍了，就算她誤解我，我也繼續遵守我們之間的約定，你呢？蔡秀女，一個神經病都比你這個正常人守信用！」

「守信用？你守什麼呀？守多久啊？你現在不都出現啦？哼！就跟你女兒一個樣，專門喜歡偷偷摸摸私會別人的老公。」秀女最經不起人罵，刻薄的睨了一眼妍秋，把她們母女倆都一起罵了。

「你放心，下一次我絕對不會再偷偷摸摸了，我一定光明正大，讓你知道我跟趙靖見面了，再見面了，又見面了。」妍秋冷笑著，看秀女氣得全身發抖，得意地要走向門外，秀女猛地拉住妍秋，又奮力的推了一把。

「你可惡啊你！」秀女揚起手正要往妍秋的臉上打去。

「你敢動手你試試看！」研秋毫無畏懼，神色自若的說著。

秀女看著妍秋堅定無懼的眼神，剛舉起的手在半空中凝結住了。

「你敢動手試試看，我就去找趙靖，立刻。」

秀女緩緩的將手放下，一肚子氣無處可發的脹紅著臉。

「你們不都這樣子整亮亮的嗎？」妍秋又冷冷的對喪氣的秀女說。

秀女突然想起什麼似的，面容又由氣憤轉爲訕笑。

「你還知道有個亮亮啊，你還知道要爲了亮亮啊？」

「不用你提醒，忘記的是你，你忘了亮亮對你有多重要啦。」妍秋不甘示弱地說，「不要以爲受亮亮牽制的是我，其實是你們，記住哦，只要我的亮亮不幸福不快樂，倒楣的可是你蔡秀女唷。」妍秋提醒著秀女，現在的她可以爲了自己的女兒變成一個堅強的母親。

「哎呀，你在威脅我？你敢威脅我？」

秀女看著妍秋微笑的表情，內心也開始慌了，態度頓時軟化下來。

「好，我接她回來。我讓她生孩子，給她產檢，我照顧她。」秀女見妍秋不說話，急得直問。「你到底還想怎麼樣？我都已經讓步這麼多啦！」秀女看妍秋得理不饒人，不耐的問著。

「如果你能忘記你是在妥協在退讓，如果你能夠真心眞意的接納她愛她，我想我可以繼續考慮我們之間的協議。」妍秋面無表情的說。

「宋妍秋，可別忘了你現在是什麼身分，別以爲你自己有多了不起，你什麼都不是耶，充其量你也只不過是個外遇！我警告你，我可以去抓你，我告你通姦，我告你妨礙家庭！」秀女忍不住又破口大罵。

「好啊，去告啊，可是告我什麼呢？告我們一起唱歌？一起散步？告他回憶犯罪，念念不忘三十年？還是告你所謂的精神外遇？可我沒聽說那是條罪耶。」妍秋對秀女的一番話感到可笑極了，差點就真的笑了出聲。

「宋妍秋，你不要臉啊你！」妍秋抓住了秀女的弱點猛攻，讓秀女完全無法招架，只能狠狠的盯著她。

「我的臉不重要，重要的是亮亮的裡子，你承諾過我的，亮亮的日子只會越過越好，可是現在沒有，蔡秀女，是你毀約在先，我不但可以不要我的面子，我也可以撕破你的，毀了你的裡子！」

秀女強作鎮定的笑了起來，但笑聲抖抖地，顯然只是一種被動的防備。

妍秋知道秀女在害怕於是繼續說。

「記住哦，我不怕唷，我可是什麼都不怕的。」妍秋笑著轉身離去，留下秀女緊握著拳頭，看著妍秋的背影，內心一頭恨不得一把抓花她的臉，一頭擔心著她來這到底跟趙靖說了些啥。

果然趙家的晚上也不怎麼安寧，下班回去後的趙靖，將大家都召集起來，劈頭就是一陣怒罵。

「說！」趙靖嚴厲的看著他們三人，要他們給個解釋。

「這事能怪我？能怪士芬嗎？這任誰都覺得有蹊蹺的嘛！」秀女強辯著。

趙靖氣得轉身。

秀女繼續說著。「ㄟ！首先她懷孕，那就表示沒有人逼她吃避孕藥了對不對？那我沒錯了吧。打從她嫁進來的第一天開始，她就吵著要當媽媽啊，現在好不容易她懷了，怎麼會不敢說呀？」秀女理直氣壯，絲毫沒有悔意。

看著一旁不出聲的士元，秀女當然要故意問著。「趙士元，你說呀，她有沒有告訴過你？」

「沒有啊。她回娘家那一天，我還主動跟她提過懷孕生孩子的事情，她都沒告訴我她懷孕了。」士元也一臉懷疑的說著。

秀女聽了看著趙靖冷笑，急忙附和。

「你看是不是？這要真是趙士元的孩子，亮亮怎麼會不敢說呢？你不覺得很奇怪嗎？」

士芬也趕緊在一旁幫腔。「是很奇怪啊，中威可比哥比爸早知道吧。」

「這要眞是趙士元的孩子，怎麼我們家趙士元不知道，陳中威先知道啦？這任誰都會懷疑的嘛。」秀女和士芬兩人一搭一唱，默契十足。

「好啦！誰知道誰不知道，誰先知道誰後知道都不重要！現在重要的是怎麼解決這件事！」

趙靖看著低頭不語的趙士元，意思很明顯了。

「趙士元，去把亮亮接回來。」士元怯懦的看了趙靖一眼，不做任何表態。

秀女走過去，拍了拍士元的肩膀，假意也幫著勸著。

「是啊，兒子，氣歸氣，總不能把人家丟著不管，去……去把她接回來，該產檢該注意的，我們就要跟人家注意啦。」

士元搗著頭不想聽。

「我要盡快看到亮亮！」趙靖看著還在逃避問題的士元，下了最後通牒，說完憤怒的離去。

士元心煩，起身又要出門，秀女忙站來起阻止。

「士元啊，說去就去，這麼快啊？」秀女還眞怕士元馬上就把亮亮接回來，連忙問著。

「不是啦，好日子快過完了，還不趕快出去呼吸一下新鮮的空氣。」士元披上了皮夾克，不願意感受這屋子裡凝重的氣壓。

「喂！」秀女大喊，士元逕自向外走去，完全不加理會。

「媽，你眞的讓她回我們趙家啊？」士芬不安的問著秀女，眼神充滿了不悅。

「不讓她回來陳中威娶你呀?」秀女皺了皺眉頭，尖聲的問著。

「那……你也答應她把孩子生下來嘍？」士芬繼續追問著。

「我蔡秀女哪那麼容易被人威脅的啊？」秀女冷笑，心中像是早已打定了主意。

「媽，你說什麼啊？」士芬一臉狐疑，不知道母親又有什麼計畫了。

「哎呀，你不要管啦！你跟陳中威的婚事準備得怎麼樣啦？」秀女撇開話題，關切的問著。

「他說，要看到亮亮開開心心的，他才……」士芬一臉的委屈。

「我女兒的婚事居然還得由著他來做決定？好，很好，我就不相信，我蔡秀女一雙兒女的婚事，我會做不了決定！等著看好了，我就跟那個狐狸精纏鬥一輩子！」秀女心中暗自盤算著。

＊＊＊＊＊＊＊＊＊＊＊＊＊＊＊＊＊＊＊＊＊＊＊＊＊＊＊＊＊＊＊＊＊＊＊＊

妍秋又在自家院子裡坐著發呆，阿惠拿著行李，默默地看了一眼妍秋，又進去屋裡找亮亮。

「有事嗎？」亮亮看阿惠提著行李，疑惑的問。

「這是我的行李，你看一下。如果沒有問題，明天我要走的時候我再過來拿。」

「什麼意思啊？」亮亮不解的問。

「我明天就走了，麻煩你檢查一下。」阿惠自己把行李箱打開，要亮亮檢查。

「爲什麼要檢查？」

「都要的，上次我離開趙家，太太她也是檢查完，才把我的身分證還給我的啊。」阿惠照實的說。

「我不檢查，阿惠，我相信你的人格，只是你走了，如果有時間，我希望你常常回來看我媽媽和小敏。」亮亮由衷的說，經過這些日子的相處，對於阿惠要走，的確有些不捨。「小敏現在跟你相處得其實眞的很不錯，如果你不嫌棄，跟他做個朋友好不好？」亮亮誠懇的看著阿惠。

「汪小姐，我怎麼會嫌棄小敏呢？他是個好人耶，你們一家都是好人。所以呀，總是會被欺負。」阿惠對亮亮的態度覺得感動，相形之下，秀女的處事顯得更跋扈。阿惠搖了搖頭，有些替亮亮抱不平的說著。

亮亮懂得阿惠說的，但也只能無奈的苦笑。

阿惠深吸了一口氣，有些事情在她離去之前，是必須讓亮亮知道的。

「汪小姐，你一直都誤會你媽了，你媽會搬回來這裡，都是趙太太逼的。」

亮亮震驚卻又充滿困惑的繼續聽阿惠解釋著。

「她利用你的幸福來威脅你媽，然後趁你出國的時候，要她立刻搬回來，才答應好好對你，讓你生孩子，還有，汪太太其實對我們先生根本都沒有意思，上次先生來找汪太太的時候，他們說什麼我是聽得不太清楚，不過最後，汪太太打了先生一巴掌，然後就叫他走。」阿惠一口氣把事情全盤說了出來，讓亮亮放下心中對母親的藩籬，卻也知道自己誤會了母親，眼睛瞬間泛著淚光，感到懊惱極了，趕緊走到屋外。

亮亮看到母親坐在庭院的搖椅上，癡癡地望著天，消瘦的身影令人感到心疼。亮亮跪了下來，終於忍不住激動的情緒，淚水潰堤。

「對不起……對不起……」

「你怎麼啦？趕快起來，你肚子裡還有孩子呢。」妍秋被亮亮突如其來的舉動嚇到，趕忙要扶起亮亮。

「你不原諒我，我就不起來。」亮亮哭著，跪在地上不肯起來。

「傻孩子，原諒你什麼？」妍秋不知道發生了什麼事情，著急的問著。

「你爲什麼不告訴我實話？她逼你走，你爲什麼不說？自己受這個委屈幹什麼嘛?」

亮亮一把抱住母親，大聲的痛哭著。

「媽……」

妍秋輕拍著亮亮，一臉的欣慰。

「亮亮……你自己馬上就要做媽了，你也能夠體會，世界上沒有一個做母親的，會認爲替兒女做些什麼是委屈，你長這麼大，等於是自己一個人長大，媽沒能爲你做什麼……就是連小敏小學的母姊會，也是你牽著他的小手一塊兒去的……亮亮是個小母親，媽不是。」妍秋說著說著，也緩緩的流下眼淚。

「媽對不起你。」妍秋緊擁著亮亮，心中滿是愧疚。

亮亮抬頭望著母親。

「不准說對不起，不准……」亮亮摸著妍秋的臉，擦去妍秋的淚水。「不准說對不起……」

「好，不說，只要我的女兒過得好，要我做什麼我都願意。」

兩人緊緊相擁，母女連心，此刻再也沒有任何事情能替代她們緊緊相繫的情感。

「媽，我愛你，我好愛你……」亮亮看著妍秋破涕爲笑。

而阿惠站在她們身後，目睹了這感人的一幕，眼眶也隱隱泛著淚光。

＊＊＊＊＊＊＊＊＊＊＊＊＊＊＊＊＊＊＊＊＊＊＊＊＊＊＊＊＊＊＊

在咖啡廳隱密的一角裡，秀女拿著一把鈔票丟在孫醫師面前。

孫醫師看著眼前的鈔票不解的問著原因。

怎料到秀女說出來的計畫卻讓他覺得心寒，怎麼會有婆婆置自己的媳婦於這樣的地步？孫醫師搖搖頭，將鈔票推了回去，基於職業道德的立場，他必須斷然拒絕。

秀女也非省油的燈，她會找上孫醫師，不是沒有原因，只見她冷冷地揪著他說著。

「那麼醫生沒有行醫執照，沒有檢定證明，不也違法嗎？」

「你……你是在調查我？」孫醫師臉色一變，被問得啞口無言。

「你的來歷我很清楚的，老婆小孩都移民了吧？台灣還有個小老婆金屋藏嬌呢，負擔不輕啊。不過當然，這密醫的錢好賺，風險可不小唷。」

秀女喝了一口茶，不慌不忙，這局已經布好了，就等棋子動呢。

「如果說有人去檢舉你，這你們一家四口……」秀女盯著孫醫師，語帶威脅的說。

孫醫師睜大了眼，不知該如何是好。

「不，五口，這可怎麼辦唷！」秀女故意尖聲的對孫醫師說。

孫醫師低下頭去，嘆了口氣，只好將眼前的鈔票塞入提袋裡，默默地離去。

秀女順了順髮，微笑的看著孫醫師離去的背影，眼神裡透著一股陰森狡詐。

✳✳✳✳✳✳✳✳✳✳✳✳✳✳✳✳✳✳✳✳✳✳✳✳✳✳✳✳✳✳✳

中威和士芬在中威家沒有交談，氣氛凝結著，冰冰冷冷的。

中威坐在椅子上看書，士芬在一旁倒著咖啡，殷勤地端了一杯熱咖啡給中威，想要打破僵局，但中威並不理會，逕自埋頭看書。

「我爸在問你的家人什麼時候從巴西回來？」士芬打破沈默地問著中威。

「亮亮什麼時候回來？」中威毫不回答士芬的問題，卻問起了亮亮的事。

「她會回來的。」士芬有些壓抑的小聲說著。

「什麼時候？」中威面無表情的問道。

「我不知道，我不是她肚子裡的蛔蟲。」士芬沈不住氣，憤怒的回著話。

「難道天下還有你們母女不知道的事情嗎？」中威邊看書邊說著，連頭都沒抬一下。

「我沒有那麼多閒工夫，管她要不要回來，以及什麼時候回來。」士芬看了中威一眼，冷哼了一聲。

「可是你有閒工夫，三更半夜帶著你的家人去堵亮亮。」中威緩緩的說著，語氣中絲毫不帶感情。

「你不要忘了，那天晚上是你們兩個半夜三更見面的。陳中威，如果沒有你，她愛什麼時候出去見誰我都不在乎。」

中威闔上書，看著士芬。

「是嗎？既然我這麼重要，我就要亮亮風風光光的回你們趙家，要你誠心誠意的向她道歉，我才會進行我們的婚事。」

「如果我不呢？」士芬倔強的撇過頭。

「你不會說不的。」中威很有把握的說著。

「陳中威，你認爲我非嫁給你不可嗎？」士芬被逼急了，脹紅著臉對中威大吼。

「我沒有這麼說，是我向你求婚的，可是，你可以拒絕我，如果你不是非要嫁給我的話。」中威冷笑道。

「陳中威……你這樣子諷刺我你很開心嗎？」

「我不知道諷刺別人開不開心，問你比較清楚。」中威看見士芬氣急敗壞的模樣，心中有一絲得意。

「你太過分了！」士芬怒視中威，狠狠的說著。

「或許吧，或許我很過分，但是又能過分多久？我用我一輩子的時間，去換取這短暫的放肆，想想應該不爲過吧。是，你的清白給了我，流掉的孩子也是我的，是我向你求婚的，我正在盡我最大的努力對你負責。而我唯一一個小小的心願，就是要你們好好的對亮亮，這樣的要求不過分吧？」中威緩緩的說著。

士芬氣著中威嘴裡掛著心裡念著的總是亮亮，轉身拿起皮包就想要走。

「士芬！你可以離開，你更可以趾高氣昂的不去道歉，但是……你不要怪我把亮亮接回來，到時候，我絕不會再把亮亮放回你們趙家，讓她受苦。」中威下了最後通牒，厲聲的對士芬說。

士芬緊咬著嘴唇，氣得渾身發抖。

「你自己選擇。」中威盯著士芬。

士芬想了一下，轉身把包包放下，坐了下來，開始撥著電話。

「喂。」亮亮接起了電話。

「是我。」

「有什麼事？」亮亮一聽是士芬的聲音，語氣突然變得有些防備。

「亮亮，我要跟你說抱歉，對不起，因爲我的任性猜忌小心眼，讓你受了很多傷害，請你原諒我。」士芬一口氣說完，眼中的淚水不禁流了下來，身體不住的顫抖著，要她向自己的敵人低頭，簡直是一種侮辱。

亮亮在電話另一頭感到吃驚。

「我是誠心誠意跟你說抱歉，我太愛中威了，太在乎他了。」士芬繼續說著，聲音裡有一絲哽咽。

「你是爲了他才來跟我道歉的嗎？」亮亮猜想著問道。

「他希望你幸福快樂，我們就要結婚了，沒有你的祝福，這個婚結不成，所以請你……」士芬沉住氣，語帶請求地說著。

「我祝福你們。」亮亮深深吸了一口氣，平靜的說道。

中威聽見，忍不住也激動起來，全身打著冷顫。

「請你告訴中威，我們大家都要很努力的把日子過好。我們大家都會很幸福的。」

亮亮掛上電話，臉上早已遍布著淚水。

中威心中則複雜極了，他稍稍整理了一下情緒，對士芬淡淡的說了聲謝謝。

「你爲她爭回了很多很多的尊嚴，以後你會這樣對我嗎？」士芬忍住淚水，反問中威。

「以後我希望大家彼此尊重。」

「相敬如賓？還是如冰？」士芬苦笑著，她的婚姻會和她的父母一樣嗎？這不是她所最厭惡的？

「請你盡快通知你的家人。」士芬說完就黯然離去。

中威則腦子裡都回響著亮亮說的話，他們共同的約定，心中隱隱作痛。

＊＊＊＊＊＊＊＊＊＊＊＊＊＊＊＊＊＊＊＊＊＊＊＊＊＊＊＊＊＊＊＊

士元站在汪家門口，猶豫著的手還是按下了電鈴。

亮亮開的門，一看竟是士元來了，亮亮轉身就要關上門離去，卻被士元阻止。

士元表情有些無奈，又有點生氣的叫著亮亮。

亮亮冷冷的看了他一眼。

「亮亮！跟我回去吧！」士元終於開口。

「你跟趙士芬眞是一家人啊，早上她先被迫跟我道歉，現在……你又好像應付公事一樣來接我回去，好，你來過了，我知道了。你爸爸如果打電話來問，我會跟他說你來過了，請回吧。」亮亮冷冷的說。

士元有些惱怒，爲什麼每次事情都要弄得是他錯，每個人都有情緒就只有他不能有情緒，他晃了晃頭，轉身就要離去。

「趙士元！你就這樣……眞的就這樣掉頭就走？」亮亮眼眶紅著，對士元的背影喊著。

「是你叫我回去的啊。」士元雙手一攤，一臉的無辜。

亮亮看著趙士元，搖著頭，眼裡泛著淚。

「我肚子裡懷的是你的孩子啊，你一點感覺都沒有嗎？不愛我，至少也關心關心你的孩子，你不跟他打聲招呼問他好不好嗎？」亮亮委屈的說著，淚水卻早已不爭氣的流了下來。

「你理智一點好不好？我怎麼關心他怎麼跟他打招呼啊？他聽得見？看得見？會回答我嗎？」士元不耐煩的說。

「趙士元！」士元的態度令亮亮氣得大喊。

「我大老遠來接你了，你還要怎麼樣啊？」經過這幾天的風波，士元的耐性已經磨損殆盡了。

「是！我都已經爲了你跟我媽媽對抗了，你還要怎麼樣？你們家有兩個瘋子，我都敢娶你，你還要怎麼樣？我都爲你去上班了，你還要怎麼樣？我都已經來接你了，你還要怎麼樣？」亮亮用著自嘲的方式，邊哭邊把士元說的話接下去。

「好像要的永遠是我，不滿足的永遠是我，付出的永遠是你，可是我要的過分嗎？」亮亮傷心的哭了，士元聽了也有些不忍，態度有些軟化。

「亮亮，我……」

亮亮轉過身失望的看著他。「士元，我只要你一點點……一點點的眞心，只要給我一點眞心，你對我沒有眞心，難道對自己的骨肉也沒有嗎？

亮亮的話讓士元觸動了心中的某個部分，一個小生命正在他所愛的女人身體裡慢慢成長，而那也是他的一部分。

亮亮此時慢慢把士元的手放在自己的肚子上。

「他就在這裡，他有呼吸，有感覺，他知道你是爸爸，你就不能愛他嗎？」

士元有些抗拒的把手抽走。

「你爲什麼要騙我？你說安全不會懷孕的，爲什麼要騙我？」

亮亮顫抖著身體，心中一片涼，難道士元在意的只有這個？

士元繼續對亮亮說出他的感受。

「亮亮，我也有感覺的，我感覺很不舒服，你跟我親熱都是有目的的嗎？當你擁抱我的時候，你心裡都在想什麼？不是愛吧，只是爲了要一個孩子對不對？」士元表情有些苦楚地看著亮亮。「不是我對你沒有眞心，爲了你做的改變跟努力你不是沒有看見，我覺得前段日子我們是很快樂的，那種快樂就是我要的，很熱情……很甜蜜……很輕鬆，就只有我們兩個，我們可以一起工作，一起天天見面。」

「我不明白……我不明白你爲什麼要破壞這種感覺。」士元不解的問道。

亮亮已經逐漸瞭解士元的孩子個性，上前握住他的手，企圖說服的說著。

「士元，只要我們相愛，有了孩子一樣會快樂，而且我告訴你，感覺會更好會更好……」

士元並不相信，放開了亮亮的手。

「不會的！所有的感覺都不會再對了，我們兩個都被感覺綁得死死的，所有的自由，所有的甜蜜都沒了。」士元搖著頭，不悅的說。「都會被責任、都會被小孩、都會被奶粉、都會被尿布給壓得死死的，我們……」士元喘了口大氣，緩緩地坐了下來，口氣有些感傷。

「我們還能夠安安靜靜的說話嗎？我們……我們還能夠瘋狂熱情的做愛嗎？你的心裡還會只有我一個人嗎？」

士元的視線看向遠方，就像預見了未來似的。

「你會以最快的速度變成一個黃臉婆，耳朵只會聽見孩子的笑聲跟哭聲，完全聽不見我的聲音了，而我，就會變得像我爸爸，一輩子為兒女做牛做馬，再也瀟灑不起來了！」士元收回視線，神情落寞的看著地上。

亮亮聽完之後卻微笑了起來。

「多幸福啊，一個快樂的家，皮夾裡可以放著孩子的相片。」

士元站起來對亮亮激動的說。「那是一個多麼恐怖的地球啊！我再也沒有長相了，人家只會記得我是趙某某的爸爸！」

亮亮見士元一臉的恐懼不安，慢慢靠在他的肩上，試圖安慰他。

「士元，我答應你，永遠不會變成黃臉婆，我永遠把你放在第一位，每天聽你說話，你可以繼續過你瀟灑的生活，等孩子一生下來，我們……我們可以請別人帶啊，偶爾我們可以去保母那裡看看我們的小朋友。」亮亮柔聲的哄著士元。

「不可能有這麼好的事情啦，你不再只屬於我一個人的了。」士元嘟著嘴，像孩子似的爭風吃醋。

「會，我會的，只要你是愛我的，我願意等你……我願意陪你一起長大。直到你可以接納父親這個角色……」亮亮捧起士元的臉，知道士元是愛她的，只是自己突然間多了一個父親的角色而需要適應罷了，她堅定的平撫士元的不安，眼睛裡寫滿了溺愛。

士元此時態度早已軟化了，思緒比較平撫了，只是一時還說不出話。

「我求你，求求你……不要排斥他好不好？愛他……愛他……他會像你一樣可愛的。」亮亮摸著士元的臉，想著將會有一個和他一模一樣的孩子，懇求的對士元說著。

「士元，愛他好不好？」亮亮深情的看著士元，那美麗深邃的眼眸，現在只印著他的身影。他此刻深深瞭解自己無法抗拒亮亮，他是那麼的愛她。

士元抓緊了亮亮的手，點了點頭微笑了起來，輕輕摸著她微微隆起的肚子。

＊＊＊＊＊＊＊＊＊＊＊＊＊＊＊＊＊＊＊＊＊＊＊＊＊＊＊＊＊＊

俱樂部的教堂裡，士芬和趙靖戰戰兢兢的練習著走婚禮進場的步伐，一步一步緩緩地走著，趙靖抬頭挺胸，腦子裡盡是與士芬的回憶。

士芬每走一步，就想起父親對她的好，對她的關心，兩人心中都有著不捨，感嘆時光匆匆流逝。

而這一刻，趙靖牽著士芬的手，牽著他心裡最疼愛的小女兒的手，驕傲的走在幸福的紅毯上，即將將她的手交付給別的男人，心中交錯著複雜的情緒，而士芬眼淚也慢慢地滑落，將父親的手挽得更緊。

「怎麼啦？乖女兒？」趙靖看著淚流滿面的士芬。

「捨不得嘛……」士芬低下頭，流露出小女兒令人憐愛的模樣。

「傻丫頭，這只是在練習啊。」趙靖輕笑。

「就是練習才可以哭啊，到了當天妝都花了。」士芬嘟著嘴說著。

「來，把眼淚擦一擦。」趙靖拿出手帕。

「爸……你對我很失望對不對？」想起這些日子以來的風波，士芬擔心的問著趙靖。

「你在說什麼啊？馬上就要嫁人了。」趙靖摸摸士芬的頭，溺愛的說著。

「我知道，你對我結這個婚很失望，以前我們是一國的，你曾經是最疼我的。」

趙靖笑著握著士芬的肩，仍像看小時候的士芬一樣的角度。

「我們還是一國的啊。爸永遠最疼的就是你。」

士芬搖一搖頭。「不是的，有了亮亮以後就不是了。」語氣帶著埋怨。

「胡扯，沒有人能夠替代你在爸爸心中的地位的，士芬，爸爸愛你，這一點你是永遠不需要懷疑的，當然，你的婚事爸爸有些意見，但是你愛他，爸爸無話可說，爸爸只希望你們婚後，能夠快快樂樂的用事實來證明給爸爸看，爸爸的憂心是多慮的，爸爸希望爸爸是錯的。」趙靖輕聲哄著女兒。

「我們眞的會開開心心的嗎？爸，我眞的很害怕……」士芬低下頭，說出了心中的憂慮。

趙靖將士芬擁入懷裡，拍著士芬的背。

「傻丫頭，沒什麼可怕的，馬上就要嫁給他了，過去的事就把它忘了，這個婚姻是你要的，你就得想辦法讓它快樂啊。」

「媽嫁給你三十年，三十年來，她天天致力在經營她的婚姻，結果呢？爸的心還是在宋妍秋那，她永遠在你們之間……兩個人的婚姻，三個人嫌太多，明天，哥就要把亮亮接回來了，我知道，就算我跟中威結了婚，汪子亮還是會在我們中間，雖然無聲無息，但還是無所不在。中威永遠會拿我跟她做比較，亮亮會怎麼想？亮亮會怎麼做？總之，亮亮永遠是對的，是好的!」士芬不甘心的說著，一臉的委屈。

「就像宋妍秋在爸的心裡是那麼樣的完美。」士芬噙著淚水，抬頭看著父親。

趙靖知道士芬心中的怨，嘆了口氣。

「士芬，你就要結婚了，現在我要你把我當作一個男人，有些話我要告訴你。」他鄭重的對士芬說。

「你愛陳中威，你就必須愛他的全部，包括他的回憶，給他一點空間，就讓他心裡面留一點點的位置給亮亮。」

「爸……」

「他會感激你的，就好像舊的郵票黏在信封上，反正這封信永遠也寄不出去了，何必硬要把它撕下來呢？弄得鮮血淋漓的呢？每個男人心裡面都有一張舊郵票，不要去揭發它，慢慢的日子久了，結痂了，它自然會脫落。」趙靖緩緩的說。

「你母親其實並不壞，只是她在這件事情的處理上做錯了，她永遠不斷提醒我宋妍秋的存在，那這個痕跡要如何才能夠淡掉呢？三十年來，她每提醒我一次，就讓我重新想起宋妍秋一次。」趙靖希望女兒能瞭解這一點，不要再重蹈覆轍了。

士芬卻搖搖頭。「藉口。」

「或許是吧，那你就應該學聰明一點，不要讓你的先生有這樣的藉口。一個人如果連回憶都不能有，那不是太可悲了嗎？」

趙靖抓住士芬的臂膀，拍了拍。

「聰明點，寬容點，他會感激你的。」

「會嗎？」士芬問。

「會，他會的。」

趙靖肯定的點點頭。

士芬緊緊抱住了父親，對於未來是這樣的不確定與不安，她需要的只是一個可以像父親這樣讓她倚靠、又能互相關愛的伴侶。但是……事情從一開始有了欺騙，就似乎回不去那份單純了……這樣的需要已經變成奢求，只能在內心裡默默企盼著，士芬想到此，淚水又不禁流了下來。

第十九章

傍晚傾盆大雨過後，空氣中流動著庭院裡夜來香的香味，令人心曠神怡。

士元已經來到汪家好一會兒了，而現在的他正神情愉悅等著亮亮收好行李跟他回去趙家。走到庭院裡看見小敏嘟著一張嘴悶悶不樂的看著他，士元故意走上前去逗弄著小敏。

亮亮在一旁看著兩人笑鬧的一幕，想起了士元信誓旦旦的承諾，不禁露出了欣慰的表情，很慶幸自己並沒有愛錯人，和士元又能和好如初，點點頭走進廚房，看見母親正在收拾著。

「媽，你會不會覺得我很沒骨氣，這麼容易就妥協了跟他回去。」亮亮低垂著頭，輕聲的問著。

妍秋抬頭看著亮亮，眼底盡是疼愛。

「亮亮啊，婚姻就是這樣嘛，像跳探戈一樣，有人進就有人退。最重要的是要開開心心快快樂樂的把舞跳完。」妍秋微笑的說道。

「只怕有人不高興我們快樂的跳舞。」亮亮嘟起嘴，想到又要回趙家面對秀女和士芬，又開始不安了起來。

「別管她們吧，你的舞伴才是最重要的，士元是有些孩子氣，但你多給點耐性，他會跟上你的步伐的。」妍秋緩緩的說著。

亮亮微笑著轉身，聽見客廳裡傳來士元與小敏嬉鬧的聲音，心中感到安慰。

而妍秋突然語重心長的對亮亮說。

「亮亮，士元媽媽逼我搬家的事，誰也別說，就當沒這回事，連趙靖那我都絕口不提。」

「就這樣啊？」亮亮替母親打抱不平。

「你把孩子平平安安生下來才是最重要的。」妍秋拍拍亮亮的手，柔聲的說。

「可是你離我這麼遠……」亮亮將頭靠在妍秋的肩上，像小女孩一樣撒嬌著。

「傻孩子你沒聽說嗎？搖啊搖搖到外婆橋，等你把孩子生下來以後，常常帶回來給我看不就好了？」姸秋開心的說著，希望亮亮能得到眞正的幸福。

「還有舅舅。」亮亮想起小敏，又急忙補上一句。

「對啦，舅舅很重要啊，你沒看到剛才有人搶著當舅舅呢。」

兩人相擁而笑，而客廳裡小敏還和士元在為了當舅舅的事情鬥著嘴呢。

寧靜的趙家庭院，花季早已輪番更迭，一絲絲涼風吹起。

在這悠閒涼爽的秋日午間，趙靖卻神情不安地望著窗外，又看了看手中的錶。

「老爺子，吃飯啦，趙士芬吃飯啦～」

秀女從廚房裡大聲地喊著。

「我說吃飯啦老爺子啊～」秀女看著還在窗前呆立的趙靖，又喊了一聲。

「再等一下啊，士元不是說要接亮亮回來嗎？」趙靖態度愼重的對秀女說。

「那就先吃啊，天氣冷飯菜容易涼啊。」秀女勸著趙靖。

「再等一下吧。」趙靖又轉頭看了一下窗外。

「邊吃邊等啊，等他們回來了我再幫他們熱過啦！」

趙靖爭不過秀女，只好走進餐廳裡，還不時回頭看著窗外。

「秀女啊，我看亮亮這次回來以後，你是不是……」趙靖試探性地問著秀女。

「知道啦，你沒看到現在飯我做啦，家事我也管啦！她回來我把她當菩薩供著。」秀女瞥了趙靖一眼，要他放心，內心可是咒罵個不停。

此時，亮亮與士元到家了，趙靖高興的迎接兩人，太陽暖暖的照射在亮亮的臉頰上，趙靖發覺亮亮的氣色好極了，小倆口，不，這一家三口的小家庭又團聚了，趙靖著實替他們感到開心。

秀女與士芬還是一臉的不悅，冷眼瞧著亮亮。

「亮亮，回來啦？來，吃飯，亮亮……」趙靖看到亮亮回來，心中的一塊大石頭也放下了，關切的說。

「謝謝。」亮亮低下頭，對於之前誤會趙靖，並且對他不滿的態度感到歉疚。

「亮亮啊，懷孕要多補充點蛋白質，多吃一點魚吃這青菜……」趙靖忙著夾菜給亮亮。

「爸，我自己來就好了。」亮亮不好意思的說著。

「還有這個湯啊……」

「哎唷，趙靖啊，孩子們自個會來啊，你看你現在飯都還沒吃半口呢，士芬幫你爸夾點菜。」秀女斜眼瞪著亮亮，趕緊吩咐士芬。

「亮亮啊，媽媽和弟弟好吧？」秀女眼波一轉，突然殷勤的問亮亮。

亮亮看著秀女，突然想起母親的交代，對於母親被逼搬離台北的事情絕口不提，可又不甘心。

「我媽說還是住不慣耶，老鄰居都搬走了，所以她打算搬回台北。」亮亮故意扯著謊，就要嚇嚇秀女爲媽媽出一口氣。

「那好啊，你現在懷孕了，總是比較好照顧啊。」趙靖點點頭說道。

「唉唷，趙靖啊，這哪需要麻煩到妍秋啊，再說妍秋自個兒身體也不好，都需要人家照顧呢。我媳婦懷孕，我不能照顧嗎？」秀女假惺惺的說著，她哪能讓妍秋再回來台北啊。

「可是你不是要忙士芬的婚事嗎？」

「不忙不忙，我可以啊。」秀女急忙否認，一心就要阻止妍秋回來台北。

「其實我婚禮的事已經準備得差不多了，媽可以照顧亮亮的。」士芬也在一旁幫著腔。

「多個人照顧總是比較好啊。」

「爸你忘啦，如果汪媽媽來了，小敏誰照顧啊？」士芬偷偷對母親眨了一下眼，提醒的對著趙靖說。

「是啊，我們家房間也不夠，總不能叫妍秋他們母子住那個小房間啊。」士芬和秀女兩人一搭一唱，合作無間。

「這倒也是，不過就算不讓他們住這，讓他們搬回來台北住，也是可以的啊。」趙靖偏過頭想了一下，對著秀女說。

「搬回來啊？」秀女一臉狐疑，心中暗自說道：「難道宋妍秋告訴他們搬家的事？」

秀女看著臉上帶著笑的亮亮，也趕緊堆起滿臉的笑容，故意說著。

「搬回來也好啊……」秀女不慌不忙地見招拆招。

「媽，你放心，我媽他們短時間之內不會搬回來的，台北的房子已經交給仲介公司處理了，不知道賣不賣得出去，所以呢，暫時不會搬回來的。」亮亮故意對秀女說，看著秀女訕訕的笑著，心中想：

「哼，作賊心虛，嚇死你。」

「哎呀，亮亮啊，排骨湯鈣質多多喝點啊。」秀女急忙起身要幫亮亮盛湯。

「謝謝媽。」

秀女看著亮亮心裡暗自說著：「什麼東西呀，要我，還要我伺候你把孩子生下來，你作夢啊！」

婆媳兩人的戰爭就在餐桌上的歡樂氣氛中暗暗進行著，兩人各自在心中打量著，而趙靖和士元卻毫不知情，以爲亮亮和秀女又和好如初了，開心的吃著飯。

坐落在車水馬龍的市中心裡，周圍都是大樓辦公室的大廈卻隱藏著一間古色古香和煩鬧的塵世毫不搭調的茶館。路上人來人往，大家都神色漠然的擦肩而過，紅燈、綠燈，亮亮看著窗外發呆，眼前的景象一片模糊。

中威推開了茶館的門，一眼就看見亮亮纖瘦的身影，偏著頭不知道在想什麼似的。

中威覺得訝異，卻禮貌性地走向前問候。

「亮亮？」

「中威？」

「怎麼會是你？」中威感到不對勁，直覺事有蹊蹺。

「我也不知道啊，士芬打電話叫我來的，你們不在一起嗎？」亮亮一臉狐疑的盯著中威。

「沒有啊，我在診所接到她的電話，要我一定要來一趟，我就……」

亮亮聽了起身拿了皮包就要走。

「亮亮？」

「不行，我一定要走，她不知道爲什麼要安排我們兩個單獨見面，我非走不可。」亮亮心中有不好的預感，說不定這又是趙家母女的另一個計畫。

亮亮倉卒離去，中威在後頭快步追上。

亮亮慌忙的走在馬路上，穿越紅燈綠燈大街小巷，自己也變身成爲紅塵俗世裡庸碌的一分子，說不定也有人坐在茶館裡觀察自己的行蹤，而嘲笑著自己呢。亮亮心中想著。

中威不死心的跟在後頭，汽車喇叭不住的叫響著，伴隨著司機咒罵的聲音，中威衝了過來抓住亮亮的手，強勢的將亮亮帶到旁邊的小公園裡。

兩人尷尬的在公園裡坐著，而亮亮爲了避嫌，坐得離中威遠遠地。

「你一定要離我這麼遠嗎？」中威有點心酸的問著亮亮。

「我怕了，我不相信她。」亮亮搖著頭，想起士芬的陰險。

「我也怕了，可是我……可是我捨不得放棄單獨跟你相處的機會。」中威專注地看著亮亮，深情的說。

「我們都怕她，但是，我敢跟她成爲姑嫂，你敢娶她，唉……中威我們到底是勇敢還是懦弱？」亮亮一臉的無奈。

「無所謂，我娶她，是爲我犯的錯負責，除了跟她結婚，她是不會放過我的，她會想盡辦法的讓我自責，更會不擇手段的去折磨你。」

中威也是一臉的歉疚，覺得是自己害了亮亮。

「多可怕的一個女人……」

中威嘆了口氣，突然慎重的跟亮亮說著。

「亮亮，你要記住，在你懷孕的這段期間，千萬不要讓她走在你後面，上樓下樓，讓她走在你前面，不要坐她的車子，也不要單獨跟她相處，或者單獨出門，還有，晚上睡覺的時候把門關好……」中威仔細的叮嚀亮亮。

「是……她倒的水不要喝，她煮的飯我還要拿銀針試試看有沒有毒。」亮亮看著中威凝重的表情，笑著說道。

「亮亮……」

「有這麼嚴重嗎？」亮亮不喜歡自己沒做虧心事，卻要過著提心吊膽的生活。

「對，就是這麼嚴重，她不喜歡你她恨你她是一個會記仇的人。她不會因爲我娶了她就減少對你的恨意，亮亮，我眞的希望你平平安安把孩子生下來，不要發生任何意外，當然，一方面要提高警覺，但是還要保持心情的穩定，母親的情緒會直接影響胎兒將來的個性，亮亮，我眞的希望你擁有一個快樂健康的孩子。」中威眞誠的話語，帶給亮亮莫大的安慰。

「謝謝……」亮亮感動的說著，望了望在公園一旁玩耍的孩子們，個個健康活潑的模樣，不禁幻想著在不久的將來，自己也會像身旁擔心的母親一樣，亦步亦趨地跟著孩子，陪伴他們成長，深怕小寶貝一不小心就受到傷害。亮亮在心中默默答應了中威，摸了摸自己的肚子，暖陽斜斜地照射在亮亮的臉上，泛起了屬於母親的燦爛光輝。

夕陽西下，都市裡，馬路上，布滿了歸心似箭的人們和川流不息的車陣。微涼的黃昏裡，中威送亮亮回趙家，在巷子口，兩人眼神交會，有默契的道別了，路還很長，亮亮一個人緩緩地走著，未知的命運正迎接著她。

士芬果然有預謀地在家中等待著亮亮回來，神情有些難測。

「回來啦？」士芬突然出現在樓梯口，冷冷的問著，亮亮覺得有些陰森，點了點頭就直想進房去。

「怎麼這麼早回來呢？你跟中威見面，都談些什麼啊？」士芬佯裝著親切的模樣，微微地笑著。

「沒有啊……沒說什麼啊……」亮亮有些害怕的說著，果然士芬是知道的，她看到士芬嘴角的一抹笑，更不禁打了一個冷顫。

「就只是你看我我看你就看了三個多小時？」士芬繼續追問著，臉部的表情有些僵硬。

「不是……不是……中威問我，你的生活習慣……」亮亮被士芬逼到樓梯口，想起中威說的話，警覺性的靠了靠牆。

「喜歡什麼……想去哪裡度蜜月之類的……」亮亮不安的繼續說著。

「哼，騙人！陳中威才不會管我喜歡什麼呢，不過沒關係，我會用一輩子的時間讓他慢慢瞭解的。」士芬收起笑臉，斜瞪著亮亮，冷冷的說道。

「嗯……啊……士元快下班了，我去院子等他……」亮亮匆忙離開士芬的視線，跑下樓梯。

士芬看著亮亮閃躲的態度，越發覺得亮亮心裡有鬼，難道自己讓他們兩人獨處見最後一面的好意，只是讓自己更加不堪？士芬陰沈著一張臉，直盯著在庭院走來走去的亮亮。

深沉的夜裡，亮亮與士元偌大的床上，卻只有士元一人孤單的抱著棉被。懷孕初期的症狀在亮亮的身上明顯的起了作用，半夜裡跑到廁所抱著馬桶吐了好幾次，吵得士元無法睡覺。

「亮亮，怎麼回事啊？怎麼一直吐啊？很吵很大聲，我沒有辦法睡覺耶。」士元不滿的抱怨著。

「對不起啦……」亮亮虛弱的說著。

「你這樣吐還要吐多久啊？」

「對不起，我害喜……」亮亮歉疚的說著，又想吐了。

士元揉揉惺忪的睡眼，無奈的看著亮亮。

「害喜？那要害多久啊？」

「我……」亮亮忍不住，又衝出房間到外面浴室吐了。

「亮亮？」士元嘆了口氣，有些不耐的又繼續窩進棉被裡。

亮亮虛弱的走出浴室，赫然發現士芬站在門口，嚇了一跳。

「擦一下吧。」士芬遞了衛生紙給亮亮。

亮亮又想起中威的叮嚀，不肯拿士芬的衛生紙，寧願用自己的睡衣擦。

「謝謝，我要去睡覺了。」亮亮好意的拒絕了，急忙要走回房間。

「站住！你在害怕？你在怕我？」士芬不悅，逼問著亮亮。

「沒有啊，太大聲了吵到你，不好意思。」亮亮不好意思的說著。

「害喜嘛，小朋友很調皮啊？」士芬假意的說著，將手放在亮亮的肚子上，亮亮一驚，馬上彈開，趕緊向後退。

「又怎麼啦？不舒服啊？明天我陪你去看醫生。」士芬忍耐著，想著趙靖說過的話要寬容。

「我不要！」亮亮斷然拒絕，對於士芬突如其來的關切感到不安。

「汪子亮，你很奇怪耶，你在緊張？你在怕我？怕什麼呢？」

「沒有啊，我怕？我怎麼會怕你呢？」亮亮故作鎮定，搖著頭否認。

「說的也是，該緊張的人是我，不到結婚典禮，步入禮堂那一刻，誰曉得會發生什麼變故啊？也許……中威又不告而別，也許……又聽到什麼人挑撥了，可是，你看，我都不怕了，還讓你們兩個人單獨見面，聊天敘舊的。」士芬長篇大論的說著。

「我可不可以去睡覺？我很累……」亮亮疲累的問士芬。

「去吧，如果明天身體不舒服的話，我陪你去看醫生。」

士芬是眞的想這麼做，但在亮亮的耳裡，怎麼聽就是要傷害她的感覺，匆忙地進屋將門關上。

士芬看著亮亮防她的舉動，心中暗暗咒罵著：

「不識抬舉！給你好臉色都受不起！」

翌日，士芬絲毫沒有新嫁娘待嫁女兒心的喜悅，卻是不停地跟秀女抱怨亮亮的不是，說著亮亮隱瞞兩人相會的神情，和半夜裡亮亮斷然拒絕自己關心的模樣。

「神經病！我看她就是遺傳到神經病！你沒有看到她那一副緊張的樣子，就怕我把她給吃了似的，我是好心耶，是爸說，我要仁慈點、寬容點，我才跟她示好要陪她去看醫生啊，摸摸她肚子，也算跟小孩子打個招呼啊。」士芬一臉的自討沒趣。

「無聊啊你，打什麼招呼啊？根本就不會有那個孩子，打什麼照面？有什麼招呼好打的？」秀女嫌士芬多管閒事。

「眞的嗎？」士芬訝異秀女的說法。

「當然是眞的，你看我會讓她把那個孩子生下來嗎？ㄟ！我可警告你啊，可別自作主張的要陪她去看醫生啊。」秀女眼神詭異，仔細的叮嚀士芬。

「媽，什麼意思啊？」

「叫你別去，你就別去啦！人家都在提防我們啦，可別再落個什麼把柄讓她抓，看醫生的事情，你就交給趙士元啦，到時候，都不干我們的事。」秀女尖聲的說著。

士芬唯恐被亮亮聽見，連忙往樓上看了看。

「別看啦，一大早就出去啦，就像你說的啊，緊張啊。一窩子神經病！」秀女哼了一聲，沒好氣的說著。

＊＊＊＊＊＊＊＊＊＊＊＊＊＊＊＊＊＊＊＊＊＊＊＊＊＊＊＊＊＊＊

自從和中威見過面後，亮亮時時想起中威愼重的叮嚀，在趙家的一舉一動都小心翼翼的防著秀女和士芬，想著兩人陰狠的表情，更是不敢一個人安心的待在趙家。不得已之下，亮亮只好每天跟著士元到俱樂部上下班。

忙碌的辦公室裡，士元疲於奔命地跟客戶談事情，電話聲不絕於耳地響起，大家匆忙的模樣又更凸顯亮亮孤身一人的怪異了。

亮亮不住在一旁害著喜，一臉的憔悴，更讓士元不知道該如何是好，但繁忙的公務卻又使他無力對她多加照顧，等客戶離去之後，士元好不容易有時間坐下和亮亮對談。

「亮亮，你這樣不是辦法的啦，你還是回家休息吧。」士元終於忍不住，輕聲勸著亮亮。

亮亮搖搖頭。

「可是你不能這樣整天跟著我啊，人家都在笑我了，說我好像帶個便當似的帶著老婆。」士元有些不悅。

「你不是說，希望以後我天天陪著你，以你為重嗎？」亮亮記得士元接她回家那天的話，反問士元。

「那也不是用這種方式啊，你一邊跟一邊吐，你要叫我怎麼辦啊？我陪客戶也不是，陪你也不是，亮亮……我眞的……不懂耶，你為什麼不好好待在家裡休息，我下班之後就回去陪你啦。」士元一臉的無奈，不懂亮亮怎麼突然像跟屁蟲似的黏著他。

「不然……我在俱樂部的客房部訂一間房間休息，好不好？等你下班再一起回去。」亮亮試探性的問士元，深怕士元把自己趕回家。

「客房部？好耶！你先在裡面休息，等我忙完了，再去陪你。我們就可以像以前一樣，快樂得不得了。」士元俏皮的對亮亮眨了眨眼，若有所指的說著。

「士元……你在想什麼？肚子裡都已經懷孩子了，還整天在想那些亂七八糟的，不可以啦！」亮亮臉上一陣紅，推開士元欲靠近的身子，假裝嚴肅的說。

「還說跟以前一樣不會變，心是屬於我的，你看吧，也不願意跟我親熱了。晚上要出去看電影，你又說累，累了你白天又不好好待在家裡休息，亮亮，我眞的不知道你在想什麼耶，你每天跟著我這樣吐，我看了都快跟著反胃了。」孩子氣的士元又開始任性了，一臉不悅的說著。

亮亮想要安撫士元，卻胃裡又一陣翻滾，作嘔著。

「你看吧，你每次都這樣……」士元抱怨的看著亮亮。

「好啦！好啦！你去忙你的吧，我不跟就是了，我在這裡等你。」亮亮摀著嘴，要士元去忙。

「好啦，那等我啦。」

看著士元離去的背影，亮亮心想，她不能再這樣孤軍奮鬥下去了。

距離晚飯時間又過了幾個小時，月亮潔白像玉盤一樣高掛在黑絲絨的天邊，秋夜的空氣冰冷得令人不住顫抖，寂靜的夜裡士元緊張的看看手錶又看看窗外，還是不見亮亮的蹤影，急切的在家中走來走去，內心感到不安，深怕有個意外。

「唉唷，都那麼大一個人啊，擔什麼心啊？」秀女冷冷的說。

「媽，亮亮她不舒服的，她一直吐耶……」不是說好等他的嗎？怎麼一下子就不見人影，士元擔心的焦急著。

「吐就吐啊，哪個女人懷孕不害喜的？她那麼嬌貴啊？」秀女冷哼了一聲。

「你不知道，她吐得多恐怖啊！她早也吐晚也吐，眞的挺嚇人的耶。」

「兒子啊，既然亮亮害喜害得這麼嚴重啊，你當然要帶著她去看看醫生啊，來，這個婦產科醫生孫醫生，跟我們很熟的……」秀女掏出一張名片交給士元，一步步的要開始進行這完美的計畫了。

「媽，拜託，不要叫我陪她進婦產科好不好？我受不了的啦！」士元一臉嫌惡抗拒的說。

「受不了你也得受，自己老婆你不陪著去，誰陪呀？哪！明天帶她去啊～」秀女硬是將名片塞到士元手裡，吩咐他照辦。

「我明天要上班耶。」

「趙士元啊，我叫你去殺頭是吧？」秀女看士元害怕的模樣，氣得大罵。

「又怎麼啦？」趙靖從門外就聽見兩人爭吵的聲音，急忙問道。

「哼！你爸回來了，趙靖啊～你看看你兒子啊。來……替我罵罵他啊。」秀女向趙靖抱怨著士元。

「怎麼回事啊？」

「他老婆害喜害得嚴重，我要他明天陪他老婆去看醫生，你看他那個德性，好像我要他命似的。」秀女表面上責怪士元，心中卻暗自盤算著。

「趙士元，你媽說的沒錯啊，本來就該去做產檢的不是嗎？」趙靖也不悅的責怪士元。

「產檢就產檢嘛，可是一定要我陪嗎？」士元一臉的不耐。

「人家士芬有說要陪的唷，是亮亮不願意的唷～」秀女大聲地說。

「那你是個女人，你可以去陪嘛，我一個大男人要我去陪亮亮……」士元求助似的看著趙靖，以為同樣身為男人的趙靖會幫自己說話。

「大男人又怎麼樣？大男人就不能陪自己老婆看醫生嗎？現在還有些男人直接進到產房裡面去全程參與呢。」趙靖反倒板著一張臉瞪著士元。

「拜託，我想到都快吐了。」士元一臉的恐懼。

「趙士元，你給我特別注意唷，你媽的要求並不過分，你陪她去，以後每一次產檢你都得在場，明天就去！」趙靖嚴厲的命令士元。

「唉唷～」士元不甘願的離去。

「嗯？亮亮呢？」此時趙靖才注意到沒看到亮亮，關切的問著。

「出去走走了吧，大概等會兒就回來了啦！」見父子倆一進門就只關心著那外人，秀女沒好氣的回答。

「喔！明天記得叫趙士元陪著她產檢啊！」趙靖鬆了鬆領帶，有些累了。

「知道啦～」

趙靖一上樓，秀女趕忙拿起電話。

「喂，孫醫師嗎？是我啊，趙太太，我告訴你呀，明天我兒子會帶著我媳婦去，你知道該怎麼做啦，記得啊，第一次可別太急啊，可別讓她起疑心啦，ㄟ～我都還沒說完呢，我有個朋友在國稅局工作啊，他說你去年報的稅好像有點問題唷～沒事，沒事啦，明天就麻煩你啦。」

秀女掛上電話，露出得意的笑容。

＊＊＊＊＊＊＊＊＊＊＊＊＊＊＊＊＊＊＊＊＊＊＊＊＊＊＊＊＊＊＊

亮亮體諒士元因為公事繁忙無法妥善照顧自己的情況，但一想到中威的叮嚀，就覺得自己一人懷著身孕實在沒有多餘的心思去防備，於是當天就下定決心回到屏東老家，告知母親自己的情況。而妍秋一聽，心疼不已，決定要搬去台北跟亮亮住，順便照顧她，但是想到小敏，又放心不下，只好千交代萬拜託阿惠照料小敏。

「阿惠啊，那這裡就麻煩你了。」妍秋誠懇的拜託阿惠。

「汪太太，你放心啦，我一定會好好照顧小敏的。」阿惠點點頭答應。

「謝謝。」妍秋感激的對阿惠說。

「媽，我已經打電話回去了，說今天晚上一定會趕回去。」亮亮催促著母親。

「好，那我先把行李拿出去啦。」

「阿惠，謝謝你。」亮亮說。

「不客氣。」

阿惠離去後，亮亮對妍秋說出心裡話。

「媽，你確定這樣做好嗎？我婆婆千辛萬苦把你趕到這裡，你再回去，還跟趙叔叔住在同一個屋簷下……」亮亮有些擔心，不知道秀女到時候又要用什麼方法來爲難母親了。

「就是在她眼前，才好讓她安心啊。我寸步不離的守著你，她要不嫌累的話，也可以寸步不離的盯著我啊，反正我是問心無愧。」妍秋堅決的說道，要亮亮放心。

「可是你可以守我多久？離預產期還有六七個月，你放心讓小敏給阿惠照顧嗎？」亮亮又擔心起小敏，想到小敏從未與母親分開過，心中有一種不好的預感。

「能陪多久就陪多久吧，先穩住前面幾個月再說吧。」

「媽！也許……是不是我多心了？說不一定……」

「不管是不是多心，總而言之，防人之心不可無啊。尤其是那對母女，你認爲趙士芬可怕，我還認爲蔡秀女更可怕。」妍秋想起秀女先前的所作所爲，不禁打了個冷顫。

「趙士芬要的只是陳中威，蔡秀女不但不讓你生孩子，而且她還恨我，更可惡……」妍秋憤憤的說著。

「好了，好了，不說了，我們叫的車應該來了吧，走吧……」

亮亮覺得母親似乎有些難言之隱，心裡納悶著。

夜更深了，士元已經禁不住疲累回房睡覺了，趙靖還是不放心，洗完澡後，就在客廳裡踱著步等著亮亮回來。

「唉唷，老爺子啊，別等啦，睡覺啦。」秀女問。

「這麼晚了，怎麼還不回來？」趙靖看看時鐘，擔心的問道。

「哎呀，打過電話啦，說在娘家呢，晚一點會趕回來的。」

「回娘家去了？怎麼不早說呢？可以讓士元去接她啊。」趙靖鬆了一口氣，又責怪起士元了。

「你心疼心疼你自己兒子好不好啊？他白天要上班，晚上還得飛車去接他老婆，你不心疼我心疼啊。」秀女沒好氣的說著。

「那也不用急著回來啊，就讓她在娘家多住幾天有什麼關係呢？」

「你奇怪了，她鬧脾氣回娘家去啦，你非得要我們接她回來，那現在呢？她顧著這裡啊，她喜歡回來啊，你非要她住娘家？左右你都對！哼！」

趙靖不想再多爭辯什麼，聽到車聲，想著大概是亮亮回來了。

趙靖往窗外一看，卻看見亮亮攙扶著妍秋一起進來，妍秋看到窗前的趙靖，淺淺的點頭笑了一下。

「妍秋？」趙靖有些驚訝，但語氣聽得出有些興奮的喊著。秀女一聽連忙轉頭看，臉色大變。

秀女惡狠狠地瞪著屋外的妍秋，妍秋知道秀女的想法，反報以微笑，無懼地看著她。

而趙靖倒是一臉喜悅的跑出去迎接她。

「怎麼要來不先說一下呢？」

「臨時決定的。」妍秋淡淡地說。

「也可以先說嘛～亮亮在電話裡面也不先講，要不然我可以叫士元去接你們啊。」趙靖掩不住心中的喜悅。

「妍秋來啦？眞是稀客啊～」秀女冷冷的在一旁說道。

「我們亮亮懷孕啦，我想到府上打擾一陣子，可以嗎？這是她頭一胎嘛。」妍秋問著秀女。

「可以可以，應該的。你能來照顧亮亮，那是最好不過了。」趙靖歡迎著。

「哎呀，眞的是做媽媽的唷，不放心啊，還好啊，我們這個當婆家的沒有虐待媳婦喔。」秀女則故意提高音量對妍秋說。

「士元媽媽，您這麼說就太見外了，最近你們家爲了喜事忙，我怕你們忙不過來，嫁女兒是大事嘛，那我們家女兒懷孕呢，該忙該做的事情，就由我來負責好了。」妍秋更是客套的虛應著。

「你氣色還眞好啊……」秀女瞅著妍秋，這會兒怎麼頭腦清晰得不得了。

「好啦，好啦，都別再客套了，既是女兒又是媳婦，大家分頭負責吧，ㄟ？士元呢？丈母娘來了，該叫他起來了。」趙靖正要對房間裡的士元大喊。

「爸，不用了……讓他睡吧。」亮亮連忙阻止，不希望吵醒士元。

「那怎麼行，不叫他起來，你媽睡哪？」

「我媽睡樓下房間就好了。」亮亮指了指隔壁的小房間。

「那怎麼可以！樓下的房間這麼小。不行不行，一個人住在樓下不安全，你睡樓上。」

「誰睡下面啊？」秀女臉色難看，不悅地說。

「士元睡下面啊，反正他早晚要出門，進進出出吵得亮亮也不能休息，叫他睡下來。」

「睡十個月？」秀女尖聲的問著。

「好啦，好啦，沒關係啦，我就睡樓下好了，睡樓下我還自在點。」妍秋打了圓場。

「是啊，爸，讓我媽睡樓下，士元他不喜歡睡小房間，睡不好，火氣大。」

「好吧，那只好委屈你了妍秋，對了，天涼了，我給你找一床厚一點的棉被去。」趙靖關心的說著。

「爸，我來就好了。」亮亮不好意思的說。

「沒關係，我來。」

趙靖上樓找著棉被，秀女冷冷的在一旁看著趙靖殷勤的樣子，故意問著。

「夠不夠厚啊？不夠厚，我還有呢，還有電毯呢，可以給她用。」

「不不不，電毯那玩意兒不安全，電的東西蓋在身上萬一漏電怎麼辦？」趙靖拒絕，認眞的態度讓秀女更氣了。

秀女看著趙靖找到了棉被，卻又東翻西找的繼續找著，不耐煩的問趙靖。

「你到底還要找什麼呀？」

「奇怪？」趙靖搔著頭，「那除濕機到哪去了？怎麼要用的時候就找不到了呢？啊，好像在士芬的房裡……」趙靖說完，急忙要走向士芬的房裡。

「趙靖啊！你給我進來！」秀女此時再也忍受不了，奮力地將趙靖拉進房裡。

「你這是幹什麼？」趙靖甩開秀女的手，不解的問道。

「你別得寸進尺啊，除濕機眞要是在士芬房裡，你幹嘛啊？拿去給她用，讓士芬受委屈啊？」秀女不爽趙靖偏袒妍秋的態度，大聲的吼著。

「一樓濕氣重，上了年紀的人就怕潮濕啊，士芬還年輕嘛。」

「你別太過分啊，打從她一進門來，瞧你爲她忙的，又疊被又鋪床的，深怕她受委屈啦？」秀女語帶妒意的逼問著趙靖。

「我沒有爲她鋪床疊被，我只是幫她找東西。」趙靖辯駁。

「哼，我都嫁給你三十年啦，什麼時候你知道家裡東西放哪兒啦？每次要用也不勞你老爺子開金口，先替你準備好了。」

「現在倒好了，她一來，你爲她翻箱倒櫃起來啦？」秀女委屈的看著趙靖。

「我能讓你去找嗎？那不是太委屈你了？好，不能勞煩你，也不能讓個孕婦去找，士元你又不讓我把他叫起來，那是不是只有我自己去了？」趙靖無奈的說。

「可是你忙得開心啊！」秀女譏諷著說道。

「我們是主人耶，待客之道，總該有吧。」

「待客之道？我娘家人來的時候，也沒見你這麼張羅過，你就是一張臭臉。」秀女不住的抱怨，惹得趙靖一臉的不悅。

「秀女，你再說下去就是無理取鬧嘍。」

「對，我就要無理取鬧！」秀女打開了房門，故意對樓下大喊著。「哼！我鬧什麼鬧啊！在我家裡我就是個理，再無理取鬧我也是在我家裡鬧！」

「秀女，你在幹什麼？」趙靖拉扯著秀女，不要這樣讓人難堪，秀女才不管，還是扯著喉嚨罵著。

「不像有的人，神經病啊！到人家家裡興風作浪！不要臉啊，還成雙成對呢！」亮亮和妍秋兩人聽在耳裡，知道秀女意有所指。

「好了，秀女！」趙靖趕忙將秀女推回房，但樓下的妍秋和亮亮早已聽得一清二楚。

「媽～」亮亮擔心的看著母親，這樣的屈辱她是已經受過了，但她心疼母親。

「有媽在呢，不怕。」妍秋並不在意的拍了拍亮亮的手，要她安心。

現在的妍秋是一個堅強的母親，她要保護她和漢文最心愛的女兒，任何難聽的話語也擊不倒。

闃靜的夜裡，秀女躡手躡腳地走出房門，看了看床上的趙靖睡得可安穩了，內心憤憤的道：

「哼！睡得可舒服呢，還打呼，心上人就在樓下。哼！」

秀女走下樓，往妍秋房門前走去，見房門開著，悄悄湊了過去。

怎料妍秋就坐在客廳，看著秀女偷偷摸摸的模樣。

「我在這兒呢。」

妍秋幽幽的聲音從秀女身後傳來，嚇了她一大跳。

「你呀，三更半夜不睡覺，幹嘛啊，裝神弄鬼，哼！」秀女轉過身心虛的說著。

「我在等你呀，你有話要跟我說不是嗎？」妍秋很有把握的坐在沙發上對秀女說。

「你什麼意思啊？」秀女被抓到把柄，不安的瞪著妍秋。

「我不相信你，這個家上上下下我只相信一個人。趙靖是好人，可是他糊塗，好人容易受人欺負，受人矇騙。」妍秋緩緩地說著。

「從他叫我們家亮亮提著皮箱回娘家，我就知道他糊塗，他受了你們的騙！」

秀女冷哼了一聲，對於妍秋的話不以為然。

「這個家裡，我只相信我女兒汪子亮，其他人，一個都不信。」妍秋要秀女明白這一點。

「哼，你不必啦，宋妍秋，嘴巴裡罵著我們家趙靖，你那兩條腿啊，不辭千里遠巴巴的就趕到他身邊了。說我不可信，是誰才不可信啊，是誰？」

秀女瞪著妍秋，恨不得此刻就叫她滾出去。

「是誰收了我的錢說好了要搬家，是誰說要離趙靖遠遠的？」秀女連番厲聲的質問著。

「趙靖在哪兒呀？只有你眼裡心裡有趙靖，我眼裡只有我們家女兒亮亮呢！我只知道有人要欺負她，我就會盡我最大的能力，去保護他，不要認為每一個人都跟你一樣，眼裡只有趙靖！」妍秋反將了秀女一軍，理直氣壯的說著。

「宋妍秋，你沒有瘋嘛，」妍秋冷靜的分析讓秀女覺得眼前的她深不可測。

「你根本就沒有瘋過，這十八年來，你到底是怎麼樣過活的啊？」

秀女這一問，倒是讓妍秋又跌入了回憶了。

「十八年了，漢文走了十八年了，可是我從來不認為他走了，我總覺得他在我身邊，陪著我，看著我，聽我唱唱歌，我覺得他離我好近好近……隨時在我身邊，好像就在我面前，近得……好像都可以摸到他…

…」妍秋伸著手撫摸著空氣就像是在撫摸著漢文的臉龐。

「我想他，他只是陪我說說話唱唱歌嘛，可是……他們非要說我瘋了，硬是帶走我的子荃，強迫我看醫生，唉～到底誰才是瘋了誰才是醒的呢？」

妍秋轉身看著秀女，平靜的說道。

「或許……所以你們自以爲是正常的啊，正常的軀殼裡面，擺著瘋狂的靈魂，那才是最可怕的。」

「你……你裝瘋！」秀女心中不禁害怕了起來，原來自己始終都小看了妍秋。

「我沒有裝瘋！」妍秋搖搖頭。

「沒有一個母親願意裝瘋賣傻，而忍心跟自己的孩子分開的。」

「你就是裝的！瘋子哪來的思想啊？」秀女繼續追問。

「那不是很好嗎？那你還擔心什麼？如果我是裝的，那表示我很正常，表示我們家亮亮的基因也很正常，你還怕生出一個不健康的寶寶嗎？」妍秋微微的笑著，反問秀女。

「你！」秀女啞口無言，只能乾瞪著眼。

「你到底希望我是眞瘋呢？還是裝瘋呢？如果我沒有瘋，也許……十八年前我就已經跟趙靖在一起，而不是到台北來看病，你不該爲我的瘋感到慶幸嗎？因爲我的瘋，保全了你的婚姻。現在又說我是裝的，難哪……」是是非非總有人說，妍秋聳聳肩，無奈以對。

秀女可嚥不下這口氣，只當妍秋的話語都是諷刺。

「宋妍秋，我可不管你十八年前十八年後是眞瘋還是假瘋，趙靖是我的，誰也搶不走他！」她直指著妍秋的鼻子，全身氣得發抖。

「你眼裡有他，只有你看得見，我有漢文，你們都看不見，他分分秒秒都在我身邊，只有我看得見……」

妍秋知道秀女無法體會，也不想多說什麼，直入房間裡，關上門。

秀女見妍秋怡然自得的出入在她家裡，完全不顧她的感受，正氣悶得很，突然士芬拍了拍她，又嚇了秀女一跳。

「要死了，我剛剛才被她……」秀女拍了拍胸口，不住的喘氣。

「我都聽見了，媽，她眞的是瘋了耶。」士芬也料想不到一向懦弱怕生的妍秋，如今卻有這樣的舉動，不安的對母親說。

「我才快要被她逼瘋啦！」

「媽，趕快把孩子處理掉吧。等我結了婚，要哥跟她離婚，把汪子亮趕出去，這個病眞的是會遺傳耶。」士芬還在一旁搧風點火，其實她就是見不得亮亮出現在眼前。

「不！趕走了汪子亮，不就等於趕走了你爸？我有更好的辦法……」

秀女看了看樓上，心裡打著壞主意。

＊＊＊＊＊＊＊＊＊＊＊＊＊＊＊＊＊＊＊＊＊＊＊＊＊＊＊＊＊＊＊＊

翌日一早，清晨的露水都還未完全蒸發，襲人的花氣早就直撲進妍秋的小房間裡，窗外刺眼的陽光呼喚著沈睡的人們，又是新的一天了，一夜的奔波讓妍秋的臉有些倦容，但一想起女兒，便馬上打起精神，陪著亮亮到孫醫師的診所做產檢。

「初檢不是在這吧？那還是再重新做個檢查。」

孫醫師說著。

「好。」妍秋回答著，拍了拍正在害喜的亮亮。

而繁瑣的檢查過程，讓門外等著的士元感到不耐。

「士元～」妍秋打開了門，輕聲喚了士元。

「怎麼樣啦，媽？」士元趕緊走上前。

「沒事沒事，要做爸爸了耶！」妍秋拍了拍士元，開心的說。

「對，怎麼辦啊？」士元突然緊張的問著妍秋。

「怎麼辦？好事啊～」妍秋微微的笑。

「不是啦，這……怎麼做啊，很麻煩吧，我剛看了還要……注意什麼傳染病啊，還要打很多針啊，還要注意很多營養啊，然後每天還要吃什麼東西的，我的媽啊，我都……」士元緊張的直抓頭，讓妍秋看了直笑著。

「你也知道有事要叫媽啦？孩子生下來有他媽在，再不行呢？還有孩子的媽的媽啊，你媽媽也可以幫幫忙啊。」妍秋拍拍士元的手，叫他不要怕當爸爸。

「話是這麼說，可是……也不能夠都不關我的事吧，像今天我本來約了好多客戶要談的，結果都不能談了，要在這邊陪做檢查的……」士元望了望產檢室，又無助的對妍秋抱怨。

「那快去啊，這裡有我陪亮亮就可以了。」

「眞的啊？可以嗎？」士元實在是不想多待在醫院裡一秒。

「可以可以，快去。」妍秋把士元推到門外。

士元轉身就要走，但又停下腳步，想想不對。

「不行的啦，被我爸知道，他一定會要 k 我的。」士元想起父親嚴厲的模樣，又猶豫了起來。

「不會啦，有我在，你爸不會罵你的。」妍秋看著士元害怕的模樣，內心感到好笑。

「眞的啊？那我走嘍。」

「快去，別耽誤了正事。」

「晚上見了，媽，拜拜。」

妍秋看了笑著搖頭。

而做完檢查後的亮亮，從母親口中知道士元早已離去，不滿地跟妍秋抱怨著。

「陪個檢查也不願意，放他走啊，他跑得比誰都快。」亮亮嘟起嘴，一臉的不開心。

「他公司有事嘛……」

「我看啊，我以後眞的要帶兩個小孩了，而且大小孩要比小小孩還難帶，眞的好慘唷。」亮亮吐了吐舌頭，開玩笑的說。

「胡說，有什麼好慘的？有媽在呢。」妍秋信心滿滿的對亮亮說。

亮亮笑著靠在母親的肩上。

「媽，你知道嗎？我是當了媽媽以後，才感覺自己像個女兒耶，有媽媽可以依靠，昨天晚上，你握著我的手說不怕不怕，我覺得我好幸福唷。」亮亮撒嬌的說道。

「亮亮，是媽不好，媽疏忽了一個做母親的責任，害你像一個小媽媽一樣要照顧家裡。」妍秋歉疚的對亮亮說，覺得自己實在是虧欠亮亮太多太多了。

「媽，沒關係，我一點也不怨你啊，爸爸說，我要照亮汪家的啊。」亮亮露出太陽般的笑容，妍秋的內心溫暖極了。

「亮亮眞乖，將來會有福氣的。」

「現在就有啦，我有了這個孩子，小敏就可以當舅舅了，媽的病也穩定多了，我現在就覺得我好幸福哦。」

亮亮笑著，「我覺得我這個孩子是個小福星耶，有了他啊，我跟士元就不會分開了，就注定是趙家的人了，哼，那趙士芬就不會懷疑我會搶她的陳中威啦。」

「亮亮，你不可以再像以前一樣跟中威這麼親近了，更不可以像上次一樣，三更半夜的跑去找他，瓜田李下，要懂得避嫌嘛，要保持距離呀。」妍秋叮嚀著亮亮。

「怎麼避啊？以後大家都是一家人了，更親近了，總不能他跟趙士芬一回娘家，我就躲出去吧？」亮亮無奈的說著。

「對，寧可表現得這麼明顯，也不可以有任何懷疑讓他們去猜測啊。否則你讓趙靖難做人嘛，亮亮……你們都已經各自嫁娶了，不應該有任何瓜葛，懂不懂？」

亮亮知道母親是眞的關心她，點了點頭。

「你最乖了，走。」妍秋牽著女兒的手走出診所。

窗明几淨的趙家客廳裡，秀女滿意的看著家中新貼上的喜字，想到女兒出嫁在即，暫時忘記昨夜妍秋的一番話，開心的打掃家裡，一看見趙靖，連忙開口說道妍秋明天不能留在家。

「爲什麼她們明天不能在家裡？」趙靖怒斥秀女。

「明天人家要來提親嘛～」秀女皺著眉頭，怪著趙靖又不是不曉得妍秋的病。

「是，那又怎麼樣？提親關她們在不在家什麼事兒？」

「你給我裝傻啊，趙靖，我在這兒費盡心思給你們趙家撐場面，不幫忙也就罷了，要她們在，存心給我找麻煩啊？」秀女看趙靖不識好歹，也大聲的對趙靖吼著。

此時妍秋母女倆剛好進來，趙靖和秀女仍在樓上爭執著，聲音大到樓下的兩人都聽得一清二楚。

「你是嫌妍秋母女倆會丟你的人？」趙靖吼著。

樓下的兩人聽到了，臉色由愉快轉爲尷尬。

「對不起哦，不是我嫌她們丟人啊，她們本來就丟人現眼啊！」秀女不甘示弱的回應著。

「你……」趙靖氣得渾身發抖。

「不是嗎？是誰在我兒子婚禮上既唱歌又哼小曲啊？」亮亮看見母親低下頭去，輕拍著妍秋。

「又是誰在那兒爬上爬下的要跳樓啊？」秀女尖聲的說道。

「人家那是……」趙靖想要替妍秋說話，卻被秀女打斷。

「那是什麼啊？那就是丟人！」秀女嚴肅說著，「我跟我女兒的親家第一次見面啊，我可不要像上次一樣丟人啊。」秀女冷哼了一聲，憤怒的說著。

「陳中威會帶著他的父母一起來的，就算有什麼狀況，他會跟他的父母解釋，再說妍秋最近很正常，人家體體面面的，不會丟你的人。」

「正常？哼！她啊，就是個神經病！我可告訴你啊，我不願意人家知道我有個瘋親家的啊！」

趙靖轉過頭去，不想多說。

亮亮聽到這，再也忍不住氣得想上樓找秀女理論，妍秋連忙拉住她。

「媽～他們欺人太甚了。」亮亮憤憤不平的瞪大了眼，氣呼呼的說著。

「好了，我們進屋裡去吧。」妍秋毫不在意，拉著亮亮要往房間裡去。

「我不要啦！」亮亮倔強的說。

此時趙靖剛好下樓，看到兩人的神情，知道剛才的對話兩人已經聽

到了，但是還是想迴避而尷尬的問。

「怎麼樣？今天的產檢還正常吧？」

妍秋點點頭。

秀女此時也下樓來了。

「唷～回來啦？」秀女提著嗓門尖聲的問道。

「秀女，我們上樓去。」趙靖已經聞到一絲火藥味，連忙拉著秀女的手要上樓。

秀女甩開趙靖的手，走向妍秋。

「我說汪太太啊，這有件事呢，我要請你幫個忙……」秀女臉上堆起了假意的笑容，故作親切的說。

「秀女！」趙靖知道秀女的嘴裡只有些難聽話。

「士元媽媽說的對，沒有什麼事比孩子的婚姻大事更重要，我不會妨礙大家，明天我會出去散散心。」妍秋不等秀女開口，就自顧自地說著。

「那就謝謝你嘍～」秀女皮笑肉不笑。

「士元媽媽，我們待在房裡可不可以？我們會靜靜的等客人走了之後再出現，可不可以？」亮亮妥協的問道。

「不行！萬一你娘又瘋又鬧了起來，這可怎麼辦啊？人家以爲我們幹嘛啊？瘋女十八年啊？柴房關個瘋親戚啊？」秀女厲色說著。

「秀女！」趙靖火了，「亮亮不用商量了，明天我跟你們一塊兒出去！」

「趙靖！在你心裡除了他們，到底有沒有我們啊？你女兒要結婚了，人家明天要來提親了，這麼重要的時刻你居然要出去！」秀女不可思議的看著趙靖。

「這個家裡有你一個人就夠了，哪容得下別人啊？」

「好，好，好，只要你敢出去，你耽誤了士芬的婚事，我一輩子恨你！」秀女指著趙靖，兇惡地瞪大了眼，狠狠的說著。

「好啦，趙靖別鬧意氣了，這麼大歲數的人，火氣還這麼大？士芬是你的寶貝女兒，本來你就該留在家裡跟親家見個面，替士芬撐場面啊。明天亮亮會陪我出去的，不會有事的。亮亮，進房間裡去。」妍秋平靜的對趙靖說，拉著亮亮進房。

「她這樣哄著你，你可以安心了吧，你可以放心了吧你！」秀女仍不放過的譏諷著趙靖。

「我爲什麼還要跟你生活下去？」趙靖撂下話，怒氣沖沖轉頭就走。

留下一臉錯愕的秀女。

第二天一早，連早餐都還來不及吃，妍秋就拉著亮亮的手來到了小公園。

妍秋在一旁忘我地唱著歌，也不想著爲什麼一大早得出這趟門。

「背起了小娃娃呀，回呀嘛回娘家，娘家嘛遠在山呀嘛山腳下。」妍秋唱得起勁，亮亮則在一旁生著悶氣。

「媽～爲什麼你一點都不生氣啊？」亮亮不解的抬頭問著母親，心中忍不下這口氣。

「我是同情她，可憐嘛～什麼都怕，什麼都防，俗話說的好，只有千年做賊的，沒有千年防賊的。可是你看看她，事事防，這防得了嘛？唉～我看了都替她覺得累，可憐啊～」妍秋搖著頭，對秀女感到同情。

「媽，她就是怕你，派你出馬，把趙叔叔搶過來好不好？」亮亮不甘心的提議。

「你在說什麼？這會兒你又忘了你爸爸啊？」妍秋臉色微慍，斥責亮亮。

「哼！她太可惡了嘛！」亮亮想起秀女昨天那副趾高氣昂的模樣，就是不高興。

「還搶呢，她早輸了……」妍秋心中有個預感，趙靖遲早有一天會離開趙家，離開她的。

此時中威正和他的父母在趙家提親，秀女熱絡的交際著。

「我說親家公啊，俗話說的好，有緣千里來相會啊，我們一個是在台灣，一個是遠在巴西啊，這樣都能結成親家，你說不是有緣是什麼啊？」秀女陪著笑，殷勤的接待中威的父母。

中威環顧四周，卻沒見到亮亮的身影，心中納悶。

「那我們中威以後在台灣還要麻煩您多多照顧啦。」中威的父親誠懇的說著。

「那當然，那當然。ㄟ，這女婿啊，可是半子啊！」秀女開心的笑了，雙方父母相談甚歡。

中威趁著父母談話，站了起來走到廚房，士芬正在那切著水果。

「亮亮呢？」

「不在家。」士芬手中的動作停止，臉色難看。

「去哪裡了？」中威繼續追問。

「不知道！」士芬簡短的回應，冷冷的。

「你們到底有沒有把她接回來啊？」

「陳中威！你不覺得你太過分了嗎？今天是我們雙方父母第一次見面，你心裡只想著汪子亮？」士芬瞪著中威，實在氣不過。

此時秀女的笑聲和話語從客廳傳了過來。

「你看看啊，這小倆口切個水果都要膩在一塊兒，分都分不開呢～」此時這番話像是諷刺著他們，令士芬更加難堪。

「說好了，來你們家拜訪你們家人，亮亮不是你的家人嗎？她爲什麼不在？」

沒見著亮亮，中威非要問個明白。

「我哥也是我的家人，你爲什麼不問趙士元去哪裡了？就是想著她！」士芬挑釁的反問。

秀女的聲音又傳了進來。

「可以了吧，中威呀，士芬啊，那些悄悄話留著結婚以後再說吧，快把水果端出來，招呼你未來的公公婆婆啊。」

中威冷漠的轉身回到客廳，士芬也板著臉將水果端到客廳，這一幕貌合神離的戲碼已經正式上演了。

＊＊＊＊＊＊＊＊＊＊＊＊＊＊＊＊＊＊＊＊＊＊＊＊＊＊＊＊＊＊

離開城市的喧囂，原本以爲可以好好養病的小敏，卻因爲妍秋和亮亮都不在身邊，病情更加嚴重了。從來沒和母親分開過的小敏不安的胡思亂想走來走去，阿惠怎麼哄都沒有用。

「亮亮不在，媽媽也不在……」小敏抓著頭要出去找她們。

「小敏乖，不可以出去，聽阿惠姊的話，你到裡面去，乖，到裡面去。」阿惠要牽小敏進房，小敏不肯。

「你不要碰我，討厭啊你！她們去哪裡，都沒有人告訴我。」小敏鬧著脾氣，直覺自己被遺棄了。

「小敏……」勸不動小敏的阿惠無助的不知該如何是好。

「你不要碰我！」只見小敏激動的揮舞著雙手，不准任何人靠近。

「小敏你不要這樣子。」阿惠整個人也慌了。

「爲什麼都沒有人告訴我？你討厭！你告訴我，她們去哪裡了？」

阿惠張著嘴卻不知道怎麼跟小敏解釋。

「亮亮不見了，媽媽也不見了，沒有人告訴我！」小敏急得抓著頭。

「小敏乖唷，小敏……」阿惠嘗試著繼續安撫小敏的情緒。

此時電話響了，阿惠匆匆忙忙入內接起。

「小敏他好嗎？」聽到話筒邊妍秋的聲音，阿惠猶如遇到救星。

「汪太太，他很不好耶。」阿惠照實的將情況說出。

妍秋一聽站起身，驚聲問道：「不好？」

「對呀，他白天也不睡覺，晚上也不睡覺，就這樣子原地一直走來走去，然後自己跟自己說話，汪太太，我好害怕唷。」阿惠看著小敏在一旁揮著拳頭打著空氣。

「阿惠，你別怕，這就是躁鬱症啊，常常會晚上睡不著，然後嘴巴會喃喃自語的。」

「汪太太，那我要怎麼辦啊？他要走到什麼時候才會停啊？他……他會不會殺人啊？」阿惠內心還是會感到害怕，著急的問著妍秋。

「不會不會，阿惠你別怕啊，我跟你說哦，你現在就到客廳的櫃子裡有個抽屜去拿藥，你現在就去。」妍秋吩咐阿惠。

阿惠急忙翻著櫃子。

「不是他平常吃的那種唷，是可以穩定他的情緒讓他放鬆心情的，看到沒有？」

「是不是白色小小一顆一顆的？」

「對……上面有藍色的英文字母有沒有？你現在就拿著藥，拿著水，把電話交給小敏。」

「好。」阿惠趕緊照妍秋說的做了，將話筒放在小敏耳邊，小敏一聽到妍秋的聲音就停止了揮舞。

「小敏……是媽呀。」妍秋心疼的說。

「你們都沒有人在家，就剩我一個人在這裡，你們去哪裡，都沒有告訴我！」小敏委屈的哭著，妍秋眼眶也紅了。

「小敏要乖嘛，小敏，你這樣子不乖，媽會傷心難過的，你要乖要吃藥，要不然媽就要帶你去看醫生嘍！」妍秋柔聲的哄著小敏。

「可是你們都不在！」小敏鬧著脾氣。

「小敏……媽愛你啊，你要吃藥嘛。」

「那你們在哪裡啊？」小敏不死心的問著。

「媽在亮亮這裡，媽要照顧亮亮啊，這樣子以後你才可以當舅舅啊。」妍秋一提到小敏要當舅舅的事情，小敏的情緒突然就緩和了下來。

「對耶，我……我會是好舅舅唷，我……我是個好舅舅的，我是。」小敏偏著頭想著，開心的笑了起來。

「對啊，你不吃藥將來怎麼做舅舅呢？是不是？」妍秋順著小敏的話說著。

「對啊，我要吃藥病才會好，病好了才能當舅舅，我會是一個好舅舅，我是……我是……」

小敏一把搶過藥包，喝著開水吞了藥。

阿惠接過電話，告訴妍秋小敏的狀況，妍秋頓時鬆了一口氣。

「阿惠啊，不好意思哦，這些天我們不在，小敏的情緒可能不好控制，一會兒低落一會兒亢奮的，可能要多麻煩你，只要他習慣了我們不在的這段時間，就會好了，你要多照顧啊，不好意思，謝謝你嘍，謝謝。」

妍秋千拜託萬交代的叮嚀了阿惠一些還要注意的事項之後，就掛上了電話。而臉上早已布滿心疼的淚水，卻沒發現趙靖就站在她身後，剛剛的話趙靖都聽到了。

「妍秋啊，要小敏吃藥啊？你自己的藥吃了沒有？別把自己累壞了。」

趙靖柔聲對妍秋說，心疼的問著。

「我撐得住，我撐得住。」妍秋輕輕拭去淚水。

「還說撐得住，心裡面還記掛著小敏，你這樣怎麼行呢？」趙靖擔心妍秋，繼續說著。

妍秋卻突然轉身對趙靖大吼著。

「我說我撐得住嘛！」

「妍秋？……」趙靖一驚，不知該如何是好。

眼前的妍秋已經進入了某個時空裡，開始防備性的對著趙靖。

「我是媽，我可以照顧我自己的孩子，我……」妍秋突然想起了什麼，口中喃喃地說著。

「妍秋？……」趙靖看著有些恍惚的妍秋，擔心的叫喚著。

「子荃？子荃？」妍秋此時開始滿屋子亂跑著，她又想起了子荃離開她的那一天。

「子荃是我的孩子，你們不可以把他帶走，你們如果把他帶走了，那漢文回來，我怎麼跟他交代？」妍秋突然失去了控制，慌張的哭著喊叫。

「妍秋？妍秋！你的藥放在哪裡了？」趙靖知道妍秋病又犯了，心急的問著。

「子荃……子荃要留下的，你們不可以把他帶走～」

趙靖看事態嚴重，只好自己進妍秋屋裡找藥。

「你要幹什麼？你要幹什麼？你翻我抽屜幹什麼？」妍秋神智不清

地把趙靖誤當成當年帶走子荃的人，大聲的吼著。

「妍秋……妍秋……」趙靖不知該如何解釋。

「我不會讓你找到子荃的，你出去，你出去！」妍秋發狠，奮力的將趙靖推開。

「妍秋，你告訴我你的藥在哪啊？」

「你出去！子荃不要去美國的，他不會跟你去美國的。」

妍秋不斷推著趙靖出去，此時秀女突然出現看見兩人在拉扯著。

「你們在幹什麼啊？趙靖啊，你要不要臉啊？三更半夜你到她房裡幹什麼？她女兒都還睡在樓上呢！」妍秋誤以爲趙靖下來偷偷私會妍秋，怒氣沖沖的就是破口大罵。

「你在胡說些什麼？」趙靖氣急敗壞。

亮亮也衝了過來，看見母親的樣子就知道發病了，趕忙過去拿藥給母親。

「你沒看見她又犯病啦！」趙靖瞪著秀女，不悅的說。

「她太累了，忘了吃藥，我進來給她拿藥的。」

「拿藥，是嗎？是誰說她正常啦？不瘋不病的，那吃什麼藥啊？根本就是你想進來跟她……」秀女一時氣不過，走上前推了恍神的妍秋一把，亮亮忙護著母親。

「你給我住嘴！你的心思怎麼這麼齷齪？要不是當著媳婦的面，我眞想揍你！」

趙靖氣急攻心，再也忍受不了秀女的胡言亂語。

趙靖氣得走出去，秀女跟在後頭還不斷罵著。

像一場鬧劇似地，兩人一離開，妍秋就趕忙起身將門關上。

「媽……媽……」亮亮看著渾然不知被羞辱的母親，心疼不已。

「噓～我已經把子荃藏起來了，小敏我也藏起來了。這樣他們找不到小敏他們，就不會把我的孩子帶走啦。」妍秋全身禁不住顫抖，悄聲地對亮亮說。

亮亮知道哥哥離去的陰影還在母親心中揮之不去，摸著妍秋的頭，落淚的說。「沒有人會把你的孩子帶走的，好不好？」

「亮亮，亮亮！你也要躲起來，不然他們也會把你帶走的！」妍秋急忙將亮亮抱在懷裡。

「媽～媽～」

妍秋不管亮亮的呼喚，用棉被包住亮亮的身體，還用自己的身體裹住她。

「快～躲起來，亮亮躲起來，媽保護亮亮。」

妍秋死命的抱緊亮亮，直叫亮亮不要怕。

「媽不會讓他們找到亮亮的。」

亮亮不忍看母親如此，她知道她這樣將母親帶上來台北，是自私了些。

「媽……明天我們就回去，亮亮帶你回去看小敏……」亮亮柔聲的安撫著妍秋。

「看小敏？回去看小敏？好……媽想小敏耶……回去看小敏，好……回去看小敏。」妍秋想起小敏，突然又開心的笑了起來。

亮亮將母親搖在懷裡，又心疼又不捨的哄著她，度過了一個漫漫長夜。

翌日一早，東方魚肚才剛剛翻白，亮亮就急忙收拾了行李，一刻不停歇地帶著妍秋回到了屏東老家。

亮亮攙扶著妍秋。

「媽，回家啦，開不開心啊？」

「怎麼會這樣呢？我眞沒用，怎麼會又犯病了呢？」情緒回復平穩的妍秋懊惱的說著。

「沒事沒事，有亮亮在，媽媽是太累了又想小敏，沒關係啊，我們回家看小敏，媽媽就好啦。」

「回家看小敏啊。」妍秋眼睛一亮，內心感到喜悅。

剛到家門口，亮亮看見門是開著的，覺得有些異樣。

「小敏啊～」妍秋一進屋就迫不及待的叫著。

「阿惠？我們回來嘍～」

亮亮與妍秋一踏進庭院，曬衣架打翻了，衣服散了一地，幾株盆栽也落在地上殘破凌亂，觸目所及都是一片混亂。

「怎麼回事啊，就快下雨了，衣服也不收，這兩個人在幹嘛咧？」

妍秋皺了皺眉頭，撿拾著地上的衣服不悅地說著。

亮亮覺得越來越奇怪，趕緊衝進屋裡去。

「阿惠～小敏～」屋子裡更是一片凌亂，亮亮內心越來越慌張不安，到處找著兩人，可是就是不見阿惠和小敏的人影。

「奇怪？跑到哪裡去了呢？怎麼都不在家？」

妍秋邊收拾邊進屋嘴裡也叨唸著。

「媽，我來，你坐。」亮亮扶著妍秋坐下，蹲下身子撿起地上散亂一片的東西。

「他們都不在啊？」妍秋看著滿屋子的凌亂，「你看看，這一定又是小敏，昨天晚上躁鬱症又犯了，不吃不睡的，嚇得阿惠不知道怎麼辦才好。」妍秋邊說邊摺著手邊衣物，「我就在電話裡跟他說啊，小敏，你要吃藥啊，你如果不吃藥的話，病就不會好，病不好就不能當舅舅啊……」

妍秋一說到藥，亮亮的確就在地上看見散落的藥丸。她一顆顆撿了起來，心中有一股不好的預感。

而一旁的妍秋仍笑著繼續說。「結果他就乖乖的把藥給吃了，可見他多想當舅舅呢，亮亮啊，將來你肚子裡的小福星出世啊，可比那個醫生還管用呢，亮亮？我說了半天，你聽到了沒有啊？」妍秋見亮亮沒反應，走到亮亮面前問著。

亮亮心中不安，一臉的焦慮。

「聽到了，聽到了……就是小敏想當舅舅嘛。」亮亮虛應著妍秋，腦子裡慌著。

「對，小敏想當舅舅，他還眞想當舅舅呢。」

此時阿惠狼狽的衝進屋裡，看見兩人，眼眶就是一紅。

「阿惠啊，你回來啦！小敏呢？」妍秋沒發覺異樣，問著阿惠。

阿惠哽咽的顫抖著，緊緊的抓住亮亮的雙手。

亮亮直覺的也止不住的顫抖，驚聲的問道。「阿惠！怎麼了？」

阿惠慢慢走向兩人，雙腿就是一跪，大哭了起來。

「汪小姐……對不起啦～」

亮亮和妍秋看著阿惠跪在地上不斷的說著對不起，心中的不安終於浮出。

＊＊＊＊＊＊＊＊＊＊＊＊＊＊＊＊＊＊＊＊＊＊＊＊＊＊＊＊＊＊＊＊

今天的空氣異常冷寂，灰暗的雲朵遍布整個山頭，太陽被山頭遮住了，椰子樹少了豔陽的相襯，顯得孤獨單薄。

亮亮與妍秋跌跌撞撞的往外跑，跑到河邊，卻沒看見小敏的身影，只見一群人圍觀著指指點點，還有救護車在一旁。

「小敏，小敏舅舅……不可以調皮……你不可以調皮……」亮亮邊跑心中邊喊著，「媽媽跟亮亮會來看你的，小敏……你等姊姊啊，你要等姊姊啊……小敏。」

可是一到河邊，亮亮最不願意發生的事情，卻像腳底堅硬的石頭，每踏一步就提醒著她，悲劇儼然造成的存在。

依稀看得出小敏的形體，蓋著一塊白布，光著的腳底都是污泥。

亮亮滿臉淚痕，不敢相信地看著躺在地上的弟弟，雙腿霎時無力，跌坐了下來。

雙手撐著地，用爬的慢慢爬到了小敏身邊。

而更近的距離卻只是讓亮亮更加看清楚小敏生前痛苦的掙扎，手腳滿是傷口，身體也被水浸得發泡腫脹。小敏的手腕上纏繞著水草，而手中緊抓著的卻是一張全家福的照片。此情此景，叫亮亮如何接受，雙手顫抖著不敢掀開白布，她要怎麼去面對她心愛弟弟蒼白冰冷的面容，那個會笑會哭充滿表情的小敏，她已經觸不得碰不著了……亮亮再也忍受不了心中的悲痛，整個人伏在小敏的身上放聲哭喊著。

而妍秋此刻也被阿惠慢慢攙扶著來到小敏身邊，她早已看到這一幕，整個人呆著，腳底像踏空似地，軟弱的倒在阿惠的懷裡，淚直流著，但眼神沒離開過小敏。

「他自己一邊走一邊講，搖搖晃晃的，一直走到河裡面去，要救都來不及。」旁邊燒著紙錢的人搖著頭嘆息的說著。

亮亮字字都聽進耳裡，那懊悔心疼的情緒將她的五臟六腑全扭在一起的疼。

妍秋又怎麼受得了如此重大的打擊，神情開始有些恍惚，癡癡地看著小敏，手伸向小敏欲掀開白布。

「媽～」亮亮抓住妍秋的手阻止。

「我要看小敏啊，我要看小敏！」妍秋執意，緩緩的掀開白布，小敏閉著眼睛躺在那，嘴唇青紫，還有一些污水從鼻孔裡流出。亮亮別過頭去，不忍再看。

妍秋卻直盯著流淚，溫柔地用手撫摸著小敏的臉，好像這一切都不存在，小敏只是閉著眼還在賴床。

「小敏～你真的很不乖哦，怎麼躺在這兒呢？怎麼可以睡地上呢？小敏！你看看，頭髮都濕了耶……來～」妍秋把小敏拉了起來靠在自己的身上。

「這樣有沒有舒服點啊？小敏！還是好冷耶，是不是啊？來，媽給你蓋外套。這樣有沒有好一點啊，有沒有啊？」妍秋將外套蓋在小敏身上，可是小敏的身體仍是冰冷僵硬。「還是冷啊，來，媽抱你，媽抱你啊，你就不冷了……」妍秋抱緊著小敏，哽咽地說。「媽抱你，乖，你就不冷了……」

亮亮看著這一幕，實在無法接受弟弟就這樣走了，臉色淒愴的站了起來，眼神呆滯的看著湖面，吶喊著。

「小敏～我的弟弟～小敏舅舅～」她大聲的叫喊著，臉上布滿了淚水，腦海裡盡是與小敏的回憶。

亮亮想起了小時候牽著小敏的手去上學，去參加他的母姊會，小敏天真撒嬌的模樣，還有小敏發病時哭鬧著的模樣。淚水決堤，亮亮終於忍不住蹲在地上嚎啕大哭了起來，以前亮亮哭的時候，小敏總是會扮鬼臉說笑話逗亮亮開心，但現在呢？亮亮越哭越傷心，希望小敏能聽見跑來安慰自己，亮亮心想：小敏一定會輕輕的擦乾自己的眼淚，在面前搖頭晃腦的說：「姊姊不要哭，小敏要當舅舅的，姊姊不要哭啊，要讓小敏當舅舅呢。」

亮亮哭喊著小敏的名字，回應的卻只有一旁法師的誦經聲和奪走小敏生命的河水流動的聲音。

昨夜的一場噩夢，亮亮哭著驚醒，是夢吧？亮亮拍拍胸口安慰自己，是夢吧！亮亮不斷的說服自己，希望一切都只是夢，亮亮起身到小敏房裡，卻看不見小敏，只看見妍秋躺在小敏的床上，抱著小敏的衣服睡著，一臉的安詳。

小敏的靈前，亮亮看著小敏的遺照，永遠長不大的小敏，笑得多麼天眞燦爛，亮亮心一痛，又不禁紅了雙眼。

阿惠則在一旁內疚自責著，看著亮亮悲傷的神情，雙腿又一跪。

「汪小姐，對不起，對不起……眞的對不起……」

亮亮看著阿惠，此刻說什麼也是多餘了，只是徒增悲傷。

「他好不容易睡著，我也累了，結果早上醒來的時候，我就發現一地的藥，小敏……他也不見了，我有去找，可是一直找不到……對不起……對不起啦～」阿惠也哭腫了眼，請求亮亮能夠原諒自己。亮亮點了點頭，示意著阿惠不要再說了，整個人癡癡地只流淚。

而妍秋不知何時醒了，喃喃的話語不斷從房裡傳了出來。

「小敏要當舅舅了，要吃藥啊，要吃藥啊～乖～」

＊＊＊＊＊＊＊＊＊＊＊＊＊＊＊＊＊＊＊＊＊＊＊＊＊＊＊＊＊＊

台北的雨下得無情，淅瀝淅瀝瀝的打在玻璃窗上，電話鈴聲隨著大雨的節奏痛快的響著。

趙靖得知了小敏不幸的消息，急著要趕去看，卻遭到秀女的阻止。

「趙靖，我說趙靖啊～你急急忙忙去哪啦？」

「我去哪？人家阿惠剛才打電話來，你沒聽見嗎？汪家出事了。」趙靖氣急敗壞的說著。

「聽見啦，聽見啦～不就小敏死了嗎？你現在趕過去有什麼用呢？別忘啦，自己要嫁女兒咧，你沒聽人家說嗎？家有喜事不入喪門，你現在趕過去沾那個晦氣做什麼呢？」秀女毫不帶感情的提醒著趙靖，像是今天死的不是個人倒是條狗。

趙靖深深的看了秀女一眼，自己怎麼會跟如此刻薄無情的人相處了三十年，嘆了一口氣，頭也不回地離去。

「趙靖啊！趙靖啊！」趙靖不理會秀女的大喊，逕自走向屋外。

此時士芬也皺著眉頭，一臉的不安。秀女看到女兒的表情，走了過去。

「這我說啊，你也眞奇怪啊，人家家裡死了人啊，你跟人家難過個什麼勁啊？」

士芬搖搖頭。

「我怕婚事會起變化，中威跟他們家那麼親，如果他知道汪家出事了，一定會趕過去處理的。」她深怕以中威的個性，婚事又要變卦了。

「所以你就別讓中威知道啊～」

「這是我能控制的嗎？他們要見面，要通電話，我一點辦法都沒有，要瞞多久？到了結婚那一天，看不見汪子敏，那不是……」士芬激動的說著。

「他何止看不到汪子敏啊，哼！連汪子亮我都不讓她來，她家死了個人，來給我觸霉頭啊？」秀女冷哼了一聲，冷酷的說著。

「所以啦，那不就……」

「所以那就沒問題，這事兒我來幫你處理，你就別管了。」秀女安撫著士芬。

士芬撇過頭去，望向窗外，還是一臉的擔心。

趙靖慌忙地趕到了汪家，一開門就看見妍秋抱著小敏的衣物，把自己當個搖籃似地晃來晃去。

「搖啊搖，搖啊搖，搖到外婆橋，小敏啊，你要當舅舅了耶，所以要乖啊，不可以到處亂跑啊。」妍秋對著衣物有說有笑。「你要吃藥嘛，吃藥病才會好，病好了，媽帶你去買防彈車，你帶媽去唱歌……」

趙靖看情形就知道妍秋又犯病了，感嘆著老天為何讓一個柔弱的女子，在她的一生中輪番接受死別的打擊。

趙靖慢慢走到妍秋身邊，蹲了下來，看著妍秋。

「妍秋……」

他輕拍著她，妍秋此刻才回過神看著趙靖。

「你回來啦！不飛啦？今兒個沒任務啦？」

妍秋現在又徹徹底底地縮回到她的世界裡，裡面的漢文和小敏是活生生存在著的。

她眨著一雙大眼跟趙靖說著。「小敏不乖啊，我在教訓小敏呢，天這麼冷，到處跑，跑到河邊去睡覺，要是讓他爸爸知道了，非揍他不可，眞是不乖啊，他還把亮亮給氣哭了，所以我要先罵他啊，我先罵他啊，亮亮就不會再兇他啦。」妍秋疼惜著抱著衣物，趙靖則神情哀傷的看著妍秋。

「對不對啊？你說是不是啊？」妍秋問著趙靖，趙靖沈重地點點頭，淚水滑落。

「你眞是不乖啊，叫你吃藥你不吃，吃了藥你病就會好了嘛～」

看著妍秋恍惚的模樣，趙靖只能將她緊摟在懷裡。

「妍秋……」趙靖輕聲的喊了一聲，妍秋沒聽見似的，自顧自的對小敏的衣物說話。

「我們小敏要當舅舅了耶，小敏要趕快吃藥，吃了藥病就會好了，好了，就可以當舅舅了……」

亮亮在一旁看著這一幕，早已傷痛的哭泣著。趙靖抬頭和亮亮對望著，無語，只有冰冷的淚無聲的流下。

亮亮和趙靖隨著招魂的隊伍來到河邊，天空清澈的掛著幾朵白雲，但似乎沒有人注意到，只是神色漠然的走著。

亮亮撒著冥紙，一把又一把，冥紙飄散在湖面上，隨水流過。

「小敏可以跟爸爸見面了，爸爸還認得小敏嗎？」趙靖聽亮亮這樣一說又嘆了口氣。

「爸爸走的時候，小敏才七歲……現在都十幾年了……他們父子還能相認嗎？」亮亮看著一片蔚藍的天空，喃喃自語。

「亮亮……」趙靖不知該如何安慰亮亮，只好輕拍亮亮的肩膀。

「為什麼？我不懂……我不明白……還不到三十歲，為什麼要面臨這麼多的生離死別……爸爸走了，子荃走了，小敏也……」亮亮已經泣不成聲，「小敏也走了……」

趙靖在一旁聽著感傷不已，不知該說些什麼。

「老天爺為什麼要對我這麼殘忍？」亮亮搥著自己的胸口。

「亮亮……」趙靖看了也不忍。

「說我要照亮汪家，說要我照亮汪家，現在汪家只剩下兩個人了～我的光和熱留不住他們……是不是……我的名字取錯了？太亮了，是不是太亮了，所以他們走了？」亮亮情緒化的大喊著，掩面痛哭。

「亮亮，不要胡說，不要再胡思亂想了，你要堅強起來，媽媽需要你照顧，還有你自己馬上就要做媽媽了，肚子裡的孩子也需要你照顧啊！堅強起來。」趙靖溫柔的聲音溫暖了亮亮的心，要她堅強的面對現實。

亮亮摸了摸肚子，心中更加悲涼，小敏最企盼的不就是當舅舅嗎？怎麼還沒當就走了呢？亮亮無法向誰要一個答案，只能將手中的冥紙用力的撒向天際，哽咽的吶喊著。

「小敏～來收錢～帶著錢～一路上好走～小敏～」

平靜的湖面無聲無息地，趙靖默默看著亮亮在河邊撒著冥紙叫喚著小敏，而蒼天無語。

「小敏～」亮亮哀痛的聲音沙啞了。

趙靖心裡也酸楚的痛著，漢文的小兒子就這麼死了，在他的照顧之下，怎麼會是這樣的結果呢？想到摯友一家人命運的坎坷，他心疼著亮亮，卻說不出半句安慰的話，只能輕輕擁住這堅強的小女人顫抖的雙肩。

亮亮終於忍不住，依附著趙靖痛哭了起來。

「爸……爸……小敏再也不會回來了～小敏～」

亮亮絕望地哭著，趙靖也默默地流下了兩行淚。

天色漸漸昏暗，斜陽緩緩的布滿了大地，涼風輕起，傷痛的人兒相擁著哭泣，遠山朦朧，蒼白的月亮卻不管人間的生離死別，悄悄的從遙遠的地平線升起。

第二十章

趙靖回到了自己家中，還未踏進門，秀女就急忙衝了出來，在趙靖身上用樹枝沾了水不斷揮灑。

「你要幹什麼啊？」趙靖皺著眉閃躲。

「唉呀，天地陽剛，除晦氣啊，好了……等一下進去，先把衣服給脫了。」

「我來……」士芬想要幫父親拿脫下的外套。

「你不要碰他，你要結婚的人會沾晦氣的。」秀女趕忙阻止。

「蔡秀女，你煩不煩啊！」趙靖看著秀女愚昧迷信卻毫不帶感情的態度覺得厭惡。

「你家沒死過人啊？你……什麼時代了，還在迷信這個？生老病死誰逃得了啊？」

「逃不了，我躲它可以吧？他是掉到河裡死於非命啊！」秀女全然不顧亮亮就在旁邊作何感受。

「蔡秀女！你留點口德好不好？趙士元呢？把他找回來，他岳家出事了！小舅子死了他得過去幫忙啊，我們都得過去主持那治喪委員會的。」

「你敢？」秀女睜大了眼瞪著趙靖。

「我爲什麼不敢？一來汪漢文是我的故交，二來他女兒是我媳婦，三來，他們家沒男人了。」趙靖理直氣壯。

「不可以！趙靖啊～爲你女兒想想啊，你就要爲她主持婚禮啦，你怎麼可以……」秀女大驚小怪的表情活像吃了一頭大象。

「迂腐！」

趙靖受不了秀女毫不帶感情的殘酷，不想再跟她多談，轉身就離去。

可在秀女的眼裡看來，趙靖分明就是心向著汪家，尤其是汪家那個不要臉的女人宋妍秋，心虛的想閃躲。

「哼！」秀女悶哼了一聲。看著趙靖的背影，她知道她該怎麼做了。

＊＊＊＊＊＊＊＊＊＊＊＊＊＊＊＊＊＊＊＊＊＊＊＊＊＊＊＊＊＊＊

汪家老家的門鈴響了，阿惠開了門。

「太太……」

看見太太秀女出現在門口，阿惠知道太太來這裡一定又是要來刺激妍秋的，阿惠雖然曾是秀女的貼心家管，但是汪家的處境讓她也覺得深深的同情，於是想趕緊關了門阻攔秀女的進入，可是秀女一把推開阿惠，不管阿惠的阻止就是硬衝了進去。

秀女趾高氣昂的走進了客廳，看見妍秋恍惚的神情，看著宋妍秋的樣子，又走到小敏簡單的靈堂前，嫌惡地一把將小敏的遺照蓋上。

「你……我們認識嗎？」妍秋看著突然出現的秀女疑惑的看著。

「別再來這一套啦，真的呀，不要再演一遍啦，你不煩我看得都膩了。」秀女厭煩的尖聲道。

秀女看著妍秋仍是一副困惑的臉。

「我蔡秀女啦！趙靖的老婆！趙靖來你就認識啦！」

「你在說什麼啊？跑到人家家大呼小叫，真沒禮貌。」妍秋直接的表達了不滿，並開始滿屋子找著亮亮和小敏。

「你給我閉嘴啦，我從來就不相信你是瘋的，你就是用這個伎倆擄獲我們家趙靖的心，同情你可憐你照顧你，看樣子啊～你這個病可要病一輩子啦～」秀女字字尖酸刻薄進入妍秋的耳裡。

「你說什麼啊，我沒有病。」妍秋納悶亮亮跑哪去啦。

「喔，你沒有病，這麼說你正常啦～」秀女走向妍秋，逼迫著她面對秀女惡狠狠的眼神。

「你兒子死了，你知道嗎？他在河邊淹死了。」秀女就恨她這一臉的單純。

「你不要詛咒我們家小敏好不好啊，他在裡面睡得好好的。」妍秋心想哪來的無理瘋婆子。

「喔～那他這一覺可睡得久嘍，要醒來我看是沒辦法啦！」秀女搖晃著妍秋，試圖要她聽進她說的話。

「他～死～了！我倒要看一個死了兒子的媽能夠沒事裝多久？」

「神經病！」妍秋不懂眼前的這個兇狠的女人幹嘛這麼欺負人，罵了秀女一句。秀女聽了火大，更大力搖晃著妍秋了，「你醒一醒啊你，幹嘛！你又想用這一套博取趙靖同情啊你……」

「放開她！」此時亮亮出現，並且推開了秀女。

「你好大膽子啊你，居然敢……」秀女跌坐在地指著亮亮。

「爲了我媽，我什麼都敢，阿惠！麻煩你陪我媽進去。」

「喔，好。」阿惠將妍秋扶了進去，

亮亮確定妍秋已經進去了，轉身走向扶著腰正慢慢站起來的秀女。

「你究竟想怎樣？我弟弟走了，我媽已經夠可憐了，你爲什麼還要欺負她？爲什麼？」

「她裝的，老裝一副可憐樣！」秀女爲自己的行爲推卸得再合理不過了。

「白髮人送黑髮人，人生最悲慘的事，這種事能裝嗎？你自己爲什麼不裝裝看？爲什麼不試試看死了兒女的感覺？」

啪一聲，秀女猛地打了亮亮一巴掌。

「你以爲我不敢打你啊，詛咒我死孩子，你眞是敢啊你，我家要死人啊，也是你第一個先死！你們汪家一家子全部命中帶衰，早晚啊一個跟著一個走啊！」

「滾！」亮亮一手摸著自己的臉，一手指著門口，眼神裡盡是憤怒。

可秀女怎麼可能放過任何可以羞辱她們母女的機會，繼續說著。

「我是不想來啊，怕呀～哼哼……我怕來你們家沾了晦氣我帶衰呢，我只是來告訴你趙士芬要結婚了，我可不准任何人來破壞他們的婚事啊，尤其是你們母女啊，最擅長的就是裝可憐博取男人的同情，尤其是博取別人家男人……」

「那就叫趙士芬好好的把她的男人管好！否則……」亮亮感覺嘴角的麻痺一點一滴滲透到她薄寒的心裡。

「否則你怎麼樣啊？有本事你就告訴你媽你那弟弟是怎麼死的，你看她能不能受得了刺激！別威脅我啊，汪子亮，帖子都發啦，這個婚事結定啦，我不要你去告訴陳中威是怕他觸了霉頭，你眞以爲你有那個魅力，可以阻止這樁婚事啊？要是眞的有，那當初倒楣的，就不會是我們家士元娶了你啊。」

亮亮顫抖著身體，想著母親的病是不能再惡化了。

秀女看亮亮沒回話，話語更命令式地再度重複一遍。

「記得哦，陳中威不准來這裡，他們的婚事你也不准去，要不然，我一天來一趟，告訴宋妍秋她兒子是怎麼死的，只怕到時候她受不了這個刺激，也到河裡去跟她兒子作伴嘍～」

亮亮此時再也受不了，一步步走向秀女。

「你爲什麼這麼壞？你的心爲什麼這麼惡毒？這麼悲慘的事，你也可以拿來威脅人！」

「我壞嗎？我不覺得啊，我好好在我家過太平日子，是她呀～硬是要趕回台北照顧你啊，是你們啊～要把那個小瘋子一個人放在家裡的，是阿惠沒把他看好呀～讓他掉到河裡淹死的啊！」

秀女突然指著亮亮。

「哼！說到底，是你，是你不該懷這個孩子，才會有今天這個局面的。」

秀女話畢轉身想要離去，突然又停下腳步。

「順便教教你規矩啊，沒人給小輩擺靈位的，你們家以前沒死過人嗎？一點規矩都沒有，切！」

秀女冷血地轉身離去，她的高跟鞋一步一步的在木頭地板上狠狠地踩出一點一點的印，亮亮面如土色的將小敏蓋著的遺照翻正過來擺好，看著照片中小敏無憂又無知的笑臉，她強忍的悲痛再度決堤了。

在中威的診所裡，士芬興奮的翻著旅行社安排的蜜月套裝旅程，嬌羞的和中威討論去哪裡蜜月。

中威看著窗外，一臉漠然的沒有回答。

士芬察覺出中威的心不在焉，放下資料，走到他面前。

「不然，你喜歡去哪裡度蜜月呢？想不想回巴西啊？雖然有點遠，可是我沒有意見。」士芬一心只想取悅中威。

「爲什麼？我一直沒有看見亮亮，說，那天我父母到你家提親順便認識你們家人，亮亮爲什麼不在？她不是你嫂嫂嗎？」

士芬聽到自己的問題得到的卻是中威對亮亮的關心，不由得胸中的妒火又燃起。

「是，你還記得她是我嫂嫂我哥的老婆。」士芬無明火又上來了。

「我只是關心她，她是不是出了什麼事？」中威語氣平靜。

「謝謝你的關心，什麼事也沒有出。」士芬賭氣的背過頭去。

「那爲什麼我到你家去卻都沒有看見她？」中威只想要一個誠實的答案。

士芬看著中威急切的問著亮亮，卻對自己的婚禮不聞不問，搖了搖頭。

「你不嫌你太過分了嗎？你去你岳家爲的就是看你老婆的嫂子？」士芬尖銳的問。

「我們還沒有結婚。」中威的聲音暗了一點。

「對，是，沒有汪子亮快樂幸福的恩准，我們不能結婚，也不敢結婚，是嗎？！」士芬提高了音量對著中威吼著。

「你需要這麼激烈嗎？」他就最怕跟士芬吵這個，老實說心虛。

「我還不夠委曲求全嗎？她氣回娘家，我誠心誠意道歉把她接回來，否則不能結婚，她沒有懷孕，我們不能結婚，她懷了孕不被祝福，我們更不能結婚，等這一切都通過了，我還要安排你們見面敘舊，這還不行！你要次次見到她才算數，陳中威你不覺得你太欺人太甚了嗎？」士芬一古腦的將自己的不平說了出來。

「這麼一件簡單的事，只要你告訴我她在哪裡，這就可以了。」

「夠了！陳中威，眞的夠了，你如果眞的那麼愛她，爲什麼還要跟我結婚？還要跟我發生關係？我們就要結婚了，請問你，是不是我們度蜜月你也要帶著她？讓你看見讓你安心？」士芬連珠炮的質詢說完後轉身想離去，她不想面對自己未來的丈夫對待自己是如此難堪。

「你還是沒有告訴我她在哪裡。」而中威最後冒出的還是關心亮亮的話語。

士芬心痛著，咬著嘴唇冷冷地說。

「她在她娘家，她媽帶她回去安胎照顧，這樣你安心了嗎？我們可以順利結婚嗎？」

「中威，我一直是愛你的，我很努力的準備和你共度一輩子，你能不能相對的表示出一點誠意來，我允許你把她放在內心裡的一個角落，但是，請你不要把她放在我們的婚姻當中，那對我對她來說，都是不公平的！」士芬默默的走出房間

中威看著士芬離去的背影，不公平？愛情是沒有所謂的公平的，用籌碼談成的婚禮更沒有所謂的公平，他心裡清楚得不得了，他這一輩子愛的人只有亮亮。

中威在電話前發了一會兒呆，思念之情令他鼓起勇氣撥了電話。

「喂。」亮亮接了起來。

「亮亮……你好嗎？」

「我很好。」亮亮聽出是中威的聲音。

「眞的很好？」

「眞的……我很好。」

中威感覺出兩個人像陌生人似的客套寒暄，他不喜歡這樣疏離的感覺。

「我……我要結婚了。」

「恭喜你呀。」

「亮亮，你會來嗎？」

「那怎麼行呢？我不會去的。」亮亮想起秀女的威脅。

「為什麼？」

「我懷孕啦，傻瓜，懷孕了不能去參加婚禮的啊，會沖喜的，我不能拿我的小寶貝開玩笑。」亮亮胡亂謅了個理由。

「亮亮……真的不能來啊？」中威只想見她一面，哪裡管是什麼場面。

「不能。」亮亮斬釘截鐵。

「那……我……我可以跟小敏說說話嗎？我們是好哥們啊！我想聽他跟我說一聲恭喜。」

亮亮聽到中威提起她那已不在人世的弟弟，壓住話筒，不讓自己哽咽的哭泣聲傳過去，她知道如果中威知道了，他會不顧一切的趕過來。

「亮亮？」中威聽不到話筒裡傳來回應。

「你等等哦……」亮亮勉強止住哭泣，對著空盪的屋子裡喊著小敏的名字。

深呼一口氣後，再度將話筒貼近。

「喂……他睡了……睡了。」亮亮看著小敏的遺照，小敏真的已經沈沈的睡去，再也不會睜開眼了。

「你們搬到鄉下去，就成了鄉下人，這麼早睡，你幫我跟他說一聲，叫他最好親自來一下，他總沒有懷孕不怕沖喜吧。」中威不知情的說。

「好，我會告訴他，我會告訴他……」告訴他的牌位，亮亮在心裡補上一句。

「亮亮……晚安。」中威不捨的掛上電話。

而在另一頭的亮亮卻不能自已的哭泣了起來。

「小敏……我的弟弟……小敏舅舅……我們的好朋友，陳中威要結婚了，姊姊知道你不能去，你在天上，要祝福人家哦……小敏舅舅～小敏舅舅～」亮亮孤單的哭倒在小敏的牌位之前，卻聲聲也喚不回來心愛的弟弟。

＊＊＊＊＊＊＊＊＊＊＊＊＊＊＊＊＊＊＊＊＊＊＊＊＊＊＊＊＊＊

婚禮十分的氣派隆重，趙氏企業的人脈，讓賓客是絡繹不絕的到場祝賀。鞭炮四起，眾人無不衷心地祝福著今天即將成爲連理的一對璧人。士芬穿了一襲華麗的白色長尾婚紗，點綴上淡粉紫色的紫羅蘭，幸福的臉龐帶著嬌羞，趙靖挽著她，慢慢的一步步走向中威。

士芬心裡怦怦跳著，手心沁出了汗珠，她偷偷抬頭看著中威，卻是一張不帶笑不帶喜連一點點情緒都沒有的臉，心中驀的一陣絞痛。中威的心裡在想著亮亮嗎？士芬搖搖頭，搖掉亮亮的影像，今天是她的大日子，她不希望亮亮無形地出現在她的周遭。

中威的確在想著亮亮，那個在他生命裡留下最深刻痕跡的女人，是神壇前的誓言都不能抹平的，她永遠都會是他的最愛……誰也不能取代。

在眾人歡天喜地的祝福下，一段彼此折磨的婚姻正式開始了。

當晚，新婚之夜，中威像是盡著某種義務，在士芬身上蠕動釋出後，沒有多餘的親吻過多的擁抱，就翻過身疲倦的睡去。士芬有著些許的疼痛，但是心中是幸福而滿足的，但是她一直不閉起的雙眼，是爲了一個隱藏的秘密。

不知過了多久，士芬聽著中威發出淺淺的呼吸聲，她悄悄看著自己的絲質乳黃睡衣上有著些許的血斑，明白證明著她是個處女的事實，她很快的掃了中威一眼，躡手躡腳的進了浴室，又搓又揉的要將這事實洗去，絕對不能讓中威發現所有的一切。

血紅的斑點越洗越開，像謊言暈散開來般地必須層層掩飾著。

電話鈴聲突然響起，士芬嚇了一跳，迅速地跑到客廳裡將電話接了起來，是秀女打來的電話，士芬喘了口大氣，氣著母親幹嘛這時候打來。

「唉呀，我是問你處理好了沒啊？」

「媽～我正在洗，你這樣打來，等一下吵醒了中威怎麼辦啊？」

「我是關心你啊，要不然我大半夜的我不睡叫我幹嘛呀我！哼！」

「好啦，媽～我要趕快把它洗乾淨……」

「洗什麼洗啊？傻瓜～把它丟了不就得了？用手洗你要洗到什麼時候啊？」

士芬像是被點醒般地，掛了電話，正要將沾染血跡的衣物丟棄，一回頭，士芬大驚著，臉部表情幾乎在剎那間完全凍結。

中威站在她身後，手上拿著臥房的無線電話，眼睛裡盡是憤怒的血絲。

中威搶過士芬手裡緊握的衣物，一看，先是沈默了一下，再來就是一席風暴似地怒吼。

「騙局！這是一場騙局，從頭到尾是一場騙局，趙士芬！我放棄了一切，只是爲了成全你這一場騙局，高明……佩服，全世界……再也找不到這麼滑稽的事情！」

士芬嘴唇顫抖著，又羞慚又害怕的說不出話，只能不斷哭泣著。

中威內心的衝擊大得讓他倒坐在椅子上，頹喪的摀著頭，實在不敢相信的低吼著。

「你怎麼可以這樣？你怎麼可以這樣……」

「中威……」

士芬想走到中威身邊，卻被中威突然抬起頭看著她的眼神給瞪得移動不了半步。

「你告訴我！你怎麼可以這樣？你到底是愛我還是恨我？你怎麼可以設一個陷阱讓我跳下去，你怎麼可以利用我的懦弱我的愧疚來毀掉我一輩子！」那眼神裡充滿了鄙視，「趙士芬，都是假的對不對？都是假的對不對～」中威想到亮亮，想到過去的種種，氣急心頭的大吼著。

「中威……」士芬從沒看過中威這麼激動，忍不住退了兩步。

「你懷孕是假的，跟我發生關係也是假的，你的眼淚也是假的，你告訴我，你還有什麼是眞的？」

面對著步步逼近的中威，士芬無法躲避只能哽咽地說著。

「我……我對你的愛是眞的……」只是這理由此刻連士芬自己聽起來都好薄弱。

「你給我閉嘴！現在開始我不想從你趙士芬口中聽到這三個字！」

中威深呼了一口大氣，冷冷地看著士芬。

「趙士芬，看著我，你不配！你不配提到愛這個字，你不配愛我，更不配得到任何人的愛。」中威的話像利刃一刀刀刺著士芬的心。

「看著我！」中威捏起士芬低垂下的臉，仔細的看著，像是要看透她整個人。

「哭什麼？你哭什麼？沒有一滴眼淚是眞的，或許吧，你是爲你的失敗而哭泣，我現在才知道，你是眞的很努力的想跟我過一輩子，努力的自編自導去設計騙局，努力的去陷害亮亮，讓她蒙受不白之冤，你們家還有誰是共犯？你媽？你哥？你爸？你爸的高血壓高姿態都是在設計之內？」中威紅了眼，想到委曲求全的亮亮，也想到自己的一往情深……更想到這一切婚姻背後醜陋的眞相。

「是我自己，我媽也是後來才知道，他們都不知道……」士芬微弱的辯解。

「你知道嗎？從現在開始到以後的一輩子，我再也不相信你趙士芬說的每一句話，再也不相信。」中威轉過身，背對著士芬，他不想再看到那假裝弱者的臉。

「中威，我求求你，我求求你不要告訴我的家人！」士芬抓緊了中威的手臂，苦苦哀求著。

只見中威甩開了士芬，大步邁向電話，拿起話筒，撥著號碼，士芬一臉驚恐地看著中威。

「喂，」電話的另一頭是亮亮的聲音。

「亮亮，我愛你，我沒有對不起你，我愛你。晚安。」中威簡短的說完即掛上電話，他對亮亮說的話是更加地讓士芬難堪，士芬聽了之後，心神俱碎地趴在椅子上哭泣。

而中威平靜又冷淡地緩緩說著。

「你聽到了，我沒有打電話給你的家人，我不願意浪費我的情緒，我更不願意把我的感覺跟他們分享。」

中威一步步走向士芬，用力將她從椅子上拉了起來。

「看著我，不要怕，我不會大聲跟你說話，因為我們是夫妻，OK?從此時此刻開始，我只會以這種音量跟你說話，你要專心的仔細的聽清楚我說的每一個字，小心伺候我每一個情緒，既然大家是夫妻了，就合力把這個貌合神離的騙局演下去。」折磨士芬的念頭慢慢在中威心中成形。

「趙士芬，我也要你賠上你的一生。」他那麼輕柔的語氣裡毫無感情，士芬絕望的將頭埋在兩腿間，顫抖著哭泣，羞愧讓她什麼話也說不出來。

「去睡覺，明天去度蜜月，冰天雪地的歐洲，冰冷的婚姻。」

中威摸了摸士芬的頭，冷漠的盯著她。

「怎麼？你沒有專心的聽我說話。」一把抓住士芬拉近。「聽我說話要專心，否則……我下次會動手。去睡覺，明天去度蜜月，去！」

士芬接觸到一對無比銳利又無比森冷的眼光，她不禁打了個寒顫，依然啜泣著，站起身搖搖晃晃地走進了臥室。

這是什麼樣的婚姻？這是什麼樣的家庭？我的犧牲顯得多麼的荒謬！

中威閉緊了眼睛，痛楚的一拳捶在冰冷的牆壁上。

＊＊＊＊＊＊＊＊＊＊＊＊＊＊＊＊＊＊＊＊＊＊＊＊＊＊＊＊＊＊

「May I speak to Peter Wang？我是誰？我是他妹妹！」亮亮說著。

「Hello？This is Peter，Hello?」電話另一頭一個溫厚的男人聲音傳了過來。

「你可以用母語說話嗎？」亮亮冷著聲音說。

「亮亮……」

「謝謝你還記得你有個妹妹叫亮亮，汪～ 子～ 荃。 」

「國際電話不要用來吵架。」

「你放心，這是台灣付費。」

「那到底有什麼事呢？」

亮亮眼眶一熱。

「小敏過世了……汪子荃！你弟弟死了，掉到河裡淹死了，你聽見了沒有，你還記得你有個弟弟叫汪子敏嗎？你……」亮亮稍微鎮定點情緒，像是請求陌生人幫忙的口吻。

「可不可以麻煩你請假回來一趟？」

子荃沈默了一下。

「我恐怕很難訂到機位，現在是旺季，You know？」話筒裡的聲音又遠又冷，聽起來有什麼紙頁飛過的聲響，細小的在亮亮耳朵邊喧鬧。

「汪子荃！你的兄弟死了，你唯一的弟弟……」亮亮不敢相信子荃的反應竟然如此平淡，平淡到像是他們毫無血緣關係。

「所以我想我回去，也是看不到他，既然他已經……」

這是什麼樣的說法，亮亮實在心寒極了。

「你可以看媽媽啊，媽媽她還活著，你可以回來看你活著的家人，你的親人已經不多了。你知不知道，媽媽已經……」亮亮哽咽的說。

士元不知何時出現，在一旁看著亮亮哭泣著，突然搶過電話。

「喂！你他媽的還是不是人啊？你家出事了要你回來一趟會要你的命嗎？要請假就請假嘛，工作沒什麼了不起的，要工作，趙氏企業大把工作可以養活你這個大舅子！請你立刻回來，訂頭等艙，來回機票我們會付！」

士元說完就掛上了電話，輕拍著哭泣的亮亮。

「亮亮……不要難過了，他會回來的。」士元摟住亮亮心疼著，她的眼淚一滴滴滑落。

「你終於出現了。」亮亮微微推開他。

「亮亮，我家在忙喜事，我媽又犯忌諱，爸爸要幫小敏主持治喪委員會你又不肯，又說會刺激到媽媽。」士元無奈的說。

「但你也太冷漠了，不是嗎？從頭到尾你來過幾次？」亮亮難掩責備。

「小敏不是你的好哥兒們嗎？他等於是你的弟弟，你都不來送他……」

「我……我也很難過，我也不能夠接受小敏離開的事實，我怕我會控制不住，我覺得……我有可能會哭出來，想起以前我跟小敏我眞的會哭出來，到時候你媽媽又……她又……亮亮……我眞的很難過，我好想小敏……我又不敢來送他，可是我有到廟裡燒副工具給他，你記不記得以前你們不准他碰電鑽說危險，現在，現在應該……」士元說著眼眶紅了，聲音也哽咽了。

亮亮知道士元心中是眞的難過，但是為什麼他老是不能跟她站在一起，陪著她去面對最困難的時刻，亮亮實在不懂。

「士元……生孩子你怕，死了人你也怕，你……你眞的……」亮亮搖了搖頭，士元趕緊抓住她的手。

「亮亮，請你不要離開我，等孩子生下來以後你還是屬於我的，不要搬家，不要去河邊，亮亮，我眞的好想小敏，我眞的好想他，小敏……」士元哭了起來，亮亮看了心也揪在一塊兒，士元是個長不大的孩子，可是當初她不就愛他的熱情與善良嗎？矛盾不捨的心思讓亮亮態度軟化了。

「好了，不要難過了，來，進去看媽媽，不要難過了，不要哭了。」

士元擦了擦眼淚，走進妍秋的房裡，看著唱著歌的妍秋抱著小敏的衣物輕拍著，時而淺笑時而低泣，令人鼻酸。

「小小羊兒跟著媽，有白有黑也有花，你們可曾吃飽啊～天色已暗啦，星星也亮啊，小小羊兒跟著媽，不要怕，不要怕……我把燈火點著了……」

妍秋的歌聲和十幾年前一樣，又再度不間斷地幽幽繚繞在這幢老屋子裡，叫喚著漢文和小敏……一首接著一首。

＊＊＊＊＊＊＊＊＊＊＊＊＊＊＊＊＊＊＊＊＊＊＊＊＊＊＊＊＊＊

亮亮接過趙靖給的房地權狀時，驚訝又感動地抬頭看著趙靖。

「爸……」

「我把它買回來了，而且是用你的名字買回來的，麻煩你把相關的資料弄一弄，交給公司的何主任，他會處理的。」

趙靖看了看這幢曾經有漢文存在曾經有子荃存在甚至才剛失去小敏的汪家，嘆了一口氣。

「這個房子裡有太多傷心的回憶，對你對妍秋都不是個快樂的地方。」趙靖了然於心的拍拍亮亮。

「爸……謝謝你……」亮亮眞誠的說。

「謝什麼呢。本來我是想接你們母女回到家裡，這樣彼此也有個照應。」秀女張牙舞爪的嘴臉又浮現在趙靖腦海。

「不！」亮亮反射喊道。

「對，後來想想這樣不但照顧不了你們，反而讓你們更難過。最好的方法就是讓你們搬回台北以前住的房子，不要離得那麼遠，把阿惠找回來，這樣有空的時候，你也可以回去看看你媽啊。」趙靖細膩的說。

「爸……謝謝你……」

「不要一直謝謝我。我說過，我不是對每一個人都這樣照顧，除了我自己的家人，你們就是我的家人啊。不管你以前叫我一聲趙叔叔或是現在叫我一聲爸爸，我們都是一家人。」趙靖心裡想照顧的還有妍秋……

趙靖起身，看著牆上的全家福，妍秋挽著漢文的表情是那樣的嬌羞甜蜜，嘆了口氣，「你有個很偉大的母親，我愛了她一輩子，可她也拒絕我一輩子，不管她清醒也好，恍惚也罷，她心裡對你爸那份愛跟忠誠永遠是清清楚楚，沒有變過。亮亮，你可以放心，宋妍秋永遠只愛汪漢文一個，別怕。」

亮亮想起先前對趙靖排斥的態度，他大概知道原因了。

「爸，對不起啊。」

趙靖搖了搖頭，對亮亮笑了笑，愛情這種事情是心甘情願的，一點也勉強不來的。已經二十幾年了，他早就已經習慣靜靜地遠遠地看著妍秋，現在的她更是讓他放心不下啊！

妍秋這時正鬧著小孩子脾氣的不願意整理行李，趙靖只好騙妍秋說小敏去美國找姑姑玩了，並且哄著她說要出去散心，才將她的行李收拾好。

亮亮看著趙靖安撫著母親的樣子，那樣的溫柔，那樣深怕語氣稍微重一些就會傷害到母親的小心翼翼，如此深情不變的趙靖，讓亮亮內心感動不已也羨慕著母親。

此時士元從妍秋臥房裡出來。

「亮亮，媽媽的衣服我都收好了，還有……」

亮亮一把抱住了士元。

「怎麼了？」

「士元，你會愛我一輩子嗎？」亮亮突然覺得好脆弱，希望有個堅定穩固的肩膀依靠。

「我當然會啊，我當然會愛你一輩子啊，還有什麼要收的？」亮亮沒回答，只是將臉埋入士元的懷裡，士元感受到此刻不再強硬的亮亮，小女人的令他疼惜。「好，抱緊一點抱緊一點啊，傻瓜……我當然會愛你一輩子啊。」

士元摸著亮亮烏黑柔順的秀髮，抱緊了她軟膩的身體，這一次他不會再讓亮亮離開他了。

秀女購物回來興高采烈地買了大包小包的，才一進門，就看見亮亮悶不吭聲地坐在客廳裡，嚇了一跳。瞥了亮亮一眼，擔心宋妍秋不會也跟著亮亮一起來了吧，秀女趕緊樓上樓下地找著，沒見著半個人影。

「人呢？」秀女站在亮亮面前，手插著腰。「我說她人呢？你聾了還是啞啦？」

「你是在問我媽媽嗎？」亮亮幽幽地說。

「廢話！我不問她還問誰啊？」

「她有名字，她叫宋妍秋。」亮亮站起身怒視著秀女，她眞是恨透她輕蔑的態度。

秀女怎忍得下亮亮的大聲，一把抓住她。

「回答我！」

「她有名字，要不就稱呼她汪太太，要不就稱呼她宋妍秋，否則我聽不懂你在說誰！」亮亮理直氣壯地說著。

「你造反啦，用這種態度在跟我說話！」

亮亮死命的瞪著秀女，轉身就走。

「好，宋妍秋，你現在可以告訴我她到哪去了吧？」

「我媽在她自己的家裡。」

「哼～算他們父子倆識相，諒你媽也沒那個膽子再回到這裡來了～」秀女鬆口氣道。

「是嗎？就憑你那一張五十萬元的支票嗎？就可以把我媽一輩子遠遠打發走，還是可以利用我的幸福繼續威脅我媽？你趁我住院的時候，威脅利誘強迫我媽和小敏搬家，你對我所有的善意，替我媽過生日，都是有目的的。」亮亮新仇舊恨一起湧上。

「唷～怎麼這會兒成了推理大師啦，你媽那麼大個人，她要搬要留，誰留得住她啊？你是不是腦筋有病啊？怎麼？得了迫害妄想症啊？」秀女皮笑肉不笑的說。

「你是不是被冤枉，我是不是在妄想，你心裡明白得很，我只問你一句話，你晚上睡得著覺嗎？我弟弟的死，是因爲他搬回老家沒人照顧才會掉到河裡淹死的！」亮亮忍不住喊道。

「爲什麼會沒人照顧呢？因爲你硬要你媽回台北照顧你，如果你媽……」秀女瞇著眼睛想到就生氣，還敢在這跟她大呼小叫的。

「如果他們不搬回老家他就不會淹死！」亮亮多麼希望時間能倒轉。

「錯！你硬要懷孕，要不是你硬要懷孕的話，你弟弟就不會死，這些事都不會發生！我跟你說過幾千遍了，你汪子亮沒資格懷孕，你偏不聽，好了，現在連老天爺都看不下去啦，死個弟弟給你個警告。」秀女尖銳又顛覆著是非的說。

「唉呀，一屋子神經病啊～有人肯娶你已經不錯啦，大家相安無事不是挺好的嗎？懷什麼孕呢？幹嘛賴在我身上。」看著完全沒有自省能力的秀女，亮亮十分悲痛，惡狠狠地瞪著她。

「你欺負我媽媽，又間接害死我弟弟，我爸跟我弟弟在天上都不會饒過你的！」

「唉唷～我怕呀，我會怕呀，你告上天也沒用的啊，哼～神經病！」秀女裝著打個冷顫。

「你會有報應的，你知道是什麼報應嗎？我就是會生下一個帶有精神病遺傳基因的孩子，可是我不在乎，我會比愛小敏還要愛他，可是你呢？蔡秀女，你就會有一個神經病的孫子，也許……他會是我們家小敏來投胎，他會藉著你們趙家的骨血永生永世的活著！」

亮亮邊哭邊笑。

「恭喜你啊，高貴的蔡秀女，從這一刻起，你們家世世代代永遠永遠都會有一個或是兩個三個小敏！」

蔡秀女看著有些瘋癲的亮亮，不理會她嘴裡不斷說著的詛咒，匆匆走上樓，關上了房門。心裡想著，汪子亮你生得出來就有鬼了，秀女心中似乎有著十足的把握，陰陰地笑著。手拿起了電話，迅速地按了幾個號碼。

「孫醫師啊，是我，我們說好的事情你打算什麼時候進行啊？不行，越快越好！」

＊＊＊＊＊＊＊＊＊＊＊＊＊＊＊＊＊＊＊＊＊＊＊＊＊＊＊＊＊＊＊

士元陪著亮亮來做產檢，兩人正等著孫醫生告訴他們檢查的結果。

士元看著緊張的亮亮，他知道現在亮亮的寄託就是她肚子裡的小孩了。

「怎麼樣了，孫醫師？」士元等不及開口問了。

孫醫師皺著眉頭，沈默了一下，開口說。

「趙太太你的家族病史上有精神方面的問題？」

「是……」亮亮有些不安的回答。

「精神病的遺傳率很大，照你媽和你弟的病史來看，還是雙向合併的症狀，這個機會更高唷～」

「我知道，會有六分之一。」

「那你還是堅持要生？目前我們的社會福利制度還沒有那麼健全，尤其是對精神病患者。」孫醫生暗示性的說著。

「我要生！我要我的孩子……」亮亮下意識地摸著肚子，激動地堅持著。

「你的身體狀況怎麼樣？有沒有動過手術？或是長期使用某種藥物？」

「我……不久前出過車禍，動過胸腔方面的手術。」

「那是大手術嘍？」孫醫師此時的眉頭皺得更緊了，亮亮看了有些不解。

「是嗎？會有影響嗎？可是我覺得我復元得很好啊。」

「是這樣的，一般用藥有五種等級，ABCDX，一般大部分的醫院已經不會用到X級的藥品，因為那有可能會產下畸形兒。」孫醫生耐心的說。

「既然不會用到那就不會有影響啦。」

「這不純然是藥物的問題，你既然動過手術，所以應該照過很多X光片和斷層掃描，對不對？」

「可是……那是之前啊，士元，我是後來才懷孕的，不是嗎？士元。」亮亮轉頭問身旁的丈夫。

「可是你有回去複診啊。」士元皺著眉頭回想。

「回去複診也一定有照片子，是不是有吃了許多抗生素？大量的X光對胎兒有嚴重的影響。」

「我……我只是害喜而已，並沒有什麼不好的感覺啊。」亮亮不安的說。

「母體的感覺並不能確定胎兒的健康與否，X光跟斷層掃描是不可以等閒視之的。」

「有這麼嚴重嗎？不會的，也許……不會的，我……我相信不會的，不會的，士元我們不會那麼倒楣的。」

亮亮慌了似的解釋著希望留住孩子，孫醫師看了於心不忍，士元急忙安撫。

「亮亮，安靜一點，你不要急好不好？聽聽醫生怎麼說好不好？醫生，那你認爲應該怎麼做比較好？」

孫醫師想起秀女的交代，爲了顧全自己的事業，他只好犧牲眼前這位少婦渴望當母親的心願，緩緩開了口。

「一般，我不建議……我不贊成保留這個胎兒。」

醫師的話語對亮亮來說簡直就像是宣判了死刑，她已經失去了小敏，現在卻又不能留住這個孩子？不行！這個孩子她盼了多久辛苦了多久……亮亮搖著頭，睜大了眼。

「不……不要……」

「沒有必要冒這種危險的機率，把孩子生下來，凡事可以是先預防的就不該冒險。」孫醫師繼續一步步的計畫規勸著。

「你是說……你建議我們把孩子拿掉？」士元看著孫醫師，握緊了亮亮的手。

「我建議這麼做。」鏗鏘的字句仍是如此堅定。

「不……不要……不！」亮亮情緒激動的哭了起來。

「亮亮……亮亮……」士元抱住亮亮，可亮亮一心只想逃，她要帶著她的孩子逃到一個可以容身的地方。

亮亮瘋了似地推開士元，就往診所外跑去，虛弱有孕的身體實在禁不住這樣的奔跑，亮亮胃裡一陣翻騰，一股酸液自喉頭間溢出，混雜著淚水，狂下。像是孩子在她肚裡聽到了即將被捨去，抗議地要母體去承受他的痛。

「亮亮，你不舒服啊？」追上前的士元輕拍著亮亮，心疼著。

亮亮滿眼淚水的轉過頭，抓住士元的手，哀求著。

「不對，他說的不對，我們的孩子會很健康的，他就在我的肚子裡，他會很健康的，士元……我求求你……這是我們的孩子，你不愛他嗎？我求求你……士元……他……他就在這裡啊，他有呼吸他有心跳他會很好的。」亮亮拿起士元的手覆在自己的小腹上。

「亮亮！亮亮！」士元想跟亮亮說，她還有一輩子時間可以選擇當媽媽，眞的不急於這一時。

「留下他……士元，我求求你，那是我們的小朋友。」亮亮哭泣著。

「亮亮！」士元看著亮亮，想起醫師說的話，陷入兩難。

「小敏舅舅，小敏要當舅舅，我求求你留下他～我求求你～」

亮亮想起小敏生前開心地要當舅舅的樣子，不禁悲從中來。

「亮亮，你不要這樣子，亮亮……」士元大嘆了一口氣，事情怎麼會變成這樣？

「小敏……」亮亮斷斷續續地哭著，望著天空，已經分不清楚到底是在爲小敏哭，爲自己哭，還是爲還沒出生的孩子哭……

「怎麼會這樣呢？」趙靖不安的踱步。

「醫生是這麼說。」士元有氣無力，根本不知道如何面對，亮亮的情緒，媽媽的反應，都讓他好疲倦。

「醫生只是說有這可能並不是絕對的。」趙靖冷靜的分析。

「士元啊，這可能性有多大啊？百分之一也是可能呀，百分之幾十幾也是可能啊，這中間的差別可是很大的啊。」秀女潑著冷水。

「醫生說影響很嚴重啊。」士元坦承道。

「這可就麻煩啦！怎麼會這樣？怎麼辦呢？」秀女故意提高了音量，尖銳又刺耳讓人不安。

「亮亮？」趙靖看著亮亮。

「爸……請你留下他，請你作主留下這個孩子。」

亮亮再也忍受不了被審判的感覺，噗通一聲跪下。

「爸……」

「起來起來你在幹什麼？」趙靖慌了要拉亮亮起來，亮亮哭著就是不肯起來。

「爸，答應我，替我作主。」

「這一次不是我所能作主的啊，士元他媽媽說的沒錯，這是條命，是個大事啊。」

秀女在一旁冷笑著，難得趙靖同意她的說法，亮亮聽趙靖這麼一說，淚水更是滿布。

「爸，我求你我要這個孩子。我爸爸在天上會感激你的……」

「起來……亮亮……」趙靖嘆了口氣。

「好吧，這樣吧，這幾天你再去多看幾個醫生，聽聽其他醫生的意見也許比較客觀一點。好了吧？起來……」

「謝謝爸……」亮亮像看到一絲光亮有了希望。

「好了，不哭了，好了，我們多去看幾家多找幾個醫生喔～」趙靖安慰著亮亮，心疼著年紀輕輕的她卻要承受這麼多的壓力，才剛失去了弟弟，眞希望老天爺能眷顧這個可憐的孩子，讓她能保有這個孩子，但也希望是保有一個健康的孩子……

趙靖的心思被攪亂了，獨自來到書房，腦裡浮現亮亮哭泣渴望的哀求。

「漢文啊，你說我該怎麼做才好啊？」趙靖無語地對著窗外。

手邊突然觸碰到一陣溫暖，秀女端著一杯牛奶遞給了他。

「我知道你睡不著啊，幫你泡杯熱牛奶，喝了好睡覺呢。」

趙靖又嘆了口氣。

「好啦，光是這樣嘆氣也不是辦法啊。」

「我現在除了嘆氣還能怎麼做？第一胎，她又這麼想要孩子，你說這……」

秀女早就知道趙靖會爲這事情苦惱著，她可是不能讓這件事情有所變卦，故意緊迫盯人地要影響趙靖。

「我現在什麼話都不敢說啦……」秀女瞅了趙靖一眼，「好啦……眞是的，好說歹說，我都得說，現在只剩我們兩個人了，說實話我也不贊成她生啊。」

秀女也故意露出爲難的表情，「不是我對她有成見啊，連懷我都讓她懷啦，這次可是醫生建議讓她把孩子拿掉的啊。」

「其實在這樣的情況下，我也是不贊成她生下來，明明知道是危險的，何必又去冒這個險呢？」他不是不想讓她生，而是裡面包含的危險也是必須要考量的，但是他也知道亮亮出自母親天性的執著，此時此刻是無法冷靜思考的。

「這句話只有你能說啊，我們可什麼都不敢說啦，你想想，要是眞生出個畸形兒，缺條胳臂少條腿的，那生下來不只大人受苦，小孩也可憐唷～你說是不是？」秀女捧著牛奶氣定神閒的問。

「可是亮亮又那麼渴望要有個孩子，我眞是不忍心啊。」亮亮清秀的面孔出現在他腦海，他答應過妍秋要好好照顧亮亮的。

「趙靖啊，你要眞爲亮亮，你就勸她把這個孩子拿掉，天上的汪漢文都會感激你啊。你想想，那可會拖累亮亮一輩子啊！」

「唉～」趙靖背過身去。

「我說趙靖，咱們倆吵歸吵鬧歸鬧，這個事情上可不能再鬧意見啦～萬一這孩子生下來是個有精神病的畸形兒，我告訴你呀，趙士元那脾氣你是瞭解的，到時候他把問題一推就扔給亮亮啦。」看到趙靖猶豫的面容，秀女更是緊鑼密鼓的鼓吹。

「把牛奶喝了，去睡啦，光嘆氣也沒有用啦，兒孫自有兒孫福啊。」看著不再發一語的趙靖，一絲得意的笑容悄悄爬上秀女嘴角。

接下來的幾天，士元帶著亮亮去了很多家婦產科，由超音波看不出胎兒的正常與否，但是由於亮亮先前受傷治療的關係，大部分的醫師都建議爲了避免生出畸形兒，人工流產會是最好的方法。

聽到結果都是一樣的答案，亮亮傷心難過極了，老天爺眞的沒有看到她嗎？沒有聽到她渴望擁有一個小孩的心願嗎？

亮亮疲倦地坐在公園的椅子上，表情漠然。

「亮亮……」

一樣疲倦的士元枯坐在一旁，看著她。這些天下來，士元的耐性一點一滴快被消耗盡了。

「亮亮……」士元又再叫了一次，亮亮才恍惚地回過神。

「士元，我要生下這個孩子，就算全世界的人都反對，我也一定要生下他。」

看著堅決固執的亮亮，士元好無力。

「亮亮……我們……我們還年輕啊，以後多的是機會，這一次……你就聽醫生的話，爲了寶寶好，也爲了我們好。」

亮亮閉上了眼，終於……終於只剩下她一個人，雖然沒有預期中的快，但是果然士元還是開口了。

「亮亮……你不要這樣……我也想保護他啊，可是……」

亮亮不等士元開口說完，站起身大邁步地就走了。

看著突然就走的亮亮，士元的心眞的累了……他搗著頭，對亮亮而言孩子比他重要吧，即使他這麼眞實地存在在她的面前，她的心卻只和肚子裡那還未成形的寶寶相通吧……好累，天空的太陽悶晒著，淋了士元一身汗，此刻的他累得再也起不了身，就讓亮亮頭也不回地走了。

✳✳✳✳✳✳✳✳✳✳✳✳✳✳✳✳✳✳✳✳✳✳✳✳✳✳✳✳✳✳

餐桌上，亮亮默默低著頭吃著飯，與其說她是吃著飯，不如說她強迫著自己咀嚼口中的食物，像是只是從其中獲得養分，而味覺喪失般地嚼著飯。

趙靖放下了筷子，嘆了口氣。

「亮亮你不能意氣用事啊，既然醫生都已經這麼說了，而且不只一個醫生這樣說。」趙靖看著這些天，亮亮像掉了魂似的，士元也沒辦法了。

「他會很好的，他會是個健康的胎兒。」亮亮此時眼神才稍微有些光彩，充滿母愛的說。

「你想要做一個母親的心情，爸是可以瞭解的，可是這不能冒險，這是一輩子的事。」趙靖苦口婆心。

「不會的，我爸和小敏都會在天上保佑這個孩子。」亮亮眼神裡閃過一絲光。

「也許這就是你爸跟小敏在天上利用醫生來告訴你這個警訊的。我相信你爸爸如果在世的話，他也會贊同我的想法，說不定會比我更理性……」

「我爸不會這麼狠心的。」亮亮想到自己孤苦無依，又忍不住淚滿盈眶。

「亮亮……你也夠了吧！」在一旁的士元忍不住開口，「你不覺得你太自私了嗎？你要保留這個孩子，完全是為了要滿足你自己想當母親的私慾！」士元此時此刻深深嫉妒著這個孩子。

「就算是私慾吧，我錯了嗎？女人想當母親，錯了嗎？因為愛一個人，想跟那個人有個完整的家，女人才會想當母親。」亮亮抬起頭瞪著士元，這些不是當初你承諾過我的嗎？

「趙士元你幸福嘍，你老婆愛你愛到想幫你生個畸形兒。」秀女冷笑諷刺。

「他不是個畸形兒，請你不要詛咒他！」亮亮生氣的擦掉淚水。

「這不是詛咒，這個機率很高的，醫生也這麼說，你聽見了不是嗎？」

趙靖理性的話，亮亮此時只覺得是無情剝削她孩子生存下去的幫兇，她開始有些激動的說。

「你們……孩子的爺爺，孩子的奶奶，孩子的爸爸……你們對這個孩子不抱有一點點的期望，你們……你們忍心就這樣殺死他嗎？他是趙家的孩子，你們不惜要當個劊子手，也容不下自己的骨肉！」

「我說汪子亮啊，你口口聲聲說殺死他啊，劊子手啊，你知不知道你最殘忍，漂亮話可以說一時不能用一輩子啦，將來孩子生下來，長大了他被人欺負被人歧視你替他受啊？他要懂事他要恨你怨你一輩子啊！幹嘛生下他！」秀女理直氣壯，「他也會恨我，我可以阻止卻沒有阻止。到時候啊，我們這些爺爺奶奶全脫不了關係，就說我們眼睜睜看著他生下來受苦！」

秀女每一個字句說得鏗鏘有力，士元和趙靖都認同地沈默著。

亮亮抖著身體，看了看趙靖看了看士元，沒有一個人願意和她一起爲這個孩子祝福，她的心中一陣抽痛。

「我懂了……我明白了……我明白你們的意思了，我懂了……」

亮亮無神的走出他們的包圍，嘴裡喃喃地說著。

趙靖無可奈何的看著亮亮慢慢走上樓去，而士元抓著頭髮，煩躁而不耐。

走上樓去的亮亮，推開房間門，映入眼簾的就是她和士元幸福微笑的結婚照。當時的她那樣的開心，以爲自己找到了一個依靠，可以在裡面打造一個屬於自己心目中幸福的家庭。那樣幸福的家庭，不用特別富裕，日子不必奢華，只要快快樂樂健健康康地陪著孩子以及彼此，對她來說就是奢侈的富裕。

亮亮伏在桌上，哭乾了眼淚，眼裡士元的臉模糊不清，而她和小孩的未來也茫然未知。亮亮咬緊了唇，心中有了決定。

隔天下午，趙家沒有半個人，士元和亮亮的門半掩著，應該待在家裡的亮亮不在了。存在的只是梳妝台上一張薄薄的紙，一張離婚協議書，上面有著亮亮的簽名。

亮亮提著行李回到了自己的家，妍秋和阿惠都在午寐。亮亮來到母親的床前，看著母親熟睡的臉孔，沒有不安，恢復了短暫的安詳。

亮亮輕輕地躺在母親的身邊，頭倚著妍秋的手臂，渴望被擁抱著，卻不忍吵醒母親，悄聲耳語地細說。

「媽……他們都不要這個孩子，說他一定會不健康，媽～這個孩子不只是我要啊，小敏也要啊，小敏舅舅爲了他連命都賠上了，我怎麼可以放棄這個孩子呢？小敏不會答應的，媽～我們來投票好不好？你一票我一票爸爸一票，我們有四票耶。」亮亮用孩子的口吻和妍秋說話。

「中威他一定會站在我這邊的，那這樣我們就有五票了，我們一定會贏的，媽，我們一定會贏的，我一定會生下這個孩子的……」亮亮越發堅定對自己說，傻傻地笑了起來。

隔天，亮亮看著趙靖臉色凝重的出現，來找她的不是士元，亮亮一點也不訝異。

趙靖將協議書遞到她面前，亮亮面無表情慢慢將頭撇過一邊。

「你糊塗！」趙靖猛地撕碎了離婚協議書。

「爸……」亮亮爲難的喊。

「我以爲你要比趙家的孩子懂事，沒想到你更瘋狂更糊塗更自私，我趙靖是一個不肯負責的人嗎？你看我那個家，我從來也沒有丟下一張協議書就走人的，現在你倒好了，爲了一個可能生下來殘疾的孩子，簽了字就走，這算什麼？」趙靖生氣的說。

「我告訴你，汪子亮！你要跟趙士元離婚我絕不留你！沒有孩子可以離，有了孩子也可以離，只要孩子是健康的你帶著走都可以，可是如果你生下一個殘疾不全的孩子，就想跟我們趙家脫離關係，辦不到！我絕不答應！因爲你負不起這個責任！你從小到大受的苦還不夠嗎？我怎麼能讓你負這個責任？我要是這樣讓你離開的話，我就不是人！」趙靖狠狠的盯著亮亮一口氣說完，直到她看清楚自己是多麼的堅持想當她的肩膀。

亮亮瞭解趙靖的苦心，但是她捨不得孩子。

「亮亮……你說你沒瘋，可是再這樣下去，我看也差不多了，就算他可能會是個健康的孩子，你的情緒已經大大影響到你的胎教了，他不會快樂的，他會是你的包袱。」趙靖看著哭泣的亮亮，語氣開始緩和地曉以大義。

「爸……我要這個孩子，我愛他，我要他，爲什麼你們都聽不懂呢？」亮亮好難過好難過的說。

「拿掉他……孩子。你可以再懷可以再生啊，可以再生一個健康活潑的孩子。」

「不會了，你們不會再讓我懷孕了，沒有了這個孩子，你們一樣會害怕有別的病，你們永遠都會阻止我，我不相信你們。」亮亮勇敢的說出心中的疑慮。

「你相信我，我答應你，這個拿掉，我讓你再懷，哪怕他有精神病的遺傳基因，只要我們好好保護他照顧他，不讓他受到刺激，也許他可以平安順利的過一輩子。但是這一次實在太危險了，不要冒這個險，爲了孩子好，不要冒這個險。」

趙靖再三的保證著，只是希望亮亮這一次不要再固執了，許多責任不是說扛起就會被解決的。

亮亮默默地流著淚，我還可以再有孩子嗎？肚子裡的小朋友你好嗎？健康嗎？

心中的不確定，讓亮亮茫茫然地不知該怎麼辦……

手術室外的燈光森冷的亮著，亮亮害怕猶豫地直搓手。士元緊握著亮亮的手，給她溫暖和力量。

而身後的秀女倒是得意地旁觀著計畫進行，像個監看死刑的執行長注視著亮亮。

時間一分一秒過去，孫醫師催促亮亮趕快進手術室。

「士元，我們不要放棄好不好？」亮亮雙手緊緊的握住士元，在這最後一秒裡，用祈求的神情希望士元幫她。

「亮亮，這些天我們不是說好了，我們還有機會的啊，我們還年輕。」士元摟著亮亮，試圖安撫她不安的情緒。

「不，我有預感，這個孩子懷不成，我們……我不會……不可能再有孩子了。」亮亮禁不住的恐懼，總覺得這一切有一種說不出來的詭異，她無助的望著士元。

「亮亮，別傻了，你那不是預感，是太敏感太緊張了。」士元像哄小孩一樣拍拍亮亮的肩膀，一邊緊緊握住亮亮微微發抖的手。

「士元……我！」亮亮的額頭沁出了冷汗，泛白的臉有著說不出的恐懼。

孫醫師的助理護士又出現了，一身白衣面無表情的請亮亮去做手術前的準備，平淡的語氣似乎將要進行的不是生命的宰殺，而是一個不該存在的腫瘤將被切除。

「爲什麼要全身麻醉？士元，我不要！我不要！」亮亮抖著身體不安地說，緊抓著士元的手，她希望士元能出面阻止這一切。

「亮亮啊，這樣比較不會痛嘛，再說難道你要神智完全清醒的參與手術，眼睜睜的看著醫師把你的孩子拿掉啊？」秀女在一旁假惺惺地幫腔，她怎麼能讓亮亮有能力去阻止。

亮亮覺得天旋地轉，像是在宣判孩子死刑般的。沒有人願意幫助她和孩子，連士元都一樣，禁不住的淚水都是失望與恐懼。

護士將亮亮拉離開士元，亮亮還在盡自己最後的努力，希望保住孩子。亮亮雙手放在微微突起的腹部，她在期待奇蹟出現，期待有一個人能阻止這荒謬的一切。

但是，推床的滾輪移動著，亮亮平躺著被推進手術室，沒有人來救她。

此時的她看著走廊上一盞盞的日光燈快速地閃過，穿越這條長廊後，她曾經擁有的一個小生命，也將這樣快速地消逝了。她想起趙士芬在跌下樓梯流產後，狠狠地詛咒她這輩子都沒有孩子，她想起秀女厭惡她體內基因的嘴臉，士元無奈轉過身去的背影，趙靖深沈感嘆的勸說。

亮亮躺在手術床上，看著時間一分一秒過去，護士在旁邊準備著用具，亮亮止不住的淚水，抵擋不了麻藥流竄入她的全身，失去了知覺漸漸失去意識，昏迷過去……亮亮躺在手術床上，無助地任他們宰割。

「我說孫醫師啊，可得麻煩你嘍，請你要小心謹慎啊。」秀女對就要入手術室的孫醫師擠擠眉，假裝好意的叮囑他。

手術過程中，亮亮做了一個關於孩子的夢，夢裡孩子開心的奔跑，她在後面追著，亮亮大叫孩子的名字，但孩子越跑越遠彷彿沒聽見她的呼喚。她再也跑不動了，跪在地上喘息著，汗水已經浸濕了她的衣服，一滴一滴的從額頭上流了下來。突然孩子停了下來，一個巨大的身影伸出雙手把孩子抱起，孩子開心的笑了，是士元，亮亮想過去看孩子，但沈重的步伐讓她再次跌坐在地上。士元帶著孩子轉身走了，她大喊士元的名字，士元頭也不回的走向路的盡頭，然後她只看見秀女和士芬在遠方竊竊的笑著，兩眼一黑，她又昏了過去。

第二十一章

亮亮發著呆，眼神空洞地看向窗外，這是她手術後清醒的第三天。士元在一旁仔細的把碗裡的湯吹涼。

「亮亮，喝一點生薑湯吧，我媽說流產要跟坐月子一樣補耶。」士元把湯匙拿到亮亮的面前哄她喝湯。

她輕輕地搖了搖頭，只是流淚，看在士元的眼裡，十分心疼。

「亮亮……不要恨我，我也跟你一樣很難過，你不要這個樣子，我也很痛苦。」士元放下手中的湯，緊緊抱住亮亮逐漸消瘦的身軀。

亮亮閉上眼睛，不發一語。

「我很難過，我很心疼，那也是我的孩子耶，」士元擁著懷中的亮亮，心中有說不出的歉疚。

「不會的，士元，不會的……你永遠……永遠也不會知道痛的滋味……要有感覺才會痛，你沒有……你不曾深愛過這個孩子，所以……請你不要說你會痛……」亮亮冷冷的推開士元，眼前這個口口聲聲說愛自己的男人，竟然沒有辦法保護她，讓她獨自承受如此巨大的傷痛。

「可是我愛你，我愛你啊，亮亮，我爲你心痛。」士元看見亮亮面無表情的拒絕了自己的關心，激動的說著。

亮亮慘笑，愛？你眞的愛我嗎？

「送我回我媽那兒，雖然她精神恍惚，可是……可是全世界只有她知道只有她知道……我心裡有多痛，有多痛……」亮亮打翻了放在床邊的湯，玻璃湯匙割傷了她的手，血汨汨流出，比起心中的傷，這點疼痛又算得了什麼呢！

亮亮大聲哭泣加上大笑。

「亮亮，你不要這樣……」士元趕緊捧起亮亮滲血的手，深怕她做出傷害自己的舉動。

「我們都失去了一個孩子，我們都……失去了一個孩子……」亮亮倒在士元的懷裡，激動的又哭又笑。

清醒後的亮亮，只知道她現在身體裡懷的東西叫悲痛。

＊＊＊＊＊＊＊＊＊＊＊＊＊＊＊＊＊＊＊＊＊＊＊＊＊＊＊＊＊＊＊

士芬躺在臥房裡，這個兩人世界的小新房裡，只有冷空氣包圍，她想起剛剛結束的歐洲蜜月之旅，那應該是個美好充滿激情的旅程。

但是那些天，他沒有牽過她的手，她總是走在中威的背後，而他也故意保持著和她有著一兩步的距離。士芬順從的低著頭默默地跟著，因為她的心中有愧。

中威的腳步聲傳來，士芬忙將電燈關掉，擦掉眼淚裝睡。

中威走向士芬躺的這一邊床，坐在她的身邊，「睡了？」中威面無表情的問士芬。

士芬緊閉著雙眼不作聲，中威將床頭的檯燈扭開。

「起來啊。我叫你起來了。」中威憤而把士芬身上裹得緊緊的棉被掀開。

士芬睜開眼，害怕的抖著身體，緊抓著被角，瑟縮在床邊。

中威用眼神命令式地暗示著士芬該怎麼做，就頭也不回的離去，像是戲弄著一隻小貓咪。他到客廳裡倒了一杯酒，士芬起身走到客廳，用恐懼的眼神看著中威，緩緩地走到另一邊坐下。

「開始吧。」中威喝了一口酒，不帶一絲情感的說。

「我求求你！」士芬纖瘦的身軀微微顫抖，她甚至不敢直視中威的臉。

「今天從哪裡開始？我想想。從頭好了，就從第一頁，我們……我們發生關係，來！說一遍，我是怎麼喝醉酒讓你有機可乘？」中威撇開頭，正眼都不瞧士芬，逕自又喝了一口酒。

「你到底要折磨我到什麼地步？從我們結了婚到度蜜月，每一天，每一個晚上，你都不放過我，你要到什麼時候才會停止？」士芬坐在沙發上，把頭埋進膝蓋裡，懇求中威放過她。她再也忍受不了中威的折磨了。

「是羞辱嗎？我看不是吧，佩服你都來不及了。」中威冷冷的說。

「作爲一個受害者，我是怎麼被騙的，怎麼失身的，我應該有權利知道。」

「我已經說過很多遍了……」士芬不敢抬頭，膽怯的說。

「不夠！我沒有記住。再說一遍！」中威突然站了起來，提高音量。

「你是不是自己脫光衣服睡到我床上？」中威走到士芬的面前，憤怒的質問她。

「回答我，是不是？」中威用力的把士芬的頭抬起來，士芬抖得更厲害了。

「是……」士芬慌張害怕的別開臉，不敢看中威兇狠的表情。

「是什麼？」中威盛怒，又用力的把士芬的臉扳向自己。

「是我自己脫光睡到你床上的……」中威瞪大眼睛，直盯著士芬。

「抱著我嗎？」中威再向前一步靠近，鼻息幾乎吐在士芬的臉上。

「是……是，是我抱著你，你醉了，沒有感覺了。」士芬害怕地低下頭，小聲的說。

「不會吧？難道我沒有叫著亮亮的名字？應該有，我是這麼愛她，請你不要避重就輕，我有權利知道每一個細節，把它說清楚。」中威捏緊士芬的下巴，逼她直視自己。

「是……你醉了，我脫了衣服，睡在你身邊，抱著你，你叫著亮亮的名字。」

「你看，多麼精彩，可惜我不知道。然後呢？第二天一醒來……」中威冷笑了一聲，放開手。

「中威！我求求你，不要再折磨我了！以後每一件事你都知道了，你不是每天晚上都重複問過了嗎？」士芬羞憤地站起身想要離去。

「坐下。」中威大吼。

「你到底要怎麼樣？怎麼樣？」士芬不知道哪來的勇氣，突然大聲地回話。

「你怎麼可以這麼大聲！」中威更氣，又大吼了一聲，把士芬的氣勢又壓了下去。

「當初，你自編自導流產回家，也是這麼大聲來侮辱亮亮嗎？」中威緊接著逼問她。

士芬無法再面對著中威的羞辱，想轉身離去。

但背後嘲弄的話語仍不斷傳來。

「還有……關於你摔下樓梯那一段，你是不是在家裡練習很久了？多麼了不起，搏命演出技術又好摔得又剛剛好，怎麼沒有摔死呢？」中威拿起酒杯，啜了一口酒，幾乎要笑了出來。

每一晚中威的這些話，總是將她的心臟冰凍住，而腦子裡卻像燃燒著一盆烈火，周身又冷又熱，一句話也說不出……她覺得她眞的承受不下去了。

「我們離婚吧。」士芬哽咽的說。

「怎麼可以呢？你爲我懷孕，爲我流產，爲我受盡委屈，我怎麼可以辜負你這片苦心？還有，你忘了？我是一個負責任的人，我要這段婚姻長長久久。每一對夫妻都有共同的回憶，就像戀愛史什麼似的，我們也有啊……」中威得意的說著，看見趙士芬這副模樣，他有一種復仇的快感。

「夠了！夠了……」士芬抱著頭摀著耳朵不想再聽了。

「我們可以找天晚上，大家共同回憶一遍，只是我記性不好，要麻煩你一而再再而三的提醒我。」中威把士芬逼到牆角，故意說道。

「不要再說了……」士芬恐懼的蹲在牆邊，身子還不停的顫抖。

「好，今天就說到這裡，去睡覺，明天你還要回娘家。」中威用力拉起士芬，很滿意今天的成果。

「要記住，你要開開心心的，開開心心的跟你娘家說，你的蜜月是多麼甜蜜有說不完的枕邊話，OK？」中威嚴厲的叮囑士芬。

「明天我們回去，你會告訴我爸嗎？」士芬深怕秘密被父親發現，用無助的眼神詢問中威。

「你說呢？你覺得我應不應該說？」中威挑了挑眉，冷笑了一聲。

「中威，我求求你我拜託你……」士芬幾乎要跪了下來，她不敢想像趙靖如果知道眞相會做出什麼事情，她膽怯的懇求中威。

「我忘了問你，你是利用生理期假裝流產的？沒有關係，明天再告訴我。」中威抓住了士芬的弱點，毫不留情的折磨她，利用一個女人對男人的愛來傷害她。

中威頭也不回的離開，士芬頹喪的坐在地上，臉上還有哭過的淚痕。從前那個頤指氣使、驕傲跋扈的趙士芬不見了，現在的她，連一隻喪家犬都不如。

＊＊＊＊＊＊＊＊＊＊＊＊＊＊＊＊＊＊＊＊＊＊＊＊＊＊＊＊＊＊＊

秀女在家裡焦急的等著，好幾天沒看見寶貝女兒了，不曉得小倆口過得怎麼樣。

聽到車子的聲音，就匆匆忙忙拉著趙靖到門口迎接兩人。

「好玩嗎？你唷～玩得連電話都忘了打回來，嫁了老公忘了爸媽啦～」秀女拉著士芬的手，開心的笑著，沒發現士芬臉上怪異的表情。

「中威～怎麼？還等著我跟你打招呼嗎？」趙靖對著悶不吭聲的中威說話。

「好啦，就這個性啊，還不跟你一樣，到我娘家去跟個悶葫蘆似的。好啦～中威進屋裡去吧，你話不會說，酒總會喝吧，待會陪你老丈人喝一杯就好啦，來……吃飯啦。」中威還是面無表情，秀女只好打著圓場。

「對不起，我不喝酒，喝酒會誤事，我誤過大事，所以我不喝。」中威搖搖頭，擺了擺手，故意大聲說給大家聽，趙靖聽了一臉難看。

「好啦～不喝酒吃飯總可以吧？ㄟ～回門飯你可要吃啊。來來……走走走……」秀女殷勤的拉著中威的手就要往屋裡去。

「讓士芬吃飯我不吃，我還有事。」中威輕輕拿開秀女的手，就要轉身離開。

「你還有什麼重要了不起的事？」趙靖不悅了，中威的態度實在太不像個女婿了。

「我要去看電影。」

「你要幹什麼？」趙靖提高音量，以爲自己聽錯了，又再問了一次。

「我要去看電影。」中威一個字一個字慢慢的說，不容他人阻止的決心。

「你要去看電影？那我們家士芬……你……」秀女回頭看看士芬又看看中威，搞不清楚兩個人到底鬧了什麼彆扭。

「我要一個人看電影，看完電影我想一個人開車去兜兜風，完了再去PUB坐一坐，喔！我忘記說了一個人喝酒我是不怕，絕對不可能再結一次婚了。」說畢，逕自往屋外走去，還不忘冷嘲熱諷一番。

士芬此時再也忍不住哭泣的跑進家門，秀女趕忙追了上去安撫著，趙靖則鐵青著一張臉發飆了。

「陳中威！把話說清楚！」趙靖嚴厲的叫住了中威。

「我說的還不夠清楚嗎？還要我再說一次？我要一個人……」中威又把話重複了一次。

「廢話！我不是聾子，我只是不明白你的心態！你既然要一個人過日子，爲什麼要娶我們家士芬，你自己要提親的，沒有人強迫你，你爲什麼還要這樣羞辱她？」趙靖用手指著中威，大聲怒斥。

「如果我不陪你女兒回娘家吃飯，不讓她跟我一塊看電影，就叫羞辱，」中威不甘示弱地看著趙靖，「那你女兒羞辱別人的程度可嚴重多了，對不起，我來不及了，不好意思。」

中威開車離去。留下盛怒的趙靖和秀女，還有心神俱碎的士芬。

進了屋裡，士芬在自己房裡抱著秀女痛哭，向母親哭訴這段時間所受的委屈。

「他每天晚上幾乎都是喝了酒回來，醉了，就叫著亮亮的名字，醒著，他就要我把所有的經過說一遍，每一個細節，我說了又說。」士芬一邊哭泣，一邊把頭埋進秀女的懷裡，想把所有不滿的情緒統統發洩出來。

「唉呀，士芬啊，我跟你千叮嚀萬囑咐啦～你怎麼……」秀女知道事跡敗露後，看見士芬這副模樣，心中不忍。

「媽～我眞的快瘋了，他要折磨我一輩子，我要跟他離婚……」士芬激動的說著，現在只有母親可以幫她了。

「不行啊，你現在可不能用這個做理由啊，你爸知道會氣死啊。」秀女搖搖頭，無奈的說。

「可是媽～我眞的快受不了了。我該怎麼辦？」士芬不死心的求助於秀女。

「唉～這該怎麼辦才好啊，好歹你也忍一陣子嘛，現在才剛結婚啊怎麼說離婚呢，亮亮剛去拿小孩，你爸心情不好，血壓高，不准你再刺激到你爸啦～」秀女拍拍士芬的肩膀，安撫她不滿的情緒。

此時，趙靖被中威的回答弄得怒氣沖沖的進來質問士芬，士芬支支吾吾的說不出話來，秀女連忙出面掩飾著。

「這小倆口吵架嘛，陳中威覺得蜜月沒度完，想要他老婆陪他看電影，他老婆想回娘家，這兩人鬧鬧鬧就吵起來了。」秀女趕緊替士芬找了個藉口。

「是這樣的嗎？嗯？」趙靖狐疑的望向士芬。

士芬低頭迴避，趙靖看了一眼秀女。

「你們都在騙我，都不肯告訴我事情的眞相，我眞搞不懂你啊趙士芬，千方百計要來一個不敢說眞話的婚姻，是爲什麼呢？」趙靖猜不透女兒的想法，又看見女兒委屈的流著淚，也不忍心多說什麼了。

而離去的中威開著車到了河堤旁，下車對著夜色發呆了起來。

夜色淒涼，寒風冷冷吹著，亮亮的身影彷彿就在眼前。

雖然已經隔了許久，但亮亮那天純眞的表情和楚楚可憐的模樣都深深印在中威的腦海裡，只要一想起來，就不禁漾起笑容與深深的落寞。

旋即又想到士芬哭倒在他懷裡欺騙他的事情，中威憤怒的捏扁了手中的啤酒罐，用力丟向遠方。

「我要這樣過一輩子嗎？我要這樣過一輩子嗎～」中威向遠方大

吼。夜色還是一樣漆黑，孤寂的星子微弱的掛在天邊，無語。

士芬拖著身心俱疲的軀殼回到她和中威所謂的家，對著新婚照哭泣著，她並沒有自省的反問自己有沒有做錯，反倒是加深了她對亮亮的恨。

碰一聲，突然中威打開了大門，跌跌撞撞地進了屋。

中威又喝醉了，士芬趕緊躲進和室，不想再去面對喝醉的他。

可是中威拉開了和室的門，搖搖晃晃地指著瑟縮的士芬。

「想分房啊？」一步步走近士芬，滿嘴的酒氣吐在她臉上。

「怎麼想分房啊？你給我走！」中威用力的拉住士芬，要把她帶回房間。

「你放手～你放手～」中威把她的手給弄痛了，士芬大喊。

「趙士芬！你給我搞清楚，是你先緊緊的抓著我扒著我，現在你求我放開你？」中威將士芬的手握得更緊，更用力。

「哼哼～出了家門就是貌合神離，回到家呢？叫作同床異夢，你不是口口聲聲說自己是陳太太嗎？嘿～陳太太！陳太太要睡在陳先生身邊，懂嗎？」中威冷笑，硬是把士芬拖回房間。

「不過你放心，我不會碰你，一根汗毛我都不會碰你的，這張床你睡多久，你就得守多久的活寡，當然，你可以重施故技，不過，我不會給你這個機會，一點點機會也沒有，我甚至不會帶著酒意睡在你身邊。」中威放開手，用力的將士芬推到床上。

「對了，我們上次說到哪啦？那封信……那封信，打字的啊？還是像電影那樣子啊，拼拼湊湊剪剪貼貼？你用快遞的嗎？還是用寄的？沒有關係，你不回答我沒有關係。」中威又開始重複的反問士芬，用著一樣的模式折磨羞辱她。

「我差點忘了問你，當你爸看了那封信差點高血壓中風，你心裡什麼感覺？一定很興奮吧，最好當場死了，這樣亮亮就背一輩子的黑鍋，永遠不能翻身，你說對不對？我想你當時心裡一定是想，最好你爸死了就算了。」中威說到這，忍不住都笑了。

「陳中威你去死你去死～」趙士芬大叫，指著門要他出去。

「你作夢！我會努力好好珍惜我自己，長長久久的跟你把日子過下去，你並不吃虧啊。一天二十四小時，白天比晚上長，白天你折磨我，晚上我折磨你，一天二十四小時，我們夫妻都是這麼精彩，或許你可以考慮一下，不過，不要打算想分房想離婚，也不要詛咒我，我不會死的。你可以考慮再自殺一次，多好的點子，死了一了百了。」中威惡狠狠的盯著她。

士芬無力的趴在床上哭泣著。

中威達到了目的，走進了浴室準備洗澡，想著這一切也不禁閉起眼來，被強大的失落感席捲。

****

趙靖在亮亮手術後，做了個決定，打算在佛堂爲那個未出世的孩子設個牌位，讓亮亮有個心靈上的寄託，也表示他們是重視這件事情的。

秀女聽了則一臉不屑。

「有這麼嚴重啊？根本就是那汪子亮小題大作！哼！」

「不要再說了，我已經決定了就這麼辦，士元你去接亮亮，一會兒我跟你媽去那會合。」趙靖不顧秀女的反對。

「ㄟ！我不去哦～娃兒都沒落地呢，哪來的嬰靈啊？還要給他立牌位，我要親自去給他上香？笑死人了。」秀女尖聲的說，完全無視於趙靖嚴肅的表情。

「你去換一件素一點的衣服，我等你。」趙靖粗聲的命令秀女。

「我說過我不去呀！你很奇怪，以前口口聲聲說不要迷信，怎麼嬰靈從你嘴巴裡講出來啦？」秀女將雙手抱在胸前，譏笑著趙靖。

「這不是迷信！是爲了安慰一個痛苦的母親。」趙靖沈痛的說。

「哼！」秀女悶哼一聲。

「秀女，惻隱之心人皆有之啊，我們很幸運，我們的孩子平安健康，如果今天換作是你，失去了一個孩子，想想她說的話，她受的委屈，我們趙家的人眞的是有點冷漠了。」趙靖想起亮亮哭泣的模樣，愧疚的說。

「她啊，就是喜歡小題大作！」秀女還是一樣不屑的態度。

「就算小題大作也罷～如今我們能夠做的也只有這個了，只有等她懷下一胎的時候，再小心一點吧。唉～」趙靖搖搖頭，對亮亮感到無限的抱歉。

「下一胎？哼～」秀女心中暗自譏笑著，在她精心的安排下，亮亮這輩子恐怕是沒這個機會了。

亮亮站在佛堂裡，看著趙家給未出世的小朋友所設置的牌位，心中的不平轉爲欣慰。

「孩子，這裡是你的爸爸媽媽，爺爺奶奶，我們一起來看你了，趙家的人不是不愛你，只能說我們沒有緣分，孩子，你母親爲了你吃了很多苦，請你快樂的離開也好讓你母親放心。」趙靖沈痛的說著。

亮亮聽著趙靖的話，激動得淚流滿面。

佛堂裡祝禱聲繚繞，祥和莊嚴的氣氛包圍著亮亮，她的心情緩緩地沈澱了下來，似乎看見小朋友快樂的走向一個安詳的世界裡去了。

法事結束後，士元開車送亮亮回去，一路上亮亮的態度依然冷漠。

士元受不了冷戰的僵局，把車停了下來。

「亮亮，我做錯了什麼？」士元對亮亮的冷漠感到疑惑。

「你不愛我們的孩子。」亮亮堅定的說，臉上毫無一絲表情。

「可是我愛你啊！」士元看著亮亮，而亮亮只是默默地看著前方，士元點了點頭，「那不夠，對不對？亮亮，你對愛的解釋和要求一直是跟別人不一樣的，你要求你的伴侶要愛你周邊的人，要愛你媽，要愛你弟弟，要愛除了你以外的家人，要愛一個從未謀面的孩子，那才是愛！那才算是愛你！爲什麼？我不懂耶～」士元說出了心中長期的疑問。

亮亮開了車門，冷漠的什麼也不說，就走下車。

士元趕緊追了上去，他不願意失去亮亮，失去他最心愛的人。

「亮亮……我愛你，我只愛你可不可以呢？爲什麼你總要用我愛不愛那些人來評斷我愛不愛你呢？」士元在亮亮身後喊著。

「因爲他們都是我生命中最重要的人。」亮亮回過頭，眼神堅定的說。

「我也愛他們啊，或許我沒有你愛他們那麼多，但是眞的，我是愛孩子的。」士元握住亮亮冰冷的雙手，想要給她一些溫暖。

「我不相信你，我不相信你。」亮亮別開臉，不願意正視士元。

士元拉著亮亮來看他先前知道亮亮懷孕時就已經買好的嬰兒座椅，亮亮看著嬰兒座椅，眼淚又不自覺地流下。

「我是愛他的。」士元輕撫著嬰兒椅，一邊輕聲地對亮亮說。

「他再也用不到了……」亮亮感傷的哽咽，士元將她擁入懷裡，輕撫著。

「亮亮……你有沒有想過失去這個孩子，也許是老天爺的安排，冥冥中他在照顧我們的。」士元拉過亮亮的手，替她擦乾眼淚。

「士元～」亮亮抬頭瞪著士元。

「我沒有別的意思，我是說或許這個孩子就是那六分之一啊，老天爺知道，我們一直渴望一個正常健康的孩子，所以他先把這個有不正常基因的孩子帶到天上照顧去啦。」士元柔聲的安慰亮亮。

「是嗎？會是這樣的嗎？」亮亮用她那天眞無邪、泛著淚光的眼睛詢問著士元。

「會的，因爲你太好，太善良了，老天爺不忍心讓你去照顧一個不健康的孩子，現在我們每一個孩子都會是最好最健康的。」士元把亮亮擁入懷裡。

「眞的嗎？」

「當然啦。這個小朋友就是讓他到天上去陪小敏和你爸爸，其他的孩子……」士元繼續說。「都是我們的禮物！」亮亮聽著士元的話，臉上也有了一些撫慰的神采。

「士元，子荃要回來了。」亮亮臉上帶著複雜的表情，告訴了士元這個消息。

第二十二章

機場裡人來人往，士元站在亮亮身邊，伸長了脖子，左右張望著。

「這麼久沒見面你認得出來嗎？」士元有些著急，人這麼多。

「他是我哥哥。」亮亮信心滿滿的說道。

「很久沒見面樣子會變的，你們多久沒見面了？」士元輕拍了亮亮的頭，親暱的問著。

「十六年了……」亮亮自己也不敢相信竟然有十六年了。

「這麼久啊？眞希望我跟趙士芬也可以十六年見一次面。」士元俏皮的說，逗得亮亮笑了出來。

此時亮亮在監視器裡看見子荃的影像，她一眼就認出來了。

一個跟小敏一模一樣的身影，連士元都認出來了。

亮亮看著子荃的樣子，想起十六年前那毅然決然離開他們的哥哥。

子荃從入境室走了出來，看到了亮亮，筆直地走向他們直到亮亮面前。

「亮亮……」子荃的表情從剛才一臉的冷峻，突然轉爲熱情，情緒激動的抱住亮亮。

士元熱絡的上前，和子荃禮貌性的握了手。

「趙先生你好。」

「你好啊。」

士元看著眼前的子荃，跟小敏實在像極了。

子荃和小敏一樣高，所不同的是，他的身體比較瘦削，臉上的線條比較硬，使他的眼神顯得太凌厲。子荃戴了副金絲邊眼鏡，西服褲上的褶痕筆挺，體面得儼然是個都會中的雅痞，一看就是那種做起事來一絲不苟的人。

「長頭髮還留著捨不得剪啊？」子荃跟士元打完招呼，走向亮亮摸了摸她的頭髮。

「你的小平頭沒了？」亮亮望著子荃，這時，才能定睛打量離別了十六年的哥哥。

「ㄟ～這髮型的問題我們回去再討論嘛，先回家，車在等著呢。我幫你拿東西吧。」士元催促的推著兩個人，伸手就把子荃的行李提了起來。

「不了，我自己來就可以了。」子荃接過手，客氣的回應著。

「亮亮，我們走吧。」士元摟著亮亮向機場大門走去。

「大舅子，車在那邊呢。」士元對呆立在機場大廳還不適應環境的子荃說道。

「走吧，哥。」亮亮回頭對子荃說，她多久沒有叫這個稱謂了，亮亮苦笑了一下。

「Bossini，跟我在美國開的是同一款車。」子荃眼睛發亮的摸了摸士元的車子。

「你也喜歡車啊？我也喜歡，像這種賓士……」士元看到子荃喜歡車，很開心的和他攀談。

「少奶奶，董事長問說你是要先回家還是……」司機恭敬的問著亮亮。

「先回家看我媽。」

「我告訴你，在我們家啊，我跟我爸都怕她，走吧，上車了。」士元俏皮的對子荃眨了眨眼。

子荃凝視著這一切，嘴角應付似地微笑著，透過鏡片的目光卻有些森冷。

車子開到了汪家。

「等一下幫我把行李拿下來，小心有手提電腦。」子荃命令式的口吻，毫不客氣地吩咐司機，深怕自己的東西被損壞。

亮亮走向了子荃。

「哥，媽媽她……她很久沒看到你了，而且最近她……」亮亮有點擔心的說。

「亮亮，別想那麼多，血濃於水啊。」士元輕拍亮亮的肩，安撫她的不安。

「對，士元說的對，我是她兒子嘛。」子荃不在意的對亮亮說。

「進去吧。」

進了屋裡，子荃打量著屋裡的一切。亮亮拉著妍秋出來看子荃。妍秋一看見子荃，露出了許久未見的笑臉。

「小敏，小敏～你可玩回來了，好玩嗎？你可把媽想死了，你有按時吃藥嗎？有沒有人欺負你啊？我有煮湯耶，我有煮湯，媽去給你盛碗湯，你別再亂跑唷，喝湯。」妍秋開心的拉著子荃的手，完全無視於子荃的反應，而面對妍秋的舉動，子荃一臉抗拒不知所措，轉頭不悅地對亮亮說著。

「你不是說她好多了嗎？爲什麼連自己兒子誰是誰，都分不清楚？」

「原本她是已經好很多了，可是小敏走了，她又受到刺激了。」亮亮急忙替妍秋解釋，「哥，媽需要時間，也許過一陣子，她就會慢慢恢復了。」

「過一陣子是多久，難不成要我一直扮成小敏讓她錯認？」子荃不耐煩的說。

「這……這沒關係的，她有時候還是會對著空氣跟你爸爸對話，而且你跟小敏都是她的兒子，她又沒認什麼外人，無所謂啦。」士元見氣氛有些不對，趕緊打了圓場。

此時妍秋又從廚房走了出來。

「小敏，來……好喝的湯，來～坐著喝。」妍秋小心翼翼的把湯端到子荃面前。

「媽～就小敏有我們都沒有，你偏心喔。」士元開玩笑的裝出吃醋的模樣。

「有有有……在後面，自己去盛。」妍秋不好意思的指著廚房，一邊說一邊熱切地要幫子荃把外套脫下，「小敏，到家了，把衣服脫掉。」

「我很好，沒有關係，」子荃避開了妍秋的手，冷冷的說。

「來喝湯，喝湯，這湯很好喝耶。」妍秋絲毫沒察覺異樣，殷勤的又端起湯到子荃的面前。

「我不餓。」子荃起身，面無表情的說著。

子荃的眼神飄忽，聽著妍秋的瘋語，看著她的行爲。

「你去美國看姑姑啦？姑姑好嗎？」妍秋握住子荃的手，眞的把他當成小敏一般疼愛。

「好，」子荃不自在的說。

「好玩吧？」妍秋又問，仔細的看了看子荃的臉，開心的又笑了起來。

而子荃只是眼神閃避著，肢體隱隱約約透著要和妍秋保持某種距離的抗拒，那種疏離排斥的表情當然都看在亮亮的眼底，不過亮亮心想可能子荃剛開始還不適應吧，希望未來的日子裡，能慢慢喚醒子荃對媽媽的熟悉。

看過了母親，亮亮帶著子荃來到了漢文的墓前，她要告訴爸爸一聲，子荃……他的兒子，他們的哥哥終於回來了。

「爸！哥回來看你了，你們很久沒見面了，汪家的孩子，就只剩下我和哥了……」亮亮突然感傷了起來，可是子荃卻面無表情的盯著漢文已經有些發黃的相片發著呆，像是亮亮所說的都是多餘的。

「爸！你放心，哥回來了，我們會一起照顧媽媽，請你保佑媽媽的病趕快好起來，好不好？」亮亮雙手合掌，虔誠的站在墓前對父親說話。

亮亮的話語，讓子荃想起妍秋在墓前發病的那一幕，就是從那時候起，他的家就不再是他的家了。

子荃搖了搖頭，想把那一段他最不想回想起的回憶，搖出他的腦袋。

在美國這麼多年了，他早就習慣沒有親情環繞的日子了，此刻，他無須感傷。

「哥～給爸上一炷香。」亮亮擦了擦眼淚，轉過身，把香遞給了子荃。

「我是基督徒我不拿香。」子荃沒接過香拒絕了。

「亮亮……你不是嫁得很好嗎？趙家顯然環境不錯，難道他們都幫不了你？」子荃說出自己的疑惑。

「幫什麼？」亮亮抬起頭不解的問道。

「幫媽媽，幫小敏，他們有病，趙家難道不能出點錢想想辦法嗎？」

「他們的病不是用錢能解決的。」亮亮搖搖頭，顯然不願意多談。

「什麼事情是錢不能解決的？多花點錢找好一點的醫生，住好一點的醫院，甚至送出國，總而言之，只要肯花錢，一定會有幫助的。」美國現實的環境已經影響了子荃的價値觀。

「小敏的病是躁鬱症，在台灣一樣有藥醫，媽媽是心病，心病是要用心來醫，跟錢沒有關係。」亮亮對於子荃一直提到錢的事情感到有點不悅。

「這世界上沒有一件事跟錢無關，錢說話比人大聲，錢辦事比心辦事有效率，錢治病比心治病快得多。」子荃理直氣壯的說。

「我說的是實話，你在趙家是有地位的，難道他們不能拿點錢出來，表示點誠意？或許你覺得我很功利，但我不這麼認為，我是實際。我也希望媽趕快好起來，我也希望趕快孝順她。」

「那就請你不要嫌棄她，你在嫌棄媽媽，我看得出來。」亮亮埋怨的對著子荃說。

「我只是不習慣。」子荃撇過頭。

「不習慣一個瘋子？還是不習慣自己的媽媽？世界上有人對母愛不習慣的嗎？那是一種親情一種天性啊。」亮亮有點憤怒的質問著子荃。

「或許我離開太久了……」子荃不願意做正面的回應。

「那麼……現在你可以回來嗎？整個人和心都回來，重新開始習慣，可以嗎？」亮亮緩和了語氣，懇求的對子荃說。

「回來當小敏跟汪子荃繼續在美國有什麼兩樣？」子荃冷哼了一聲。

「是回來當兒子，回來讓媽媽開心的。」亮亮不懂子荃怎麼這麼冷漠。

「媽媽是我們的，我們不能把責任推給別人，這段時間，我公公已經夠幫忙了，他太忙了，事業太多了。」亮亮搖了搖頭，想到趙靖為家裡付出的一切，何況他畢竟是外人，這些事情本來就該由她和子荃來做才對啊。

子荃一聽到亮亮提起趙家的情況，摸了摸金邊眼鏡，開始專心聽著。

「真正在趙家可以掌權的是士元的媽媽，也就是我婆婆。可是她不喜歡我，在這種情況下，我不會叫趙家出錢出力幫媽媽，事實上，趙叔叔已經很夠意思了。」亮亮向子荃解釋她在趙家的情況。

「那我明天去謝謝人家嘍，畢竟我回來了，應該代表汪家，當面去跟人家說聲謝謝。」子荃突然積極了起來，臉上開始有笑容了。

「好啊，我帶你去，我公公大部分的時間都在俱樂部裡。」亮亮見狀，不疑有他，開心的說。

子荃搖了搖頭，「亮亮，當然是先去家裡登門答謝，才有誠意嘛。這又不是應付公事。」

「那我明天跟公司請個假，帶你去吧。」

「不用了，亮亮，又不是什麼重要的事情，我叫士元帶我去就可以了。你忙你的吧。」子荃好意的說著，卻只是刻意的想支開亮亮。

亮亮想想也對，點了點頭。

看著轉過身去插著香的亮亮，子荃眼睛瞇了一下，心中開始盤算起明天自己該說些什麼。

＊＊＊＊＊＊＊＊＊＊＊＊＊＊＊＊＊＊＊＊＊＊＊＊＊＊＊＊＊＊＊

「大舅子，喝茶還是喝咖啡？」士元殷勤的招待著子荃。

「都可以。」

「好，馬上來。」士元轉身走向廚房。

子荃環視著趙家講究的裝潢，水晶燈華麗的閃著光芒，名畫骨董是隨處可見，果然是個財大勢大的有錢人家。

秀女打著呵欠正走下樓，子荃聽到腳步聲一轉身，嚇了秀女一跳。

子荃的臉孔讓秀女霎時間以為是小敏，令秀女不寒而慄。

子荃禮貌的向秀女點頭笑了一下，秀女這才從儀態裡看出有些許不同。

「媽，這是亮亮的哥哥，汪子荃。」士元聽到母親的驚呼聲，急忙從廚房裡走出來向秀女解釋著。

「這麼像啊……」秀女還有點反應不過來。

「嗨～」子荃洋派的向秀女擺出了握手狀。

「唉呀～」秀女有點不自在的回應。

「人家是長輩你也太洋化了吧？」士元看母親的反應笑著說。

「什麼長輩，別鬧了，是你姊姊吧？」子荃故意睜大眼看著秀女，討好的說。

「大姊，你好我是汪子荃，士元啊，你姊姊比你漂亮唷～」嘴巴甜得不得了。

「子荃啊，這眞的是我媽。」士元瞧子荃當眞了，趕忙解釋著。

「Sorry，對不起，我不知道，趙媽媽，眞的很抱歉。」子荃佯裝抱歉的模樣。

「不怪你啦，常常有人這樣分不清楚的，每次跟他們兄妹倆出去，老有人覺得我像個姊姊不像個媽媽呢。」子荃這一招果然對了秀女一向愛面子的個性，讓她心情上有些得意的說，笑容也多了些。

「趙媽媽，我覺得應該再跟你說聲對不起，我剛剛……」子荃還不放棄，繼續著剛剛的話題，一臉歉疚。

「好啦～知道我是個長輩，嘴巴不皮了，連個話都說不出來了。」秀女打趣的說，她喜歡這個年輕人，雖然嘴巴膩了一點。

「不是，只是……我沒想到……」

「沒想到我跟你媽年紀差不多呀，說到你那個媽呀～」秀女突然又想起妍秋，擺擺手，露出不屑的表情。

「媽……」士元趕緊阻止秀女。

「好啦……不說了、不說了……人家在國外都住十幾年了，當年發生什麼事情也不知道，是不關人家的事情，到底是住國外的哦，離那一家子遠點呢，就比較正常，你看起來就比你那個妹妹老實點。」秀女意有所指的說。

「媽～來，你看看，子荃買給你的禮物。」士元捧來了一堆東西，希望趕緊堵住秀女的嘴巴。

「士元，士元！不好意思，我不知道趙媽媽的年紀，我就亂買，下次吧，下次我再補送。」子荃摸摸頭不好意思的說著。

「老人茶嘛～」秀女看著包裝上的字，「可以啦，人老嘍，都當婆婆了，士元，去泡給我喝喝。」耳裡卻聽著子荃的稱讚，秀女又開心的笑了起來。

「你啊～坐，來～」秀女竟然有些親切的示意子荃坐到她身旁。

「是！」子荃有精神的答了一聲，坐到了秀女旁邊。

「你今天來得不巧啊，趙叔叔還沒下班呢。」秀女眉開眼笑的說。

「不！我今天是專程來看趙媽媽的，我來謝謝趙媽媽，我知道趙家對我們家照顧很多。」子荃誠懇的說。

「不，那是你趙叔叔啊，我可不敢居功呢。」秀女尖聲的說。

「不！不是這樣說的，當然要感謝趙媽媽，我在國外待過，我很明白，一個家庭裡面女主人的影響力有多大，今天不管趙叔叔多幫忙我們家，沒有趙媽媽您的支持，那是絕對不可能的。」子荃繼續用他的甜言蜜語，哄秀女開心。

「亮亮很幸運，嫁了人了，還能這麼自由自在的回娘家照顧我媽，要不是她有一個開明的婆婆，她能這麼自由嗎？」子荃一副感激的模樣。

「我媽媽有病，也只有趙媽媽您能不嫌棄，接納亮亮。」

「唉～你們汪家就你最明白事理啦，你呀，早就該回來啦你～」秀女嘆口氣，她的委屈怎麼竟讓一個外人看出來了，不禁拍了拍子荃的肩膀。

「我不是一個好兒子，十幾年來一直待在國外，把家裡的事情都交給亮亮。」子荃一臉的歉疚。

「好啦～好啦～不怪你啊，這樣一個家啊，任何人看了都想躲得遠遠的，哪個不害怕啊。」秀女搖搖頭，幫子荃找台階下。

「所以我感激趙家，感激趙媽媽。不但沒有嫌棄，還跟這樣一個家結成親家，我眞的很感動，也很自責。」子荃誠懇的看著秀女，好像掏心掏肺的說出內心的感激。

「別這樣想啦，別這樣想。士元啊～茶泡好了嗎？」秀女大聲的轉頭問士元。

「不好意思，趙媽媽，我先告辭了。」子荃突然起身。

「這麼急著走做什麼呢？等你趙叔叔回來一起吃個飯呢。」秀女急忙挽留子荃。

「是這樣的，我難得回來一趟，可能很快就要回去了，我想多陪陪我媽媽。」子荃故意表現出一副孝子的模樣，他知道一開始事情不能做得太過，以免讓人起疑。

「也是啦，不過你這一趟回來就別回美國去了吧，留在台灣啊。」秀女勸子荃。

「可是我在美國還有工作。」

「工作哪沒有啊～我們趙氏企業工作多得是，就怕沒人做呢，好啦！那下次我們找個時間好好聚一聚，好好商量啊。」秀女拍拍他的手，她是眞的欣賞這個青年。

「是。」子荃開心的一笑，沒想到這麼快就籠絡了秀女的心，事情並沒有他想像中的困難。

「士元啊～你大舅子要回去了，開車送他回去吧。」秀女又回頭對士元大喊。

「有空記得要常來家裡坐坐唷～」秀女送子荃到了門口，有點不捨的說。

「我一定會。」子荃點頭答應。

「謝謝趙媽媽，那我先告辭了。」

看著子荃離去的背影，秀女樂不可支。

「眞沒想到宋妍秋還有一個這麼體面又正常的兒子，唷～說我像姊姊，老都老嘍，這孩子……呵呵呵呵……」秀女摸了摸自己的臉龐，又想起剛剛子荃的一番讚美，稱許的點點頭。

子荃一離開趙家後，卻不是急著回去看妍秋，反倒是在台北街頭晃了晃，閒晃到入夜了，也不回去，卻進了一家PUB喝酒去了。

子荃望著琥珀色的威士忌，思忖著現在全球經濟不景氣，他在美國的公司現在也正在裁員，他的外來人身分，讓他不管回不回去，工作都鐵定保不住了。

想起待在台灣或許可以碰碰運氣，腦裡又想起秀女的話，趙家企業多的是工作，就怕沒人做，不禁咧著嘴笑了起來。

「汪子荃，我敬你！YOU ARE SO LUCKY!」子荃將手裡的酒一口喝盡，目光炯炯地看著空了的酒杯，這一個機會他要好好把握。

在家等候著子荃回來的亮亮看了看時間，擔心子荃是不是迷路了，怎麼這個時間還沒有回到家。而在一旁陪著亮亮等候的士元也大感奇怪，他明明是先送子荃到家門口才走的，現在卻看不到人。

看出亮亮緊張的神情，士元試圖讓她輕鬆點的說著。

「亮亮……我發現你哥比我還愛玩耶。」士元打趣的說。

「他沒有進門，也許下了車就走了。」亮亮看著窗外，連個人影都沒有。

「那……那他會去哪裡？他在台灣有什麼朋友嗎？」士元疑惑的問道。

「哪有什麼朋友？他就是不願意回家，他嫌我媽煩。」亮亮不悅的說。

「會嗎？不會吧，我看他滿孝順滿善解人意的，而且也很感謝你對這個家的付出耶。」士元重複著子荃白天在他家說的話。

「你不知道啊，他多有一套，把我媽制服得服服貼貼的，我媽被他哄得樂到心坎裡了，還說她是我大姊不是我媽，又說她偉大，可以接納你又可以接納你家，我在旁邊聽了眼珠子都快掉下來了，我還以爲，在這個世界上，只有我趙士元才哄得了我媽耶。想不到還出個汪子荃，好啦～他第一名……我認輸啦～亮亮？」士元臉上盡是對子荃的佩服。

「我去看我媽。」亮亮並不想聽，她只是更納悶子荃如果眞的如此，爲何現在卻不在家？她起身走進妍秋的房間。

妍秋正抱著全家福的照片睡得很沈，亮亮輕輕將它拿開，妍秋有些醒了，以爲是小敏回來了，連忙起身要煮東西給他吃。

「沒有，是我進來看你睡得好不好？」亮亮要母親躺下，輕聲的說。

「小敏還沒回來啊？外面壞人多耶。」妍秋擔心的看了看窗外已經漆黑一片。

「不要擔心，小敏很好，再也不會有人欺負他。」亮亮摸了摸妍秋逐漸花白的頭髮，眼淚差點又要滴落。

「媽……你還記得子荃哥哥嗎？子荃？汪子荃啊？」亮亮情緒一轉，突然問到子荃。

「我當然記得啊，可我不敢想……越想越難過啊，好幾次我在夢裡夢到他，他還是像以前剛離家的時候一樣耶，個兒小小的，理個三分頭，倔強。好像老在生氣，是氣我吧，氣一個不爭氣的媽媽。」妍秋搖搖頭，不願意回想傷心的往事，自責的說道。

「媽……」

「亮亮……都十多年了，是吧？也不知道他現在怎麼樣？過得好不好？是不是還生我的氣啊？亮亮……好幾次我在夢裡我想抱他，可是他不理我，轉身就跟他姑姑走了，」妍秋一臉失望的說。

亮亮不捨母親失落的表情，一把抱住輕撫著妍秋。

「亮亮……我只是想抱抱他，就像這樣，抱抱他……我的子荃，我的兒子……他是我兒子，是不是？」妍秋憶起往事，傷心的哭泣，緊緊抱著亮亮，就好像是抱著子荃一樣。

「我的子荃，乖～你想不想媽媽啊？媽好想你哦……子荃……」

亮亮閉上了眼，心中默默禱告著，希望這一次她叫哥哥回來和母親相聚是對的。

而此時的子荃在PUB早已喝醉了，搖搖晃晃的要買單。

「買單！」子荃步伐踉蹌的走到櫃台，粗聲的說。

「先生，很抱歉，我們這裡不收美金。」店員接過子荃的美鈔，爲難的說。

「不收美金？全世界最流通的貨幣耶。台幣不值錢，OK?」子荃藉著酒意，大聲的說。

「先生你喝醉了，對不起，我們眞的只收新台幣。」

「你懂不懂這是美金啊？」子荃把一把鈔票丟在店員眼前。

「先生你再鬧，我就要叫警衛嘍～這是老闆交代的。」店員嚴厲的制止子荃。

眼看兩人的言語衝突就快演變成肢體上的了，正巧中威也在這間PUB，看到這一幕，走了過去。

「他喝多少，我來付。」中威攙扶著子荃，掏出皮夾對店員說。

「SHIT!」

子荃推開中威，跌跌撞撞的離去，中威看見子荃的臉，心一驚，連忙追上去。

「ㄟ～對不起。」中威客氣的想要將內心的疑惑問個清楚。

「幹什麼啊！」子荃不耐煩的停了下來。

「請你告訴我你是誰？」看著子荃有著和小敏一模一樣的臉，他抓住子荃的手臂急切的想知道。

「你放手！」子荃瞄了眼前的斯文男子，厲聲的說。

「對不起，請你告訴我你是誰？」中威放開手，有禮的問。

「不管我是誰，我只告訴你，我不是gay我很正常！我對你沒興趣，也請你不要打我的主意。你剛剛幫我付了錢是吧，我還你！」子荃說畢，就要向口袋裡掏錢。

「不，我不要你還……」中威怕子荃誤會，連忙阻止。

「Don’t touch me!不要碰我！I hate it，這裡不是舊金山，我也不是同性戀！」子荃甩開中威的手，一臉嫌惡的瞪著他。

「你是從美國回來的？那你跟小敏是什麼關係？」中威乾脆直截了當的說出了他的疑惑。

「SHIT!台灣是全世界最小的地方，大家都認識汪子敏！全世界都知道我有個瘋弟弟叫汪子敏！」子荃粗紅著臉對著中威大吼。

「你是子荃？」中威訝異的問。

子荃見中威認出他，轉身想離去。

「你是汪子荃？難怪你長得像小敏。」中威站在原地喃喃的說。

「但是我不是他，不要把我當成他，他是瘋子我很正常，我是倒楣跟他做了兄弟，有些事情是你沒有辦法選擇的。」他和汪家的關係始終是他心中隱諱的秘密。

「你什麼時候回來的？我怎麼都不知道？」

「爲什麼你應該知道呢？你是誰？」子荃突然清醒，疑惑的抬起頭。

「我是亮亮的朋友，我以前曾是她的心理諮詢師。」中威回答。

＊＊＊＊＊＊＊＊＊＊＊＊＊＊＊＊＊＊＊＊＊＊＊＊＊＊＊＊＊＊＊＊

亮亮與士元還在家中等著子荃，長時間的等待，讓士元多了跟亮亮相處的時間。自從亮亮流產過後，就回娘家住著，士元工作又忙，兩人相處的時間少得可憐。看著亮亮緊蹙的眉頭發著呆，士元忍不住牽起亮亮的手，柔聲的問道。

「亮亮……你什麼時候才能跟我回家啊？」

「我答應你就會回去的。」亮亮現在並沒有心思討論這個問題。

「什麼時候啊？」士元急切的問。

「我現在走得開嗎？我媽跟子荃之間像個陌生人，沒有感情，我不能讓他們獨處啊。」亮亮擔憂的說。

「亮亮，你不能把所有事情都攬在身上啊，子荃回來了，有些責任他可以分擔的嘛，你就放手吧。他是你媽的兒子，不是嗎？」士元勸亮亮。

「好，我知道了，已經很晚了，你該回去了，回去做你媽的乖兒子好嗎？」亮亮拍拍士元的手，要他趕快回家。

「好吧，那我回去了。」士元不捨的親吻了亮亮的臉頰，亮亮還是一臉心有旁鶩。

而士元才出門走沒幾步，就在路上碰見了中威正扶著喝醉的子荃走在往汪家的路上。士元見狀，走向前去，新仇舊恨一時全爆發。

「陳中威！我大舅子才剛回來，你就跟他出去把酒言歡啦？玩得很愉快吧？送他回來順便看看亮亮，子荃哥，你可以找我幹嘛約他呢？」士元以為他們兩人相約喝酒，口氣很酸的說道。

「我沒有約他，我是在PUB遇到他。」子荃看士元對中威頗不友善，急忙否認。

「他說他是亮亮的朋友……」子荃無辜的說著，對於中威先前的解圍一點也不領情。

「子荃大哥，雖然你才剛回來，可是有些形勢你要弄清楚，這個人以前是我情敵，現在是我妹婿。」士元不悅的說，狠狠的盯著中威。

「趙士元你很無聊！」中威回視士元，不懂他幹嘛如此強調，並不想理會他。

「他娶了我妹妹，可是心裡卻又忘不了你妹妹，一直到現在，他都是我和亮亮婚姻裡的陰影，在我家除了趙士芬喜歡他，從來沒有任何一個人喜歡他！他在趙家是一個不受歡迎的人物！」士元擔心子荃被中威籠絡，趕緊把他和亮亮的事情告訴子荃。

「趙士元，你搞清楚！我並不希罕你們趙家是否喜歡我，我只是在PUB遇到他。」中威不悅的回應。

「是啊，誤會一場，我真的不認識他，是他自己過來搭訕的。」子荃看見情況有些異樣，又再度撇清關係。

「子荃大哥，你最好別再跟他一起出去了，要不然很多人會很不開心的，我們也會很生氣，我會很不高興，我媽會很憤怒！」士元鄙視著中威，重申他是一個多麼不受歡迎的人物。

「我不在乎你們趙家是否喜歡我，不被你們趙家喜歡是我的榮耀！」中威無所謂，這些一直不是他所在意的。

「士元，其實……」子荃想要多做解釋，他也不想被士元誤會，這可關係到他能不能進入趙家的公司呢。

「你趕快回去吧，亮亮在給你等門呢。」士元知道子荃是個識相的人，親切的對子荃微笑，接著又轉過身瞪了一眼中威，憤憤地離去。

子荃歪斜著腳步，硬是堅持自己能夠走回家中，中威也明瞭子荃已經受了士元剛剛一番話的影響，不想多讓場面尷尬地默默離開。

等了許久的亮亮，看見滿身酒氣的子荃，氣憤了起來。

「為什麼不回家要去喝酒？」

「心情不好。」子荃不理會亮亮，逕自走回房裡。

「哥！你要不要進去看看媽媽？」亮亮叫住子荃。

「都已經睡了，有什麼好看的呢？」子荃冷冷的回應。

「看一眼也好，你可以抱抱她。」亮亮近乎懇求的對子荃說，現在的妍秋是多麼需要被愛包圍。

「抱什麼？都多大了，我沒有這個習慣！」子荃斷然的拒絕了。

「哥～難道你不能跟她多親近，多陪陪她嗎？」

「我陪了她她也不知道我是誰啊。」子荃不想多說，轉身向房間走去，亮亮快步跟上。

「不管她知不知道是你，她都是我們的媽媽！她記得你的……她一直記得你小時候的模樣，你為什麼對她這麼吝嗇，卻可以去逗得別人家的媽媽心花怒放的？」亮亮不懂為何子荃可以向士元的母親大獻殷勤，對自己的母親卻絲毫不予理會。

「夠了！不要再說教了，已經很晚了。」子荃不曉得亮亮怎麼會知道，但他一點也不想聽的阻止她繼續說下去。

「是！是很晚了……本來你這一趟回來就已經晚了十幾年，這十六年來，你一次也沒有回來過，主動打電話給媽的次數也不超過十次，爸爸的忌日媽媽的生日我的婚禮，你都不聞不問，這一次……這一次要不是小敏走了，你還是不會回來，這個家好像就只有我……」亮亮哽咽著，瞪視著子荃的眼眶裡起了淚霧。

「你現在是在跟我算帳？跟我計較嗎？」子荃放低音量，緩和了語氣。

「我知道十幾年來家裡都只靠你，可是亮亮這是你自己選擇的，沒有人逼你留下的。當初姑姑問你要不要來美國，是你自己不願意的！」

「我是不願意！因為我有生了病的媽媽和弟弟！」亮亮眼神堅決的看著子荃，就像十六年前那天的眼神，而在子荃看來只是逞強。

「OKOK！你喜歡當救世主，你喜歡，你願意～OK！這叫什麼？求仁得仁？你做到了不是嗎？那你還有什麼好抱怨的？」子荃一點也沒感到慚愧，反而譏諷了亮亮一番。

「你怎麼能說這種話呢？」亮亮對子荃的態度感到生氣。

「我說錯了嗎？你也得到不少啦，你嫁到一個好老公，當上了少奶奶，上帝待你不薄啊。」

「汪子荃！上帝對我怎樣我心裡有數！這幾年來，我汪子亮吃的苦只有天知道，那些冷眼嘲諷痛苦，不是你遠在美國可以想像的。我不像你，只想逃避，只想自己的日子過的好就好了～」亮亮狠狠的對子荃下了批判，關於他的殘酷無情。

「你以為我過得好？大熱天裡剪草洗車，下大雪的時候，剷雪打工賺零用！在人家的屋簷底下，看人家的臉色過日子，這叫好？哼！在華人的圈子裡，人人背著我指指點點，大家都知道我家發生什麼事情！大家都知道我為什麼被帶到美國去！這叫好？我不能有情緒，不能太高興，不能太亢奮，不能太低落，不能太失控，否則人家就要認定我血液裡的神經病遺傳基因就要發作了！這叫好？這叫好？」子荃失控的說，把這幾年受的委屈一次發洩出來。

亮亮看著有些情緒失控的子荃，在國外的日子也並不好受，語氣稍微和緩的問著。

「你為什麼不回來？」

「回來做什麼？妥協了？承認自己有病？神經病家族就注定應該緊緊綁在一起嗎？我不回來，我沒有病！我很正常。我，汪子荃，我很優秀，我沒有過去……我的歷史，從一九八三年去美國那一天算起。」子荃面無表情，血緣對他來說只是一種標籤，是沒有情感流動的。

「你根本就想跟這個家脫離關係，不是嗎？也就是說，你很快就會回去了，是不是？」

子荃轉過身去，並不想回答亮亮這個問題，亮亮咬了咬唇就當他默認了。

「那麼……在你回去之前，可不可以請你抱抱我們的媽媽，你就抱抱她就可以了，好不好？」亮亮最後一次哀求子荃。

子荃移動了腳步，只是走進了自己的房間，關上門，將她隔絕在外，給了亮亮一個冷漠的答案。

隔日一早，子荃就瞞著亮亮到了俱樂部，俱樂部裡的大規模讓子荃開了眼界，更讓他在其中幻想著將來自己將在此擔任何種握有大權的職位。

子荃沈住了氣，輕敲了趙靖辦公室的門。

「進來！」一個沈穩的聲音從裡面傳了出來。

「趙叔叔……」子荃開了門，禮貌的問候著正在埋頭處理公文的趙靖。

「像！是像！」趙靖直盯著子荃瞧，不可思議的點點頭。

「很多人把我跟小敏搞不清楚，其實我們並不像，小敏長得比我端正，他可愛多了。」子荃在趙家人面前總是一副得體有禮的好青年模樣。

「不！像你爸爸，像漢文年輕的時候。」趙靖看著子荃，許多回憶都湧上了心頭。

「也只有趙叔叔還記得我爸，我們眞是託您的福，蒙您這樣的照顧。」子荃客氣的說。

「說什麼照顧呢？漢文的家人有什麼好說的！不過我可要罵你唷～你這小子怎麼一去美國十幾年一趟都不回來，就讓你母親這樣念著。」趙靖有點不悅的責備子荃。

「趙叔叔我沒有一天忘記過我母親，只是，我母親吃的苦，亮亮受的委屈太多了，我希望我能風風光光的回來，功成名就的回來，我希望我回來能讓我母親過好日子，讓亮亮減輕負擔。」子荃說得十分誠懇，趙靖聽在耳裡十分感動。

「你能有這份心就好了，漢文可以瞑目了。好了，這趟回來，別走了。」

「趙叔叔，這……」子荃面有難色，心中卻暗暗得意。

「這什麼？不行嗎？台灣是你的故鄉啊，要在這發揚光大，留下來，在我公司裡做事。」趙靖拍拍子荃的肩膀，十分賞識的說。

「謝謝，但是我想還是不用了。」子荃斷然的拒絕。

「ㄟ！你……你再推辭，我就會懷疑你之前說的話都是藉口唷，既然說你每天都想念你母親，又要給她好日子過，為什麼不留在她身邊？」

「我……我是不想再麻煩趙叔叔。」子荃佯裝一身骨氣的模樣。

「你在說什麼？你是說『麻煩』兩個字嗎？」趙靖反問子荃。

「是，趙叔叔您照顧我媽和亮亮已經夠多了，如果我有本事，我應該靠我自己，我不該再靠趙叔叔了。」子荃很有志氣的說。

「你混球，你腦筋不清楚啦，我趙氏企業是個企業，不是救濟院，派不上用場的人，我想找麻煩還不知道往哪擱呢？我要的就是有本事的人，你的資歷我調查過了，你在美國念的是企業管理嘛，拿的是MBA的碩士，我公司就需要這樣的人，到我這來上班，下禮拜再來，這幾天你先陪陪你媽媽。」趙靖不容子荃拒絕，逕自替他做了安排。

「我會考慮的。」子荃故作猶豫的說。

「年輕人，不要太倔強，靠人起家並不丟人，靠自己爸爸的老朋友更是天經地義的事情，行，你要考慮，我就給你幾天時間考慮，可別太久啊，我這裡需要人。」趙靖很滿意眼前的這個年輕人，有骨氣。

「是。」子荃恭敬的回答。

看見趙靖對自己十分欣賞的表情，子荃知道他離成功又進了一步。

「怎麼樣？見過我爸爸啦？很嚴肅吧？要留下來了吧？什麼時候來上班啊？」子荃才剛踏出趙靖的辦公室，就被士元拉到他的辦公室裡，熱切的詢問著。

「我還在考慮。」

「拜託，大舅子啊，你別再考慮了。快來上班救救我啊。」一連串的公事早就壓得士元喘不過氣來了，向來自由慣了的他，早就希望有人能夠幫著他。

「怎麼啦？在你爸手下做事情這麼痛苦啊？」子荃打趣的說。

「這個痛苦先不講，你不留下就沒有人照顧你媽媽，我老婆也一直留在娘家，那我的家庭生活怎麼辦啊？」士元誠懇的請求子荃留下來，爲了汪家，爲了亮亮，也爲了自己。

「不能把我媽接過去跟你們一起住嗎？我的意思是你家房子也不小啊。」子荃提出了意見，故意試探性的問著。

「這多一個房間多兩個房間，都不是問題呀，問題是……我媽對你媽感冒啊。我爸喜歡你媽一輩子了，眞的，眞的是一輩子耶。」士元無奈的擺擺手，早已當子荃是自己人，並不介意告訴他這些糾葛的恩怨。

子荃聽完士元說的，心裡也打定了些主意。

子荃回到家中，看著客廳中仍在不斷低聲吟唱的母親，就是一陣嫌惡，但一想到她在趙靖心中的地位，子荃決定改變對妍秋的態度。

「小敏好乖，不要亂跑哦。」妍秋看見子荃回來，開心的過去拉著他的手。

子荃摸了摸母親的頭。

「不能搬過去，我們可以讓他過來，」子荃喃喃自語著。

「小敏要誰過來啊？」妍秋一臉狐疑，不懂子荃在說些什麼。

「趙叔叔啊，小敏喜歡趙叔叔啊，小敏可以常常看到趙叔叔嗎？」子荃假裝小敏的天眞模樣故意說著。

「趙叔叔忙耶，他有好多事情，小敏如果你寂寞的話，媽媽陪你。」妍秋趕緊安慰子荃。

「不～小敏要趙叔叔陪，要不然的話……我要走嘍……」

「不走不走，小敏不要離開，」妍秋緊緊抓住子荃的手，她再也無法承受小敏的離去了。

「我沒有趙叔叔，我不要留在家裡面，我要出去。」子荃佯裝走出門。

「好，我來找趙叔叔。不要亂跑嘛，我去找趙叔叔來陪小敏玩好不好？」妍秋一急，跑上前阻擋他。

「對嘛，這樣小敏才會開心啊。」子荃得意的說，眼見計畫就要一步一步實現了。

原本對於妍秋的親密舉動有著本能抗拒的子荃，此刻面對著妍秋的擁抱，竟也不再大力推開，反而也將妍秋緊緊擁著。

「好～不要亂跑喔～」妍秋認眞的叮囑子荃，就像叮囑小敏一樣。

此時亮亮進門正巧看見子荃抱著母親，說著些話哄她開心。

「小敏愛媽媽，小敏最愛媽媽了。」子荃假意的說著，妍秋聽得眉開眼笑。

「媽媽也愛小敏啊。」妍秋也抱緊子荃。

「小敏也愛亮亮，我們一家人在一起最開心了，我們永遠永遠在一起。」子荃見亮亮回來，故意說著，也一把擁住了亮亮。

對於子荃突然改變的態度，亮亮雖然心中感到疑惑，但看見母親難得一見的笑容，也不再多想了。

「亮亮，小敏答應我，不再亂跑了，要永遠待在我的身邊唷～」妍秋仔細的吩咐兩人，深怕再失去他們任何一個了。

「小敏乖乖，媽媽最開心了對不對？」妍秋摸摸子荃的頭，好像又回到了從前的時光，一家人快快樂樂在一起的時候。

「媽，我餓了。」子荃撒嬌的向妍秋說。

「好，媽去煮小敏最喜歡吃的，等我喔。」妍秋開心的一邊哼著歌，一邊走進廚房。

「哥？」亮亮疑惑的看著子荃。

「亮亮，你回趙家去吧，這裡有我在，媽媽可以交給我了。」子荃拍拍亮亮的肩膀，要她放心。

「眞的嗎？你眞的願意留下來陪媽媽？」亮亮有點不敢置信。

「我是長子，現在是我該接棒的時候了，」子荃誠懇的說。

「可……可是……媽媽分不清楚你是誰，在她觀念裡你是小敏啊。」

「無所謂，汪子荃汪子敏，不都是兒子嗎？只要她開心，我都無所謂。」

亮亮感動得熱淚盈眶，她認爲哥哥終究還是割捨不了親情的。

「謝謝你……哥……謝謝你……」亮亮感動的抱住子荃，這才是她的哥哥啊，這才是童年那個疼她、寵她、愛她的哥哥啊。

「別謝了，回去吧，做你的乖兒媳婦吧。」子荃摸摸亮亮的頭，柔聲的勸道。

「小敏啊～你是普通餓還是很餓很餓啊？這要不要全都煮啊？」妍秋從廚房探出頭，大聲的問。

「媽，我好餓啊，我們……我們煮一大碗，我陪你？嗯？」

亮亮看著這一幕，覺得好欣慰、好幸福。

＊＊＊＊＊＊＊＊＊＊＊＊＊＊＊＊＊＊＊＊＊＊＊＊＊＊＊＊＊＊

士芬站在中威的會診室門口，一動也不動的盯著中威。

「請你出去。」中威面無表情，覺得多說一句都是多餘。

「我爸要我們回去吃飯，全家都要在。」士芬的心刺痛著，卻又不得不低頭。

「要我開車送你到家門口嗎？」中威冷冷的問。

「我想你沒聽清楚，我爸要我們全部都回家吃飯，包括汪子亮，你不回去嗎？包括她媽媽，還有汪子荃，是爲了給汪子荃接風，你不給我面子，難道連汪子亮的面子也不給？」

士芬忍受不了中威的冷漠對待，說完轉身就要離去，卻又突然停下了腳步，悲楚的說著。

「我們這個婚姻本來就很可悲，如果你要貌合神離的折磨我下去，就請你誠懇一點演下去，不爲我，也爲了汪子亮，是不是？更何況，汪子荃說不定還要靠我家來照顧呢！」士芬知道中威爲了亮亮，什麼都願意。

「下班我來接你，我們一起回去。」

士芬聽到中威乾脆的回答，更顯得可悲，只能勉強自己移動腳步，黯然的離去。

到了晚餐時間，亮亮一家人早已到了趙家，妍秋特地換上了一身紫色的中式旗袍，那是子荃特地在家裡幫她挑好的，在什麼樣的場合有著什麼樣的儀態，子荃可是重視得很，他自己也穿了一身筆挺的西裝，一頭光亮的頭髮梳得服服貼貼的。

「秀女啊～妍秋他們也上來老半天了，你也來招呼一下嘛。」趙靖大聲的對廚房裡的秀女說。

「唉呀，這麼多人吃飯啊，我就兩隻手，廚房忙啊。」秀女在廚房裡手忙腳亂，埋怨的說。

「趙叔叔我去幫趙媽媽忙好了。」子荃主動起身往廚房裡走去。

「好。」趙靖愉快的點點頭。

「妍秋啊，最近還好吧？」趙靖關切的問著妍秋。

「好好～只要我們家小敏好我就好，亮亮好我也好。趙靖啊，我跟你說，我們家小敏最近又乖又懂事，像個大人似的，不但按時吃藥，情緒也很穩定，有時候還會自己出去走走。我說他啊……一定是偷偷交女朋友了。」妍秋一提起小敏就像個開心的母親，臉上漾起一朵朵的微笑。

「是嗎？」

「我們家小敏會交朋友了耶，我……我也算苦出頭了。」妍秋欣慰的說。

「是啊，小敏好你就高興了，好好好……」趙靖看見妍秋開心，也放心不少。

子荃來到廚房裡，捲起衣袖，馬上就幫著秀女切起洋蔥來了。

利落的刀法是子荃在美國餐廳打工時候學的，不一會兒洋蔥絲就整整齊齊的散開來了。

「不錯嘛，挺俐落的唷～」秀女看見子荃勤快的模樣，不禁稱讚。

「在美國久了嘛，凡事都得靠自己。」

「味道重不重哪？不夠重的話我就多加點醬油，算啦～吃太鹹也不好呢。」秀女邊叫子荃嘗著味道邊問著。

子荃突然用袖口擦著眼睛，像是有些哽咽的擤了擤鼻子。

「你怎麼啦？」秀女被子荃這一舉動嚇到，以為發生了什麼事。

「被洋蔥薰到啦？來～快沖水～」秀女關切的問，急忙把子荃拉到水槽旁。

「沒有，我沒事。」子荃搖搖頭，卻流下了幾滴淚水。

「你怎麼搞的呀，哭啦你？怎麼啦？」

秀女趕緊拿了面紙幫子荃擦了擦眼淚，只見子荃突然抬起頭看著秀女，感慨萬千的說著。

「這麼多年來，從來沒人管過我的口味是什麼，也沒有人關心我的健康，反正人到了國外，有什麼就吃什麼，就這樣……就這樣自己長大。」

「好啦，別難過了，你看看你不也好好長大了嗎？」秀女急忙安慰子荃。

「不，趙媽媽，你不明白，這十多年，我多想吃到媽媽煮的飯，不管它好不好吃，只要是媽媽做的都好……」說到此，子荃的淚水又開始流下了。

秀女聽了，想必這孩子在國外的日子也不好過，心中不忍，倒也忘了他是妍秋的兒子，跟著紅了眼眶。

「你看你，你把趙媽媽都搞哭了。」

「我羨慕士元，能有個這麼正常的媽媽在他身邊，我甚至羨慕亮亮，她有這麼好的婆婆能夠像媽媽一樣的照顧她。」子荃仍不忘讚揚著秀女，讓眼前這個女人對他放下心防，才是他的最終目的。

「唉～人家未必領情唷～」秀女想起亮亮對她的態度，不禁搖了搖頭。

「所以我生氣啊，不知道惜福，趙媽媽，我不怕你笑。我自己是連婚都不敢結的。你知道，因為遺傳因素的關係，我不能害了別人。」子荃意有所指的說。

「我知道，趙媽媽都瞭解。」秀女拍著子荃的肩膀，就覺得這個孩子是懂得自己的。

「亮亮是身在福中不知福，能有自己的家、自己的婚姻、有這麼好的婆婆，她是應該心滿意足的，如果她再和那個中威藕斷絲連下去的話……」子荃嘆口氣，數落著亮亮。

「你……你怎麼知道他們的事啊？她告訴你的啊？」秀女訝異的問。

「她哪有臉告訴我，是士元說的。」

「所以說我怎麼能不生氣啊，那個陳中威都還是我女婿呢。」秀女見子荃也知道這件事，就也不避口氣憤的說。

「趙媽媽，你放心，長兄如父，我不會再讓亮亮任性下去了，我是站在你這邊的。」子荃堅定的點點頭，試圖贏得秀女的歡心。

「你唷～早該回來啦～有你作主那就好啦，別難過了，趙媽媽給你做幾樣好吃的菜。」秀女拍拍子荃的肩膀，對子荃的懂事得體感到滿意。

當秀女把最後一道菜端上桌之後，趙靖吆喝著大家圍坐著開始吃飯。

趙靖臉色愉悅的舉著酒杯，看起來今天心情特別好。

「來來來，新的一年新的開始，大家把過去不愉快的事，全都忘記，一家人快快樂樂，好不好？新年快樂～」

眾人也舉杯一齊慶祝新年快樂。

「我說中威啊，你好歹喝一點啊，開心啊。」秀女看中威一言不發，倒了一杯酒到中威面前。

「中威不愛喝酒，他太累了，待會還要開車呢。」士芬接過酒杯，幫中威擋掉。

「沒關係，我這邊有果汁，我來幫你倒。」亮亮起身要幫中威。

「你急什麼？有士芬在嘛。」子荃突然開口了。

亮亮有些難堪，默默將果汁交給士芬。

「不用了，謝謝。」中威卻拒絕了士芬，反拿起酒杯對著妍秋。

「汪媽媽，我敬你。」

「好！」妍秋笑得開心，對於餐桌上的人情世故渾然不覺。

秀女看得出女兒眼底有一絲光閃過，正受著委屈，臉整個沈了下去，子荃見狀，連忙插話。

「先敬主人吧，趙媽媽也忙了一天了，禮貌上應該是這樣子的嘛，趙媽媽還是你岳母。」子荃用兄長的口吻對中威說。

中威卻在此時放下杯子，對於子荃的提議一點也不感興趣，繼續埋頭吃著飯。

亮亮見場面有些尷尬，突然舉起了杯子。

「士元媽媽，我敬你。謝謝你，你忙了一天了。」亮亮有些拘謹的說道。

「你看你，又來了，中威不能喝，有士芬在嘛，關你什麼事？」子荃對亮亮爭鋒頭的態度感到不滿，言語上多所譏諷。

「趙媽媽，我敬你，你辛苦一天了。」子荃訓斥完亮亮後，趕忙咧張嘴遞上一杯。

「好。這一杯我就跟你喝啦。唉～難得有人體恤我的心情啊，趙媽媽可全是給你面子啊，別人呢都知道要給我三分薄面，可我自己的女婿卻不給我面子呢。」秀女提高聲量說道，若有所指的瞥向中威。

中威看著子荃的態度，實在令人作嘔，站起身就想離席。

「陳中威！你這是幹什麼？」趙靖本來就對中威的行為有些看不慣。

「既然什麼事有士芬在就好，我想我就不用留在這邊了。」中威淡淡地丟下幾句話，就逕自向屋外走去。

「這是家庭聚會，不是什麼場面。」趙靖也不悅的說。

「陳中威啊！你也太過分了吧！」秀女看了看士芬尷尬的表情，尖聲的喊住中威。

「怎麼啦？又發生什麼事啦？小敏又闖禍了是不是啊？」妍秋聽見大家突然提高音量，以為發生了什麼事，驚慌的問著。

「沒事……」亮亮拍拍妍秋的手，低聲說道。

「你給我坐下來！要請你陳先生吃頓飯有這麼困難嗎？三番兩次的請你請不到。」趙靖忍不住發飆了，對於這個女婿有極大的不滿。

而士芬聽到父親說的話，委屈的哭喪著一張臉。

「我不想吃你們趙家的飯，有人喜歡靠你們趙家吃飯，這個人可以隨傳隨到，這個人可以自己吃得開心就好了，不需要別人作陪。」中威冷冷的說，眼睛瞪著子荃。

「你說的是我嗎？」子荃質問中威。

「我跟趙家的淵源可比你陳中威久多了，可是我從來也沒想過要從美國回來跟趙叔叔討口飯吃，或許我說話不好聽，得罪了你，可是我實在是忍不住了，要提醒你，在什麼位置，就說什麼話做什麼事，您是客人還是嬌客，請謹守您的本分。」子荃不甘示弱的回應。

「不好意思，趙叔叔，我逾矩了。」子荃說完，態度恭謙地回頭向趙靖說聲抱歉。

「汪子荃，每個人都說你像小敏，你不像，一點也不像，你是個投機分子。」中威一針見血的說出子荃的弱點。

「陳中威！注意你說話的態度，難得大家有一點歡樂的氣氛，你是來破壞的嗎？」士元忍不住怒斥中威。

「我很想配合這種歡樂的氣氛，可是，有人心存挑釁，我不明白你的心態，你來吃這頓飯是來找位置嗎？那就恭喜你了，顯然你已經找到了風向，找到了一個有力的位置。」中威冷哼了一聲，毫無保留的揭穿子荃，令他難堪。

子荃並不在乎中威的批判，因爲情勢很明顯是對他有利的，中威說再多只是在在顯現他的度量有多狹小。

「我不想作陪了，抱歉了，大家。」

中威的目光最後落在亮亮身上，像是抱歉只是對她一人說的，之後頭也不回，轉身就離去了。

士芬拿著筷子的手顫抖著，落下了一滴淚在自己的碗裡。

雖然秀女忙安慰著打圓場，但一家人在餐桌上也沒了談天的興致，各自埋頭默默尷尬的吃著飯。

結束了飯局，回到家的亮亮忍不住心中的疑惑，問著子荃。

「哥，你爲什麼要這樣？你是故意的？」

「對，你爲什麼看不清楚形勢，站不清楚位置，你現在是趙家的媳婦，中威是趙家的女婿，你們現在是姻親，姻親，OK？不是朋友。」子荃推了推眼鏡，一臉的不屑與世故。

「我不明白這兩者中間有什麼衝突。」

「對你們而言就是有，因爲你們之間曾經有過情愫，或許現在還有，所以你應該撇清，清清楚楚跟他劃上界線，不該讓人有懷疑的機會啊。」

「可是我們曾經互相扶持，有很多年來，都是他站在我身邊，幫助我，照顧我們家……」亮亮坦白的說出她和中威的過去。

「都過去了，都過去了。現在能幫助我們的是趙家，所以趙家不喜歡的事情，你都不該去做。」子荃打斷亮亮，要她識時務。

「你怎麼這麼現實呢？」亮亮不敢置信的看著子荃。

「我不是現實。我是看得清形勢，看得懂位置，人應該清楚的把最好的位置放在什麼地方，亮亮，我以爲你是聰明的，要不然你不會放棄陳中威嫁給趙士元。」

「不！我嫁給士元是因爲我愛他，」亮亮堅定的說。

「SEE，那就對啦你愛對了，你既然當初愛對了趙士元，現在爲什麼又要做出讓他不高興的事情來呢？」子荃看著亮亮，搖了搖頭，用一種較溫和的口氣說著。

「亮亮，今天你是聰明的，我也是聰明的，你聰明的選擇了趙家，我聰明的選擇扮黑臉替你表態，愚蠢的只有陳中威，他已經當上趙氏的乘龍快婿，卻不懂得把握機會。愛情算什麼？友情又算什麼？在人生的道路上不值得一毛錢。」子荃的說法令亮亮感到心寒。

「哥，在你心目中，友情不算什麼，愛情不算什麼，親情呢？我可不可以請問你，親情在你心目中是什麼？是一件重要的事嗎？」亮亮不死心的質問著子荃。

「我如果不注重親情，我會回來嗎？我會考慮留下來嗎？我在美國有那麼好的事業，我大可以繼續發展，說得更明白些吧，我今天當眾讓陳中威難堪，難道不是爲了你？爲了保全你在趙家的地位，爲了保全你的婚姻，亮亮，這難道不是親情嗎？否則關我什麼事？」子荃一副犧牲小我成全亮亮的模樣，他知道亮亮的價值觀和他截然不同後，也開始對她有些偽裝了。

子荃握著亮亮的手說著，語氣充滿著哥哥對妹妹的疼愛。

「亮亮，乖乖的跟士元回去過日子吧，根據我這陣子的觀察，士元其實是一個很好相處的人，趙叔叔也站在你這邊，至於他媽媽……哼……她根本就是個蠢女人，最容易搞定！亮亮，相信我，你在趙家的日子不會太難過了。」子荃得意的說著，好像一切都已經在他掌握之中了。

亮亮聽著哥哥講的話，只覺得眼前的子荃變得深不可測，到底哪一個才是子荃？或許分開的日子真的太久了，只覺得哥哥還是陌生得難以接近。

****

在子荃的勸說之下，沒幾天，亮亮終於搬回去趙家了。

士元下班回來，看見亮亮回來了，開心的直叫老婆回來了，緊抱著亮亮轉了好幾圈，開心得像個孩子似的。

「亮亮，你回來是要禮物的吧？那我們要很努力的製造獎品唷，很努力唷～」

「三八，你不要那麼三八好不好！」亮亮輕輕捶打士元的背，要士元把她放下。

「對呀，要努力做人啊，二十四小時努力作業，不分晝夜，來～」士元一把把亮亮抱進房裡，不顧亮亮的掙扎。

「討厭啊你～」亮亮把頭埋進士元的懷裡，嬌羞的說。

秀女在一旁早看到了一切，心中悶哼了一聲狐狸精，悄悄來到他們的門外偷聽。

「士元，你不要這樣子啦～我有話要跟你說。」亮亮拍開士元不安分的手，正色說道。

「我最怕你這樣說了，夫妻倆這麼嚴肅幹嘛啊。」士元嘟起了嘴，頭還靠在亮亮的懷裡撒嬌著。

「士元～」亮亮輕聲的喚著他。

「好吧……你說吧。」士元故作正經樣，坐得好好的。

「你知道的，我跟你媽媽處不好。」

「唉呀～任何人都跟她處不好啊，我爸也跟她處不好啊～這有什麼好希罕的？」士元不以為意。

「所以爸才把大部分時間跟精力都花在公司啊，」亮亮接著說。

「那你的意思是……」士元不解。

「你讓我去俱樂部上班好不好？我這樣每天在家跟你媽面對面，朝夕相處，一定會有摩擦的。」亮亮終於說出了心中的想法，鬆了一口氣。

「可是我不知道媽會不會答應耶，這一陣子家裡雜事都是她在做的，天天火氣大得要命，找阿惠回來，阿惠又不願意，現在你又不留在家裡，她一定會很生氣的。」士元想想，覺得不對。

「嗯～幫我求求她嘛，士元拜託啦～」亮亮鑽進士元的懷裡，撒嬌的懇求士元幫忙。

士元拗不過她，只能抱緊想念已久的亮亮，連聲說好。

秀女在門外聽得一清二楚，按兵不動的找了士芬出來抱怨。

「哼！她想得美啊～天下的好事都給她一人佔盡啦～嫁給趙士元已經算她高攀啦～現在還要我答應她去上班賺私房錢，我留在家裡當老媽子伺候她，她是誰啊？她也配啊？」秀女怒氣沖沖的說。

「就算為了我，你就答應她吧，媽。」士芬這次竟然反常，沒有像以前一樣跟著一起罵亮亮。

「為了你？」秀女一臉狐疑。

「我好累。」士芬虛弱的說。

「你怎麼啦？」秀女此時才看見士芬一臉憔悴。

「我每天盯著中威，上班時間寸步不離的跟著他，我真的好累。」士芬疲憊的說。

「你們現在還是這樣啊？情況一點都沒有改善啊？」秀女擔心的

問。

「在人前，他冷落我，背著人，他從來沒有給我半點好臉色，每天都極盡所能的羞辱我，他恨我欺騙了他，」士芬想起每天晚上中威的逼問，簡直讓她快發狂了。

「這王八蛋啊！騙？騙又怎麼樣呢？他也沒有吃半點虧啊，多少人想騙進趙家來當女婿啊！」秀女憤怒的爲士芬抱不平，士芬的面容卻更加悲情。

「唉～這都已經是夫妻了，每天晚上還睡同一張床上哪，有什麼解不了的冤仇要記恨一輩子啊？」秀女知道自己的女兒總是想不開，也不好多加批評，話鋒一轉安慰著士芬。

「趙士芬啊，我告訴你，腦袋放機靈點，這男人啊，只要你讓他上了你的床，沒什麼解決不了的事情的。」

「是……他是上了我的床，我們每天睡在同一張床上，可是他從來沒有碰我。」士芬哀怨著，兩眼毫無光彩。

「唉呀～你們……」秀女訝異。

「是，我們只做了一天，一個晚上的夫妻，就是新婚之夜那一晚，從那以後，我們就是一對名存實亡的怨偶。」士芬搖搖頭，哽咽的說。

「你們就眞的這樣……沒有再……」秀女有點不敢置信的問。

「可是他不准我分房睡，也不准我離婚，他說……我們就要這樣，地老天荒的過一輩子。」

士芬此時再也忍不住哭泣了起來。

「他不是人啊！可惡透頂啦～女兒啊，你這可怎麼辦啊，你還年輕啊，他這樣子不是要你守一輩子活寡嗎？」秀女聽了氣得大罵。

「所以我恨！晚上他折磨我，白天我折磨他，就這樣惡性循環，誰也別想過好日子。」士芬流著淚的眼神裡羼雜著不甘心的狠勁。

「士芬啊～唉～你怎麼能這樣過下去呢？你這樣也不是辦法，看看你，搞得氣色這麼差……」

「所以，你就答應汪子亮到公司去上班吧，她在公司裡，有哥盯著有爸盯著，再怎麼樣，他們也不能太明目張膽啊。」士芬要秀女趕快讓亮亮去上班。

「趙士元啊被她哄得團團轉啊，你爸，整天都不知道在忙什麼，倒是有個人，她那個哥哥，汪子荃，我看他倒是個明白事理的人，腦筋也挺清楚的，他可能還派得上用場唷～」秀女突然想起子荃的聰明能幹。

「他？哼，汪家的人！」士芬悶哼一聲。

「你別說呀，他還眞不像是汪家的人哪！」秀女急忙替子荃說話。

「他只是回來作客，爸說要給他工作，他還沒答覆呢。」

秀女聽著士芬講著，原來趙靖也如此賞識他，對於心中的主意是更加確立了。

隔天，秀女就打鐵趁熱的約了子荃出來。

子荃早已在約定的地方等候著，一見秀女到來，馬上就溫文有禮的問著秀女想喝點什麼。

「摩卡咖啡好了。」秀女順了順髮際，坐了下來。

「摩卡？摩卡酸了點，對胃不好，喝藍山好吧，對胃溫和點。」子荃殷勤的建議，關於秀女的一切他早已打聽清楚了。

「好，喝藍山。」秀女對於子荃的細心，感到滿意極了。

「給這位小姐一杯藍山。」士元轉身向服務員說。

「什麼小姐，都歐巴桑了。」秀女不好意思的揮揮手，心裡暗暗開心。

「趙媽媽，你找我有事嗎？」

「那我就不把你當外人嘍～不准走，不准給我回美國去，你給我留下。」秀女打開天窗說亮話，直截了當的說。

「趙媽媽……我……」子荃假裝猶豫不決。

「ㄟ～剛剛不是說都聽我吩咐的嗎？」秀女強勢的說。

「趙媽媽，您不嫌棄我汪子荃，我是應該識相，可是……我這麼留下來，這算什麼呢？」子荃故意問道。

「算我的人啊，算幫我做事啊。」

子荃還沒回話，咖啡就端來了，子荃還特地叫服務人員拿了代糖，一些小舉動都看在秀女眼中。

「你哦～宋妍秋眞是好福氣唷，糊裡糊塗也可以生出個好孩子啊，我們家士元啊從來都沒有管過他媽媽的健康。」秀女感動的說。

「士元也好福氣啊，他有一個好媽媽，請用。」子荃也有禮的回應著。

「可這士芬就不行了，怎麼同一個媽媽生的，這福氣就差多了。」秀女嘆口氣，搖了搖頭。

「士芬怎麼啦？」子荃關切的問。

「我就不避諱啦，當中卡個汪子亮啊，就你那個妹妹啊，弄得我們家士芬的婚姻不幸福啊！」

「我知道了，趙媽媽，我也很氣亮亮，所以那天在府上用完餐後，我跟亮亮還爲了這件事情起了爭執。我狠狠把亮亮罵了一頓。你知道嗎？破壞人家夫妻情感的事情，不管有意無意，都是不道德的事啊。」子荃一臉鄙視的臉孔，頗有大義滅親的正義感。

「說得好啊，早該這麼想啦。」秀女看了看子荃，直點頭稱讚。

「亮亮被我罵得啞口無言，只有乖乖的跟著士元回去過好日子了。」

「可是她吵著要去上班啊。」秀女又氣憤的說。

「趙媽媽您是覺得不妥？不過您不贊成，我就……」

「我是不贊成啊，可是士芬希望她能去上班，可以老實點，免得她成天提心吊膽的，擔心她老公又會跟汪子亮去幽會。」秀女說出了她的想法。

「趙媽媽，那我看就照士芬的意思好了，這樣子士芬也會開心點吧。」子荃急忙附和著。

「我不放心啊，趙家那兩個男人都管不住你妹妹啊，只有你，腦筋清楚又有正義感，有你在旁邊盯著，她就不敢亂來啦～」秀女很有信心的請求子荃，子荃皺著眉頭似乎有著難處。

「ㄟ～你不要覺得內疚，你這是爲了她的幸福著想嘛。」

「趙媽媽，我能幫得上忙嗎？不要到了最後兄妹倆的感情都決裂了。」子荃假裝推託。

「不會，不會，她會感激你的啊。我跟士芬士元也都會感激你的，嗯？」

子荃沈吟了一會兒，終於點了點頭。

「謝謝啦～說得眞好，不道德啊～早該有人告訴他們，告訴他們破壞別人夫妻的感情就是不道德啊。」秀女直點頭，覺得子荃說得一點也沒錯。

「是。」

「總算有人替我出口氣，爲我說句公道話啦～」秀女鬆了一口氣，也算幫了士芬一個忙。

子荃看著眼前的秀女，一邊微笑著一邊啜飲著咖啡，心裡暗暗盤算著。

＊＊＊＊＊＊＊＊＊＊＊＊＊＊＊＊＊＊＊＊＊＊＊＊＊＊＊＊＊＊

「談條件？好，要你留下得要有什麼條件，你說，是職務薪水還是福利？」趙靖看著一早就進他辦公室等著他的子荃，對他說出了條件說，但想到子荃能留下來，妍秋開心的模樣，他願意斟酌。

「都不是，能夠進入趙氏企業是我的榮幸，趙叔叔不管給我任何待遇我都欣然接受。」子荃謙虛的說。

「那你要什麼條件呢？」趙靖不懂子荃到底想要什麼。

「我希望……我請求……」子荃支支吾吾不敢直說。

「有話直接說出來。」趙靖很乾脆的說。

「趙叔叔，你能常常去看看我母親嗎？我知道你很忙，有很多事情要處理，這實在是個不情之請……」子荃誠懇的說出請求，小心翼翼的看著趙靖的反應。

「你爲什麼會提出這樣的要求？」趙靖感到有些疑惑。

「我是心疼我母親，她年紀大了，人也糊塗了，沒有老件，也沒有朋友，平常就只有一個人，亮亮不在家的時候，她就連個說話的伴都沒有，成天衝著我叫小敏，我要是再來上班，她一個人在家裡面，不是更可憐更寂寞了嗎？」

子荃嘆了口氣，繼續說著。

「她跟小敏又有一樣的毛病，我害怕她哪天又糊裡糊塗的走到河邊，那我們做子女的不就罪孽深重了。」子荃假裝語重心長的說出心中的擔憂。

「所以，我一直遲遲沒有答應趙叔叔的工作，不是我不識抬舉，而是我不放心我母親啊。」

「你是個有心的孩子。」趙靖拍拍子荃的肩膀，替妍秋和漢文感到高興。

「畢竟是我母親嘛。」子荃儼然一副孝子的模樣。

「但是你知道嗎？亮亮並不十分贊成，我跟你母親常常見面。」趙靖嘆了口氣，說出他不去看妍秋的原因。

「爲什麼呢？亮亮不關心媽媽嗎？」子荃感到疑惑。

「不是的，也不是這樣子，她總覺得有些事該避諱。」

「避諱什麼？你跟她是老朋友了，有老朋友常常關心媽，陪媽聊聊天解解悶，這對她只有好處，有什麼好反對的呢？」子荃假裝不懂的問著，理直氣壯的。

「子荃，年輕的時候我們……我跟你媽交往過一陣子，我追求過你母親。」趙靖坦然的說。

「那又有什麼呢？那都是過去的事了，你們不也做出各自的抉擇了嗎？」

「還是……還是有些忌諱，在亮亮的心裡容不下任何人取代漢文。」趙靖搖搖頭，事情沒有子荃說的那樣簡單。

「那是她太自私了，人活著就需要關心，就需要朋友，我媽年紀大了，她能享受友誼的日子也不多了。亮亮眞不應該這麼自私的。趙叔叔，難道你也有忌諱？你也認爲很爲難？」子荃反問著趙靖。

「我一直是很關心你母親的，總希望多給她一些照顧，多爲她做些什麼，也許這些在我的家人眼裡還有亮亮的眼裡，是逾矩了些。我有時候也經常在檢討，一邊是家人，一邊是老朋友，你問我爲不爲難？是，我是爲難的。因爲我跟你媽在一起，我很快樂，那種快樂有時候讓我覺得不道德有罪惡感，我不認爲我有那樣的權利去享受那種快樂。」趙靖明白的說出了心裡的感受。

「不，趙叔叔您有權利，因爲你是付出你的熱心愛心去關懷你的老朋友，或許是我太自私了，可是只要有人給我媽快樂溫暖，不管他是不是取代了我父親的地位，我都不在乎，我愛我媽。」子荃近乎懇求的語氣，誇張地強調妍秋在他心中的位置。

「也得替亮亮想想，不能讓她太尷尬。這樣吧，如果你不放心妍秋，我答應你，有時候去看看她，你自己也可以把她帶到俱樂部來，俱樂部的設施很多，她可以散散心唱唱歌也挺好的。這樣子你覺得怎麼樣？這樣子算不算是答應你的條件了？」趙靖提出了一個折衷的辦法。

「對不起，趙叔叔，我眞的是太過分了。」子荃佯裝愧疚的模樣。

「你是好孩子，你有心啊，唉～我跟士元都講不了這麼多。」趙靖搖搖頭，想到那不懂事的兒子。

子荃步出趙靖的辦公室後，謙卑的臉孔突然轉變成一張陰森的臉。每一個人的言行在他眼裡看來都是虛僞包裝過的，正直的趙靖竟然來糾纏他的母親，卻可以不用負責，起碼也得讓他好好利用利用。

只見他嘴角揚起一抹詭異的笑容，冷哼了一句。

「道德是個屁啊！」

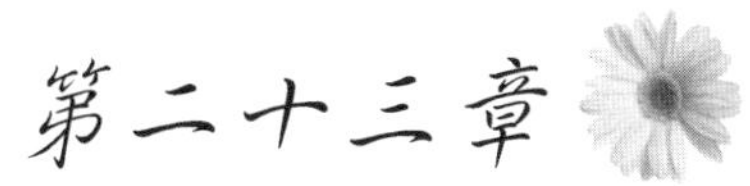

第二十三章

子荃在家裡正通著越洋電話，一臉難看。

「對，我不回去了，我要留在台灣。爲什麼？我有必要向你報備嗎？那不關你的事，我要跟你負什麼責任？」他的語氣挺不耐地。

「小敏，喝湯嘍～」妍秋從廚房走出來，手裡端著一碗湯，並不時以湯匙攪拌著。

子荃瞥了妍秋一眼，這幾天都跟一個瘋子在一起相處，令他煩躁。

「我對你有任何承諾嗎？哈～理智一點，大家都是成年人了，OK？」子荃提高音量說著，跟電話那頭的人似乎有些爭執。

妍秋卻一直拉著子荃，要他喝湯。

「錢？什麼錢？大家的生活費是一起分攤的耶～」

「小敏～把湯喝了再說電話嘛～」妍秋死命的拉著子荃，子荃情緒差極了。

「你是在威脅我嗎？喂！」對方把電話掛了，子荃憤怒的吼著。

「小敏，聽話嘛，小敏？」妍秋硬是在一旁要把湯餵進子荃的嘴裡。

子荃撥開妍秋的手，大聲怒吼著。

「安靜！我不是小敏！我不是小敏！不要再叫我小敏了！我不是那個神經病！」

「小敏生氣了，小敏兇我耶～吃藥，小敏吃藥，喔。」妍秋著實嚇了一大跳，趕忙到抽屜裡拿出一包收藏的藥來。「小敏乖～吃藥，醫生說吃了藥就會好了。」

妍秋拿著藥要子荃吞下去，子荃推開妍秋。

「夠啦！請你看清楚，我不是汪子敏，一個家裡面一個人瘋就夠了！」

「小敏兇我耶～我眞沒用，小敏不肯吃藥，我眞是個沒用的媽，我眞沒用，小敏不肯吃藥，我眞沒用……」妍秋難過地流眼淚，轉身想往房間裡跑。

「站住！」

子荃將落淚的母親轉了過來。

「你有用，你很有用，」子荃盯著妍秋，陰陰的笑著。

「你不是小敏！你是誰？你不是小敏啊！亮亮……小敏？小敏？」妍秋被子荃陌生不友善的眼神嚇到了，驚慌地喊，在屋內四處搜尋她熟悉的亮亮和小敏。

「在你心目中除了亮亮和小敏，你就沒有別的孩子了嗎？眞的沒有了嗎？」子荃像是很欣賞妍秋驚恐的表情。

「你不是小敏……你是誰呀？我要找我們家小敏。」妍秋覺得不安全極了，一直往角落躲去，而子荃卻絲毫不放過的步步逼近。

「我是誰？我將來會成爲怎麼樣的人，就全靠你啦，你看我，你看我！我和小敏幾乎長得一模一樣，你也幫我做點事嘛，像個正常的母親一樣，爲你孩子的前途盡一點心力嘛。」子荃拍了拍妍秋的臉，當她什麼也不懂。

「我生病了，我要吃藥。」

妍秋當面前的人物是個幻覺，抖著身體，衝進房裡拿出藥罐，要讓眼前的夢魘消失。子荃卻一把奪走她的藥。

「你爲什麼不讓我吃藥？」妍秋伸手想搶回她的藥。

「不要再吃藥了，繼續瘋下去啊，你的瘋，對我們大家都是有好處的。」

子荃摸著妍秋的頭，像摸著一條狗一樣。

「乖，這是你唯一的用處。最大的用處。媽，你看我，你看我！媽，我是子荃。我是小敏，我是漢文。不管我是誰，我都需要你。我要你幫我，明白嗎？幫助我成功，只要我成功了，你就是最有用的媽媽了，好不好？」

「你到底是誰？小敏呢？」妍秋很久沒這樣怕過了。

「不要再問了，你不會想知道的，否則你就不會用發瘋來選擇逃避了。」子荃殘忍地笑說。

「小敏在哪裡啊？」妍秋不死心地強忍恐懼問道。

「你真的不死心？汪子敏已經到了他最該去的地方，那種地方最適合他那種人，可是你不一樣，你要好好的，因爲你有用。」子荃露出的笑容像森冷的刀子直刺著妍秋的心。

子荃說完就拿走藥罐，並且把妍秋關進房間裡去，撥了通電話。

「喂，趙叔叔嗎？我是子荃。你有時間過來看一下我媽媽嗎？」子荃央求地說：「是啊，她很不好，吵著要看亮亮，看小敏，她也不肯吃藥，自己把自己鎖在房間裡面，我想她現在只認得您了。」子荃很爲難地拜託著，趙靖一聽馬上答應趕過去。

「喔，是嗎？那太好了，謝謝您。」

掛上了電話，子荃看著手中的藥罐，使勁扭開它，將藥物全倒進了垃圾桶，看著一顆顆落下的藥丸，他陰陰的笑著。

趙靖接到電話之後就匆匆趕到汪家，一進門看見妍秋害怕地躲在角落裡，神色顯得很不安，子荃倒是一臉無辜又無奈的表情。

妍秋一見到趙靖，就躲到了他的背後，像是在躲避著子荃的目光，趙靖不疑有他，眞以爲妍秋又發病了，於是向子荃表示要帶著妍秋外出散散步。

子荃一臉感動而恭敬地謝謝趙靖，這一切都順著他的意在進行著。

趙靖牽著妍秋，漫步在公園裡。

妍秋眉頭深鎖，毫無頭尾地對著趙靖說著。

「他說他不是小敏，不，他……他是小敏，又說他是子荃，後來還是漢文？他……他到底是誰啊？」

「只要他對你好不就行了嗎？」趙靖看得出那年輕人對母親的確相當有心。

「不好，他對我不好，他吼我，他兇我耶……他……他不吃藥唷，也不讓我吃藥，我生病了，他不讓我吃藥耶。」妍秋像個被欺負的小女孩在跟爸爸媽媽告狀。

「怎麼會是他不讓你吃藥呢？一定是你自己不聽話不好好吃藥了吧？你不吃藥，病怎麼會好呢？」

「不是，不是我不吃藥，我生病了，他不讓我吃藥耶。他還說瘋了好，病了好，你最好一直這樣瘋下去，是他不讓我吃藥的。」妍秋想到子荃就一臉害怕。

「妍秋，你看看你這個樣子，還不好好吃藥，你要我們怎麼辦呢？」趙靖擔心地看著她，當她病情加重也開始疑神疑鬼了。

「你不相信我？爲什麼……連你也不相信我？那個人……那個人住在我家裡，長得像小敏，可是我知道他不是小敏啊，他好兇耶，我好害怕。他到底是誰啊？」

「不要怕，聽我說，他是爲你好，他像亮亮一樣的愛你，說不定他還比亮亮還要愛你唷，相信我～他不會害你的，等你病好了以後，你會認得出來他是誰的，到時候你會好高興的，好，聽話喔。」趙靖並不相信妍秋的話，只希望妍秋能開心一點，不要整個人籠罩在陰影中。

「他是壞人嘛，我就跟你說他不讓我吃藥，還對我大吼，他抓著我一直說你瘋了好你瘋了好，他眞的不是小敏，他爲什麼說他是漢文呢？他是壞人……」妍秋看趙靖不相信，急了，說起話更是語無倫次。

趙靖看著妍秋的樣子，只是搖著頭嘆息著。

散完步，趙靖帶著妍秋回到家中。

子荃馬上迎了上來，臉上堆著笑容。

「媽，回來啦？」

妍秋一看到子荃，卻只是頭低低的馬上衝進房裡。

不論趙靖怎麼在外頭喊著，就是不開門。

「子荃眞是爲難你了，你得多忍耐一點。」趙靖看身旁的子荃一臉失落的樣子，便出言安慰。

「我做什麼都是應該的，她是我媽，只是我心疼她這個樣子，苦的是她自己。也還好有你這個老朋友沒有放棄她。」子荃假惺惺地對趙靖說，一臉感激，要趙靖到客廳稍微小坐一下。

趙靖這時才看到客廳垃圾桶裡的藥丸，揀了起來，懷疑地看著。

子荃趕緊又難過又愛憐地說。

「她自己扔的，我要她吃藥她不但不吃，還把藥給丟了，氣歸氣，我也捨不得罵她。」

「子荃，要不要考慮把你媽媽送到療養院去？我們多花點錢，找一間比較好的。」趙靖怕妍秋的病情再度惡化。

「不，我絕不考慮，療養院會比家人更細心照顧她嗎？再好的療養院，都不可能做到視病如親的，趙叔叔，我絕對不會把我媽送走的，我不會逃避我自己的責任，把她扔給別人的。」子荃霍地站起身，無法接受母親要被送走的提議。

「可是她這一次受到小敏去世的刺激太大，她已經退縮到一個我們完全無法瞭解的世界去了。再這樣下去，連你也應付不了啊，還是交給專家處理吧。」趙靖深知亮亮受的苦，連跟妍秋感情那麼緊密、個性如此堅強的亮亮，都被折磨得憔悴不堪，何況這個剛返國的年輕人，他能對十六年沒相處的母親付出多少關注嗎？

「我不會應付不了的，再苦再難我都會撐下去，當初小敏這樣，我的家人也沒有放棄他，現在我更不會放棄自己的母親！」子荃鄭重地許諾，沒有一點遲疑。

趙靖點點頭，欣賞的拍了拍子荃的肩，他卻不知道子荃內心的黑暗，只道子荃是想彌補過去十六年來的缺席。

「這個問題，我們再研究吧，我該回公司去了。」

「妍秋啊～妍秋，開開門好不好？我要回去了。妍秋！」趙靖重回妍秋門前，想再看看她。

「趙靖你不要走嘛！他好壞，我好怕。」妍秋害怕的聲音從裡面傳來，然後，她開了門，小心翼翼地藏身門後，只探出一個頭。

「不要怕，他是好人，要聽他的話。」趙靖安撫妍秋。

「他不是好人～」妍秋把門關上。

「妍秋？妍秋～唉～」趙靖屢喚她都不應，只能憂心忡忡地嘆氣。

「我走啦，子荃，」趙靖跟子荃說聲。

「趙叔叔慢走，不送了。」

子荃看著趙靖離去的背影，臉色整個一沈，又恢復到原本不帶情感的臉孔。

幾天後，子荃就正式在趙氏企業上班了，爲了製造母親和趙靖見面的機會，竟然眞的將妍秋帶來俱樂部裡，卻又疏於照顧的忙著自己工作上的事情。

而同在俱樂部裡上班的亮亮，看見妍秋一個人神情侷促不安的在休閒廳裡走來走去，心一驚。

「媽？你怎麼會一個人在這裡呢？」她趕忙跑了過去。

「亮亮……你帶我回家好不好？」妍秋一看見亮亮，像看到救兵一樣，握住她的手，乞求道。

「媽，你是應該在家裡的啊……是誰帶你來的啊？」亮亮百思不解。

「是我帶她來的。」子荃突然笑著出現，坐到母親和亮亮身邊。

「哥，你爲什麼要帶媽來這裡呢？」媽是子荃帶來的？她更不懂了。

「我要照顧她呀。」子荃理所當然的看著亮亮。

「亮亮，我要回家。」妍秋一看到子荃，又躲到亮亮身後，搖著她的手。

「媽，你乖，好不好？你先到那裡坐，等一下亮亮帶你回去。乖，去那邊坐。」亮亮輕哄著母親，看來她有必要跟子荃好好溝通一下。

「哥，你爲什麼要把媽帶到這裡來照顧呢？你剛進公司很多事情要學習，我也忙，要怎麼照顧媽？這裡對她來說是一個很陌生的環境，你沒看出媽很慌張嗎？」

「我也要上班啊！把媽一個人放在家裡，出事怎麼辦？」子荃說得振振有詞。

「家裡的環境她很熟悉，她有安全感，街坊鄰居她都熟悉，而且，哥，有些事情你不知道，我婆婆對媽有誤解，她們的情況……」亮亮一想到秀女對妍秋的敵意，到時候要是讓秀女瞧見母親，母親又會遭受到一番羞辱了。

「我知道，士元都告訴我了。」子荃不慌不忙地。

「那你還把媽帶來這裡，萬一我婆婆來了，她們兩個一照面不就完了嗎？」亮亮不能贊同子荃的貿然行事。

「亮亮！我眞的覺得你太自私了，你光顧著得罪你婆婆怕她生氣，你就不顧媽媽了嗎？我帶她來這，一來是可以讓她出來多走動走動，二來我也方便就近照顧她，你眞的太膽小太自私了。」子荃搖著頭，反倒嘖嘖作聲地數落亮亮。

「我不是害怕我婆婆，我是要保護我們自己的媽媽，我婆婆曾經當面羞辱過她，這些事情你都不知道！」

「OK！這些事情我現在都知道了，SO WHAT？」

「那你不覺得這樣做很不妥當嗎？再把她放在這個環境裡，萬一……」亮亮看了子荃一眼，用提醒的語氣。「是你自己說的耶，要認清方向，要站好位置，這裡是我婆婆的地盤，她是大股東耶。」

「現在已經不是了，現在的大股東是趙氏，是趙叔叔，亮亮，你太搞不清楚狀況了。」子荃瞭如指掌地說。

「我不懂這之間有什麼差別，是趙叔叔，是士元媽媽，有什麼不一樣嗎？」

「所以我誰也不會得罪，亮亮，你想想看，今天我會把媽接來我上班的地方，如果不是經過老闆的首肯，我會這麼做嗎？我敢這麼做嗎？」

「你是說趙叔叔也答應，他同意你這麼做？」

「當然。」

「你說你兩邊都不得罪，但是你這麼做，已經得罪了我婆婆你知不知道？」

「是她求我留下來，她拜託我來上班的，她要我幫她盯住……」子荃若有所指的看著亮亮繼續說著。「盯住她不放心的人，我又照顧到我自己的母親，這有什麼不好？我這是三全其美。」

「三全其美？你製造了我們的媽媽和趙叔叔見面相處的機會，然後再去跟士元媽媽邀功？汪子荃，你不是兩邊都不得罪，你根本是兩頭都在討好，中威說得對，你是個投機分子，你太可怕了。」亮亮這才洞悉子荃的意圖，她不敢相信原來子荃是這樣心機深沈的人。

「你最好不要再提陳中威這三個字，放聰明一點，否則的話……」子荃瞇起眼睛。

「否則怎樣？你要去跟我婆婆告狀？她拜託你來這上班，其實也要你監視我的行爲對不對？她跟趙士芬害怕我跟中威會再見面，難怪她會……」亮亮越說越覺得子荃的行徑好可怕，猛的瞪了子荃一眼。

「汪子荃，你爲什麼要像一顆棋子一樣任她擺布呢？」

子荃微笑著，似乎並不以爲意。

亮亮搖了搖頭，望向妍秋，一臉惶恐的模樣，是那樣的無助。而子荃竟然爲了自己的計畫，將母親也當作了其中的一顆棋，亮亮心痛極了。

她不想再跟子荃多浪費口舌了，拉起母親的手就要往俱樂部門口走去。

「不准走！」子荃攔阻在前頭。

「媽，乖，亮亮陪你回家。」亮亮不理子荃的恫嚇，拉著妍秋繼續走。

「我說了不准走，中午趙叔叔要跟媽媽吃飯。」子荃絲毫沒有相讓的意思。

「我媽不是在這裡隨時候召陪吃飯的。」亮亮不客氣地說。

「是趙叔叔！」子荃臉一沈。

「是天王老子也是一樣！」亮亮頭抬得更高了。

「汪子亮，你不要不識抬舉，我們的老闆你的公公，中午在百忙之中抽空出來陪她吃飯！」子荃不理解亮亮在倔什麼。

「我不希罕！我們的媽媽也不希罕！你看不出來她很想回家嗎？」亮亮就是討厭子荃趨炎附勢的嘴臉，好像眼裡只認得錢，其他全不重要。

「是，她要回家等一個永遠也回不來的人了。汪子亮！WAKE UP！

回不來的就是回不來了！」子荃譏諷母親的癡愚，還有亮亮的不明事理。

「你……」亮亮氣結。

「活著的人比死去的鬼重要一百倍！」子荃振振有詞地。

「亮亮？他在說什麼啊？他……他在說誰啊？他在說小敏嗎？」妍秋拉著亮亮的衣服，子荃的說辭使她慌亂失措。

「媽，不是的，別怕別怕，小敏會回來的，我們回家給他等門，走……」亮亮暗中怒瞪子荃。

「你還要騙她騙到什麼時候？自以爲愛她其實是害她！你們是一群鴕鳥，是一群睜眼的瞎子！」子荃在背後不忘大聲嘲謔。

「也許我用的方法不對，也許我跟她一起躲在象牙塔裡，但是我不會卑鄙到利用她的瘋狂和恍惚去達到自己的目的。」亮亮鄙視子荃的人格。

「你會後悔的，當你什麼都沒有的時候，當趙家再也容不下你的時候，你就什麼都沒有了！」

「我有尊嚴，我有人格，我還有媽媽，就算是個瘋了的媽媽，那又怎麼樣呢？我愛她，走了，媽。」

亮亮眼中含著些許淚水的看著妍秋，兩人相攙離去。

「汪子亮！汪子亮！」

子荃在身後呼喊，亮亮更加緊腳步離開。

「哼！你不要敬酒不吃吃罰酒。」子荃難堪地撂下狠話，亮亮，我會有辦法讓你屈服的，他心中想著。

亮亮和母親回到家裡，亮亮打開了剛買的便當，哄著母親說著。

「亮亮陪你吃飯好不好？乖～我去拿碗筷。」

妍秋點了點頭，目光瞥見客廳桌上小敏和亮亮的合照，小敏開心的笑臉，妍秋突然心頭一酸，掉下了眼淚。

「媽～媽，怎麼啦？怎麼哭啦？」拿來碗筷的亮亮，瞧見母親的眼淚。

她看著母親手中的照片，連忙摟住母親，輕輕拍著她。

「別哭了，告訴亮亮，你怎麼了，跟亮亮說好不好？媽！」

「亮亮……小敏……小敏是不是不會回來了？他不要我了對不對？」妍秋嗚咽著。

「小敏在姑姑那裡啦，你……你不是希望他玩得開心嗎？」亮亮強撐起笑意。

「不是，他不是在姑姑那裡，」妍秋搖頭。

「誰跟你說的？」

「我夢到他，每天，每個晚上，我都夢到他耶。渾身濕淋淋的，我就說啊，小敏，天涼了，要加衣服啊，頭髮要擦乾啊，可是他……他不理我……他……」

妍秋的心被扯痛了。

「他就是不理我啊，抱著身子直打哆嗦，兩個眼睛看著我直淌淚，我心疼啊，我心疼……」

亮亮被母親的情緒感染了，強忍在母親面前的堅強也逐漸在瓦解。

「亮亮，你姑姑爲什麼不好好照顧他呢？這小敏也奇怪，人家不愛他，爲什麼不回到我的身邊來呢？」妍秋萬般不捨地說。

亮亮一把抱住妍秋，淚水悄悄滑落在母親的肩上。

「亮亮，小敏……小敏是不是不會回來啦？亮亮，你寫信告訴他嘛，如果他覺得外面很好玩，他可以玩，可是他要懂得照顧自己啊，是不是？不然感冒了媽會心疼的，知不知道？」妍秋叮嚀著亮亮。

「好，我寫信給他，叫他照顧自己，多加衣服。」亮亮擦去臉上的淚，讓笑容在臉上重新出現。

「說說他就好，可別罵他唷。」

「不罵，不罵，我怎麼捨得罵他呢？」

「不要罵他哦，不要罵小敏啊～」

「不罵，我不會罵他的，好了乖了，不要哭了，媽～媽媽開心，小敏才會開心啊，乖，媽媽最乖了，我們吃飯了好不好？」亮亮對母親展開陽光般的笑顏，不讓母親感到任何的異樣，把她哄到餐桌前坐下。

「吃飯。」亮亮幫母親挾了一口菜，「今天亮亮買了媽媽最愛吃的菜了。」

看著母親一口口的吃起飯來，不再悲泣的提起小敏，亮亮稍稍放下了心。

想著母親吃完飯要吃的藥，起身翻著抽屜找妍秋的藥，卻怎麼也遍尋不著。

「怎麼沒有呢？」

「媽，抽屜的藥呢？」亮亮回頭問著妍秋。

「沒啦。」妍秋低著頭，眼眶開始泛紅。

「爲什麼沒了呢？應該還有半個月的量啊。」亮亮每天都會注意剩下的藥量。

「扔掉了。」妍秋要哭要哭地。

「你看你，又不乖了，怎麼可以把藥扔掉呢？還說擔心小敏的健康，自己都不愛惜自己。」

亮亮難得責備母親。

「不是我，是那個長得很像小敏的人把藥給扔了。」妍秋對亮亮哭訴。

「媽～」亮亮覺得很可疑。

「亮亮，眞的不是我啊，我也想吃藥啊，可是他不讓我吃，還把藥扔到垃圾桶裡去了。」

發現女兒的口氣少了溫和，生怕被誤會的妍秋急得掉下眼淚。

「亮亮，眞的不是我嘛。」筷子一丟，再也不吃的妍秋嘟著嘴。

亮亮看著母親激烈的反應，想起不久前在俱樂部子荃對她說那些話的神態，心中微微不安了起來，她決定去找子荃問個清楚。

亮亮到了俱樂部，知道子荃在趙靖的辦公室裡，急著要向子荃質問清楚的她，也顧不得他們是否正在談論公事，敲了敲門就進去了，首先跟趙靖賠不是。

「亮亮，有事？」趙靖知道亮亮的分寸，必然是發生了什麼重要的事情。

「對不起，打擾你們開會了，我是來找子荃的，」亮亮單刀直入，看了看趙靖身邊一臉冷淡的子荃。

「什麼事？」子荃故作驚訝地問。

「喔～有事你們聊，我到業務部繞一下。」趙靖起身，猜想他們兄妹要談家務事，可能自己在場會有所顧忌。

「趙叔叔，你是我們汪家的大家長，我們家的事你沒有什麼好避諱的。亮亮，你有什麼事就說吧。」子荃把趙靖留了下來，示意亮亮有話就直說吧。

「你爲什麼不讓媽吃藥？」

「你在說什麼啊亮亮？爲什麼會對我有這種誤解呢？」子荃大呼冤枉，「是媽自己把藥扔掉的。」

「少來這一套，爲什麼不盯著媽吃藥，還把藥丟在垃圾桶裡呢？」亮亮道，你再說謊啊汪子荃。

「汪子亮！我受夠了，我對你眞的忍無可忍了。」子荃被她的懷疑給激怒了，故顯聲勢的站起來想離開辦公室，亮亮拉住他。

「汪子荃！你把話說清楚啊。」

「亮亮，你眞的很過分，好在今天趙叔叔也在，可以替我作證。那天趙叔叔也在家裡。」

子荃看著趙靖，請他主持公道。

「爸？」亮亮轉頭問著趙靖。

「是啊，我在啊。」趙靖點了點頭。

「我請趙叔叔去家裡的，那天媽犯病了，一會兒喊我小敏一會兒喊我子荃。」子荃哼道，一臉委屈。

「那沒有什麼啊！你們兩個本來就長得很像啊。」

「他還對著我喊爸爸的名字，這也沒關係，一會兒要我喝湯要我吃水果，我就吃我就喝，可是最後她要我吃藥，小敏的藥，這我能吃嗎？」子荃比手畫腳地模仿著。「我當她犯病犯得重，我要她吃藥，她說什麼也不肯吃，不但不吃，她還⋯⋯」

「倒進了垃圾桶了，我看到了。」趙靖接腔。

「是嗎？」亮亮說。

「趙叔叔會騙人嗎？」子荃不以爲然地說。

「那天子荃是一點辦法也沒有，打了個電話給我，或許他認爲我可以安撫安撫你媽。」趙靖補充道。

「所以你就趕去了？」亮亮語氣懷疑的看看子荃，可心裡卻的確無法不相信趙靖的話。

「就像子荃說的那樣，你媽恍惚得厲害，一會兒說家裡的那個人是小敏，一會兒又說是子荃，一會兒又……又是漢文，連我的話都聽不進去了，眞的是難爲了子荃了。」趙靖覺得有責任當他們兄妹間的橋梁，「子荃啊，你先去忙吧，我跟亮亮說幾句話。」

「趙叔叔，亮亮是脾氣急了點，您可千萬……這當口，」子荃又假意緊張的袒護起亮亮來了。

「我知道，我知道，去吧。」趙靖揮手要他放心。

子荃離去後，趙靖看了看亮亮面無表情的呆立著，當她脾氣倔強。

「亮亮，媽媽不是你一個人的。」趙靖開門見山地說。

「爸……」亮亮囁嚅，趙靖之於她，雖然不比父親漢文，但他長期對自己的關愛、保護有加，亮亮是銘感於心的。

「你沒想到我會這樣跟你說吧？你媽她不是你一個人的，她也是子荃的母親，你再怎麼懷疑也不應該懷疑到自己的親兄弟身上，何況還是一個這麼有心的兄弟。」

「我是急了點，因爲我聽到媽那樣說……」亮亮想起妍秋的眼淚。

「我知道，你跟你媽還有小敏，三個人相依爲命太久了，所以很自然的就會在下意識裡頭把彼此當作是自己唯一的親人，對別人都不放心，甚至於排斥……」趙靖有感而發的說著。「可是亮亮，子荃他不是別人，他也是你的弟兄哦，他也是漢文跟妍秋的孩子哦。你難道看不出來，他正在用一種補償的心理在對你母親做一些無微不至的照顧嗎？」趙靖把自己的觀察告訴亮亮。

「是嗎？」亮亮迷惑了。

「當然是嘍，你想想看，他不爭取職位薪水，只要求能夠帶著自己的母親一起來上班，一個大男人耶，不看重自己的前途，不在乎自由，只希望一天二十四小時的照顧自己的母親，我聽了都感動，你怎麼反而還懷疑他呢？」在趙靖的心目中，已深深烙印下子荃事母至孝的印象。「唉～放輕鬆點，亮亮，把擔子卸下來吧，你不是一直想當母親嗎？怎麼，都沒有動靜嗎？」趙靖轉個話題，希望能爲亮亮掃除陰霾。

「我也不知道。」亮亮被一語點醒，才發現自己這陣子注意力都在母親身上，孩子的事反倒先擱置了。

「再去檢查檢查吧，問問醫生，說不定這一次你眞的懷上了生了個孩子，妍秋的病可以好一點呢。」趙靖鼓勵地拍拍亮亮的肩膀。

亮亮順從地謝過趙靖，決定聽他的建議，去醫院檢查。

趙靖看著亮亮離去的身影，又是輕輕嘆息……這女孩子也辛苦夠了，該是給她做她想做的事了……

＊＊＊＊＊＊＊＊＊＊＊＊＊＊＊＊＊＊＊＊＊＊＊＊＊＊＊＊＊＊＊

「吉屋出售？」

亮亮撕下孫醫師診所前所貼的售字，詢問了附近的居民，才知道孫醫師搬家了，而且搬得很倉卒。亮亮聽了，心中納悶著。

回到家後亮亮告訴士元這件事，還擔心地問說該怎麼辦。

「唉唷～這有什麼關係啊，生孩子又不是認床，幹嘛找原來的那個醫師啊？」

士元笑老婆的多心。

「唉唷～不好意思嘛，這個看，那個看，人家……」亮亮越說越小聲，已經羞紅了臉。

「對……我們亮亮害臊不好意思，就是嘛～我老婆怎麼可以隨便讓人參觀的。亮亮，你眞的好可愛唷，結了婚還這麼害臊，我眞是好愛你唷。」士元親暱地捏捏亮亮的小鼻頭。

「不要急嘛～亮亮，我們又不是不孕症，我們懷過的啊。」他給老婆信心。

「是啊，那個無緣的孩子。」亮亮卻被勾起了傷心的回憶，泫然欲泣。

「ㄟ～那個體貼的六分之一，他把這六分之一帶走啦，接下來，我們生的每個孩子都會是最健康的小天使，小天使！」士元露出最開朗的笑容。

兩人相擁而笑。

「亮亮，我們來製造小天使吧。」他作勢把亮亮壓在身下。

「不要那麼三八好不好？爸爸媽媽都還沒睡耶。」亮亮笑推著他。

「這哪有什麼關係啊？我們生小孩還要他們吹熄燈號的啊？」

「好！」

士元突然喊了一聲，起身打開門。

「ㄟ！士元，你做什麼啦？」亮亮又羞又急。

「我要請他們識相點，早點上床啊。」士元回頭對老婆甜蜜一笑。

「不要啦，討厭討厭啦！」

「大家都早點上床，我們要生孩子了唷～」士元向門外大喊了幾聲，回過頭看著亮亮，亮亮又好氣又好笑的拿他沒轍。

「那……關門嘍。」

士元猴急的關上門熄了燈，跳上床去，擁著亮亮就是一陣熱吻，小夫妻倆激情的一夜又開始了。

翌日一早，不放心母親的亮亮還是到了精神科，詢問醫生母親這樣的狀況。

「像這類的病患，多半有抗藥的心理，你們不應該將藥品放在她容易拿到的地方，像你弟弟，他就是這個情形，大量的服用藥物之後，才會造成精神更加的錯亂。」

醫生指示亮亮要多注意這方面的細節。

「是，是我們疏忽了。」亮亮頻頻點頭。

「記得讓你母親吃藥，定期複診，心情上絕對要讓她放輕鬆，給她安全感，她喜歡的人事物，多讓她接觸，不要急在一時喚回她的記憶，如果沒有處理好的話，就會整個崩潰，到時候就麻煩了。」醫生詳細交代道。

亮亮聽了醫師的話，去拿了母親的藥，原本就要離去，卻看到了牆壁上母親與嬰兒的海報，下意識地摸了摸自己的肚子，順便在婦產科掛號。

結果卻也看到士芬若有所思的慢慢走出婦產科門診，連經過她的身邊都沒有發現的一臉無神。

＊＊＊＊＊＊＊＊＊＊＊＊＊＊＊＊＊＊＊＊＊＊＊＊＊＊＊＊＊＊＊＊

「懷孕啦？」秀女先吃了一驚。

士芬點了點頭。

「唉呀，太好啦，這下可好了，懷了陳中威的孩子了，我看他插了翅膀都難飛啦。」秀女替女兒覺得高興，卻又一臉狐疑的張望著女兒的肚子。

「ㄟ～你這回是眞的了吧？」

「媽……」士芬不依地說，現在她可沒心情再開這種玩笑了。

「不是嘛，我總得問問啊。」秀女解釋道，誰叫上次女兒擺了大家一道呢！

「是眞的。」士芬證實了這件喜訊。

「不是啊，上回你不跟我說他都沒碰你嗎？」秀女又想起了可疑的地方。

「就那一次，新婚之夜那一次，我原本就是計畫好了，要在最快的時間懷孕，那天是危險期，我故意安排好的。」

「唉呀～那就是進門喜嘍～這老人家說進門喜是好兆頭呀，一進門就帶喜啊，這孩子將來啊是旺父旺母啊，大吉大利！大吉大利！」秀女歡喜的雙掌合十，還不忘點了幾下頭對神明表示感謝。「唉呀～士芬啊，這明明是一件好事，你幹嘛又擺張苦瓜臉呢？以前好想懷沒懷，現在懷上了怎麼又不高興了呢？」

見士芬低著頭不出聲，秀女起身打電話。

「媽？媽～你要幹什麼啊？」士芬不懂母親又要搞什麼動作了。

「打電話恭喜我女婿啊，他再橫，這下當爸爸了，他再也橫不起來了吧，這是命中注定，我看他還敢再……」秀女不平地說。

「不可以！」士芬搶過電話，「不可以告訴他！」

「爲什麼呢？你現在肚子裡懷的是他的種啊，女兒啊，當母親最大，你就去跟他說叫他乖乖聽話當爸爸啦。」秀女直想拿回電話。

「不行！他現在正在恨我，他不能原諒我……當初用懷孕來詐婚，萬一讓他知道又是懷孕，他一定會更氣更恨我的，說不定他一怒之下，根本不會要這個孩子的。」士芬說出她的顧慮。

「那你要瞞到什麼時候啊？你肚子會大起來啊，到時候……」秀女擔心地看著女兒。

「我就是要等到那時候，等到肚子大起來，想拿也拿不掉，他也只好認了。」士芬篤定地說。

「唉呀～你……幹嘛要這麼可憐呢？這懷孕明明就是件喜事啊，幹嘛要偷偷摸摸的，我都想要告訴你爸爸，他要當外公啦，看他還有沒有心思放在那個宋妍秋身上。」秀女不懂女兒幹嘛要這麼委曲求全的。

「媽，你一定要忍住，暫時先替我保密，這件事我除了你，誰都沒說的。」士芬鄭重地說。

秀女拗不過士芬的請求，只好答應了。

而亮亮從醫院看完婦科之後，仍是沒有消息，雖然失望著，但想起母親需要她，也只能強打起精神返回汪家，拿藥去給母親吃。

「媽好乖好棒哦，以後都要像今天這樣天天吃藥唷。」亮亮看著一口將藥吞下的妍秋，讚美著。

「小敏也要天天吃藥啊，天天吃藥病才會好嘛，對不對？那我病好了就可以當外婆了，小敏病好了就可以當舅舅了，是不是嗎？」妍秋看著亮亮眉飛色舞地問。

「是，媽，我一定會讓你當外婆，讓小敏當舅舅好不好？」亮亮真誠地允諾，心中卻酸楚著。

「吃完啦，我把藥放好喔。」亮亮收拾好藥包，想起了醫師說的話。

「藥……放抽屜就好啦。」姸秋看著呆立不動的亮亮說著。

亮亮背對著母親，還是決定把藥藏在姸秋不知道的地方。

亮亮正在思索要藏哪時，子荃回來了，他看見亮亮在家裡有些驚訝。

「哥。」亮亮打招呼。

「你怎麼又沒上班跑回家來，就算是你婆家的公司這樣也不好，我又是管理部，你這樣三天兩頭不上班，我要怎麼待人做事？」子荃一進門就是一番訓誡。

「我去幫媽媽拿藥了，這藥交給你保管了，醫生特別交代，媽這種情形不能隨便讓她拿到藥，你一定要按時讓媽吃藥唷。」亮亮把藥包取了出來。

「好，我知道。」子荃接過藥，此時姸秋卻衝出來一把將藥搶了過去。

「不行啊，不可以交給他啊，一會兒他又把藥給扔了！不行的！」

「媽～不會的。」亮亮很訝異母親突如其來的行爲，只能不斷安撫著。

「是眞的，上次是他扔的不是我扔的。」姸秋把藥揣在懷裡，煞有介事地說。

「媽，給我……媽！你不乖哦，我不讓你當外婆嘍，來，藥給我。他會讓你吃藥的，你這樣不聽話。」亮亮溫柔但堅定地一定要姸秋把藥交給她。

姸秋見亮亮不相信她，將藥心不甘情不願的交給亮亮，任性的像個孩子氣沖沖的走進房裡。

「哥，媽就麻煩你了，媽的病早一點好起來，大家都輕鬆。」亮亮難得用輕鬆的語氣道。

「我知道，你快回家去吧，不要到處亂跑，讓你婆婆留下話柄。」子荃催促著亮亮。

「那我先走了。」

亮亮離去後，子荃看著手中的藥，慢慢踱步入妍秋的房裡。

妍秋看到子荃，一臉惶恐縮在床上用棉被蓋著頭躲避著他。

子荃在妍秋身邊慢慢坐下。

「你怕我防我幹什麼呢？我也是你的兒子啊。」他笑笑的伸出手輕拍著棉被下的妍秋。

「不要碰我！」妍秋受到驚嚇地從棉被裡鑽出來大叫著。

「這十多年來，你淨顧著生病淨顧著照顧小敏，心裡還有我這個兒子嗎？」

妍秋恍惚的神情令子荃看了光火，也不管她聽得懂聽不懂，只是一古腦的發洩自己心中的怨氣。

「小敏被你照顧得都走了！我是你剩下的唯一的兒子了耶。」

看著妍秋仍在喃喃自語逃避著現實逃避著他，子荃深吸了一口氣，又恢復了平常冷靜的語氣。

「你也幫我做點事吧，幫我一個忙，幫你十六年都沒有照顧的兒子一個忙嘛，趙靖喜歡你，疼惜你的瘋，喜歡你的柔弱無助……」子荃挨近她，把她恐懼的樣子盡收眼底，很滿意地笑了。

「不要碰我！」妍秋用手推了下子荃，又馬上縮回來。

「你有什麼損失，反正早就瘋了早就病了，把他留在你身邊，好不好？」子荃的笑冰冷不帶任何情感。

「趙氏十五億的資產，我是他情人的兒子，拿點零頭，分杯羹，天經地義，不爲過吧？」

這片刻的子荃完全沈醉在美好的將來的想望裡。

此時妍秋突然說了一句。

「你壞！不讓我吃藥。」

「你瘋了耶，誰會相信你啊。」子荃有恃無恐地搖搖手上的藥袋。

「你……」妍秋看著他。

「要？」子荃把藥袋遞向前，假裝要給妍秋。

「要！」妍秋伸手去抓，卻撲了個空。

「哼～」子荃轉身就走。

「我……我的藥！亮亮，他又把我的藥拿走了，我的藥……」

妍秋一人跌坐在床上，失神地喃喃自語。

＊＊＊＊＊＊＊＊＊＊＊＊＊＊＊＊＊＊＊＊＊＊＊＊＊＊＊＊＊＊

房間裡，士元看著亮亮努力的在做抬腳運動，認眞的喘著氣數著數。

「亮亮，你在幹嘛啊？練功啊？」他覺得甚是有趣。

「人家說啊，親熱完做這個姿勢比較容易受孕。」亮亮回答，說話的同時，還不忘一二一二地左右腿輪流抬。

「那我來幫你按摩一下更有效！」

士元一翻上床狂搔著亮亮的癢，兩人笑呵呵地玩在一塊兒，享受著夫妻間的親密，完全不知甜蜜的背後正隱藏著多麼不堪的秘密。

士元嬉鬧完了，從臥房裡走了出來。

「媽，你煮什麼？好香啊。」他聞香走到廚房，順手掀開了正冒著煙的鍋蓋。

「我燉湯啊。」秀女邊注意著火邊說。

「那我要喝一碗。」士元嘴饞舔了舔唇邊，開心地說。

「ㄟ，你不准喝。」

「爲什麼？」士元不解的看著母親。

「那我燉給趙士芬喝的。」秀女沒好氣的睨了兒子一眼說。

「這……喔女生喝的啊？那我叫亮亮下來喝，剛好練練功補補身體。」士元疼惜老婆，心裡惦記著亮亮也該好好補補身體。

「練功？她練什麼功啊？」

「爲了生孩子嘛，亮亮很認眞唷。」士元想到亮亮可愛的抬腿動作，兩人的感情又恢復剛結婚的甜蜜，臉上止不住的笑意。

「趙士元啊，媽認眞問你，你眞的想當爸爸？想跟她生孩子？」以秀女對自己兒子愛玩個性的認識，應不至於結婚幾個月就被扭轉了吧！

「唉呀，這……」士元答不上來母親的話，眞是擊中他的罩門了。

「你不想嘛，對不對？」秀女得意地，兒子果然還是自己養大的。

「其實，我也很矛盾，每次跟她親熱，我也很複雜，她現在沒有吃藥，我也不能用保險套，這壓力眞的很大耶，萬一眞的懷了，她高興，那……那我很慘耶。」他忍不住透露尙未做好準備的心情繼續說著，「媽，我以前還沒感覺到那個切身之痛，可是後來小敏走的那一次，我去殯儀館看他，很可怕耶，一個好端端的人，發了瘋吃了藥就到河裡給淹死了，那……萬一將來生的孩子也長得這麼大了，一個不留神，就這麼掛了，那……」

「唉呀，留神也沒有用啊，你看這瘋子一恍惚起來，哪不能去死啊。」秀女加油添醋地說。

「媽，你不要說了啦。她這麼想生，我們也都答應了，那要怎麼辦呢？」士元突然也苦惱了起來。

「有辦法啊，只要你會害怕，你不想生，媽就有辦法。」

秀女在士元的耳邊說了幾句話。

「媽，媽你怎麼可以？」士元震驚地跳了起來。

「我怎麼不可以？我做了都做了。」秀女根本不以爲意。

「萬一她發現了那怎麼辦？」士元不敢相信母親會這麼瘋狂。

「唉呀～她怎麼發現的啊，她都懷過了，怎麼會往這頭上想呢，你不說，我不說，那個醫生不說，她怎麼會發現啊。她就繼續練功啊，我看看她練一輩子能不能練出一朵花來。」

秀女幸災樂禍地往亮亮房間斜睨一眼。

「這樣好嗎？我覺得很對不起亮亮耶。」士元感到不安極了，亮亮是那麼渴望，而他們竟然殘酷地剝奪她做母親的權利。

「唉呀，你不是說你害怕壓力大？我可是爲你解決問題啊，別的不說啊，光那個醫生就不曉得拿我多少錢哪，足足讓他下半輩子不用工作，到加拿大養老去啦。你怎麼不說對不起我，對不起趙家列祖列宗啊？」秀女並沒有任何罪惡感，並且曉以大義似地催眠著士元，泯滅他心中仍有的存疑，就是不要士元站在亮亮那邊。

「媽……」

士元緊蹙著眉頭，內心掙扎著。

秀女不理會他，她知道兒子有一天會感激她的，繼續攪拌著鍋中的湯。

士元無語的回到了房間，一進門看見亮亮還在努力的抬著腿，心中的那個秘密更加顯得無情。

「亮亮……」他輕喚了一聲。

「別吵別吵，時間還沒到，還要兩分鐘啊。」亮亮動作確實地一頭熱地努力著，爲了她的孩子，爲了她和士元的第一個孩子。

士元內疚的摸著亮亮的頭，但害怕再度失去亮亮的心，卻更讓他無法說出他所應該說的事情。

「士元，用這種姿勢，以後生小孩會不會胎兒不正啊？不過，沒有關係，可以剖腹啊，爲我的小孩開個刀，我心甘情願。」亮亮想像迎接自己小孩的畫面，再多汗水與淚水都値得了。

「我眞的好愛你。」士元突然一把將亮亮擁入了懷裡，下巴抵著亮亮的頭，那樣急切又熱烈的。

「我也好愛你哦。」亮亮當士元在跟她撒嬌，也柔情似水地抱著士元，給他眞誠的回應。

士元忍著淚水看著亮亮嬌羞又喜悅的模樣，他無法想像當她知道事情的眞相時，她還會對他說這句話嗎？可是他實在害怕孩子的基因有著一個不定時炸彈，目前的他不想失去亮亮，卻也不想得到孩子，士元心情複雜極了，亮亮在他懷裡的體溫是那樣眞實，他緊貼著，過一天算一天吧。

＊＊＊＊＊＊＊＊＊＊＊＊＊＊＊＊＊＊＊＊＊＊＊＊＊＊＊＊＊＊

「還是沒有嗎？」亮亮失望地問著婦產科醫生。

「不用急嘛，你還那麼年輕，又沒有不孕，會有的。」和藹的醫生安慰亮亮，很少見到這麼年輕條件又好的婦人擔心若此的。

「要到什麼時候啊？我可不可以做人工受孕啊？」亮亮的士氣眞的

被打擊到了。

「唉呀，何必浪費那個錢啊，你們又沒問題，生兒育女是緣分，緣分到了，說不定你還會生個雙胞胎呢。」醫生樂觀地說，手裡翻了翻其他病人的資料。

「眞的啊？」亮亮聞言，又覺得希望叢生，腦子裡又開始幻想自己懷抱著孩子軟軟小小的身體，那種快樂她眞的想擁有。

「王醫生外面有您的訪客。」護士的聲音打斷了亮亮和醫生的交談，亮亮起身順便也要回去了，她和王醫生一起走出門，一看原來訪客是孫醫師。

「ㄟ，老孫啊，是你啊。」乍見到老朋友，王醫生熱情地招呼。

「孫醫生！我一直在找你耶。」亮亮一看是孫醫生，難掩興奮地也走上前去。

「你們認識啊？」王醫生覺得挺巧地打量兩人，亮亮一臉開心，孫醫師卻異常的迴避著，並不想多交談的模樣。

「是啊，前一個手術就是孫醫生幫我做的。」

亮亮笑著看著孫醫生，並沒有看出孫醫生尷尬的笑容。

「是嘛，我就說你能生嘛，老孫不能接生的孩子，將來我負責替你接生。」王醫生笑呵呵地說。

「你保證哦。」亮亮燦笑如花。

「保證，將來一定要請我吃紅蛋唷。」

「好，謝謝。孫醫師再見，拜拜。」

孫醫生有些心虛的點了點頭，亮亮帶著愉快的心情離去。

「年輕太太就急著要生孩子，她每個月都來檢查耶。」王醫生跟老朋友閒話家常。

「你……你替她做過內診嗎？」孫醫生猶豫了一下問。

「現在用不著吧，她懷過的啊，有必要以後再做吧。」王醫生對自己的判斷很有信心。而孫醫生看著亮亮的背影，心中的罪惡感怎麼也停息不了。

「趙太太！」

亮亮出了醫院，突然聽見後面有人叫她，回頭一看，是孫醫生從醫院門口追了上來。

「孫醫生你找我有事嗎？」亮亮不疑有他，笑容可掬地停下腳步。

「我可以跟你說幾句話嗎？」

孫醫生面有難色地嘆口氣，唉……有些事瞞得了一時，瞞不了一世，他不希望自己心中的罪惡感越來越深。

而亮亮得知手術的事情，整個人腿一軟，差點摔倒在地上。

「結紮？你……你在說什麼？」這、這一定是幻覺吧？噩夢吧？誰來把她帶離這恐怖的噩夢呵！

「是，」孫醫生愧疚地承認自己犯下的惡行。

「你是說……上一次……那一次的手術當中，你已經把我結紮了？！」亮亮顫抖地問。

「我很抱歉，對不起。我眞的……眞的很抱歉，可是我也沒有辦法，你婆婆一直威脅我一定要做。」孫醫生對她不斷鞠躬道歉著，臉上表情痛苦著，可是心更加劇痛的亮亮眼前只有一片黑。

「你就這樣把我結紮了？你們聯手扼殺了我的孩子，剝奪了我做母親的權利？」天啊！她的夢想、她的努力、她日夜期盼的孩子……再也不會有了，亮亮的世界在那一瞬間崩潰了。

「不！汪小姐，你原來那個孩子是眞的不適宜留。」

「你住嘴！就算那個孩子不能留下來，你也不能在手術的過程中幫我結紮啊，那是我的權利啊，我多麼想當母親！」亮亮痛嚎著，她開始對這個世界充滿了疑問，爲什麼大家都要這麼不公平的對待她？她到底做錯了什麼？

「我知道，那次之後我良心始終不安，我……」孫醫生自知無顏面對，但他眞的不想再受良心上的責難了。

「良心不安？你也會良心不安？你拿了我婆婆的錢，就可以舒舒服服的去移民，今天要不是我在王醫師那遇見你，我一輩子也不會知道我已經被結紮了。」

「所以我知道這是老天爺的指示，我做了虧心事，再怎麼躲也躲不掉。」

「還有誰知道？我先生也知道嗎？他也參與嗎？結紮手術不是也要配偶簽字同意嗎？」

亮亮突然想起，當天士元也在場，難道他也被蒙在鼓裡？

「他……他簽了字。」孫醫生不忍地說。

亮亮不可置信的受了打擊，呆住不發一語，覺得天旋地轉。

「他簽了字，但我不知道他知不知道他簽的是同意結紮的手術同意書，他……他只是胡亂簽了字。」看著亮亮蒼白絕望的臉，孫醫生咬著嘴唇再說了一句，「汪小姐，對不起。」

「滾……你滾！永遠不要再讓我看到你，滾滾滾！」亮亮發了狂地大喊不能自已。

孫醫師嘆了一口氣默默地離去。

「小敏……姊姊對不起你～姊姊對不起你……沒有人……沒有人可以相信……」

亮亮蹲坐在地上抱著頭痛哭失聲。

原本路上的好風景都扭曲成一團變形的荒原，如同亮亮的人生，她在趙家的人生。

＊＊＊＊＊＊＊＊＊＊＊＊＊＊＊＊＊＊＊＊＊＊＊＊＊＊＊＊＊＊＊

中威看著桌上的蛋糕，又到了每年的這個時候了，今年終於……終於只剩下他一個人了，永永遠遠這些祝福只能默默的放在心底囤積著，他等待的人不會再依約出現在他的面前，開心的爲他天眞的笑一個，作爲給他的回報。

中威點起了一根一根的蠟燭，依然執著地輕輕唱起了〈生日快樂〉歌，專屬於亮亮的〈生日快樂〉歌。

殊不知亮亮早已來到診所外，失魂落魄的拖著沈重的腳步，推了門進來。

中威聽到門關上的聲音，一回頭，他正在思念的人就站在門口。

「亮亮？」他悲喜交集。

亮亮慢慢走向中威，當然看得見桌上的蛋糕，當然聽得到中威先前的歌聲，當然瞭解面前這個等待的人等的是誰。

「你的生日蛋糕，以前……以前我們一直都是一起過的。我知道今天不行，我原本打算……一個人在診所替你過生日，就像你以前在我的面前。」中威看著亮亮富有感情地說，他並沒有想到在今天可以看到亮亮，還以爲是老天爺聽到他的心願了。

「來～開開心心的許個願，許個願吧。」中威將蛋糕捧到亮亮面前。

「沒有……沒有願望，我不配有願望。」亮亮像個行屍走肉般，所有景物在她面前都像穿透似地不存在在她的眼裡。

「亮亮？」中威這時才發覺亮亮的神情有些異樣，像是一夕之間歷盡滄桑的模樣，中威開始擔心她是不是發生了什麼事情。

亮亮卻突然伸出手，捏熄了蠟燭上的火，中威急忙抓住她的手緊張的看著。

「亮亮？」

「不會痛的，眞的，不會痛。沒有感覺了。」亮亮胡亂搖著頭。

「亮亮，怎麼啦？發生什麼事啦？趙士元又欺負你啦？他又動手打你了？」中威只想知道究竟亮亮遭遇了什麼變故。

「打我？打我也不會痛，沒有感覺。」亮亮渙散的目光移到中威臉上，但也不是在看中威。

「亮亮，怎麼了？到底怎麼回事？發生什麼事了？告訴我！」中威搖晃她的肩膀，心中的恐懼不斷擴散，他有預感，發生在亮亮身上的事是生命中不可承受之重。

「亮亮，不要這樣子，不要這樣子嘛，有我在，我在這裡，難過就哭出來，哭出來。」

在中威懷裡，亮亮這時才放聲大哭了起來。

「身體沒有感覺，可是我的心好痛喔，我的心好痛，我的心好痛喔，中威。」

「亮亮……」中威心如刀割。

「我的心好痛喔，中威……」亮亮全身顫抖著，蜷曲成一團。

「是不是想小敏了？還是媽媽怎麼了？是不是媽媽不好？」中威端起她的臉，溫柔的問著。

「中威，他們不讓我做媽媽……」亮亮哀哀地。

「傻瓜，不該想的事就不要再想了，今天是你生日，許個願，你一定可以做媽媽的。」

中威以爲亮亮又在爲先前失去的孩子傷心難過著，安慰著她讓她看象徵希望的蠟燭，卻不知道此時的亮亮已經身心俱疲到極點了。

「不……不會的……我永遠永遠不能當媽媽了……他們……他們把我結紮了！」亮亮淚如雨下。

「你說什麼？你說什麼？」中威看著亮亮，他們還要讓她受怎樣的委屈？

「他們……他們趁我上次動手術的時候，順便幫我結紮了……他們……順便……就這麼輕易的解決了他們的問題，就這麼殘忍的把我結紮了……他們……他們把我絕育了。」亮亮軟倒在中威懷裡，她好累好累，巴望就這樣睡過去再也不要醒來了……

「趙士元知不知道？你有沒有問過他？」中威心疼著。

「我什麼都不想問，什麼也不想說了，我恨他，我恨他媽媽，中威……我從來就沒有恨過人，我甚至不想再看到他了，我想跟他離婚，可是我不甘心，我心裡好亂，我不甘心……嗚嗚～」亮亮頭髮披散，摀著臉，理當如春花盛開的年齡卻已被折磨得不成人形。

中威摸著亮亮的臉，將她的手緊緊握住。

「許願，讓老天爺知道。許個願，讓願望實現。」

「不，我沒有願望，沒有希望，沒有感覺，我一輩子都當不了媽媽了～」

亮亮眼神空洞著。

「不會的！亮亮，許個願，說你想當母親，你一定要當母親。這一次我們不會像去年一樣讓禮物成爲泡影，說，跟老天爺說，你想當母親，你一定要當母親。」

中威只能用著自己的堅強當作亮亮最後的依靠，雖然他心中也是百般的受著折磨。

亮亮看著中威，就像個沒有自主能力的小女孩，完全依附著中威所說的。

「老天爺……老天爺，讓我當媽媽好不好？讓我當媽媽好不好？這是我的願望……這是我的願望。」

亮亮泣不成聲不斷重複著她一直渴望的願望，擁有一個小孩。

「會的，一定會的，你的願望一定會實現，一定會的！」

中威拍著亮亮的背，內心一股勇氣之火熊熊燃燒著，亮亮需要他，亮亮還是需要他的。

第二十四章

「唉唷～你看看你唷，這孩子啊，痛啊！」

秀女一開門看見滿臉是傷的子荃，趕忙扶他坐下，拿出急救箱幫他善後。當然少不了大驚小怪一番，怎麼會弄成這樣呢？

「我叫你去盯著你那個妹妹啊，你沒事跟人家打成這樣，幹什麼呢？」秀女拿棉花沾雙氧水幫他擦拭皮破血流的地方，叫他忍著點疼。

「我怎麼能讓他們見面呢，我答應過趙媽媽的。」子荃斜靠在沙發上說，即使被打也不能對不起秀女的託付。

「傻孩子啊～他們偷偷見面你就偷偷告訴我，幹嘛自個兒去挨打呢？你啊，就是太老實了。」秀女說著，看不出汪子荃這年輕人這麼古意呢！「痛啊？輕一點，我輕一點。」子荃一臉痛苦的表情。

「是痛啊！我又不能還手，只能躲。」他忍不住埋怨。

「你幹嘛不還手啊？」秀女更驚訝了。

「我是爲了士芬啊，我要是眞把他打傷了，士芬多難過啊。我就挨打吧，就當是爲兩個妹妹挨幾下，我也認了。」子荃表現出不爲自己只爲別人幸福著想的個性。

「子荃啊，你眞是好啊。唉～想想我們家趙士元啊，對他那個妹妹都沒那麼好啊，你眞是個好孩子。」秀女被他的說辭打動了，忍不住當面稱讚他。

「唉～這種婚姻啊，再這樣下去也沒意思啦～我看叫趙士元離婚算了。」秀女說，反正打一開始她就沒有贊成過。

「不可以，千萬不可以！」子荃連忙阻止秀女的想法。

「爲什麼不可以啊？」秀女又不明白了。

「我是說，他們現在都這個樣子了，萬一離了婚，亮亮自由了，那他們不是更肆無忌憚了嗎？那士芬怎麼辦？」子荃表面上顧慮到的是士芬的婚姻，其實是怕失去和趙家的姻親關係。

「亮亮離婚了，如果陳中威也離婚了，那他們就雙宿雙飛了，那對士芬不是很不公平。」

「士芬不會離婚的，那個陳中威更不會離婚啦，」秀女成竹在胸地說，她心裡清清楚楚的知道情況是今非昔比啊。

「趙媽媽，爲什麼？」子荃問道。

「我告訴你，你可得替我保守秘密唷。」秀女對子荃很是喜歡，但畢竟對他瞭解有限，更別提推心置腹的地步，故不放心地交代。

「當然，請說。」子荃一副「你可以信賴我」的樣子。

「我們家趙士芬懷孕啦！唉唷，這下陳中威就要當爸爸了，到時候他怎麼捨得不要這個家不要這孩子呢？男人啊～我告訴你，統統一個樣，老婆可以不要啊，自己骨肉可不能不要啊，陳中威就是這種人啊，當初他跟我們士芬……」

秀女突然住口，有些隱晦的秘密還是說不出來，想轉移話題。

「總而言之呢，他們能結婚也是因爲孩子的關係啦，所以我才說他是個負責任的人嘛。當初他跟亮亮交往了那麼久，都沒結婚，說穿了不就害怕你們家那個瘋病的遺傳，他這一猶豫，不就讓我們家趙士元當了替死鬼了？可見他是一個很重視傳宗接代的人，難道他會放棄回頭去找汪子亮？本來我擔心啊，我們家士芬可憐哦，現在我什麼都不怕啦，士芬一懷孕啊，陳中威這一輩子就得給我安安分分的做趙家女婿啦。都不怕汪子亮了，趙士元幹嘛不能離婚呢？」說了一大串，就是士芬現在母憑子貴了，陳中威不可能拋棄有身孕的她。既然如此，當初讓汪子亮嫁進趙家的理由就不存在了。

子荃聽了心想。

「亮亮如果跟趙家脫離了關係，那我不是也沒指望了嗎？」

「想什麼啊？」秀女看子荃若有所思。

「趙媽媽，您……趙媽媽……」他欲言又止地。

「唉呀～什麼事情啊，你就說吧～」秀女催促道。

「趙媽媽，你有沒有想過，如果亮亮跟趙家脫離了關係了，那……我媽媽跟趙叔叔他們……」

子荃不便再講下去。

「這事連你都知道啦？」那倒是出乎秀女的意料。

「對不起，趙媽媽，我眞的很對不起。」子荃故意對自己的多嘴惶恐。

「唉呀，你對不起什麼呀你。」

「我爲我母親覺得抱歉。」

「子荃啊，我跟你算是投緣啦，要不然光憑你是宋妍秋的兒子，我就不會給你好臉色看啦。」秀女感覺這子荃眞的跟汪家的人很不一樣。

「我明白您是個明白事理的人。」子荃恭敬地說。

「明白？光我蔡秀女一個人明白有什麼屁用？一碰到你那個神經病媽啊，我蔡秀女成了惡女了我，在你趙叔叔心裡，是個惡女，只有你那個秀外慧中的媽才是個秀女。想起來我就一肚子氣。」說是說氣，秀女的神情還有幾分自我嘲謔的輕鬆，可能今天遇到汪子荃，讓她能一吐心裡苦水，感覺暢快多了。

「所以嘍，您幹嘛一手成全他們呢？再說趙家也是您一手撐起來的，如果沒有您，趙氏會有今天嗎？」子荃試探性地問。

「是啊。」秀女正中下懷。

「可是汪子亮如果跟趙家脫離關係，趙叔叔跟我媽也就不是兒女親家，到時候，您一手耕耘的，坐享其成的卻是一個精神恍惚的女人，這口氣你嚥得下去，我汪子荃都覺得丟臉！自己的母親是個第三者，不道德！」子荃義憤塡膺地說。

「好！那我問你，我都嚥不下你媽跟趙靖這口氣了，難道你要我去忍受汪子亮那口氣？」

說到底，亮亮還是秀女心頭的一根刺。

「您不用忍的，亮亮她……」子荃彷彿有了什麼想法。

「她怎麼樣呢？你有什麼辦法快說！」一看子荃呑呑吐吐地，秀女推了她一把。

「您要我怎麼說呢？畢竟她是我自己的妹妹，我要眞說了，您怎麼看我？」子荃很是爲難地說道。

「我怎麼看你，我看你當親兒子啊。」

「好。」

子荃在秀女耳邊嘀嘀咕咕了一些。

「你……你看看你這孩子哦，好辦法呀。」秀女一聽之下，大為讚嘆，怎麼以前完全沒有想到這法子啊！多虧有這汪子荃。

「所以啊，在士芬孩子還沒生下來以前，在沒有抓到汪子亮跟陳中威的證據以前，您千萬別再提士元跟亮亮離婚的事情，否則的話，大家又都怪罪於你，你又成了惡人啦。」

子荃提醒道，故意弄得像是要幫著秀女，維護她在趙靖和士元心裡的形象。

秀女聽進了子荃的話語，當他眞是為了自己所受的委屈在抱不平著，心裡也得意了起來，想不到宋妍秋的親生兒子是站在自己這一邊，她邊幫子荃上著藥，也決定照著子荃所說的，按兵不動。

而中威和子荃爭執過後，依然忍著傷痛到俱樂部裡找到亮亮，亮亮深怕被旁人誤會，趕忙帶著中威出了俱樂部。

兩人走到了圍繞著俱樂部的一片海灘上，即使身上帶傷，中威還是稍做了點清理，不想亮亮為他擔心，何況，他這次來冒著風險，是有一個重要的目的的。

「為什麼到俱樂部來找我？不是自找難堪嗎？」吹著海風亮亮問道。

「我就是要這麼做，在診所，趙士芬會來，在外邊，趙士芬會跟，如果我直接到俱樂部，大大方方的跟你說話，他們就沒有什麼想像的空間了。」中威說。

「正所謂最危險的地方就是最安全的地方，不是嗎？」

「幸好碰到的不是趙士元，是子荃。」亮亮看著中威臉上依然腫脹的傷口。

「亮亮，其實你哥……子荃他比任何人都可怕。亮亮……你哥他……他心機太重了。」中威想到亮亮竟然跟這種人處在同一屋簷下，就不寒而慄。

「不要再說了，他是我哥哥，他是六親不認的啊，他可以爲達目的……」其實亮亮根本就瞭解，但她有她的無奈：「他不認我，我認他，除了他，除了我媽媽，我沒有親人。中威，這件事無從選擇。」

「亮亮，汪子荃不值得你們信任，你們分隔十幾年，已經不瞭解他了，他……」

「不論他是怎樣，他就是我哥哥，我知道他的個性，我也可以想像他對我媽的態度，我都知道，從他進門……從他進門的那一刻，我就知道了。人心是肉做的，我相信他會的，給他時間，讓他跟我媽多多接觸，他會心疼我們的媽媽。」亮亮瞭望著遠方海天連成一線的邊際繼續說著，「老天爺已經帶走了小敏，帶走了我的孩子，他總該還我一個親人吧。我已經做不了母親了，難道要一個手足也不行嗎？」亮亮幽幽的表情總是那樣讓中威心疼，他將亮亮慢慢轉過身來，凝視著她。

「亮亮……你可以再做母親的。」是的，亮亮，他來就是爲了告訴她這件事情。

「當然，我可以去領養一個孩子，但是我爲什麼要這樣做？」亮亮苦澀地。

「不，亮亮，我已經問過醫生了，女性結紮手術不是絕育手術，是節育，男性結紮再打開，成功率極低，但是女性不同，結紮後的女性，再打開受孕的機率高達百分之五十以上，也就是說，你有一半的機會可以受孕，只要你願意。」

中威雙眼發亮地盯著亮亮，亮亮，你不是爲了這件事不停哭泣嗎？從今以後你可以不用再流淚了，你有機會達成你最想要的願望，一份禮物。

亮亮看了一眼中威，搖搖頭，表情並沒有因爲聽到這個消息而有些許喜悅。

「亮亮？」中威不解地喚她。

「謝謝你爲我所做的一切，但是，我不願意。」亮亮的回答連自己都頗感意外。

「亮亮？」中威急切地問道，要是之前，亮亮一定會很高興的。

「做母親是女人的天職，是上帝賦予我的權利，他們利用最卑劣的手段，未經我的同意，擅自剝奪我這一項權利，爲什麼我還要偷偷摸摸的打開我的輸卵管去跟他生孩子？這算什麼呢？我之前卑微得還不夠嗎？我隱忍得還不夠嗎？」亮亮激動了起來，是的，她是想要孩子，但那趙士元呢？他也配當孩子的父親嗎？

「我賠進小敏的一條命，賠上了我媽媽好不容易恢復的健康，這些還不夠嗎？」

「亮亮……就是因爲你已經做了很多，現在有一線生機，你爲什麼還要放棄呢？」中威不希望亮亮因爲衝動，做了讓自己後悔的決定。

「那是因爲你心疼我，你會認爲這是一線生機，但是趙家不會！他們只會認爲事跡敗露，他們會更恨我，恨我的孩子，我爲什麼要像搖尾乞憐的狗，偷偷摸摸可憐兮兮的，想辦法去懷一個他們不愛的孩子，爲什麼呢？我不要！他不配！」亮亮拉緊身上的外套，狠狠地大喊著。

「中威，我恨他們，我恨士元……我恨他的知情，我恨他的心虛，所以……他常常白天不在公司，夜裡就是玩到半夜才回來，我恨他的儒弱！他爲什麼總是不敢勇敢的面對我呢？」只有在這無人的海邊，還有中威的面前，她才能盡情吐露自己的感情，才有人瞭解、有人疼惜。

「亮亮，你不要這樣子。我們兩個……最起碼要有一個婚姻是幸福的，說好的，要一起努力的。」中威還是不放棄，試圖說服亮亮。

「我的婚姻，不值得我努力，我要放棄，你努力吧，最起碼趙士芬她是愛你的，你們都健康，只要你願意，你可以擁有一個完整的家庭。」亮亮心碎地笑著，反過頭來勸中威。

「新婚夜之後，我再也沒有碰過她了，你知道嗎？我的婚姻，原來是一場可笑的騙局，她愛我？你知道嗎？她的愛有多麼恐怖多麼邪惡！」

中威告訴了亮亮所有的一切，關於士芬如何運用心機讓他們兩人錯過了彼此。

陣陣的浪潮打在沙灘上，或是海氣或是風沙或是兩人心中仍有的情意，濕潤了兩人的眼眶。

＊＊＊＊＊＊＊＊＊＊＊＊＊＊＊＊＊＊＊＊＊＊＊＊＊＊＊＊＊＊

半夜，士元又喝醉了回到家中，跌跌撞撞的進門，看見亮亮站在客廳裡不開燈的在等他。

「老婆～！我最親愛的老婆亮亮。」他口齒不清地說，伸手就要抱亮亮。

亮亮用力推開士元：「你滾！」

「ㄟ！我是你老公唷，你叫我滾？我偏不滾，你怎麼樣？」士元發起酒瘋也不管對錯。

「你敢碰我試試看！」亮亮對於士元這樣的態度已經厭煩至極，睜大著眼直瞪著他。

「我有什麼不敢？老婆可以不准老公碰的啊？我偏要！」

士元強拉住亮亮，低頭就是一陣狂吻，亮亮沒有推開只是冷冷的突然說了一句。

「今天是危險期，不安全，你不怕嗎？會懷孕的，你不怕嗎？會生出神經病的。」

士元霎時停止了動作，他心裡非常清楚亮亮已經結紮了。

「我不怕啊，我們要禮物的啦。」士元趁著酒意麻醉著自己不願面對的心虛，繼續又對著亮亮親暱了起來，而亮亮僵硬的身體代表她的回答，她累了。

「趙士元！你不配有禮物，你……」亮亮奮力推開他這個還要繼續誆騙她感情的無恥之徒。

士元卻發了狂的仍要吻亮亮。

「放開我！你放開我！」亮亮打了士元一巴掌。「趙士元，你可悲！」

士元摸著發燙的臉頰，不敢相信。

「唉呀～她打你啊？這個狐狸精！」秀女被兩人的爭吵給吵醒了，出來察看時正好看見這一幕。

「汪子亮！」

秀女上前就是連甩亮亮兩個耳光。

「你敢打我兒子？你造反啊，你算老幾，你碰不得啊？他碰你天經地義，你敢拒絕他啊？」秀女扯開喉嚨就罵，反了反了，老公要碰老婆竟然還挨耳刮子，汪子亮這不知好歹的女人，頭腦裡裝的什麼東西啊！

「他要跟我親熱我會懷孕，可以嗎？士元媽媽，我可以懷孕嗎？我可以懷孕嗎？我現在沒有吃避孕藥，今天又是危險期，一碰就會懷孕，我可以懷孕嗎？」亮亮不氣反笑，撫著紅紅的臉頰，瞇起眼問秀女。

「總之你就是不能動手，你愛怎麼懷是你的事啊！」秀女嚥了嚥口水說，迴避著亮亮犀利的眼神，心中想著反正我諒你也懷不出一顆蛋來。

「是我的事嗎？」亮亮要確定秀女所說的話。

「你廢話啊，以前不准你懷你都偷偷懷了，現在還假惺惺來問我？」秀女不耐煩地說。

「好，我就懷。」亮亮道，她看著在她面前作假的兩人，心中下了一個重要的決定。

「有本事你儘管去懷，可我警告你，以後你再對趙士元動手的話，你給我試試看！哼！」

亮亮看著不可一世的秀女，絲毫沒有任何內疚，想起中威說的，所有發生的一切，都是趙士芬一手策畫的，她自導自演，流產也是假的，士芬故意先陷害自己，再處理掉假懷孕，所有的過程她母親全都知道的。

看著眼前這個曾經每天逼她吃避孕藥的婆婆，還有身邊這個早就知道事情眞相、卻軟弱沒有擔當的丈夫。

「好，我懷，我就懷……」亮亮對著兩人點了點頭，喃喃自語著。

亮亮的態度讓秀女覺得詭異，更讓士元不知該如何面對的掉頭離去。

第二天，醫院裡，亮亮一個人去做了打開輸卵管的手術。

「孫醫生，不要怕，這是你贖罪的機會，將來我做母親，我跟我的孩子都會感激你的。」

亮亮看著孫醫生，眼神堅定。

「動手吧。謝謝你。」

孫醫生點了點頭，戴上口罩，手術燈一亮，亮亮另一個衝擊的人生即將打開。

而幾天後，趙靖也從國外考察回來了。而士元卻不知收斂又一次半夜宿醉而歸，敲打著被亮亮反鎖的房門。

「汪子亮！你開門！聽到沒有啊？你眞的不開門哦，汪子亮！」

「又怎麼了？」趙靖跟秀女被吵醒，下樓察看。

「你眞的不開門啊？那我就把門給踹開，汪子亮！」士元在門外吼著，發了狠勁準備要踹開房門。

「趙士元，你在幹什麼？」趙靖看到士元不理性的模樣，又渾身酒臭，眉頭皺得緊緊的。

「你開門！」士元重重地捶了一下門。

趙靖將士元推倒在地。

「你又去喝酒啦？你看看你什麼樣子？」

「你吼什麼吼啊？你看看他那個老婆多神氣啊？不是半夜把老公踢下來，就是抱著棉被分房睡！」秀女護著兒子，不願趙靖替亮亮出聲。

趙靖不解兩人在他出國的這段時間發生了什麼事情，但這樣的景況也不是他所願見到的，他敲了敲門。

「亮亮，你把門打開，是爸爸。亮亮？」

門咿呀打開了，亮亮面無表情的看著趙靖。

「亮亮，你爲什麼要一個人睡到樓下來？」趙靖用和緩的語氣問亮亮。

「他喝醉了，我不想睡在他旁邊。」亮亮隨便搪塞了一個理由。

「你說話公平點喔，你是第一天睡下來的嗎？她這一個禮拜，是天天喝醉回來的啊？」秀女大聲質問，威嚇著亮亮不要太囂張。

「也幾乎天天了吧。」亮亮淡淡地說。

「那也是因爲你幾乎天天給我臭臉看！」士元站起身來，大聲爲自己說話。

「你可以不要看！」亮亮接口。

「好啦！不要吵啦！我今天坐了一整天的飛機，明天還有好多會要開呢！能不能可憐可憐我這條老牛啊？亮亮，你懂事，你先回樓上去睡。士元等他明天醒了，我好好罵他。」

趙靖無奈地央求兒子媳婦，能不能給他一夜好眠。

亮亮看了看趙靖，依然面無表情但也順從的上樓去了。

「唉唷～你看看她那個德性唷～喝酒，喝酒有啥了不起啊？哪個男人在外面不應酬喝酒的？」秀女被亮亮的臉色氣到了。

「好啦！讓我睡個安穩的覺，行不行？」趙靖制止秀女再說下去，轉身也上了樓。

亮亮一進臥房裡，就縮在床上的一角，離士元遠遠的。倒頭就睡去的士元絲毫不想對亮亮的怪脾氣多些瞭解，也因此錯過了與亮亮最後溝通的機會。

亮亮在被子裡，咬著牙，心中不斷的迴盪著一句話，像是要時時提醒自己似地。

「趙士元，我絕對不會懷你的孩子，絕對不會！」

翌日，亮亮來到中威的診所，中威見到她既驚且喜。

「亮亮？你怎麼會在這裡？」他有點懷疑自己是身在夢中，亮亮竟然主動來找他。

「最危險的地方就是最安全的地方，不是嗎？」亮亮學著他以前說過的話。

兩人進到診所裡，中威倒了杯咖啡給亮亮。

「這幾天我一直在找你，我打了好幾次電話到俱樂部去，他們說你沒上班，你跑到哪裡去了？」中威關心地。

「一年前我在這裡，跟你要一個生日禮物，你還記得嗎？」亮亮沒有回答中威的話，若有所思地問他。

「我永遠都不會忘記。」

「那一夜我請你跟我求婚，多天眞啊，一個女孩子，強迫人家用求婚做生日禮物。」亮亮怔怔地笑了。

「不要說了，那是個遺憾的夜晚，是我這輩子最遺憾的夜晚。」中威不忍回想，事實上這些日子來，他一直不敢想像，如果去年他答應了亮亮的請求，那如今又會是什麼樣的情形呢？罷了、罷了！還是別自尋苦惱吧！越想越覺得現在的一切，是他害了亮亮，也害了自己。

「你可以彌補這個遺憾。你說過，這個禮物你會保存在心底，你說它永遠存在的。」

「來不及了，現在我們已經各自嫁娶了，但是如果你願意等我，我可以離婚。」

「中威！」亮亮看向他。

「我想當母親……」亮亮淚水突然滑落。「你願意讓我當母親嗎？這是我這一輩子，渴望得到的最大禮物，你願意送我這個禮物嗎？」

「亮亮……你……你是說？」中威不敢相信自己的耳朵。

「是，我想當媽媽，但是我不想跟趙士元生，我……還是一樣，跟去年一樣，你猶豫……」

亮亮的聲音不穩，人也在發抖，這種要求說得來第一次，可說不來第二次。

「亮亮……」中威想扶住她，卻說不出話。

「也許是我太荒謬了，總是跟人家要一些奇怪的禮物。你不要為難，當我沒說好了。」

亮亮轉身欲離去。

「亮亮！」中威一把將她帶入懷裡，這一輩子，天可憐見，他再也不想和懷中女子分離了。

「亮亮，我不是猶豫，我對你的愛，從來沒有懷疑過。可是你要告訴我，你要清清楚楚的說明白，你愛我嗎？不要因為恨趙士元，不想讓他做父親，不要因為我是最佳人選，才向我提出這個要求。我要知道你愛我嗎？」

亮亮哭泣不語。

「亮亮，回答我，你愛我嗎？」

亮亮看著中威。

「這對我，對我們，對我們的孩子，是很重要的，請你告訴我，你愛我嗎？」中威懇切地。

「我不知道那是不是愛，我只知道，在我最徬徨的時候，我最想依靠的是你，在我最快樂的時候，我希望能跟你一起分享，我最寂寞的時候，我渴望你在我身邊……」亮亮恍惚地說，彷彿同時陷入了許多和中威一起的回憶裡，笑中有淚，淚中有笑。

「可是寂寞的時候想念的人，那不是愛，只有人多很熱鬧的時候你渴望的，那才是愛。」中威希望亮亮釐清自己的感情。

「是，是這樣的，我總是想念著你，我總是想念著你！」亮亮難得如此眞情地剖白，毫無遲疑。

中威再度緊抱亮亮。

「亮亮，你是愛我的。」中威開心的笑著。「我們一定會是這個世界上最快樂的父母親，因爲我們是相愛的。」

「亮亮……我們現在可以分頭進行離婚的事情，我相信……我相信……」他試著告訴亮亮他的計畫，就在剛剛一瞬間萌生的計畫。

「不，我現在不想跟士元離婚。」亮亮突然冒出。

「爲什麼？你愛我，想跟我生孩子，但不要離婚？」中威莫名其妙地。

「我會跟他離婚，但不是現在。」亮亮沈思地說。

「爲什麼？」中威越聽越迷糊。

「我要先懷孕，我要親眼目睹他們聽到我懷孕那一剎那的表情，我要……」亮亮笑了起來。

「你要報復他們？」

「難道不應該嗎？他們羞辱我，設計我，糟蹋我，他們認爲我不能懷孕了，我現在就要懷，我要看到時候，他們敢不敢說出這些卑劣的手段！」亮亮激動地說。

「你是想利用這個孩子做你報復的工具？」

「不～不是的，我愛孩子，我要孩子……」提到孩子，亮亮眼裡又充滿了心酸的柔情與滿腹的委屈，她撫著肚子。

「那就先離婚，我們光明正大的在一起。」中威堅持道，他要把亮亮帶離那暗無天日的地方，重回光明。

「中威，我求求你，這是時間遲早的問題，我先懷孕，他們一定會答應我離婚的，我求求你成全我，讓我看一次他們失敗的表情，讓我享受一次敗部復活的快感，讓我替我媽替我弟弟出口氣……一次就好！只要一眼就好了。」亮亮拉著中威的手，祈求他、拜託他。

「中威……我求求你好不好？你知道他們怎麼欺負我的，你知道他們對我有多麼不人道，別人不清楚，你都知道。」

「就是因爲我都知道那些人是多麼卑鄙多麼惡劣，所以我才要你盡快離開他們，明明知道是一攤爛泥，何苦沾上一身泥，不要再浪費時間了，亮亮，我愛你，我希望我們的孩子是愛的結合，我不希望他生命裡有恨，我不希望他是個工具。亮亮，無論趙士元刁難你多久，我都願意等。但是……但是要先離婚。」儘管不願拒絕亮亮，中威還是說了。

「如果你愛我，眞的愛我，來這裡。我會在這裡等你。如果等不到你，那就表示……我們這一輩子沒有緣分了。」

亮亮將旅館的名片放在櫃台上。

「亮亮……」中威喚住亮亮。

亮亮沒有回頭，她心意已決。

中威看著桌上的名片，心中掙扎著。

站在旅館門口，亮亮猶豫著，還是進去了。

她進了房間，脫了衣服，換上浴袍，坐在床邊，動也不動的等著中威的到來。

腦中的思緒翻騰著這些日子來她所遭受的一切，並且認眞思考著到底她是愛中威還是利用中威的問題。

而中威也早已開著車子來到旅館外面，考慮著要不要進去。

他想著亮亮渴望孩子的心情。

他想著亮亮失去孩子的悲痛。

可是一旦他走進去之後，兩人的關係就非比尋常了，這雖然是他一直所企盼的，但卻不是一種正常的交往方式，而亮亮心裡是怎麼想他的？他對亮亮而言是另一種工具，還是存在著情分？

亮亮看了牆上的鐘，時間已經過了許久，還不見中威進來。

她輕嘆了一口氣，這樣的方式中威果然不能接受，她難受的穿上衣服走出旅館，卻在停車場看見中威的車子。

亮亮又羞又憤地掉頭就想離去。

「亮亮，我……我……」中威開門，追了出來。

「我知道了，人長大了，不可以一直跟人家要禮物，對不起。」亮亮背對著他輕輕道。

「亮亮，我一直都在車裡，三四個小時，我一直都在車裡面。」中威不要亮亮誤會他的心意。

「你在車裡？你人都來了，但是……但是你寧願坐在車裡。既然如此，你何必還要來呢？或者你只是想來證實，我是不是眞的在房裡等你？」

亮亮自己也是鼓足了勇氣，才敢踏進這個地方，在等待的時刻裡，亮亮甚至覺得自己已經在房裡等了一世紀那麼久，亮亮委屈的看著中威，「我怕我一站起來，我就會奪門而出，現在……我該感謝你嗎？」亮亮難堪地繼續說著，「替趙家感謝你嗎？你爲他們守住了一個貞節牌坊。」

「亮亮，你聽我說，我一定要說。」

中威搖著頭，他內心何嘗不也掙扎著。

「亮亮，今天……三四個小時之前，就算我走進去，我們……我們發生了關係，我們現在都不會快樂的。我們會內疚、會自責，亮亮，我太瞭解你了，因爲你不隨便，因爲你自愛，所以你會內疚。」

亮亮的眼神閃爍著，中威無限柔情的看著她。

「亮亮，我愛你，我要你毫無遺憾的跟我在一起，再給趙士元一次機會，也許，他毫不知情，也許……他根本不知道他母親對你做出這樣殘忍的事情。」中威畢竟用理智克服了澎湃的情愫，他們已經後悔過一次，他不要亮亮這輩子再承受什麼遺憾了。

「他絕對知道的！就像上一次一樣，他媽媽逼我吃避孕藥是一樣的，他在逃避，他像一隻鴕鳥……一輩子把自己埋在砂堆裡！」亮亮氣士元，氣他是一個那麼沒有肩膀的丈夫。

「亮亮，再給他一次機會，也是給我們一次機會。如果，他真的都已經知道這一切了，卻不敢誠實的面對你，對你不內疚，也不自責，那麼我答應你，我們先懷孕。」

亮亮思索了一會兒，終於點了點頭，機會只是用時間來證明，她自己清楚知道，這麼久了士元都不曾改變，即使她給了他無數個機會。

****

趙家的餐桌上，秀女拚命挾菜給士芬，難得士芬在家吃飯，秀女煮了一桌好菜要給她的寶貝女兒好好補一補。

「士芬今天胃口不錯啊？」趙靖發現到女兒有些不一樣。

「心情好，胃口就開啦～」士芬用輕鬆上揚的語調說。

「這就對了，婚姻是要用心去經營的，這條路才走得長啊，你最近跟中威好一點了吧？」趙靖欣慰地。

「他們可好啦，以後會更好呢。」秀女接話道，邊挾了一塊瘦肉進女兒的碗裡。

「這樣就好，這樣我就放心了。士元，你也要多學學你妹妹，要用心。」趙靖轉頭看兒子，言下之意是希望他多花點時間在照顧家庭，不要動不動就夜歸，還醉醺醺地。

「爸，我有用心啊。」士元答腔，口裡的食物還嘖嘖作響。

「對啦，人家士元最近乖多了，再說這要用心也得兩個人才行啊，光他一個人啊……」

秀女又把矛頭轉向了，好像看到亮亮一個人坐在那安靜地吃飯，怕她寂寞似的。

「爸，我宣布一個好消息。」亮亮放下筷子。

「喔？是妍秋的情況有改善了？」趙靖猜道，想必是汪家的好消息吧！

「我懷孕了。」亮亮說。

全家人一陣驚訝。

「眞的啊？」趙靖也放下了碗筷。

「這……怎麼可能呢？怎麼可能懷孕呢？」秀女不敢相信地脫口而出，看見亮亮直視的眼神隨即又改口，「我是說怎麼可能這麼快就懷孕了？」

亮亮心裡清楚秀女爲何會如此說，她揚起嘴角輕蔑的笑了笑。

「太好了，太好了，亮亮，這一回你可要特別謹愼，千萬別再亂吃藥了，也別太累了，公司那邊也別去了，好好在家裡面安胎，安安穩穩的把這一胎生下來再說。」趙靖連忙下達指示，上一次沒能保住孩子的事，他想來就對亮亮感到虧欠。

亮亮點點頭。

「唉呀～那要是眞懷孕那不就……不就是件喜事嗎？不過你是眞懷孕啦？」秀女還在懷疑的試探著說，亮亮看了就覺得可厭極了，而當她看著身旁的士元仍低著頭默默地扒飯時，她的心更是痛得糾結在一塊兒。

「是啊，亮亮，你是自己驗出來的？還是到醫院檢查過啊？有一種症狀叫作假性懷孕，會不會是你太想要孩子，所以出現了種種類似懷孕的假象，你要不要多檢查幾家確定一下啊？」士芬假好意地提出她的看法。

「士芬，你懂的還眞不少，眞瞭解什麼叫假性懷孕，假性懷孕我沒經驗，但我眞的懷孕過，我知道眞懷孕跟假懷孕有什麼差別。」亮亮不著痕跡地反擊。

「亮亮，士芬……士芬說的沒錯啊，可能……是你太渴望了，所以……」士元此時終於支支吾吾地開口了。

「你們眞奇怪，懷孕就懷孕了嘛，哪有什麼眞的假的！難道亮亮自己搞不清楚，還假得了嗎？」趙靖覺得大家都很奇怪，似乎只有他替趙家未來的孫兒高興的樣子。

「唉呀～大家是一番好意嘛～怕亮亮抱太大的希望，這希望越大呀，失望就越大。到頭來空歡喜一場啊，難過的還不是她自己，也沒別的意思啊，只不過要她再去檢查一次。」

秀女跟兒子女兒擠眉弄眼地。

「不用再檢查了，我就是懷孕了。」亮亮堅定地說。

「好，好，眞是個好消息，亮亮，打今天開始，你可要多注意自己的營養啦。」

這個消息帶給了趙靖振奮，太好了！趙家將有新的生命降臨了，希望他能帶給這裡喜氣，也能帶給士元亮亮婚姻的新契機。

「士芬啊～多吃點。」秀女依然熱絡地挾菜給士芬，只是眼角餘光偷瞄到亮亮時，臉孔不經意地扭曲。

亮亮冷眼看著旁人的反應，包括她曾經深愛的丈夫，吃不出味道的一口一口將飯菜嚥下。

「他們都知道的，除了趙叔叔，他們全都知道的。」亮亮心裡想著。

用餐完畢，士元端了一盤水果進房裡，看著呆坐在床上的亮亮，他慢慢走了過去。

「亮亮，爸說要多吃點水果，吃蘋果鐵質很豐富的耶。」

亮亮並不搭理。

「亮亮，你眞的懷孕啦？」士元坐到她身邊，問著。

亮亮點了點頭。

「這……這怎麼可能，這怎麼會呢？」士元還是不相信。

「怎麼不會？我不能懷孕嗎？」亮亮斜睇著他。

「可是……」

「你覺得奇怪嗎？」

「不是啦，我是說……我是說我們……你不是很久都不理我了，還自己一個人睡到樓下去。」

士元企圖找個圓滿一點的說辭，不然亮亮會起疑心的。

「之前啊，之前我們不是有在一起嗎？之前我們不是很開心嗎？我們還親親熱熱的期待著禮物啊，爲什麼？爲什麼我不可能懷孕呢？」亮亮靠近士元，湊近他的臉。

「可能……我們當然可能懷孕啦。」士元擠出勉強的笑容。

「士元……」亮亮抓住他的手放在自己的肚子上。

「你眞的送了我一個最好最好的禮物，我好感謝你喔。」

士元覺得喉頭一緊，猛地將手抽開。

「亮亮，再去檢查一下好不好？」

「會，你放心，我會確定的。」

士元抓著頭走開，看著士元的反應，亮亮落下了眼淚，她確定士元是知道的。

士元步出了房間，就急忙拉著秀女到陽台，討論著關於亮亮懷孕這件事情。

士元的惶恐之情溢於言表，秀女被士元急急忙忙的拉了出來，一聽是這件事情倒是不以爲然的想走，士元再度拉住母親，又說了一遍亮亮懷孕的事情。

「好啦！我沒聾啦！白天我就聽到啦！」秀女有些不耐地拍開兒子的手，他在大驚小怪什麼啦！像個頭腦簡單的孩子一樣。

「那我……」士元不曉得該怎麼面對亮亮。

「這沒有的事你要我怎麼辦啊？」秀女給他一個白眼。

「可是她說她有啦！」這才是可怕的地方。

「趙士元啊，難怪你爸氣你不長腦子啊，她怎麼會有呢？！她說她有，她就會有啊？我都告訴你了，那個醫生已經把她都處理掉了，她怎麼會有呢？這也値得你緊張兮兮的。」

秀女一臉不屑，要士元就當她幻想症就可以了嘛！難不成醫學還會有錯啊。

「不是啊，媽……我……我眞的不敢跟亮亮在同一個房裡了，你不知道，她老是神秘兮兮的盯著我瞧，看得我心裡直發毛的，我好怕她叫我摸她肚子，我好怕她叫我陪她去做產檢，我怕……」士元感到壓力大得喘不過氣。

「趙士元啊！你這也怕，那也怕！你怕什麼呀？我告訴你唷，在這件事情上你可要給我沈住氣唷，死咬著不認啊，現在孫醫生走了，這件事情只有我、你、你妹知道，你爸可不知道唷！萬一你給我露出馬腳的話，那你……」秀女緊盯住他。

「我就完了。」士元一拍額頭。

「沒錯！不只你的婚姻完了，我跟你爸爸也完啦，趙士芬跟她老公也完了。你自己看著辦吧，看你要不要沈住氣。」秀女撂下狠話。

「唉唷～天啊，我不敢面對爸爸，我不敢面對亮亮，過了這一次，她要是三不五時給我來個假懷孕，那……那我不就崩潰了！」士元哀嚎著。

「你就這樣嘛，出國去避避啊，省得你在這擔心害怕的她弄得我也提心吊膽。」秀女給他個提議。

「那又能夠避得了多久啊？」士元說，難道出去個一年半載不回家嗎？

「你死人那你，你到底還要怎樣？說實在該害怕的是你媽！我都不怕，你在怕什麼？沒出息的東西。」秀女罵道。

「我愛亮亮！我看了不忍心嘛。」

「氣死我了，死沒出息的。」秀女口中唸唸有詞罵著一臉苦惱的士元。

＊＊＊＊＊＊＊＊＊＊＊＊＊＊＊＊＊＊＊＊＊＊＊＊＊＊＊＊＊＊

這天，趙靖在俱樂部巡視著，來到親子遊戲區時，看見亮亮坐在裡面發著呆，他笑著走了過去。

「我就知道你一定在這，昨天晚上我已經想好了，小寶貝生下來五歲之前就讓他在這一區玩，五歲以後送他到二樓學直排輪，再大一點就讓他到這邊來學游泳了。」趙靖憧憬著含飴弄孫的快樂。

「唉～多好啊，像個小人魚似的在水裡游來游去的，到時候一定要有個教練隨時盯著他，不，一定要我親自盯著，爺爺盯著比較放心一點。」這可是他們趙家的長孫，他開心重視的程度可不輸給亮亮啊。

「想不到我自己開了一個大遊樂場，讓自己的孫子來玩，有意思。」

趙靖看亮亮聽他說了半天都沒反應，只是直盯著他看，不禁問了。

「怎麼啦？」

「爸，你真好。」亮亮由衷地說。

「我當然好啦，哪一家的爺爺像我這樣，把所有的遊樂設施都準備好了，等自己的孫子落地的？到時候我一定得規定他，一定得跟爺爺我最好最親才行。」趙靖慈祥地說。

「爸，我……我還沒有完全確定是不是真的懷孕。」亮亮撇開頭，她不願意傷害趙靖的心，她明白趙靖是真的對她好，把她當女兒來疼，不求回報那種。

「ㄟ～確不確定不要急嘛，不要緊，只要你跟士元兩個人好好的，生兒育女那不是遲早的事嗎？呵呵呵呵……」趙靖一點兒也不擔心，突然又想到什麼似地。

「啊！亮亮，你看我們要不要增設一個音樂才藝班啊？說不定小寶貝遺傳了他外婆的音樂細胞啦，我們還可以再增設一個陶藝班還有書法班，這個書法我一定要讓他學的，中國小孩不會寫書法，那像話嗎？」趙靖說的彷彿這娃兒已經在他面前，「這孩子將來啊一定是個允文允武的人，趙家一代比一代強，肯定會越來越好。」

亮亮看著趙靖，心裡卻只能不斷說著抱歉。

「爸，對不起，真的對不起。」

晚餐過後，趙靖在書房看著書，而秀女心中早已幫士元找好了藉口，由她來告訴趙靖。

「我大哥要趙士元陪著他到大陸去看一下市場。」

秀女扯著謊，趙靖聽了，瞪著站在秀女身邊低著頭的士元，臉一沈。

「不可以，亮亮懷孕了，這時候他應該留在亮亮身邊照顧她。」趙靖不贊成，哪有妻子剛懷孕，丈夫就跑不見的道理？他正想乘此機會讓士元好好彌補亮亮呢！

「我說老爺子，她懷孕也還沒確定，趙士元也不是去一輩子，你這時候緊張什麼呀？」

秀女嗔怪道。

「她懷上一胎的時候，我們都沒有特別注意，這一胎就應該特別小心謹慎了。」

「爸！您的茶。」亮亮捧了趙靖的茶端進書房給他。

「趙士元，你自己問一下你老婆，看她需不需要你留在她身邊陪她？」

趙靖直接叫他問亮亮，士元呆愣了愣。

「唉呀，你呀，是去辦正事呢又不是去玩，這有什麼不好開口的？」秀女推著士元。

亮亮看著士元心虛遲疑的表情，心痛著想離去，卻被秀女叫住。

「亮亮啊，士元要陪他大舅舅到大陸去看一下市場，可以嗎？」

「士元，你想去嗎？」亮亮面無表情的看著士元。

「那個……舅舅他說……」士元又緊張了起來。

「你自己想去嗎？」亮亮又問。

「他想啊！」秀女看不過去了代為回答，眞是，在女人面前像個軟腳蝦似地。

「問的是士元。」趙靖要秀女不要插嘴，他要聽士元親口回答。

「是啊，我……我想啊，我想去看看。」士元好不容易說了出口。

「好，我也去，我跟你一起去。」亮亮說。

「不要吧，你別跟我去了。」士元沒想到亮亮有這一招，嚇了一跳。

「你看看，人家男人家去做生意呢，你一個女人家陪著去算什麼呢？」秀女在旁嗤之以鼻。

「是啊，亮亮，我也覺得這樣不大妥當，旅途上舟車勞頓的，而且你懷孕了，有個什麼閃失那可怎麼好呢？」趙靖擔心亮亮的身體。

「是啊是啊，我自己去就好了，我……我跟舅舅他們一起去。好不好？亮亮。」士元見有家人幫腔，膽子也大了起來。

「隨便。」亮亮輕聲說，對士元逃避事情的態度，她已經無力了。

士元喘了口氣，馬上就進房裡收拾行李，準備要去大陸「避難」，亮亮走進房來看著他的身影，心裡想著她和士元還會有最後的機會嗎？

亮亮靜靜地走了過去一邊幫忙著士元收拾，一邊問。

「眞的不要我陪你去？」

「爸爸……爸爸跟媽媽都不贊成嘛！」士元沒想到亮亮又舊話重提，剛剛不是達成共識了嗎？

「你自己不想嗎？以前你不是常擔心，怕我萬一一懷孕，心裡只有孩子，不再是屬於你一個人的？我希望能跟你一起出國，到了外地，只有我們沒有別人，很多話……很多話不是都可以說清楚嗎？」亮亮在給著士元最後一次坦白的機會。

「什麼話？我們還有什麼話要說的嗎？」士元一方面是眞不瞭解，一方面則是心虛，不敢想像亮亮是不是發現了什麼蛛絲馬跡。

「沒有嗎？我不知道，我只是覺得我們難得可以獨處，可以說些體己話，而且萬一……萬一這一次我眞的空歡喜一場沒有受孕，也許……我們可以利用這個機會，就像度蜜月一樣，說不定我們眞的可以懷孕。」

「以後吧……等我回來以後再說吧，以後再懷吧！」

亮亮看著士元避她如鬼神的態度，那樣的倉皇，那樣的心虛，亮亮心中已經有了答案。

士元避掉了她的目光，她的疑問，也避掉了她給他的最後一次機會。

＊＊＊＊＊＊＊＊＊＊＊＊＊＊＊＊＊＊＊＊＊＊＊＊＊＊＊＊＊＊

旅館房間裡有一種消毒藥水的味道，亮亮坐在床沿，將手上的戒指脫了放在梳妝台上。

空調有些冷，包裹著一條白毛巾的亮亮身體微微的抖著。

中威看著眼前的女人一臉堅定，沒有猶豫沒有後悔。

他輕輕握住了亮亮的手，亮亮黑亮的眼眸望著中威，裡面充滿企求。

中威開始親吻亮亮溫熱的紅唇，撫摸她細緻的臉龐，像是在用自己的手雕塑著一件藝術品，這個他一直渴望得到的無價之寶。

中威的吻游移在她的鼻間、嘴唇，一遍又一遍。

亮亮閉上了眼睛，接受著中威的親吻，兩人躺在床上，親吻由溫和變成了狂暴，十指相扣著。

完事後，中威懷抱著盯著戒指看的亮亮。

「亮亮……你後悔嗎？」

「我難過，但是我不後悔。我爲我的婚姻感到可悲。」儘管亮亮淡淡的說著，淚水還是流了下來。

「你知道嗎？我給過他機會，其實，從我們一結婚，我就一直給他機會。一次又一次，每次他傷了我的心，我總在替他找理由……我……我總是要自己不停的想著他的好，我很努力很努力的想著士元的好處。」亮亮痛楚地說。

「亮亮……如果你必須很努力的想一個人的好，其實那表示所有的好處，一切的優點，都已成過去了，都只剩回憶了。」中威心疼亮亮沒有被好好對待，輕撫著她的背。

亮亮轉過了身面對著中威。

「我知道，我也曾憂心的問過他，士元，當我們的回憶用完的時候，怎麼辦？但是他聽不懂，是聽不懂，還是沒有用心的傾聽我的請求，我不知道……沒有分別了，我好累……我覺得我好疲憊。」

中威摸著亮亮的頭髮，溫柔的氣息吐在亮亮的臉上。

「亮亮，依靠我，在我的心裡休息。」

亮亮感動的哽咽。

「中威，你一直自責，來不及跟我說一句『我愛你』，其實，我也還沒跟你說過，對不對？」

面對著一直等待著她的男人，亮亮的心開始出現變化，她閃爍著淚光的眼睛不再躲避中威炙熱的愛芒。

「中威，我愛你！」

亮亮一個字一個字說著，中威激動得一時無法反應。

「你聽見了嗎？我愛你，中威，我愛你。」

中威感動得紅了眼眶，這幾個字值得他痛苦守候。

「我聽見了，請你永遠別收回，永遠永遠別收回你對我的愛。」

「爲什麼？爲什麼要經過這麼多的傷痛，我們才知道彼此是相愛的呢？」亮亮深深覺得自己好傻。

「亮亮，我愛你，我愛你。那些曾經受過的苦，只會讓我們更加珍惜彼此。在好長好長的後半輩子，我們的未來，你跟我都不准再缺席了。」

他們深情相擁，眞心面對著彼此，未來是一條深不見光的隧道，但此刻兩人願意手牽手一起去尋找另一頭屬於他們的希望之光。

＊＊＊＊＊＊＊＊＊＊＊＊＊＊＊＊＊＊＊＊＊＊＊＊＊＊＊＊＊＊

「亮亮怎麼還不回來……」妍秋站在窗口引頸盼著亮亮回來，她並不想和子荃處在同一個空間裡，看著同在客廳的子荃心裡就是不舒服，尤其是子荃的目光那樣的森冷，無法給她安全感。

「你慌什麼？躲什麼啊？我是你兒子，你見了我有什麼好躲的？你會這樣躲小敏？這樣躲亮亮嗎？」子荃看得出妍秋在閃躲他的眼神，於是走到她身後惡狠狠地說，想要扳過她的身子。

「你又不是我的孩子，我不認識你！」妍秋躲得更厲害了。

「你得認識我，還得好好愛我！現在想躲我？那爲什麼十九年前那個颱風夜你不在家躲得好好的，要跑出去，弄得我們家破人亡？」

妍秋不想聽也聽不懂，只想跑開，卻被子荃一把抓住。

「不想聽？不想聽也得聽！如果十九年前你沒有跑出去，乖乖躲在家裡，如果汪漢文沒死，現在……」他一字一句清清楚楚地說。

「不要再說了，不！不要再說了！」妍秋摀住耳朵，受極了驚嚇。

「媽，我會一直說，一直提醒你！你要爲了汪家現在的落魄負責，你要爲了我的過去和未來負責，所以你得愛我，你如果不愛我，趙靖怎麼會愛我呢？怎麼會重視我呢？」

妍秋的頭開始痛著，一些片段的回憶像閃光燈一樣啪的照在她腦裡，她搖了搖頭，喃喃自語著。

「我要吃藥……我要吃藥……」

子荃冷笑了一聲，他走到電視機旁的櫃子，從上鎖的抽屜裡拿出了一包藥。

妍秋好幾天都沒吃藥了，一看到藥就衝了上去。

「我的藥……那是我的藥，亮亮說我要吃藥。」妍秋要拿回她的藥來吃。

子荃推開妍秋並不理會，逕自走到廁所，把藥全都丟進了馬桶裡。

「知道是你的藥！哪～那不是吃了嗎？」子荃按下了沖水鈕，對著被水渦漩下去的藥丸笑著說。

「亮亮說我有病，我要每天吃藥的～」妍秋在一旁看了，緊張得眼淚都快掉下了，可憐兮兮地。

「你發什麼瘋啊！亮亮交代的事情你不是都有做到嗎？袋子裡的藥不是天天都有少一點？」

「我……」妍秋囁嚅著不知怎麼回應。

「你放心，藥沒了，亮亮會替你去拿的，家裡天天都會有你的藥！」

子荃心裡冷哼著，亮亮拿多少藥來，他就沖走多少藥。

「我要吃藥……我要吃藥……我的藥？」妍秋瘋狂的到處翻找著屋子裡的抽屜。

子荃可沒有閒工夫陪著她玩，開了門就出去了。

而屋裡的妍秋從抽屜裡搜出了許多不知名的藥，神智恍惚的她，是一包包的狂呑著。

第二十五章

暮色剛好揭露夜晚，子荃才剛出門，注意力馬上就被一輛眼熟的轎車吸引。

他定眼一看，車內的中威和亮亮四手交疊，眼神難分難捨。

車內的兩人渾然不覺。

「亮亮，我要回去跟士芬談離婚。」中威輕輕撫著亮亮的臉龐。

「中威？」亮亮驚詫，她雖然恨趙家，可是這對趙士芬來說不啻是個噩耗。

「這是我的誠意，對你，對我們，對我們的未來，表示一點誠意。」

「中威，我沒有懷疑過你的誠意，先別急，不要在這個節骨眼惹上事端，讓我先懷孕可不可以？」

「不可以，我不可以腳踏兩條船，然後看看風向再決定上船還是下船。」中威心裡有一份男人對自己的堅持。

「之前……之前你都沒有說要跟她離婚啊。」

「那是因爲我恨她用欺騙的手段毀掉我的一生，而我又怕她利用離婚來對你不利。可是現在我們相愛，我心裡面的愛比恨多了很多，我要爭取我們的幸福，所以亮亮，我不能帶著已婚的身分跟你在一起，萬一被她抓到，是會被告的。」中威知道亮亮的好心眼和單純無法讓她多想。

「被告？多難聽。」亮亮皺著鼻尖，她和中威現在的關係的確危險又尷尬。

「你看，難聽的話你都聽不進去，萬一將來難看的事發生了，你怎麼辦？」中威忍不住憐愛的捏捏她，「聽話，亮亮。讓我先跟士芬離婚，這樣起碼少了一重危險。」

「但是，我擔心你一提出離婚，趙士芬不曉得還會使出什麼樣的手段。」亮亮嘆了好大一口氣，事情已經夠複雜困難了，眞的有必要弄成這樣嗎？

「有我在，不要怕，不要擔心。」中威擁住她，「乖，快上去不要著涼了喔。」

亮亮打開車門，轉頭對中威回眸一笑。

將那一幕無言的深情都看在眼裡的子荃，立刻擋在亮亮身前。

「夠了吧，才剛分手，還捨不得啊？」

亮亮沈默的轉頭就要進屋裡去，她並不想多跟子荃辯解什麼。

「汪子亮！你不覺得你太過分了！士元才剛出國你就跟他進進出出？」子荃在亮亮身後冷嘲熱諷。

「我不覺得我過分！過分的是趙家！」亮亮輕輕把皮包擱在沙發上，只想看看媽媽單純的笑臉，這些爾虞我詐，什麼時候才能告休。

「趙家怎麼過分了？憑我們汪家沒有家世、沒有背景、有著見不得人的基因，你汪子亮竟然可以被他們接受！我告訴你……」子荃口沫橫飛。

「汪子荃！你說話爲什麼這麼像我婆婆？」亮亮忍不住打斷他。

「因爲那就是眞理，我不懂你對趙家還有什麼好埋怨的。」子荃輕輕整理一下衣領，他一身的名牌都是錢才能堆起的，富有的趙家起碼是他的一個典範。

「你當然不懂！因爲你不懂什麼是尊嚴什麼是愛，你根本不懂他們怎麼對我！他們……」

亮亮突然想起中威講汪子荃不值得信任，住了口。

「他們怎麼樣啊？」子荃好整以暇。

「我不想跟你解釋，以後你就會明白。」亮亮走進媽媽的房間。

「汪子亮！不管他們怎麼對你，你永遠是趙家的媳婦，你跟陳中威是永遠沒有結果的，他們可以告你，告你通姦告你破壞家庭！到時候你會一無所有。」

「我不怕，我有愛！我有未來。」亮亮心中還有一句話。「我有我的孩子。」

亮亮看母親已經躺在床上，似乎已經睡著了，關上媽媽房門，心裡打算今晚睡在家裡不回趙家去了。子荃還在她背後謾罵著，她理也不想理的關上房門，當然也不會看到子荃在她關門之後露出的陰暗表情。

隔天早上亮亮起身，習慣性的第一時間就是先看看媽媽，沒想到剛走入妍秋房裡，竟然看到母親臥倒在地上不省人事。

亮亮驚恐的大叫著。

「媽～不要再一次～你醒醒啊～老天爺～求求你～媽～你醒醒啊！」

小敏倒在河邊的畫面歷歷在目，亮亮又怕又心急的抓起電話緊急送醫。

在急診室門口，亮亮尾隨著醫生焦急的問著。

「醫生，我媽她……」她實在無法冷靜片刻，想到媽媽跟小敏一樣沈重昏厥的身子，讓她好心謊，她只剩下這個最愛的親人了啊。

「你們眞是太大意了，怎麼會讓這種事發生呢？」醫生看著手上的病歷責備著。

「是，都是我們不好，我媽現在究竟怎樣了？」亮亮的大眼裡飽含淚水。

「我現在已經幫她做過催吐和洗胃了，應該不會有什麼大問題，但是有些藥物經過血液吸收，恐怕會影響到中樞神經，我看還是留院觀察好了。」醫生在病歷上寫下幾行字。

「好，謝謝。」亮亮感激的不斷的向醫生道謝著，媽媽沒事就好。

「對了，汪小姐，有個現象比較奇怪，一般而言，精神病患者對長期服用藥物都會有排斥性，爲什麼你的母親反而反常的大量吞食藥物呢？你們家、她的生活有發生過比較大的改變嗎？」醫生突然抬起頭來，彷彿想到什麼似的問起亮亮。

「我的弟弟也是一名精神病患者，兩個月前，他因爲疏於照顧的情況下，服用過量的藥物，不幸失足溺斃了。」亮亮輕輕沈痛的說。

「這就難怪了，也許你的母親由於潛意識的自責，她希望能夠補償和替代，這種情況我們稱之爲回響症狀。」醫生若有所思的點點頭。

「回響症狀？」

「對，就是潛意識當中會不由自主的模仿他人的行爲。」

「你是說……我媽會因爲有同樣的症狀而和我弟弟發生同樣的結果？」不要啊，我絕不允許再這樣失去……亮亮在內心吶喊。

「也不一定會發生同樣的情況，還是明天會診精神科，比較妥當。」

「回響症狀？模仿？」亮亮想著剛剛醫生說的話，心中不安。

而妍秋經過幾個小時的昏睡，悠悠轉醒，一睜眼看到亮亮就掙扎的喊叫出來。　、

「媽，亮亮在這裡。」

「亮亮？亮亮……我要吃……吃……」她揮舞著雙手不知要亂抓些什麼。

「乖，乖，媽……」亮亮顧不得自己剛剛在思考什麼，只想趕快安撫妍秋

「小敏……小敏……」妍秋又突然陷入睡眠，就像突然的醒來，都是夢境裡的互相剪接而已。這樣的流動情節對亮亮來說眞的是異常的折磨，她望著不知何時會再發病的母親，未語淚先流。

「亮亮……好痛哦，好難過唷。」妍秋像孩子一樣拉拉亮亮衣角。

「我知道，我知道，胃痛是不是？媽，你忍一忍好不好？醫生說他不能再給你止痛劑了，可是他有給你吃止痛藥。」

「我……我有吃藥唷，我有把醫生給的藥統統都吃光光唷。」妍秋不知道自己闖了大禍，還想跟亮亮討糖吃似的炫耀著自己的乖巧。

「不可以！媽，不准再那樣吃藥了！」亮亮猛然對妍秋喊著。

「爲什麼？亮亮，我要吃藥啊。」妍秋不知所以的眨眨眼，不明白亮亮爲何也要對她大吼，委屈的淚水就要流了下來。

「不可以！不准！」

「亮亮？亮亮兇我……嗚嗚……」妍秋忍不住哭了起來。

「媽～」亮亮不知道怎麼跟媽媽解釋，吃藥跟吃大量的藥是不同的啊，她可能會殺了自己的……

「你爲什麼要兇我？我生病了，是亮亮說要吃藥的啊。」她覺得自己好有道理的。

亮亮心疼的抱住妍秋。

「媽，你聽我說，不可以再那樣吃藥了，好不好？不可以像……像……你不可以學，天啊，我該怎麼跟你說呢？媽……你不要有什麼回響症，不要……我不能……我不能再失去你了……我不可以再失去你了，我不要啊……不要……我不要……」亮亮緊緊抱住母親，哭泣著。

「亮亮？你怎麼啦？亮亮不哭了好不好？亮亮乖嘛，不哭了好不好？」妍秋輕撫亮亮的背脊。

「媽，我們不要學人家好不好？我們就乖乖的每天按照醫生說的規定吃藥。」

「有，我有按時吃藥啊，可是他不讓我吃，一顆也不讓我吃，他每天都把藥丟到馬桶裡面。我求他，他也不理我……他說我不必吃藥了，對，他說我不必吃藥了耶。」妍秋像是突然想起什麼似的，對了，那個很像小敏的男人，他對她不好……

「誰？他是誰？是子荃嗎？」亮亮疑惑。

「他說我瘋了倒好，亮亮，他不對的，是不是啊？我是不是應該每天都要吃藥，像小敏一樣……」妍秋不知道誰是子荃，可是那張好兇的嘴臉她忘不了的。

「不可以像小敏！不可以學小敏！」亮亮驚呼著，害怕妍秋眞如醫生所說的。

而亮亮突然大聲的語氣又嚇到了妍秋，妍秋癟著嘴像孩子般嗚咽了起來。

「對不起……對不起，媽，對不起，來，乖，躺下來休息好不好？亮亮最愛你了，聽話。」亮亮連忙安撫著妍秋躺下休息，心中覺得事情有異，打了通電話，可是電話無法接通，進入了語音信箱。

「喂？子荃，我跟媽媽在……」

「不要！不要告訴他！他是壞人！不要跟他說話！不要告訴他我們在哪裡！不要！不要！」本來靜靜躺在床上的妍秋，不知怎麼突然奮力的起身，她眞怕亮亮又是在跟那個很兇的男人說話……

亮亮被媽媽嚇了一跳，結束手機的留言通話。

看著母親的反應，亮亮更加確定母親的出事並不單純。

子荃進入趙氏工作之後，工作雖然辛苦，但夜夜應酬對他來說只是逢場作戲，這一切都值得。

而今晚又是一個在應酬中消磨過的夜，子荃笑咪咪的應付著客戶。

「董事長櫃台有通張董的國際長途電話。」突然有位服務生進來跟趙靖報告著。

張董出去接電話，而一旁張董的特助也起身。

「不好意思啊，我也先失陪一下，等我上完洗手間再來跟你喝。」子荃笑著點了點頭，包廂裡只剩下趙靖和子荃兩人。

「子荃啊，晚上不是要開車回家嗎？待會就別喝那麼兇啦！」趙靖喝了些酒，也赤紅著臉。

「趙叔叔沒關係，我今天住俱樂部。」子荃特意鬆了鬆領帶，看起來就一副爲公司賣命的疲勞樣。

「怎麼？今天又不回家啊？」趙靖詫異。

「趙叔叔，我爲了這個案子，已經在俱樂部住了半個月。這個case對公司太重要了。」

「也多虧了你，可是你不回家，讓你媽一個人在家，行嗎？」趙靖也是擔心妍秋。

「我每天還是趕回去一趟，料理一些吃的盯著她吃藥，然後再回來。」盯著她把藥丟掉，不然我怎麼心安啊……子荃在內心加了幾句，哈哈哈。

「來，眞是辛苦你，喝點熱湯。」趙靖替子荃盛了一碗魚湯解酒。

「謝謝趙叔叔，鱈魚？我媽也喜歡吃這一道菜，趙叔叔我可不可以請廚房多做點，等一下給我媽打包帶回去。」子荃自然而然流露出孝順的神情，他非常的擅長。

「可以，當然可以，走的時候再叫他做，帶熱的嘛。」

「那可不可以麻煩您回去的時候，請司機繞一下，順便給我媽帶過去。」子荃故意這樣拜託著，他知道趙靖無法拒絕，而如此又可以製造他和母親相處的機會，子荃心中暗自盤算著。

「行行行，我親自給你媽送過去。」趙靖不疑有他，想想自己也好久沒見到妍秋了。

「謝謝趙叔叔，趙叔叔我敬你，祝我們趙氏企業越來越好。」

「好！越來越好，來，子荃，吃魚。」

離席的客戶回來了，趙靖吩咐子荃讓客戶盡興，便推說身體不適要先行離去。臨走前不忘包了魚湯要送去給妍秋，他不會忘記默默在心裡喜歡了數十年的妍秋喜歡什麼，趙靖感嘆的想著自己的一雙兒女，哪裡有子荃和亮亮的貼心懂事呢？電話突然響起，竟然就是亮亮打來的。

「亮亮啊，爸現在就要去看你們了……」

「爸你快來啊，媽……媽……媽住院了，我現在人在醫院……不不不，你不要帶哥來，媽……媽說她不想見到他……好……我等你……」

一路奔馳的汽車突然轉了方向，就像人生也是突然的起落轉折，怎麼會這樣呢？趙靜在內心焦急的想。

到了醫院，趙靖馬上直奔亮亮告訴他的病房，一看見妍秋正閉著眼在休息著，整個人消瘦了一圈。

「瘦了……怎麼回事呢？還是不開心嗎？子荃回來了應該心情比較開朗了才對啊。」趙靖一連串的說，轉身對著身邊的亮亮問著，「爲什麼不讓子荃來呢？他是她的兒子啊。」

「爸，我媽怕他，她非常排斥子荃，說他兇她，是壞人，她說子荃不讓她吃藥，每天把藥沖到馬桶裡面去了。」亮亮一口氣的說，眞可惡的汪子荃。

「亮亮，你認爲這可能嗎？你想一想，妍秋是他媽耶。」趙靖覺得事情不簡單。

「可是他對我媽並沒有感情啊。」亮亮走到醫院走廊的窗邊，眼神幽幽的盯著窗外。

「亮亮，你這樣說子荃是很不公平的。」趙靖想到魚湯，還有自己的一雙兒女，要怎麼跟十幾年沒見面的子荃比呢？

「我也不想這樣說他，但是，這是事實，他對我媽並沒有感情。」

「亮亮，我知道你愛妍秋，但是你也不能因此認定除了你之外，再也沒有人會愛她了，更何況子荃並不是外人，他們是母子啊。」亮亮的這個理由趙靖不能苟同。

「我瞭解我媽，她是全世界最善良最沒有侵略性的人，別人對她三分好，她會回報他十倍二十倍的。」亮亮轉過身，她也好想相信哥哥，可是媽媽的恐懼流露得那麼自然叫她心疼，媽媽怎麼可能會說謊。

「所以你就認定了必然是子荃對她不好？所以她才怕他排斥他？他為什麼要對你媽不好呢？我們先不要去管他們之間究竟有沒有感情好了，就算子荃是為了他自己，他也不希望自己有一個精神病的母親吧，現在妍秋是他的擔子，他當然希望他的母親能夠盡快的痊癒健康，他希望她痊癒都來不及了，怎麼可能把她的藥扔掉呢？這完全不合邏輯啊。」

「你們都不相信我媽媽，我媽媽她是不會說謊的。」越看到趙靖護衛子荃，不知怎麼的，亮亮內心就更相信媽媽說的話了。

「你媽媽當然不會說謊，但是，亮亮，別忘了，你媽她病了，她是……」

「她是瘋了，可是，爸，精神病患者反而是最天眞最善良最沒有心眼的。」亮亮替他接下去沒說完的話。

「雖然最天眞、最善良、最沒有心眼，但是我們不能否認，他們或多或少都有著被迫害妄想症啊，這你不能否認吧，小敏不就是那樣子嗎？」趙靖試著用理智勸服亮亮。

「我相信妍秋，但我更相信子荃，他有心啊，他正在用心的去彌補過去十六年來對你媽的疏忽，他無時無刻不在想辦法讓你媽能夠快樂起來，我們今天晚上在應酬的時候，他還隨時記掛著你媽喜歡吃哪一道菜，還特別吩咐廚房多做一份，讓他帶回去給你媽吃呢。」趙靖說出他所見，亮亮總該相信他吧。

「是嗎？」亮亮腦海裡又閃過媽媽恐懼的神情。

「是啊，亮亮，我說句不客氣的話，如果當初不是因為你的反對，子荃是可以安安心心的把你媽帶到俱樂部去上班的，那麼也不會有今天這樣的意外發生，你誤會子荃了，他是個好孩子，他愛你媽啊。」

亮亮不知該說些什麼，媽媽？子荃？她寧可相信陪著自己身邊十幾二十年的媽媽，子荃對她來說，眞的只是一個很像很像小敏的人。

而另一處的子荃依舊在俱樂部裡陪著客戶喝著酒。

「他們現在在做什麼呢？開開心心的吃著消夜吧，多好，趙靖，你要好好照顧我媽啊。」臉色赤紅的原因不只是酒精發揮了作用，同時也因爲計畫逐步的得逞而得意洋洋。

「汪子荃，你眞聰明。呵呵。」他在心中忍不住對自己舉杯。

「汪經理，三線你的電話。」

「說我不在，找不到我。」他大手一揮，彷彿眼前已經看到一個成形了的屬於自己的王國了……

「可是是董事長夫人耶。」

子荃聞言酒醒大半，連忙起身直接穿起外套，他知道自己有得解釋了，這下非得跑一趟趙家不可。

「汪子荃！混帳！吃裡扒外啊你。」子荃一進趙家門，馬上就面對怒氣騰騰的蔡秀女。

「趙媽媽，子荃不明白，我……」剛在車上灌過濃茶的汪子荃，身上還有濃郁的酒味。

「哼！我說錯了嗎，還不能用『吃裡扒外』這四個字呢，終究說到底我是個外人，你們汪家才是自己人啊，胳臂向裡彎，當然護著自己啦。」秀女生氣的來回踱大步。

「趙媽媽，我眞的不懂我做錯了什麼，讓您生這麼大的氣。」

子荃試探性的問著，他可不能先漏了底。

「你爲什麼要製造他們單獨相處的機會？你還給我裝？是不是要廚房多做一份消夜？」

「有，我有。」子荃的臉看起來是那麼剛正不阿。

「帶給你媽？」秀女氣到聲音發著抖。

「是，我是啊。趙媽媽，這你也值得生氣嗎？不過是一份消夜啊。」

「一百份消夜我都不生氣啊，你們汪家吃我的也不只這一份啊，爲什麼要叫趙靖送去？」她發抖的指尖指向子荃的鼻尖。

「我沒有，我眞的沒有！我是託司機送過去的。」汪子荃的聲音聽起來再光明正大不過了，現在這個局勢他只能否認到底。

「趙媽媽，晚上我喝多了，明天一早又要開會，我想說睡在俱樂部吧，所以我是要司機送過去的。趙媽媽，您眞的要相信我，我眞的是要司機送過去的。」這一切看起來都是合情合理的，他知道秀女的生氣都是針對趙靖。

「趙叔叔是董事長，我只是一個小小的經理，我怎麼能叫老闆替我辦私事呢，我只能拜託司機啊。」

「司機？司機老劉都回來五個鐘頭啦，哦～你娘跟趙叔叔這消夜吃得也夠久啦，兩個人在家裡頭吃，吃到電話不接！」秀女猛然往沙發上一坐，氣得腿都軟了。

「都怪我，我不應該搶著擋酒，我是應該自己送過去的。」子荃故意愧疚的喃喃自語。

「都是我的疏忽，趙媽媽，對不起，我眞的應該……」此時趙靖正好到了門外，打斷了他們的爭執。

「ㄟ？子荃？你怎麼會在這？」趙靖驚訝的說。

「是啊，他不是應該在俱樂部裡頭的嗎？好把家給空出來讓你們兩個幽會嘛。哼！消夜好吃嗎？這會兒不好吃都變好吃啦，兩個人面對面的說不完的話，快樂得連電話都不接啦你！」氣急攻心，蔡秀女才不管有誰在場。

「對不起，趙媽媽，都是我的不對……」汪子荃一個箭步上前，擋在趙靖身前，好一個忠貞形象，他都忍不住對自己的演技鼓掌了。

「對！當然是你的不對！年紀輕輕好的不學，學人家拉皮條啊你！」蔡秀女站起來指著子荃鼻尖數落著。

「蔡秀女，你這種話也說得出口啊？你有沒有教養啊你！」趙靖看著秀女不分青紅皀白的亂罵也怒了。

「唷～你才沒教養啊你！」

「趙媽媽，您不要這個樣子，是我不好，是我不對。」

「你看看你，你好不好意思，你還是個長輩不是？三更半夜爲難人家孩子，」趙靖又羞又怒，這樣叫他怎麼當長輩，在晚輩面前連家務事都理不好。

「你是長輩，好長輩，照顧人家晚輩連他娘也一起照顧啦。」

秀女尖酸刻薄的言語並沒停止。

「趙叔叔，是我疏忽了，是我不應該。」

「有什麼不應該的！人家兒子孝順，知道人家母親喜歡吃什麼多帶一份消夜回去，人家也錯了嗎？是我看他喝多了，老劉也該下班了，我自己願意給他媽媽送過去的。」看著子荃委曲求全的模樣，趙靖大聲起來。

「是啊，你願意，你當然願意，現在宋妍秋叫你去死你都願意！」蔡秀女順手砸了茶几上的茶杯。

「不可理喻！」趙靖怒瞪雙眼。

「一頓消夜吃了五個鐘頭，怎麼個吃法啊？從桌上吃到床上去啦！」蔡秀女才不管子荃在旁，什麼難聽話都說出口了。

趙靖的理智斷線，他受不了，他受不了任何詆毀妍秋的話語，怒急之下，揮一巴掌打過去，卻是打在挺身相護秀女的子荃臉上。

子荃摸著發燙的臉頰，還微笑著，有點不自然的抽搐，輕輕拿起擱在沙發上的公事包，「對不起趙伯伯趙媽媽，晚上都是我的錯，是我沒處理好，我跟你們道歉，希望眞的不要再爲我們汪家的人吵架，晚安了，我先告辭。」

秀女逕自上樓，根本不想再多看汪家人一眼，但也不把事情的過錯都放在子荃身上了。

而趙靖則滿臉歉意的送子荃出門。

「子荃，眞的不好意思，讓你看笑話了。」他怎麼會有這種家庭，怎麼會有這種妻子。

「趙叔叔，你快別這麼說，眞的沒什麼，你們不要再吵架了，否則我眞的會很愧疚的。」子荃擠出一個笑，他最恨，最恨最恨，被賞耳光。

不過這是生意，這是智謀，這是值得忍耐的。

趙靖嘆了一口氣，突然想起了妍秋還躺在醫院。

「喔，對了，你趕快趕到醫院去一趟吧，」趙靖想到亮亮的話，看著子荃，亮亮這回眞的錯了，大錯特錯，子荃也有漢文的好性格好脾氣，只是亮亮還沒時間察覺罷了。

「怎麼了？」子荃一臉緊張急切的問著。

「你媽媽她服藥過量，亮亮把她送到醫院，我也剛從那回來的，趕快去吧，好好照顧你媽。」

「是，謝謝趙叔叔，我這馬上就去。」該死的汪子亮，最好是隻字不提，最好是當他是外人這麼明顯，哼。

當門一關，子荃冷笑，摸了摸自己的臉頰。

「滿好的，一個巴掌或許將來能換一個王國，也不錯。」

趙靖看著子荃逐漸縮小的車影，嘆了一口氣，唉，又要回頭面對那該死的家，冷酷的家。這種粗暴的冷漠還要面對多久呢，他又還有多少時間可以面對呢……

「站住！」看到低頭想上樓的趙靖，秀女站在樓梯口登高下望。

「就這樣啦？沒話跟我說了嗎？」

「還有什麼好說的，臉都讓你丟盡了，罵也讓你罵夠了。唉，連拉皮條這樣的話，你當著小輩面前也說得出口，眞不知道我們有什麼可說的。」趙靖越過她走向臥室。

「我要跟你離婚！」

「好。」面對秀女三十年來的老步數，這次趙靖連多思考一秒也沒有的馬上回應。

「我眞的要跟你離婚！明天，明天睡醒，睡醒我就去找律師。」秀女剛平息一點的怒火又被點燃了。

「可以，可以，你要是嫌麻煩，我交代秘書來辦理，如果你怕丟人，我們自己到律師那邊去簽字。一切的條件都依你，反正孩子的年紀都大了，沒有什麼監護權的問題。你自己決定吧，決定好了通知我一聲。」話說完趙靖當著秀女的面，啪一聲關上房門，他此刻眞的覺得好厭惡，連多看那個法律上稱爲他的妻子的女人一眼，都覺得難以忍受到極點了。

「ㄟ……你……」

秀女看著認眞起來的趙靖，含著淚痛罵著。「你沒有良心啊，你沒良心啊～就爲了一個瘋女人！你沒良心，你去死啦！宋妍秋！去死啦……」

剛趕到醫院的子荃，就面對著亮亮的質問，子荃先聲奪人的吼了起來。

「你瘋啦？你也得了神經病啊？你居然懷疑我，我是你哥耶，你太過分了汪子亮，你有神經病！」

「用不著這麼大聲，你需要回答我，你到底有沒有害媽媽，有或是沒有，這麼簡單。」

「沒有，沒有，沒有！你滿意了嗎？」面對自己的妹妹不需要和顏悅色，因爲他不會使自己賺錢，這個生於瘋子家庭的身分基因，只讓他蒙羞！

「你沒有不讓媽吃藥？」亮亮哪裡想得到子荃的想法，她心裡只寄掛著媽媽。

「沒有！」

「每天定時定量讓她吃？」

「對！汪子亮？你在審問犯人嗎？你有沒有腦筋啊，醫生都說了，好險量不多，你懂不懂什麼意思啊？還好量不多就表示藥天天都在吃，所以，不幸中的大幸她吃得不多，今天他們有發生慘劇，就是因爲我讓她每天……」汪子荃脹紅了臉，沒有絲毫悔意，做生意誰不心狠手辣，誰不是泯滅良心，他汪子荃絕不是第一個，當然也不會是最後一個。

「沒錯，量是越來越少了，袋子每天都打開了，但是你把藥都丟到馬桶裡去了，汪子荃，你把藥丟了，不是讓媽吃了！」亮亮瞇著眼指控，她要保護媽的決心是那麼強烈，她已經失去了小敏，不要再失去媽媽。

「汪子亮，你要不要也去看一下精神官能科啊？」子荃冷笑。

「不用了，我很正常。」

「不！你有病！你可能眞的被遺傳到了，我建議你也去看一下精神科喔。」對於這樣的詛咒從小他就習以爲常，脫口而出他當然知道有多傷人，而且他就是要這樣狠很的踩亮亮的痛腳。

「我知道我很正常，也許天眞了點，相信這世界上還有親情這件事，但是我很正常。」亮亮憤怒的甩動長髮，她不敢相信，會說出自己是個瘋子的，居然還有和自己血脈同源的親哥哥……

「一個正常人不會信任瘋子的話，你的推論太荒謬，我想你已經……OUT OF YOUR MIND～」子荃輕描淡寫似的拍拍自己胸口的外套，像跟亮亮講話也會弄髒自己。

「請你小聲點，三更半夜的，別人看到一個亂吼亂叫的人會以爲她有神經病，你不是自認爲很可以控制自己的情緒嗎？怎麼失控了呢？」

子荃輕蔑的看著喘著氣的亮亮。

「請你告訴我，我爲什麼不讓她吃藥呢？我的動機是什麼？」

「我不知道，你告訴我。」

「我也不知道，她瘋了對我有什麼好處呢？」

「瘋了倒好，不是你跟媽說的嗎？現在我要請你解釋一下，爲什麼媽瘋了倒好，你可以從中得到什麼好處？」亮亮的確想不透，她直瞅著子荃要他說個明白。

「讓人家以爲你是個孝子，願意照顧一個瘋媽媽？不會的，你從來就不在乎這個頭銜，否則十六年前，你也不會頭也不回的跟姑姑走了，你是想可以從媽媽這裡得到什麼遺產嗎？」亮亮自問自答著，又搖起頭來。

「不會，你知道我們汪家沒有錢，那是爲了什麼？只剩下最後一個理由，你要利用她的瘋，來牽制住趙叔叔，你要拉攏他們，好圖謀你在趙家的地位！」亮亮甚至是笑咪咪的說完這一席話，哥哥，這兩字多麼沉重，從汪子荃提著行李掉頭走的那一刻開始，她還有哥哥嗎，她夢裡自問多少次但沒有答案。

「你！齷齪！」子荃打了亮亮一巴掌。

「我人在美國，是你千方百計求我回來的，我不想留下來，是你苦苦哀求我留下來扮演小敏讓媽媽開心的！我也不想進趙氏，是趙家人拜託我的，是你的老公趙士元懇求我爲了你的婚姻幸福，我才留下來的，現在你把我說得像個皮條客……」汪子荃想到秀女的表情，老實說，皮條客又怎麼樣，只要能賺大錢，或許他汪子荃還能當個最富有的皮條客呢。

亮亮忍不住回打了子荃一巴掌。

「你敢再講一句！你再這樣羞辱我們的媽媽，你試試看！」

「汪子亮！我最痛恨別人甩我耳光！你最好記住，不要再有下一次。十八歲那一年有一個黑人賞我耳光，我拿球棒打斷他一條腿，你信不信，我也會。」今天晚上的第二個耳光，嗯，很好，趙家你最好有金山銀山，不然我汪子荃是不會白白受過的。

「我信，我當然信，黑人，白人，紅人，跟你妹妹是一樣的，在你眼裡沒有任何差別，汪子荃，你的血是冷的，我相信你是個狠角色，所以我更相信媽媽所說的每一句話都是眞的，你說的每一句話，在別人面前擺的每一個pose，都是經過設計的，就像那天在趙家的飯局，你故意讓中威難堪，其實不是爲了我，是爲了取悅趙氏母女，爲了你自己的利益，你是一個連親人都會出賣的人！」亮亮退了一步，她感到害怕，但更多的是心寒。

「你不只可惡，你可悲！」

亮亮欲轉身離去。

「汪子亮！去看醫生！」子荃鬆鬆領口，哈，他媽的一家瘋子，好一個一家瘋子，他汪子荃要成大事，還要仰賴這一個瘋子家庭呢。

「汪子荃，回美國吧。請你繼續留在美國，心安理得的跟汪家劃清界限，我們會感激你的。」

「再趕我一次嗎？十六年前你們用媽媽的瘋逼走了我，十六年後，要再用同樣的理由趕我回美國？」亮亮退一步，子荃就追上一步，保持著不危險但也絕不安全的距離，「呵呵，你知道嗎？汪子亮，我最痛恨的第二件事情，就是別人對我呼之即來，揮之即去，當年我一個人拎口箱子就走了，這次我不會這麼樣的回去，沒有人可以決定我的去留。當年是我汪子荃自己點頭要走，現在以及以後、永遠，都要我汪子荃點頭才算數，請你牢牢記住！」

子荃惡狠狠的瞪了亮亮一眼，沒有手足之情，轉身就離去。

亮亮看著子荃的背影，不敢相信這就是她的哥哥。

＊＊＊＊＊＊＊＊＊＊＊＊＊＊＊＊＊＊＊＊＊＊＊＊＊＊＊＊＊＊

好冷的天，中威提了一些水果來到汪家，亮亮忍不住全盤托出妍秋大量吞藥，還有子荃的種種反應。

「回響症狀？是精神科這樣說的嗎？」中威擰著眉沈吟。

「媽今天下午要會診精神科。」亮亮捧著一杯熱茶窩在中威身畔。

「應該不是，回響症狀不是這樣的，所謂精神病患的回響症狀，指的是一種現場的學習模仿，就是我們所俗稱的『老師說』，一定要有一個活生生的例子對象在他面前，他才可以模仿。」中威回想著書上的內容，「可是小敏已經過世了，她模仿誰啊？更何況，當初小敏服用過量的藥物，她不在現場，也沒看過，如何模仿？應該不是回響症狀，她這次的行為應該另外有原因。」

「那……」亮亮還沒說完，中威的手機就響了起來，亮亮拿起在茶几上的手機遞給中威。

「喂。」

電話那頭傳來士芬氣急敗壞的聲音。

「你在哪裡？你現在不是應該在診所的嗎？爲什麼不在？」

「士芬，你等我，我有話跟你說，中午我們一起吃個飯。」中威三言兩語的交代後，就掛上了電話。

「你眞的要去跟她攤牌了嗎？」亮亮憂心的說，媽媽才剛發生這樣的事情，誰知道趙家……如果又做出什麼事情，媽媽和她都再也承受不起了……

中威點點頭。

「不要好不好？不要現在，不要……」不要再發生任何事情了，求求你，老天爺……亮亮懇求著。

「不要再拖了。就是現在這個時候，你需要照顧，你母親需要照顧，如果我不現在跟趙士芬離婚，我怎麼可以以自由之身照顧你們呢？」中威安撫的摸摸亮亮的頭。

「就算你現在跟她離了婚，也很尷尬啊，我還沒有離。」亮亮想起千里之外的丈夫……那眞的還是丈夫嗎？爲什麼她對士元的感覺是那麼的模糊？

「但是最起碼我是自由的，趙士芬不可能再牽制我。」而且他也不想再受那對母女的氣了，不是只有汪家人才會受氣，他實在也受夠了。

「亮亮，不要怕，我的事我自己處理，你只要專心照顧你的母親，把她的病情問清楚。」

「亮亮，我愛你，我們要一輩子在一起。」中威握著亮亮的手，不只是愛，他也要保護她一輩子。

亮亮感動的反握住中威，用無限柔情的眼神回應著他。

＊＊＊＊＊＊＊＊＊＊＊＊＊＊＊＊＊＊＊＊＊＊＊＊＊＊＊＊＊＊

吃飯的時候，中威忍不住想到，到底有多久沒有這樣和自己所謂的妻子一起吃飯了啊，這樣還是妻子嗎？

「你吃的不多。」

「我一直都吃的不多，只是你沒機會發現而已。因爲我們一起用餐的機會並不多，當然嘍，做先生的沒有心，做太太的又有什麼心情大吃大喝呢？」士芬拿起紙巾揩揩嘴角。

「我們停止這些冷嘲熱諷吧，毫無意義呀。」中威實在厭倦了。

士芬驚訝著中威自己會先提出停止兩人之間的戰爭，她的的確確是愛著中威的，當然期望兩人能和樂的相處，士芬語氣軟化了下來。

「是沒有意義，沒有人會願意在婚姻中唇槍舌劍的，如果你願意休兵願意停止，我當然……」

「我們停止這一段婚姻關係吧。」

士芬震驚的摔落叉子，中威的原意是這樣嗎？

「我沒有聽清楚，請你再說一遍。」

「我們離婚吧。」

「不是你說要貌合神離長長久久把這齣戲唱下去的嗎？」士芬恢復冷靜，拿起掉落的刀叉，她慌什麼，要慌的不是她，她還有一張底牌沒掀出來呢！

「我累了，我不想把生命浪費在彼此的折磨上。」中威嘆一口氣。

「你累了？你不想浪費？哈，那我呢？」士芬咬著牙，她不會就這樣放棄掉的，輕而易舉的成全他和亮亮。

「我相信你也累了，同樣的你也在浪費你的生命。」

「不要替我感覺，陳中威，不要替我感覺，累不累我自己知道！」士芬有點情緒失控的喊道，如果中威會感覺她的感覺，又怎麼會讓她到今天還守著活寡。

「我不累，一點也不累，我正在興頭上呢！」氣急攻心，那一夜夜的淚水，一夜夜的冷漠，一夜夜的……她趙士芬絕不甘心離婚！

士芬站起身欲離席，中威抓住她。「趙士芬！」

士芬猛地回頭，「憑什麼遊戲規則由你定！憑什麼你喊停我就要跟著你喊停？憑什麼在你折磨過我羞辱過我後，我忍受一切之後，你說不玩就可以不玩！憑什麼！」

士芬大聲呼吸，感覺自己體內的某部分被撕裂拉扯著，她不想這樣的，她不想這樣經營和中威的關係，她想要安安穩穩、健健康康、開開心心的當陳太太，要每天等丈夫回家吃飯，可以替他燙襯衫準備衣物，放洗澡水……可是，眼前這個說要離婚的男人，根本不屑她的愛……

中威不可思議的說，「這個拙劣惡質的遊戲是你先開始的，裡面充滿了謊言、欺騙、陰謀、無奈，我們的婚姻是你一手設計的整人遊戲，你整了多少人？你自己？我？你父親？還有亮亮……」

聽到亮亮的名字從中威口中說出來，聽起來就是刺耳。

「哼～還是爲了汪子亮對不對？不管她是不是結了婚，你就是忘不了她！你以爲你可以跟她在一起嗎？別作夢了，她一心一意想跟我哥生孩子，不管她生不生得出來，總而言之，她會一輩子努力朝這個目標邁進的。你不必自作多情，她的計畫已經沒有你陳某人！」說到孩子，對了，她還有個孩子……中威的孩子，可是現在她要怎麼在這個當口跟他說，她要當媽媽了，而他要當爸爸了？

「什麼叫作生不出來生得出來？她懷過，爲什麼生不出來？請你把話說清楚。」

「這是她家的事，不關我的事，我只要告訴你，我不同意離婚！」士芬冷笑著，中威看了只覺得可鄙，掉頭就想結束這個不愉快的餐會。

「陳中威！我懷孕了！我和我們的孩子都不同意把這段婚姻關係結束，你聽清楚了嗎？」士芬知道不是時候，應該要像電影那樣，在溫馨的晚餐時刻揭露這樣的好消息，可是她忍不住，她不知道怎麼會變得好像要利用自己的孩子來當作牽制丈夫的工具。

「士芬，這種老把戲眞的不要再上演了，你的謊言留不住我。」中威竟然大笑起來，毫不猶豫的轉頭就走，士芬把頭深深埋入雙手中，以爲自己要哭，可是卻流不出淚。

＊＊＊＊＊＊＊＊＊＊＊＊＊＊＊＊＊＊＊＊＊＊＊＊＊＊＊＊＊＊＊

趙靖偌大的辦公室中，只見子荃一人站在舒適的短毛地毯上，他今天是要來提辭呈的，可是趙靖一再的挽留。

「要我跟你道歉嗎？好，爲了那一耳光趙叔叔跟你道歉。」

「趙叔叔你誤會了，我怎麼會在乎那一耳光呢？」他在乎的是，那一記耳光後帶來的價値。

「那你辭職是爲了什麼呢？我現在公司正需要用人，你母親現在又在住院，你偏偏選在這個時候跟我遞辭呈，你不是介意那一耳光還是爲了什麼呢？」

子荃深呼吸一口氣。

趙靖敦促，「說話啊。」

「趙叔叔，亮亮誤解我，我覺得沒意思，與其留在台灣讓她誤解，我不如回去……」子荃低下頭，看起來似有無限沈重。

「當個逃兵？遠遠的躲回美國去做一隻鴕鳥？把頭埋起來不聞不問？你的理想你的抱負呢？你要榮耀汪家以慰你父親在天之靈的宏願呢？不管啦？當作沒說過？」趙靖當然知道是因爲亮亮，亮亮不都向來是體貼入心的嗎，怎麼這回錯看了，而且錯看的對象還是自己的哥哥。

「可是趙叔叔，亮亮誤解我，我自己的妹妹不相信我。」子荃的聲音裡好像加入了一點鼻音。

「這也沒什麼。哪一家的兄弟姊妹沒吵過架沒有過誤會的？」趙靖起身，他想到自己一家……雖然不瘋不傻，可是哪一個不是自私透頂，哪一個又替誰著想過來著了。

「趙叔叔，我也有情緒，唉～別人可以誤解我對我母親的心，可是我自己的親妹妹，她怎麼可以……」怎麼可以不體會我一心想賺錢的心，難道他汪子荃身敗名裂，汪子亮就開心了嗎？

「子荃啊，你還太年輕啦，這個世界上，越是關係親密的人越是容易彼此傷害，我們又怎麼能要求全世界的人都瞭解自己呢？」以前他讓子荃進公司，現在又怎麼會讓他走，尤其是在這麼尷尬的時刻裡。

「把辭呈收起來，我不准。」

「趙叔叔，可是我……」子荃猛然抬起頭，好像還有千言萬語哽在喉頭裡。

「我會找時間開導亮亮的。」趙靖拍拍子荃的肩膀，儼然已將他當作自己人。

「還是別找時間說吧，她對我已經……已經誤解很深了。」

「子荃，我不會讓你爲難的，我爲我太太昨天的行爲向你道歉。有些事我已經在處理中了，你……相信我。」他也要這樣相信著，他剩下的時間到底還有多少，自己都不知道，怎麼能這樣辜負了自己不多的時日呢。

秀女坐在客廳，對著士芬一把眼淚一把鼻涕，這次，趙靖眞的當眞了，他以前一而再再而三的哄她，可是這回居然大著膽子眞的要律師寄來那什麼……什麼離婚協議書……

「眞的答應要離婚啊～」秀女哭泣著說。「他這一次是眞的啦！考慮都不超過三秒鐘他就點頭答應啦，死沒良心啊～我爲他生兒育女啊，他是靠我娘家起家的啊，居然爲了外面的狐狸精，他要跟我……」離婚這兩個字多說出口一次，她都覺得心多擰了一下。

「他要跟我離婚了。」士芬呆坐在一旁，也迸出了這一句話。

她這個瘋女兒是跟亮亮他們在一起久了也失心瘋了嗎？居然到現在還沒聽清楚自己在說什麼，蔡秀女不耐煩的說，「他是跟我離婚啦！是我！你那個沒良心的爸爸要跟我離婚啦！」

「ㄟ！趙士芬啊，你到底有沒有專心在聽我說話啊？」

看女兒沒啥反應，她擰了士芬一下。

「從來就沒有一個人關心我，沒有一個人用心聽我說話的，我命苦呀～這會兒老公不要我，兒子女兒也不關心我啊～」秀女開始呼天搶地了起來。

「是陳中威要跟我離婚啦！」士芬忍不住爆出一句，怎麼就有這麼自私自利的母親，怎麼就有這麼冷酷無情的家庭。

「是陳中威要跟我離婚啦！是不是一定要地球圍著你轉才可以！才叫關心！我老公也要跟我離婚啦！」士芬喊著哭了出來。

「你跟我吼什麼啊你，我當初是不是叫你不要嫁給他？你非要！要不然你死給我看！你現在怪我？我害你們離婚的？」

「不是你嗎？新婚之夜，要不是你三更半夜打電話來，事情會被拆穿？就算陳中威心裡忘不了她，他也會對我負責，他不會恨我，更不會輕視我……我們的關係會慢慢的改善，就是因爲你那通電話，一切都完了，你爲什麼要打電話？爲什麼要打電話！」想到那通電話，是了，士芬都想起來了，這一切像夢境一樣的曲折離奇，不就是因爲媽媽該死的關心嗎？

「你這會兒全怪到我頭上來啦？我打那通電話還不是爲了關心你呀，我就怕你中途沒把事情處理好，我緊張了一個晚上都不敢去睡呢……」秀女委屈的掉著淚，她到底是爲誰辛苦爲誰忙？

「你幹嘛不去睡，不去睡呢！我有那麼無能啊？是我的事情～這麼重要的事情不該睡的是我！我自己很清醒的醒來，而且我處理得很好，就是因爲你，因爲你那通該死的電話，把我的新婚之夜推向了地獄，一切的苦難就是從那通電話開始的～」士芬一個起身，她無法忍受再多聽一句都是爲了她好，都是關心她，明明就是毀了她啊！

「你……你……沒良心啊，趙士芬！爲了你要得到陳中威，我爲你做得不夠多啊？我這邊幫你瞞著爸爸啊，那邊替你防著汪子亮，當中還要怕你穿幫啊，我這個做媽的做到這個地步我不夠啊？把你爸爸氣得差點中風，我都可以先把你爸扔下不管，先幫著你演戲，在我心裡，你是不是放在你爸之前啊？我對你問心無愧啊！趙士芬啊！」

秀女捶打著士芬，士芬反抓住秀女的手。

「那又怎麼樣……又怎麼樣！就算你再幫我還是害了我，就算你再愛爸，他還是要跟你離婚！」士芬眼睛一閉，多希望再張開的時候，眼前沒有媽媽這張惹人厭煩的哭臉，希望她可以看見的是中威輕輕的拍著她，對她說噩夢結束了……他沒有要離開她……

秀女聽著自己的女兒對她無情的指責，絕望的哭泣。

「是啊……是啊……我蔡秀女活該啊，是我活該啊，我裡外不是人啊，對啊，就我裡外不是人啊，我老公不要我，女兒恨我兒子嫌我，在我生命中，三個最重要的人，沒有一個感激我，沒有一個感激我。」秀女激動的跌坐在椅子上，手不停的敲打著自己的胸口。

「我活該呀～沒人感激我啊～」

士芬將情緒一口氣發洩出來後，才發現自己剛剛的一番話是多麼的傷著母親。

「媽……對不起啦……」

「不～是我對不起你～我對不起大家啊～我不該打那個電話我害你離婚啊～」秀女滿腦子充斥著剛剛士芬對她的怒吼，失控的歇斯底里。

「媽，對不起……我不知道該怎麼辦，我眞的太生氣了，媽，求你原諒我，你要原諒我……媽……」

士芬和秀女忍不住相擁哭泣，兩個失愛的女人，比不過兩個失智的女人。

「一個瘋婆子……一個有著神經病遺傳基因的女人，居然可以毀了我蔡秀女一手建立起來的家啊，讓我們母女倆反目成仇，我不會認輸的，你要陳中威啊，我愛你爸爸，我死都不會讓她們得逞的，我寧願玉石俱焚，我都不會輸給她們，死都不要離婚啊！」

「我當然不會離婚，我也絕對不會認輸，七個月後我就可以當母親了，而那個汪子亮，哼！我恨哪！我恨你一輩子，汪子亮！」士芬眼睛裡射出了未曾有過的怒焰，她生氣亮亮那麼輕易的得到所有人的愛，她趙士芬不貪心，她只要一個，就是中威，這一個她絕不會放手的。

聽了士芬的哭訴，秀女決定找中威出來談判，再怎麼說她都只有一個女兒，今天在她秀女的觀念裡，就是只有蔡家人能負人，天下人不能負蔡家。

「坐啊。」秀女看到中威走入咖啡廳，對他招招手。

中威拉開椅子，他知道這場仗絕對不好打，不過他竟然來了，爲了亮亮，爲了自己，還有爲了以後的幸福，他說什麼也不能退卻。

「怎麼啦？見到丈母娘叫也不叫，連笑也笑不出來啊你。」

「請問你找我出來有什麼事？」中威根本完全不想去想到他們還有那一層關係，那一層可以殺死他所有熱情快樂幸福的關係。

「你要離婚？我不答應。」秀女啜了一口咖啡。

「你是說我要離婚而你不答應？好，我聽到了，如果你約我出來只是想跟我講這句話，那你已經把你想說的說完了，對不起，我還有事要忙。」中威作態就要起身。

「陳中威！」秀女怒喊。

「你有權利表達你的意見，但容我提醒你，在離婚協議書上，你恐怕沒有權利寫下不這個字。」

「說的沒錯啊。不過我也要提醒你唷，離婚協議書上只有你陳中威一個人的簽名蓋章，難道就生效了嗎？不需要趙士芬的同意蓋章嗎？」

「好，那就找趙士芬來談。」中威又氣定神閒的坐回椅子。

「她不會簽字也不會同意的，陳太太這個角色她當定了。」

「我不明白，我不懂，你們母女兩人還有什麼資格在我面前談什麼權利義務，我尊重你是個長輩，我也尊重趙伯父是個君子，有些事情我不想再提，難道你們非要撕破臉，非要這種惡行劣跡在趙伯父面前暴露嗎？請問，我是受害者，我有沒有權利結束這場荒謬的婚姻？」中威想到亮亮所承受的那些，自己所承受的那些，對這一切的忍耐簡直瀕臨極點，他不要再這樣過完自己的下半輩子，已經太夠了，連他自己都快要需要一個心理醫生了。

「有，三個月以前的你有，新婚之夜的第二天你有，蜜月旅行回來之後你還是有，可是現在對不起啦，你沒有啦。」秀女也氣定神閒的再啜一口茶，她就等中威問她一句爲什麼。

「笑話，只要我願意，我就能結束它。」中威的表情像聽到不入流的笑話。

「你就是不能，因爲趙士芬，懷、了、你、的、孩、子。」秀女一字一字的說。

「你們爲什麼總是愛故技重施，我請問你們這個老把戲能讓這個婚姻苟延殘喘多久？三個月？五個月？九個月？你們到底還要怎麼樣？」中威簡直不敢相信他們毫無一點羞恥心。

「那你等啊，等你的孩子落地，看看是不是老把戲。」

「我不會浪費我的時間，因爲我根本就不相信，婚前我認爲我做錯事，我該負責的我都做了，婚後我碰都沒有碰過你女兒，她怎樣再來誆我？」笑話，懷孕這種事沒做就會發生的只是一些神話。

「哈哈～你沒碰過？你沒碰過她，那新婚之夜她怎麼穿幫的啊？你沒碰過她，三更半夜她爬起來洗什麼衣服啊？你沒碰過她？她怎麼變成女人的啊？」秀女不顧什麼顏面，把話說得透亮難堪。

「也只有這麼一夜。」中威閉了閉眼，而且那夜他……喝多了。

「那一夜就夠了！我們家士芬在嫁給你的時候就打算跟你過一輩子了，所以她選擇在最危險也最容易受孕的那一天跟你結婚。」秀女看出中威的懊惱，更加得意了。

「我不相信，我不相信！你們……可以讓人懷孕，可以讓人流產，可以讓人當母親，更可以隨意扼殺別人當母親的權利！我被騙過一次，我不會再上當了。」中威要自己沈著點。

秀女從皮包裡拿出醫生檢驗證明。

「這是醫生的檢驗證明，趙士芬懷孕兩個半月。」

中威接過去後看了看揉成一團。

「我不相信，還有什麼是你們用錢買不通擺不平的？」

「好，你親自帶她去檢查，親耳聽醫生跟你說恭喜，那再好也不過啦。」秀女笑咪咪的說，證明揉掉了，孩子可不是揉得掉的。

「我不相信，就算醫生親口跟我證實，我也不相信，還有什麼是你們做不出來的？」面對趙家母女，他是心灰意冷了。

「站住！你會相信的，因為你太清楚趙士芬是個什麼樣的人，其實你心裡已經相信了吧，只是有點害怕罷了，不，是有一點生氣。你知道趙士芬如果有了孩子，那肯定是你的，你知道她有多愛你嗎？」

「不要說這一個字！」中威爆吼，不配，趙士芬怎麼配說愛，愛是聖潔犧牲，愛是為人著想，愛是柔軟，愛不是這樣一步步的咄咄逼人，愛不是難堪啊。

「你不要說這一個字，我痛恨這一個字從你們嘴巴裡說出來。」

「我說中威呀，你永遠不要忘記，這個世間有天命這一回事，命中注定你們在新婚那一夜，婚姻會破裂，也命中注定你們在那一夜，脫離不了關係，命裡該有的孩子就該有孩子，你永遠離不掉啦！」

「沒有離不掉的婚姻，有太多夫妻有了孩子還不是一樣離婚。」他可以不在乎孩子，他想到亮亮也可以幫他生孩子。

「所以我說這是天命啊，婚後你對士芬百般羞辱，她求你離，你都不離。現在她懷了孩子了，她死也不會跟你簽字的，這是時機啊，時機一過啊，你想離都離不成了。」秀女笑著繼續說。

「恭喜你啦，要當爸爸啦，哈哈，喜事一樁呢。」秀女站起身大步離去，她知道這一回合自己佔了上風。

中威惶恐的咬住下唇，不會吧，老天不要這樣殘忍，他跟亮亮好不

容易兜了一圈在一起了，現在卻又要面臨這個考驗。

中威痛苦的抓著頭，腦中轟轟的無法思考。

＊＊＊＊＊＊＊＊＊＊＊＊＊＊＊＊＊＊＊＊＊＊＊＊＊＊＊＊＊＊

醫院裡，趙靖推著妍秋，慢慢沿著已經因爲秋天到來而變色的樹林小道行走，深情款款的樣子，在談戀愛火熱的年輕人眼裡或許顯得溫吞怠慢，可是這才是一種細水長流的感情吧，這一切都看在工於心計的子荃眼裡。

妍秋感到手上陌生的熱度，本能的將手抽回。

趙靖嘆了一口氣，「妍秋，我不管你聽得懂聽不懂我說的話，但我認定你是明白的，一個人對你三十年的愛，你怎麼可能感受不到呢？」他不相信妍秋無所感覺，她是這麼細緻敏銳的女人啊，「你只是在裝糊塗，用這種方式來拒絕我，對不對？」

「我……要吃藥了……」妍秋傻呼呼的臉龐像孩子一樣純眞動人。

「妍秋，我們沒有多少時間了，我們現在是過一天少一天，你總不能對著一個清醒的人糊塗一輩子吧，是不是？」趙靖定定的站在她身前，不要她閃避的繼續說著。

「亮亮說……我……我該吃藥了。」

「妍秋！」趙靖困難的喊了一聲，「你照顧我好不好？我可不可以請求你來照顧我？我可不可以有……多一點的快樂。」趙靖的眼裡閃著淚光，妍秋看著他，突然醒了過來的將頭抬起看著天空，趙靖順著她的目光也望向天空。

「漢文願意的，他會願意的。」趙靖知道妍秋在想什麼。

「因爲他愛你，他會希望你快樂，他會希望你有一個伴，我們都瞭解漢文的，不是嗎？他從來都不是一個自私的人，他會願意的。」

「趙靖，漢文在天上，可是孩子們在身邊，家在身邊，你的妻子在身邊，一日做父母，一日是夫妻，就有一日的責任。漢文不自私，我能自私嗎？我們對得起身邊的這些責任嗎？我們……我們不可以呀。」妍秋突然大夢初醒明明白白的說著。

「妍秋，你看著我，看著我。」趙靖有些激動，要妍秋看著他。

「孩子們都已經大了，我給他們的也都夠了，秀女跟我之間已經到了眞的無法再相處的地步，我可以放棄所有的一切，所有的事業所有的財產都給她，我一文不名的來到你身邊，你願意收留我嗎？你來照顧我，我們老來作伴好不好？」

趙靖等了許久就是這一刻，清清楚楚的和妍秋說著他的企盼。

「你要名分，我們名正言順的在一起，如果，你要做一輩子的汪太太，我也贊成，一切都依你。」趙靖把頭埋在妍秋膝上的毛毯上，他想到那個家，只會令他疲憊，他爲那個家疲於奔命了幾十年還不夠嗎？

「妍秋，我已經跟秀女提出離婚了，別怕，是她先提出來的，我答應了，離了婚，我就是一無所有的老頭了，你不能不管我，你忍心不管我嗎？」

妍秋眼中充滿淚水的看著趙靖，伸出手撫摸著趙靖的臉。

「趙靖……你太衝動了，你何必爲了我……」

趙靖將妍秋的手握緊。

「我是爲了我自己，爲了我自己，」這樣的人生再一次他也不要，活到一百二他也不要。

「一切與你無關，你是漢文的，你的人，你的心，這一輩子都是屬於漢文的，我只懇求你能夠把人生中最後的這一段時間交給我，讓我們倆相互扶持，一起走完這一段路，好不好？」妍秋無語。

而子荃在樓上看著這一幕也笑了起來，他笑的不是有情人終成眷屬，他笑的是事情再這樣發展下去，他的計畫也快到達成功的境地了。

亮亮在醫院走道的另一端，遇到負責照顧妍秋的病房護士，兩人便邊走邊聊起妍秋的病況。

「汪小姐，我眞不明白你爲什麼不把母親送到療養院呢？」

「我們認爲她在家裡會比較快樂。」畢竟是自己家，她相信媽媽也喜歡待在熟悉的地方。

「會嗎？據我瞭解她通常都是一個人在家的，連個說話的對象都沒有，其實精神病患者比一般人都需要伴侶需要朋友，需要被關注，所以以前你弟弟還在的時候，你母親的狀況會比較好些，那是因爲她有個付出跟關懷的對象。多考慮考慮吧，誰也不願意這樣危險的事情再發生了，對了，記得回來複診，一個禮拜至少兩次，我們要給她做心理追蹤治療唷。」護士小姐笑著提醒。

「嗯，好，謝謝你喔。」經過病房亮亮推門而入，但只看到子荃單獨坐在椅子上對她笑。

「媽呢？」亮亮冷漠的問著。

「她去樓下散散步。趙叔叔來看她，他陪她一起去的。」子荃用下巴指了指窗外。亮亮往窗外看去，果然看見她的公公把頭埋在母親的腳上，她臉色微微一變，瞪著子荃，這不會又是子荃故意安排的吧？

「亮亮，我們是兄妹又不是敵人，有必要這樣彼此敵視嗎？」子荃知道亮亮在想什麼。

「就算是敵人，也有可能是一位可敬的對手，汪子荃，你並不值得我尊敬。」

「我承認，有些事情作法上面，我或許是急功近利，但我這樣錯了嗎？你也站在我的成長背景替我想一想。當你跟媽媽跟小敏，一家三口，不管瘋了也罷，病了也罷，當你們緊緊相依偎在一起的時候，我只有一個人，在國外看著別人的臉色過日子。」

「那是你自己選擇的。」亮亮冷漠的說，他們在台灣的日子有比較好過嗎？沒有，從來沒有，子荃可以享受到的資源，她和小敏一樣沒有。

「OK！OK！那是我自己的選擇，但是我有別的選擇嗎？我可以不跟姑姑走嗎？」子荃煩躁地站起身。

「當然可以……」

「當然不可以！我走了，到國外去把書唸好，有好工作好的發展，好的前途，賺了大錢，不是更有能力照顧媽媽光耀門楣了嗎？」當然也爲了證明我汪子荃是個血統乾淨能做大事的人，「你出力，照顧媽媽照顧小敏，我用心，證明汪家有優良的血統，沒有人再敢質疑瘋子生不出好孩子出來，這樣有什麼不對呢？」

「你證明了嗎？你是個好兒子了嗎？對不起，我沒有看見，我只知道你一回來就不斷鑽營，你嫌棄她但是你利用她！」亮亮一針見血。

「亮亮，你自己看看。」

子荃將亮亮拉到窗邊，看著趙靖攙扶著妍秋在散步的情景。

「看到了沒，有人陪她，跟她說話，陪她散步，她很快樂。」

亮亮看著母親許久未見的笑容，想起護士小姐剛剛跟她說的話，心中也在猶豫著，母親這樣下去眞的是好的嗎？

「趙叔叔跟媽是老朋友，他們有共通的話題，有共同的回憶，亮亮，這是誰也比不上的，他們認識的人我們不認識，他們會唱的歌我們不會唱，只有他能讓媽開心。」子荃試著勸服亮亮，畢竟兩人聯手比他孤軍奮戰來得好，但他知道要亮亮答應就必須用媽媽來說服她。

「但是他是別人的先生，他有家室的。」

「所以你反對？」子荃不相信這年頭還有什麼道德觀是可以禁閉感情的。

「我是不願意我們的媽媽成爲第三者。」

「即使是快樂的第三者，你也不願意嗎？愛情無罪，快樂有理，現在，是他要把該還給我們的還給我們的時候了。」

「還給我們？是趙叔叔嗎？」

「不，是快樂，是我們媽媽的快樂，是友誼是溫暖，這些都是我們媽媽應該得到的，不是嗎？」

「子荃，你在強詞奪理。」亮亮的聲音很薄弱，因爲她想到自己和中威……

「是嗎？亮亮，你覺得你是不是第三者？你覺得趙士芬知不知道惜福？知不知道感恩？你覺得陳中威可不可憐？如果他們要共同生活三十年，那樣的婚姻生活可不可悲？現在你還會覺得我強詞奪理嗎？結束掉一段不愉快的悲劇，難道也錯了？」

「但是他不應該由我們媽媽來結束……他是……」

趙靖推門，扶著妍秋走進病房，剛好也打斷了亮亮和子荃的談話。

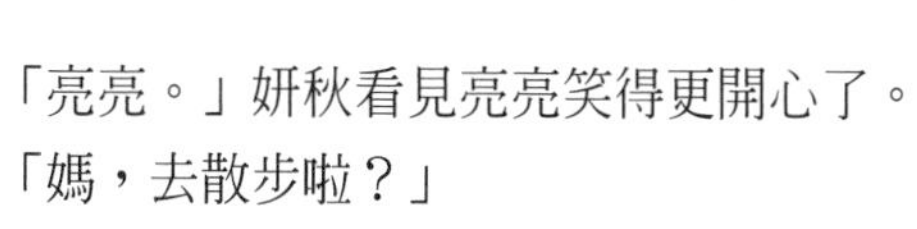

「亮亮。」妍秋看見亮亮笑得更開心了。

「媽，去散步啦？」

妍秋點了點頭，看著趙靖。

趙靖見亮亮也在，他有一些話想要說。

「亮亮，正好你也在這，我……我已經決定要跟士元他母親離婚了。你放心，我沒有打算要取代漢文的位置，這件事與你母親無關。我只是要恢復自由之身，那樣的婚姻沒有必要再維繫下去了。」趙靖清朗的態度，讓亮亮知道他是認真的。

子荃聽著笑了起來，他當然為自己媽媽開心，而且，他，汪子荃，終於一步步登上他的王國寶座了啊。

而亮亮心裡則複雜極了，一邊是母親的快樂，一邊是自己強烈的道德觀，她該怎麼去答應？

第二十六章

窗外平靜的暮色幻化成一束束光影，悄悄直射入趙家美輪美奐的大廳，可是兩個愁眉苦臉的女人經營起一圈愁雲慘霧的氛圍，秀女正和士芬提起與中威見面的經過。

「他還是要離婚嗎？」士芬哀怨的低下頭，雙手擱在看起來還平坦的小腹上。

「唉呀～他要歸他要啊，你怕什麼啊？肚子裡懷著他孩子啊，戶口名簿上頂著他的姓呢，晚上睡覺還要頭靠頭啊，趙士芬啊～我告訴你，這就是夫妻，你不簽字，他能怎麼樣啊？他嘴裡說不信，心裡早就認啦！男人嘛，爲了孩子他不會離的。」秀女安慰著士芬。

「士芬啊，你就看看你爸爸，我們不都吵吵鬧鬧三十年了，但是你看我們離了沒啊？對，他也許會對我沒良心，可是他對他那姓趙的兒子女兒啊他孝順得很啊，爲了給你們一個健全的家，他不也是認了？」

「可是他現在不是也要跟你離婚？」士芬抬起頭看著媽媽，是這樣嗎？眞的是這樣嗎？一個還不會笑不會哭的小生命成形了，就可以框住她和中威的婚姻了嗎？

「那我不理他啊，他在氣頭上我就躲啊。他要太過分，我就跳出來嚷嚷嚷嚷，三十年不也就這麼過啦。」秀女心裡有點慌，但她跟自己說，沒事的，都沒事的，這麼多年都可以息事寧人，這一回又怎麼不行呢。

「可是我覺得這一次可沒這麼簡單，依爸的個性，他可能眞的就這麼打算了。」

「幹嘛啊，觸你媽霉頭，我這幾天都已經夠委屈啦，他天天都給我住俱樂部裡去，找宋妍秋我也沒吭氣，他還有什麼打算啊？過兩天啊，他氣頭消了，不也乖乖的回來，當一切都沒發生過。」秀女橫了士芬一眼。

「那……爸如果一直不回來呢？」

「哼，老狗走不遠的，我都不跟他計較了，他敢一直不回家啊。」說著說著屋內響起電鈴的聲音，「你看吧，我說的是不是啊，他這不就回來了呀，算他走運啊，在我心情好的時候回來呀，要不然我跟他沒完沒了。」

秀女走上樓想梳洗一下換套衣服，隔沒兩分鐘，士芬追上來推開門進來看見母親。

「媽！」

「ㄟ？你爸呢？幹嘛呀，還坐樓下啊？」

「爸沒回來……」士芬吞吞吐吐有著不祥的預感。

「沒回來？還杵在醫院陪那個宋妍秋啊？」秀女停下手上的腮紅刷，皺眉回頭。

「老劉說宋妍秋已經出院了，爸要他把這個交給你。」

「這什麼東西？寫封信給我幹嘛啊？替我看看。人不回來，給我個道歉信有什麼用！」哈，停下的手指又開始動作。

士芬拆開信封，開始看了起來。

「媽！」士芬驚恐的喊著，爸爸竟然……

秀女一個起身，看到那封信裡的是白底黑字簽著趙靖大名的離婚協議書。

秀女感覺一陣暈眩。

俱樂部辦公室裡，趙靖翻開桌上密密麻麻的文件，把其中兩份挑起來拿給在一旁等候的子荃。

「這幾天我想跟各部的主管開個會，你看是安排在明天還是……」

話還沒對上句點，就見倉皇的秀女推門而入，當然不敲門，也沒有什麼客氣好話，她是來質問那個躺在她身畔三十年的男人的。

「你這什麼意思？這什麼意思啊？」

秀女將離婚協議書丟在趙靖的桌上，圓眼怒睜著。

「子荃，這事我們明天再商量吧。」趙靖示意子荃先出門。

「是。」子荃轉身要走。

「你不准走！」秀女攔住他，這件事汪子荃脫得了關係才有鬼，他不知道想把自己的瘋媽媽弄進來趙家多久了，是她狗眼看錯人。

「我們的家務事不要爲難外人。」

「他是外人？他跟這件事情一點關係都沒有？他媽媽巴不得當你的內人啊！他會是外人？」秀女冷哼慢慢走向子荃。

「你給我留在這裡，好好聽著你那瘋媽媽要跟你趙叔叔幹些什麼好事啦！」秀女的嫌惡表情顯露無遺，她就是這麼習慣糟蹋人，而且絕不容許反抗。

「子荃，沒有你的事，你可以離開。」趙靖受夠了。

「你敢走！你今天走出這個大門，你就休想再進趙氏，休想再吃趙氏一碗飯！」

「對不起，不打擾了。」汪子荃再也沒有疑慮的轉身就走，他的目的已經達到，至於他們趙家要怎麼排演這齣家庭倫理悲喜劇，他恕不奉陪。

「汪子荃！」秀女看著子荃離去的背影大叫著。

「你現在應該知道，不是每一個人都希罕留在趙家吃這一口飯。」趙靖覺得老臉實在都被這個婆娘丟光了，到底要怎樣，她連一點尊嚴都不能留給他嗎？

秀女慢慢走向趙靖，一臉慌張祈求的眼神。「趙靖……」外人離開後，她的張牙舞爪突然間都收拾乾淨了。

「我說了，一切我都可以放棄……」趙靖深吸一口氣道，好，來了也好，遲早。

秀女不要聽，更不要給他機會說完，他們之間還沒完呢，戲要落幕，也要看她臉色。

「三十年了……都三十年了，你趙靖吃飽喝足了，從一個窮軍人混到今天的局面，你跟我離婚？你跟我講你要跟我離婚？」秀女將離婚協議書撕得粉碎，丟在趙靖身上。

「你敢假清高的說你不屑吃我這口飯？」秀女故意嘲笑的眼角裡滲著淚。

「我說了，我什麼都可以放棄。包括你娘家的資本和我趙靖後來的心血，我什麼都可以不要。」對於秀女的諷刺，趙靖已經看透了，他要爲自己爭取一點自由，三十幾年來，從沒能夠自在呼吸一秒過。

「對！你只要跟那個瘋女人在一起！」

「只要自由。」趙靖平靜的說。

「你還要多自由……你還要多自由？你非要我允許你們出雙入對才叫自由，你非要我讓你們上床才可以啊？是不是啊？」

「蔡秀女！你聽不懂我的話，你從來也不想聽懂過，我要自由，心靈上的自由，精神上的釋放，人格上的被尊重！我受不了你這三十年來的趾高氣昂，我受不了你的囂張跋扈！我受不了你任何時候都可以像今天這樣開了門就進來大吵大鬧！我不能再忍受了。」

「如果今天沒有宋妍秋，你受不受？你忍不忍？」面對趙靖嚴厲的指責，秀女歸咎原因只有一個。

「跟她沒有一點關係！」

「當然跟她有關啊！如果沒有她，我們二十年、三十年、四十年、五十年一輩子的過下去。」

「那不叫過日子，那叫耗時間叫浪費生命，蔡秀女，我老了，快六十了，我沒有多少時間可以繼續浪費下去。」

「你老了，我還年輕嗎？我二十幾歲跟了你，現在我人老珠黃了你要跟我離婚啦？你爲什麼不早十年二十年拿這張離婚協議書叫我簽字？」秀女歇斯底里的說，提到這張紙，離婚協議書，她全身的力氣都凝聚起來。

「我可以嗎？十年前二十年前我可以嗎？我有這樣的權利嗎？孩子們十歲五歲的時候我可以扔下他們不管嗎？你蔡秀女的嫁妝在沒有還給你之前，你會輕易放過我趙某人嗎？」

「你現在還是沒有這個權利！別以爲你對孩子們已經盡了義務沒有責任啦！」秀女一抹嘴角，抹在手背上的口紅看起來就像一道血痕，但她不管，她拚盡體力也要拚命一搏。

「起碼我對孩子們已經了無虧欠了。」

「那孩子的孩子呢？趙士芬懷孕了，她要當媽了，她自己的婚姻不如意，娘家的爸爸是她唯一的避風港，你要讓她在這時候承受這個打擊？你要讓她在這個時候失去這個避風港？」

「士芬懷孕了？」趙靖驚訝的看著秀女。

「對，可是孩子的外公不要她啦～」

秀女知道趙靖是割捨不下的。

「我永遠都是士芬的爸爸，永遠是孩子的外公，這是兩件事。我會盡我一切的力量給他們最好的。士芬我會給她一幢房子，孩子，我給……我給她成立一筆基金。」趙靖盡力維持平靜，不要讓他想獲得自由的決定受到影響。

「一棟房子不是避風港不是一個家！我們趙士芬有的是錢，她不要錢，孩子不要錢，她要的是一個家，一個有爸爸有媽媽完整的家，你這時卻要提離婚，而且是跟汪子亮的媽媽在一起，你要逼死自己的女兒？逼死你自己心愛的女兒？」秀女知道自己運氣好，士芬懷孕不只是給了她自己一條活路走，也給了她一手好牌。

「夠了！」趙靖雙手抱住頭，太陽穴裡像有千百隻螞蟻在咬蝕他，爲什麼他的人生就像一場雨後的爛泥，永遠不會放晴，暴雨卻讓泥濘越來越爛。

秀女看著趙靖猶豫痛苦的表情，不放過的繼續說著。

「你以爲一句我什麼都不要，就可以不要啦？除非你斷了氣閉了眼，否則你就不可以什麼都不要！我蔡秀女什麼都要，命裡該有的，我一樣都不會放棄！包括權利跟義務。」

「我不會跟你離婚！」秀女將臉湊到趙靖面前，一個字一個字說著。

趙靖掩著痛苦的臉，低吼了一聲。

「滾……」

「哼～」秀女不理會。

「滾！」趙靖用力推開秀女。

「你幹什麼啊？」秀女看著發了瘋似的丈夫，突然覺得好陌生。

「這裡是我的辦公室，你能夠旁若無人的不請自來，我不能請你滾嗎？滾！這是我的權利！滾！滾～」趙靖狂甩辦公室裡一切他可以看到摸到的東西。內心有某個部分被打破了，頹然的坐在沙發上，掩面哭泣起來。

秀女被趕離開趙靖辦公室之後，第一個想要前往的地方，就是汪家。她打了電話約士芬在汪家門口碰面。好樣的，她倒是要見見那個狐狸精，宋妍秋，她就是這麼了不起啊，一手想毀了她蔡秀女的人生，而且，還就要得逞了。

妍秋聽到門鈴響，一看是蔡秀女，表情有些驚慌，她記得這張兇狠無善意的臉。

「是你！」

「你以爲是誰呢？趙靖？他沒有你家鑰匙？」蔡秀女與士芬走進屋裡，秀女一步步的靠近妍秋，惡狠狠的瞪著她。

「你……你們……」妍秋退了兩步，他們的表情好可怕啊，她不喜歡，不喜歡非善意的場面。

士芬將門反鎖，秀女一進屋裡就將妍秋推倒在地。

「這……這是我家，你出去，你出去！」

妍秋抖抖的聲音沒有威嚇的作用，反而聽起來充滿了惶恐。

「這不是你家，這裡是妓院，你跟你女兒兩個是妓女，不過你們胃口也太大了，你們要的不只是別人家的男人，你還要別人的家業！你跟汪子亮，你們兩個是不折不扣的爛女人！」秀女一步一步逼向前，她才不在乎，多難聽的話她都說得出口，她的家庭就要崩裂了……

「你給我住口！你……」妍秋語塞。

「你怎麼樣？我們既然敢來了還怕你嗎？我不但不住口，我還動手！」蔡秀女逼到妍秋面前一吋，「你可惡！」秀女大吼一聲，掄起拳頭就開始捶打她，拉扯她的頭髮，妍秋驚慌閃躲著尖叫。

而一旁的士芬冷眼看著，和母親站在同一陣線，將音響音量開大。音響裡流瀉出老歌星快樂輕柔的歌聲，襯著妍秋被撞到牆壁上的慘狀，每個節拍對照著秀女一拳一掌的節奏，打得妍秋鼻青眼腫披頭散髮。

✳✳✳✳✳✳✳✳✳✳✳✳✳✳✳✳✳✳✳✳✳✳✳✳✳✳✳✳✳✳

旅館裡昏黃的燈光，被情人間的細語拈得很細小，亮亮依偎在中威身邊，好久了，她有好久好久沒有感受到這種簡單的幸福……

「中威，爸眞的要跟士元媽媽離婚咧，他說，他恢復自由之身之後會來見我媽，其實你們兩個人的想法，在這一點倒是一樣的，但是，他捨得放棄一切嗎？爸，爸是那麼愛孩子……尤其是士芬，他答應過她永遠不跟她媽媽離婚，現在他放棄一切，也包括親情嗎？」中威聽了若有所思。

「父母跟孩子之間的感情，眞的可以輕易割捨嗎？」亮亮嘆了好大一口氣，矛盾的是，她想起了自己和子荃之間難道也可以這麼輕易割捨下嗎？

秀女對中威說的話在他腦裡響起。

「命中注定你們在新婚那一夜……這是緣，解不掉，也永遠離不掉的。」

亮亮凝視著沈默的中威。

「中威怎麼啦？你有在聽我說話嗎？你覺得，眞的可以輕易割捨親情嗎？」她拉了拉中威衣袖。

「我不知道。」中威喃喃的低頭。

「唉～其實我好矛盾哦，我希望爸帶給媽快樂，可是我又希望他不要爲了愛情放棄親情，我不希望媽成爲第三者，可是我自己卻是第三者。」

「你不是，你不是的。」中威握住亮亮的手，用深情的眼神看著她。

「亮亮，我愛你。」

亮亮聽了整個人柔軟的埋進了中威的懷裡，中威回抱著亮亮，可是心裡那一份對於要給亮亮幸福的堅持，卻也糾葛著士芬肚子裡正慢慢醞釀的生命。

亮亮收拾起幾樣擱在旅館地上沙發上的隨身物品，和中威一起退房走出旅館。外頭的風突然吹拂在身上，不知怎地有點淒然感，她想到千里之外的丈夫。

「趙士元去大陸已經兩個多禮拜了，期間一通電話也沒打過，這就是他一貫的作風，能逃多遠就逃多遠，能躲多久就躲多久。」

「亮亮，我們可不可以不要提他？」中威嘆了口氣，因為連著想到了他所謂的妻子。

「你生氣啦？」

「不是，我只是不想聽到他的名字。」

「我比你更不想。」亮亮嘟嘴。「我恨他用逃避的方式面對事情，如果他今天可以坦然的面對我……」

「如果他可以坦然的面對你，你會原諒他嗎？只要他誠實，你可以原諒他嗎？」

「我不知道，我只知道我厭惡閃爍逃避，尤其是這麼親密的關係，在感情世界裡，我絕對容不下一絲一毫的欺騙。」亮亮黑白分明的眼睛就像他敢愛敢恨的個性，這是她令中威著迷的地方，可是同時也令中威心生猶豫。

「我該告訴她士芬已經懷孕的事嗎？」心裡的問號誰能回答。

「亮亮，我……」他試著要說可是……

「怎麼啦？」

「我……」

「你有話要跟我說？中威，我知道你有罪惡感，我答應你，等趙叔叔跟我媽的事情解決之後，我會跟士元主動提出離婚，到時候，你跟士芬的關係應該已經結束了，最好……最好我已經懷孕了，我們就可以開開心心的準備當爸媽了，對不對？」亮亮笑咪咪的說，中威眞的好不忍心打破她的笑容。

「我要回去了，我一定要按時盯著我媽吃藥，你也該回家了，不要陪我。」亮亮甜笑，她心裡覺得暖洋洋的好幸福。

「我要陪你，我也好久沒看到你媽媽了。」算了，管他的，那些惱人的畫面，士芬和秀女的話語，都先放過他幾分鐘吧，等他喘過口氣，會再跟亮亮解釋的。

秋日的天氣忽明忽暗，突然又飄起了小雨，在雨中，亮亮和中威相擁進了門。

「燈怎麼暗著啊？我媽睡了嗎？」

亮亮摸黑開了燈，卻發現屋裡一片凌亂，猛然看見秀女和士芬坐在沙發的兩個角落，中威也嚇了一跳。

「汪子亮啊！你要不要臉啊你們！」看到一起進門的中威和亮亮，士芬發狂的怒喊。

而在一旁半昏厥的妍秋一聽到亮亮的名字，馬上掙扎著全身的傷起身找亮亮。

亮亮看見在角落的母親滿臉是血，「媽？媽～」亮亮衝了過去。

「你打我媽……打我媽！」亮亮心碎著母親驚恐又破碎的臉，衝上前去跟士芬一陣扭打。士芬也豁出去，使出全身的力拳打腳踢，眼看就有幾拳要落在亮亮身上，中威趕緊將亮亮護住，拉到一旁。

「他們打我媽，打我媽……」亮亮被中威護在身後，激憤不已。

「陳中威！你居然還敢護著她？沒事吧？士芬？陳中威你護她？她打你老婆！打你孩子的媽！」秀女趕忙檢視女兒的臉和身體，轉頭怒瞪中威。

亮亮聽到孩子……什麼孩子……她蒼白了一張臉，將手從中威手中抽出。

「亮亮……」亮亮全身顫抖的退了幾步，看在中威眼裡無限心疼。

「亮亮，你聽我解釋……」

「怎麼？他沒跟你說他要做爸爸啦？你們不是好朋友老交情了？這麼天大的好消息，他居然沒有跟你分享？你要做舅媽了，我跟中威，我們就要有第一個孩子了，你不恭喜我嗎？亮亮舅媽～」

面對士芬的諷刺，亮亮雖然心痛，但堅強的個性不允許她在敵人面前落淚，她強自鎮定的走過去扶起母親。

「媽，別怕，有亮亮在，亮亮扶你。」

「她們打我……她們打我……好痛哦！」妍秋撫著臉頰，像個孩子般地哭泣著。

「亮亮，你聽我解釋。」中威跟在亮亮身後，該死，他剛剛不該猶豫，他該自己告訴亮亮這突如其來的意外消息。

「你讓你老婆懷孕，天經地義，有必要跟外人解釋嗎？」秀女笑盈盈的說。

「對，眞的沒有必要。」亮亮的語氣失去了溫度。「媽，有亮亮在，亮亮扶你進去好不好？」亮亮的雙眼只凝聚在媽媽臉上，她怕多看中威一眼，強忍的眼淚就要奪眶。

虛弱的妍秋依靠在亮亮身上，任由亮亮牽扶著走入房間，身後的一片狼藉看起來令人鼻酸。

「別怕，媽，有亮亮在……」亮亮輕聲細語的護著妍秋進房。

秀女尾隨在後放話，「汪子亮，我敢上門來修理她，敢坐在這等你回來，表示我什麼都不怕了，別以爲你又可以用什麼苦肉計來跟趙靖告狀。」

「不會的，我不會去告狀的，蔡秀女，我媽受的委屈，我自然會討回來的。」

亮亮擦拭著母親的傷口，甚至連臉都沒有抬起來，不過聲音裡的堅持是絲毫不讓的。

「討回來？你要怎麼討回來？派你那個瘋媽媽來勾引我爸？」士芬在旁邊幫腔，她忘不了剛剛那一幕，中威護著亮亮……

「趙士芬你不要太過分！」中威在喝止。

「我就是過分你能怎麼樣？你能再像從前一樣？每個晚上折磨我羞辱我？哼，你忍心看著我挺著個大肚子，讓你的骨肉陪著我吃苦？我是無所謂，我習慣啦，可是胎兒可以嗎？」

士芬笑咪咪的說，「唉～自從我懷孕以後，每天晚上我們親熱，我可都是提心吊膽的。」

「你無恥！我沒有再碰過你！」中威生氣極了，他怕亮亮眞會誤會了。

「你幹嘛呀？惱羞成怒啦？怕她聽見了傷心難過嗎？士芬都說了好

幾次了呢，她要跟你分房分床，你不答應呢。怎麼這會兒在這假惺惺啦？」秀女怎麼會放過這個羞辱亮亮和中威的機會。

「夠了！給我住嘴！」亮亮氣急攻心猛然站起來，指著大門，她再也不要忍受這一切，該死的趙家……還有中威，他怎麼能那樣傷她！

「你……還有你……還有你統統給我滾出去，不要在我家的屋簷下談這些齷齪事！」

「ㄟ～你說什麼呀，這房子趙靖買的啊，叫誰滾出去？敢在這大聲說話啊你！」

「那又怎麼樣？買給我汪子亮的房子，就是汪家的房子，統統給我滾出去。滾，滾，都給我滾，滾！」亮亮衝到門口打開大門。

「汪子亮！跟你那個瘋婆子說，趙靖不會跟我離婚的，叫她趁早死了這條心吧。還有你呀，士元前腳走你後腳就勾引我女婿，咱們這筆帳有得算啦！」秀女拿起包包羞辱夠了得意的走人，士芬則強勾著中威跟在後面。

「蔡秀女！我們要算的帳太多了！每一筆，我都會生上利息討回來的。」亮亮大力的關起門前，雙眼含恨的說了這句。

＊＊＊＊＊＊＊＊＊＊＊＊＊＊＊＊＊＊＊＊＊＊＊＊＊＊＊＊＊＊＊

一進門，中威馬上忍無可忍的推倒士芬，士芬倒在沙發上，滿臉都是得理不饒人的張狂。

「趙士芬，你要不要臉啊？」那些話沒有一句是事實，他要怎麼跟亮亮解釋，才能讓亮亮再相信他一次。

「再用力一點，最好是殺了我，一屍兩命，我們母子做鬼也不會放過你的！」士芬坐正了，頭抬得高高的靠在沙發上，「我說過我會很努力的經營這個婚姻，現在我懷了孩子，他就在這！」她手撫上自己的小腹。

中威不想看，轉身就想走。

士芬的聲音追了出來，「你不希罕嗎？沒關係，爺爺奶奶可希罕呢，這個好消息已經傳回巴西，他們可開心了，還叮嚀我要好好休養，好好安胎，這可是陳家第一個孫子，說不定正訂著機票，要趕回台灣等著抱孫子呢。」

「趙士芬！你明明知道我們不相愛沒有感情，遲早要離婚的，你還……」中威猛然回頭。

「我們沒有感情嗎？不會吧，有哪對沒有感情的新婚夫妻會這麼快的製造新生命？我們要離婚嗎？怎麼可能，我們要等著做父母呢，你跟誰說，誰都不會相信的。」士芬笑咪咪的站起來，替自己從茶壺裡倒了杯茶，現在開始，她要好好保護自己，保護肚子裡的寶貝，誰也別想，包括中威，傷害他們。

「我不必告訴誰，也不必誰相信！我告訴你，我陳中威就是不愛你！就是不愛你！」

士芬一甩頭髮，「隨便！愛不愛我都會把孩子生下來，離婚？免談！長長久久貌合神離的過下去，過一輩子！這可是你陳中威說的，我是照你的意思過日子。」她啜了一口熱茶。

「貌合神離的戲，兩個人唱多單調，加個孩子進來，長得像你也像我，那才叫做名副其實的貌合神離，那才精彩才熱鬧啊。」

「我告訴你，我一輩子都不會愛你，你生的孩子，我一輩子都不會跟他有感情。我同時告訴你，這個孩子不管長得像誰，他都不會愛你。因爲你這種女人，一輩子得不到別人眞正的愛和尊重，即便是你的孩子。」中威語重心長的說完立刻離開，他無法忍受再跟這個女人多相處一秒，即使這個女人肚子裡有著他的親骨肉。中威的離去讓士芬氣得發抖，摸了摸頭髮，心想絕不能放過這兩人。

不得安寧的這一夜，亮亮一直守在母親身邊，身心俱疲的妍秋已經入睡了，有亮亮在旁，眼淚也乾了，眼睛也酸了，這回她睡得很沈。

倒是一旁的亮亮，一邊想著士芬已經懷孕的事情，又想起中威對她說愛她，她被搞混了，到底誰才是對的。

「你怎麼可以騙我……怎麼可以騙我？全世界的人我只相信你，怎麼可以騙我？」亮亮在心裡默默地問著，各種千奇百怪的想法充斥在她腦海，她疲倦的哭泣了起來。「怎麼會跟她懷孕呢？你怎麼可以騙我？怎麼可以騙我？」

「不，不要！不要打我……不要打我……」夢裡的妍秋突然喊叫了起來。

「媽，沒有人打你啊，媽，我是亮亮啊，媽….」亮亮心疼的抱住媽媽，她知道她夢到了什麼，該死的趙家母女，竟敢這樣傷害她最愛的母親。

「亮亮救我！亮亮救我！」

「媽，亮亮在，亮亮救你！」

「保護我哦，不要打我……不要打我……」

「沒有人打你，亮亮愛你……」

妍秋哭倒在亮亮懷裡，亮亮也緊緊擁抱住媽媽，眼淚，忍耐多時的，終於滑落在腮邊。

這一切被剛到家的子荃打斷，子荃走入妍秋房裡，就是剛好看到這一幕相擁的畫面。

「怎麼啦？她又犯病了？你不是都有按時盯著她吃藥的嗎？亮亮，我早就告訴過你，她不能一個人在家，她需要一個伴。」子荃故意嘆了口氣，找到機會就想說服亮亮。

「她是我們的媽媽！你可不可以不要左一聲她右一聲她，你連媽都不會叫了嗎？」亮亮的憤怒又湧上來，怎麼連自己家人都可以冷酷至此。

「你怎麼啦？你火氣很大耶，到底怎麼回事？」

子荃這時才發現客廳裡一片凌亂。

「蔡秀女跟趙士芬來家裡砸的，她們還打了媽……」亮亮轉過身子，讓子荃看到媽媽瘀青的臉。

「正常，她已經先去俱樂部鬧過了，趙靖寄了離婚協議書給她，她抓狂了。」子荃陰沈著一張臉，趙家欠他的可真夠多了啊，他是不多計較妍秋受的這些傷這些苦，不過就一起記在帳上吧。

「那也不能來對媽動手啊！」亮亮還氣憤難平。

「當然不能，當然不能。所以你還覺得我們的媽媽不需要別人保護嗎？你還要阻止趙靖來照顧媽媽嗎？」子荃換了一個口氣，藉此來說服亮亮，也是意外的收穫。

「你有沒有搞錯啊？她就是因爲趙靖才來羞辱媽的。」

「今天就算我們的媽媽不去招惹趙靖，離他離的遠遠的，蔡秀女一樣不會放過她，疑心生暗鬼，逮到機會，她還是會來羞辱媽，這是她的本性，就像蠍子天生會螫人，狗改不了吃屎，是一樣的道理。蔡秀女只要認爲媽會危害到她的婚姻，她就會一輩子打壓她到底，她永遠也不會放手。」

「可惡……欺人太甚……欺人太甚！」亮亮氣得捶牆。

「不要期待壞人會變好，對付壞人最有效的方法就是比他更壞更惡劣，把他狠狠的踩在腳底下，讓他永世不得翻身，所以才有『除惡務盡』這句話，不是嗎？」

「除惡務盡？」

「一點也沒錯，她哪裡痛就踩她哪裡，她哪裡有傷口就在哪裡撒鹽巴，她害怕失去趙靖，那就讓她一輩子失去他。」子荃從來不覺得自己是好人，當然也不是壞人，他只是懂得人性，太懂了，那些在國外的歲月，不是白白度過的。

「亮亮，你現在先回趙家去吧。」

「回趙家？我怎麼能回趙家去呢？今天才撕破臉的。而且，晚上我還跟中威一起回來的。」那難堪的一幕又重新湧上腦海，亮亮幾分懊惱的說。

「你當然要回去，你跟趙靖又沒有撕破臉，士元不在台灣，你又跟陳中威在一起，再不回去，不要說自己立場不正了，趙靖也會很難做人的，還會影響到他的決定。快回去吧。」事情是越來越朝他的計畫走了，他知道現在的亮亮是脆弱的，無方向的，那就讓他汪子荃來掌控一切吧。

「不，哥……我……」

「你要回去，安安穩穩的先把自己的位置站好，失去立場就失去發言權了，回去吧。」子荃聲音裡有不容質疑的堅定。

「可是，媽……」亮亮望了躺在床上的妍秋一眼。

「你放心，家裡我會收拾，媽我會照顧的，走啦，你放心，聽我的。時間晚了不要到處亂跑，知道嗎？」子荃半推半勸的替亮亮拿了皮包，在她手裡塞進車鑰匙，相送到門口。

關上了大門後的亮亮，默默的坐在家門前的椅子上想，到底哪裡是她的家呢，避風港呢，對汪家來說她是出了門的女兒，對趙家啊，不提也罷。

亮亮出門之後，子荃第一時間就是衝到自己的房間拿出相機，毫不猶豫拍下妍秋受傷的睡容，這一切，哈，是非常值得啊。既然都受傷了，那麼就讓這些傷口多一點附加價值吧。

而子荃不斷拍下的母親受傷照片，在隔日上班的時候，他一一拿給趙靖看。

「亮亮要報警，被我攔下來了。這件事，如果鬧上社會版，對整個趙氏企業的形象會有很大的影響。」

「妍秋現在怎麼樣了？」活了大半輩子，見過大風大浪大場面的趙靖，不敢相信這個虛弱躺在床上的女人，是他心愛了幾十年卻無力保護的女人。

「在家裡療傷。趙叔叔，我恐怕你現在要去哪都不恰當了吧，你要以什麼樣的身分去看我媽呢？老朋友嗎？老朋友讓她被打成這樣，我恐怕她現在躲你都來不及呢。我們已經囑咐過她，不准隨便開門，隨隨便便什麼人都能進我們家去羞辱我媽。」子荃一臉氣憤難平的說。

「這件事情，我會給妍秋一個交代的，最起碼我有權利去質詢我太太！」看到照片裡的妍秋面容慘澹，他真的懷疑有神經病的是誰。

「趙叔叔，我恐怕您是沒有的，她是您的妻子不是嗎？她認爲她是名正言順在處理她婚姻中的外遇。」

「唉～」趙靖低了頭，他對他自己的人生感覺好無力。

「趙叔叔，其實也是我們自己不好，理不直當然氣不壯，我媽在外人眼中，一直是個第三者，她今天被打，我們也只有自認倒楣了，或許，今天我們還要感謝您的妻子，只有打她，沒有告她。」子荃語裡的諷刺，趙靖怎麼會聽不出來呢。

「子荃，我……我真的很抱歉，這件事情我一定會盡快處理，我不會讓妍秋受委屈的。」趙靖知道現在說這些都是多餘的，聽起來多麼像一個生意人的場面話，客氣有餘，誠意不足。但是可悲的是，這都是他的真心話。

子荃深吸一口氣，彷彿說出心裡深藏已久的決定，「我想帶我媽回美國。」

「不可以啊，子荃！她不能適應，那個地方對她來說完全是一個陌生的地方。」

「適應一個陌生但是安全的環境，總比名不正言不順的留在台灣適應被打要容易吧。」他嘴角一捺，露出一個要哭不哭的苦笑，恰如其分的流露出一個孝順兒子的傷感。

「子荃我保證，我絕對不再讓任何人欺負她，不要帶她走。」趙靖深鎖著眉頭，他知道，事情已經逐漸拐彎到很窄的岔路上，他必須做出一個抉擇了。

子荃面無表情點了個頭就轉身離去，偌大的辦公室裡只留下趙靖羞憤的將頭深埋雙手中。

剛回到家，趙靖第一件事就是走到蔡秀女面前，把那疊該死的證據丟到她面前，一語不發的轉身就要離去，秀女看著桌上的照片臉上一陣青白，還來不及開口，在一旁的士芬就先猛然跪在趙靖面前，她知道如果這次讓爸爸走了，就是永遠的失去爸爸，依照爸爸對汪家的關心，怎麼說也不可能原諒她和媽。

「爸，爸～」士芬咬住下唇，艱難的喊道。

「士芬，我跟你母親真的……已經無法繼續再相處下去了。」趙靖不知道，此刻在他面前的愛女竟然是傷害妍秋的幫兇。

「爸，你答應過我的，無論媽怎麼跟你提離婚的事，你都不會答應她的，三十年的婚姻，沒有激情，也有感情也有恩情，你說過你不會不要我們的。」懷著身孕的她看起來多麼楚楚可憐，士芬知道自己看起來處境堪憐。

「士芬……起來……」趙靖想到他即將出生的孫子。

「我不起來……我不起來！爸～我跟我的孩子一起跪在地上求你，你怎麼忍心啊，你的外孫跪在地上求你啊。」士芬哽咽的拉住趙靖的衣角。

「士芬，這是大人們的事情，不要把孩子扯進來。」

「他也是家裡的一分子，他身上流著趙家的血，爸，不要離婚好不好？我求你，爸……」士芬在地上帶著淚聲喃喃。

趙靖一臉痛苦，再怎麼對秀女反感，他還是割捨不掉對女兒的愛。

「媽……」士芬轉而向媽媽求助，希望母親這時候能放軟身段，不要再意氣用事了。

「趙靖，你告訴我，我哪裡做錯了，今天我蔡秀女是哪裡做錯了，要落得自己的女兒挺著個大肚子跪在地上求這個爸爸不要離開家？」秀女打破沈默。

「這還要問我嗎？你自己看一看，你把人家打成什麼樣子了？」不說還不氣，一說就有氣，照片上的妍秋身上那些傷難道都是假的。

「說到底你還是爲了她，是啊，我是錯了，我錯在我太蠢了，可是趙靖，我蠢，你聰明啊，你怎麼不想想我爲什麼去動手呢？三十年來，你見過我在外面撒野打人的嗎？沒錯，也許……也許我勢利，我聒噪了點，也許我盛氣凌人，我自私，我不溫柔，你說什麼都可以啊，可是你見過我動手打人的嗎？如果今天還有別的辦法，我何至於去動手！」秀女雙手一疊，語中流露出的苦澀聽起來多麼自私，但她渾然未覺，她只看到自己的失婚，而且，全都是別人的錯。「趙靖啊～我求求你啊，教教我啊，請你告訴我呀！我應該怎麼辦？如果你是蔡秀女的話，你鬧也鬧過了，你求也求過了，可是還是沒有辦法，你先生就是不要你啊！你要怎麼辦啊？告訴我，我要怎麼辦啊？我哪裡錯了？」

趙靖看著哭喊的秀女口口聲聲像是爲了要求一個完整的家，但是總歸一句她是丟不起她那張臉。

「我哪裡做錯了呀……」秀女看著跪在地上的女兒，彷彿就是另一個自己，那樣脆弱卑微的在哀求一點婚姻的甘澤。

趙靖很緩慢的轉過身。「我們不能相處，這是個事實，今天我要跟你離婚，也不全然是爲了她。」

「不是她嗎？在這之前，我跟你相處了二十七年了，這二十七年怎麼過來的？動手的是我，最痛的也是我！她的傷看得見啊，我的傷在心裡看不見照不出來啊！可是你看不見，你也不想看啊，你不想看～」秀女激烈的說，這些話，她準備了多久要跟自己的丈夫傾訴，可是他，卻夜夜留連在俱樂部，讓她只能累積，只能壓抑。

「我不像你說的那麼不堪，如果我眞的是一個這麼不堪的男人的話，之前的二十七年我就不會忍下來，這三十年來，你從來沒有尊重過我，你對我的奚落哪一次我沒有忍下來？難道這些不是爲了維護一個完整的家跟婚姻嗎？」趙靖無法認同秀女說的。

「現在因爲宋妍秋出現了，你就不忍了？」這個女人算什麼，爲何能改變三十年來必須對她忠誠的丈夫。

「不，只是我覺得再忍下去就沒有意義了，我奮鬥了半輩子，爲了榮耀你，給你光環，可是我得到了什麼？尊重？沒有，敬畏？沒有，感謝？沒有，瞭解？沒有……一個男人要的也不過就是這些，可是我卻一樣都沒有從我的妻子那得到過。」趙靖搖搖頭，還有愛，愛在婚姻裡、家庭裡難道不重要嗎？

「最可悲的是，我們都明白，就算我再忍耐個三十年吧，這些我渴望的東西，還是一樣不會在我的婚姻中出現。如果委曲求不了全，我爲什麼還要忍耐下去，我可不可以爲我自己活一次，痛痛快快的做趙靖，做一次我自己！而不是蔡秀女的先生……」趙靖疲憊極了的坐倒在沙發上。

「你不可以！沒有人可以這麼自私的，要做自己，你不要結婚！不要成家！不要生孩子！你既然結了婚了成了家生了孩子，你趙靖不是趙靖，蔡秀女不是蔡秀女！我們是夫妻、是父母，是趙士元、趙士芬的爸爸和媽媽！人活著就是要盡義務！」秀女大聲起來，她覺得自己理直氣壯，身為一個妻子或許她是跛扈了點，可是當媽媽，她也是費了心的。

「唉～我已經盡了我的義務了，孩子們男婚女嫁各有歸宿，我做父親的則仁至義盡了……如果人活著必須要盡這些義務的話，你們就當我死了吧……」趙靖默默的上樓，不再對地上的士芬和秀女多看一眼，真的夠了，太夠了太夠了。

秀女絕望的喘氣，這是什麼？這算什麼？她的先生一句話當他死了，就要她忍耐這樣的人生轉折，誰替她承擔出氣。

「我要重生，但是我不反對你們當我死了，或許這樣可以讓你們平衡點。」趙靖說完最後一句話，人影就消失在樓梯口，該是收拾東西走人的時候了。

士芬張口要喊聲爸爸，可是還來不及喊，感覺腹中一陣絞痛，雙手摸了摸肚裡的小孩，昏厥了過去。

「士芬！」秀女抱住她。命苦的想，這一切，到底是怎樣的唐突闖入她的生命啊。

趙靖猛然回頭，剛好就那樣親眼看到心疼的女兒倒在妻子手裡的一幕，他驚詫的三步併兩步跑下樓梯，趕緊將士芬送往醫院。

送到醫院，醫生做了基本的檢查後，忍不住叮嚀，「以前流產過？那就更應該注意，情緒不要那麼容易激動緊張嘛，會造成子宮不正常收縮，萬一變成了習慣性流產，很麻煩的哦。」

趙靖默默握住士芬的手，內心好愧疚，「士芬，爸爸……對不起。」

「爸，我們家已經供奉了一個嬰靈了，難道還要供奉第二個嗎？」士芬無神的眼光盯著遠方，沒有看誰，好像已經空洞到極點。

「噓！不要說這種話。」

「爸，你知道我和中威，我們感情不好，他並不愛我，但是你知道嗎？他……他也並不愛他的孩子，」說這些話的時刻，士芬其實已經快要沒有感覺，但終歸是快要並不是沒有。

「什麼？」趙靖震了一下，這樣不是不愛吧，是恨，是冷漠。

「是，他不愛他的孩子，他說過，是我生的，他都不愛。因為對我沒感情，對我生的孩子也不會有感情……」怎麼會沒有感覺還會有淚想流呢，士芬不明白自己的感受，是多麼細微而複雜。「我的孩子還沒有出生，他爸爸就先不愛他不要他了，現在，他的外公也不愛他不要他了……」她喃喃的自語道。

「沒有……士芬……爸爸愛他爸爸愛他。」趙靖抱住士芬，把女兒的頭壓在自己已經蒼老疲憊的胸膛，是的，這個胸膛，不管經過多少歲月，只要女兒需要，他就必須要提振起精神拿出做父親的肩膀。

「有，你有，你就是有，你要離婚，你要離開家，你不要我們！你要做自己，就是不要他不愛他，爸……」士芬已經好久沒有這樣被保護的感覺，忍不住更委屈了。

「士芬……好啦……不要激動啊，剛剛醫生才說呢，不要激動。」

秀女在一旁也鼻酸著提醒。

「爸，不要離婚好不好？你們再努力一次好不好？」

士芬將趙靖和秀女的手牽在一起。

「爸，至少先等我這個孩子平安生出來，你們再給彼此一個機會可以嗎？」

秀女見趙靖猶豫的眼神，哀怨又憤怒的將手抽走，趙靖艱難的看了那個躺在自己身邊三十年卻好陌生的女人一眼，他還做得到嗎？

「爸，我求你，為了你心疼你的女兒，心疼你女兒那個可憐的孩子，你再代替他的父親給他多一份愛可以嗎？」

「士芬……」

「爸，我求求你，為了我可以吧？好不好？」

趙靖無語痛苦的抬頭看著，眼神深得好像看穿了天花板，直直的望入了天空深處，掙扎。

＊＊＊＊＊＊＊＊＊＊＊＊＊＊＊＊＊＊＊＊＊＊＊＊＊＊＊＊＊＊

亮亮埋頭走著，這一條回家的路她走了幾千幾百遍，可是最近走，總覺得越走，越遠，越長。中威從另一頭走來，他心疼的看著自己想寶貝在手心裡呵護的亮亮，他深鎖的眉頭，他怎麼會不懂。

「亮亮……」中威加快腳步，與她並肩走著。

亮亮一抬頭看是中威，馬上扭頭繼續向前走。

中威阻擋在她面前，「你能把我推多遠？整個把我從你生命中推開嗎？從你的回憶中清除嗎？」

亮亮低著頭低聲說，「沒有回憶，只有欺騙，只有謊言……」

「亮亮！」中威困難的喊，他要怎麼解釋。

「只有謊言！你跟他們是一樣的……」連亮亮自己也沒有察覺，她心理建設了那麼多日，告訴自己不在乎，不必在乎，可是怎麼眼淚又偷偷爬上眼角。

「如果是這樣，我爲什麼還要主動向趙士芬提出離婚？」

「那是你說的，那也是謊言裡的一部分。」她不要自己再脆弱了，寧可相信都是自己一廂情願，跟中威在一起的那些甜蜜不曾有過，可是他卻是別人的丈夫。亮亮此刻感到婚姻是一件多麼苦澀的事情。

「我不會笨到去編織一個會被立即拆穿的謊言去騙你的。」中威急切的說。

「但她就是懷孕了……」

「亮亮，我也是被蒙在鼓裡。」

「不要告訴我沒有關係就會懷孕，」亮亮苦笑一下，她不是孩子了，他更不是，不可能不懂。

「只有一次，只有那一次……」

「每次親熱我都提心吊膽的，這是她說的。你聽見了嗎，每次！」亮亮的心比誰都痛，她一定要這樣明明白白的說出來，知道自己的傷口在哪，不然怎麼收得了口。

「她在說謊，她在說謊，我愛你！」中威痛苦的喊，爲什麼，爲什麼要這樣彼此折磨，相愛的兩個人卻互相傷害……

「我不相信！我不相信！」亮亮摀住雙耳。

「我是眞的非常愛你！」中威硬把她的雙手拉開，這個世界夠多爭執夠多仇恨了，不，他不容許連他跟亮亮之間都是這樣的。

「眞愛裡不該有謊言，恨裡才有欺騙跟謊言，我恨他們，所以我會騙他們，騙他們我懷孕了。但是我對士元，連恨都是誠實的，我心裡不再愛他，我的身體就誠實的抗拒他，我知道我是愛著你的，我的身體就誠實的迎向你……」亮亮淚眼對看中威。

「你怎麼可以愛著我，卻欺騙我？你恨著她卻接納她……你對誰的擁抱是眞的？你對誰的親吻才是誠實的？」

「亮亮……結婚那一夜，我對我的人生完全絕望，我以爲……我們之間再也沒有可能，她爲我懷過孕，流過產，她不停的暗示要用我跟她的幸福來換取你在趙家的幸福，對你，對她，我沒有選擇的空間，當她再度告訴我她懷孕的時候，是我向她提出離婚的那一天，亮亮，我不相信，我以爲她故技重施。」中威想到那天士芬的答案令他頭暈目眩。

「那爲什麼現在你又相信了呢？」

「連你也相信了，不是嗎？」

亮亮啞然。

「亮亮……既然我們決定要在一起，就不要相互的懷疑猜忌，你用身體告訴我，告訴我你愛我，我會用行動回應，我已經告訴她，再一次的告訴她，我要離婚的強烈意願，不管她同不同意，我都要離，也許我會把事實眞相在她父親面前攤開，到時候……」

「不！中威，不要！」

「爲什麼呢？亮亮。」

「這樣對趙叔叔太殘忍了，他最愛士芬了，如果讓他知道士芬的不堪手段，他眞的會崩潰的。」亮亮想到趙靖，他也夠可憐了，趙家母女的行徑外人都不能容，何況是那樣耿直的趙靖，偏偏他又是多麼愛士芬啊，心痛之下，亮亮不敢往下想。

「可是你……」

「就算我要攤牌，我也只會說出蔡秀女的惡劣行爲，我不會說士芬的事情來讓他傷心，那樣他眞的會活不下去。答應我，中威，整件事情上對趙叔叔厚道點，他是個好人。」

此刻，中威的手機突然響了。

「喂，我知道了。」

中威講兩句就掛上了電話，他看著亮亮充滿著無奈。

「她『又』進醫院了，胎兒『又』有危險了。」中威嘆了一口氣，這一切什麼時候可以結束，這次，又是眞的嗎？

才趕到醫院，中威馬上就要面臨秀女的冷言冷語，「我說你啊，你老婆不舒服，你蹭到現在才過來……」

「媽……你下去買點水果，我想吃。」

士芬故意支開母親，秀女拿起錢包，她哪裡不明白小倆口有話說啊，走之前交代中威，「我可告訴你，她動了胎氣了，醫生說不能太激動！」

說完哼了一聲就離去了。

士芬虛弱的下了床，走向中威，手中拿了超音波照片遞在他面前。

「你兒子現在還照不出性別，但是我是母親，我有自覺，會是個兒子，你們父子倆要不要先打個招呼？」

中威將照片甩開，士芬慢慢彎下腰撿起照片，她知道中威在害怕什麼。

「陳中威，你可以不愛我，你也從來沒有愛過我，沒關係，但是你會愛這個孩子，因爲他是你陳中威的親骨肉，他會在我的肚子裡一天一天的長大，他會生下來，然後有一天他會問我，爸爸在哪裡？爲什麼不要他？我該怎麼回答他呢？我可以跟他說孩子這不是你的錯，因爲你的爸爸恨我，所以我生的孩子他都不愛。」士芬看著中威，儼然自己是個勝利者。

「夠了！」中威避開士芬的眼睛，士芬就是要中威有罪惡感，還是繼續說著。

「我可以跟他說，你爸爸對我的恨遠超過對你的愛！所以他不要我們！」

「趙士芬，你！爲什麼？爲什麼你可以把任何人都當成工具？即使是你的孩子，你也可以利用他爲工具來威脅別人嗎？爲什麼？」

「你不是別人，你是他父親，將來他有權利知道，他爲什麼被放棄！我可以告訴他，他還在肚子裡的時候，就已經被自己的父親拒絕了嗎？」士芬臉上笑著，可是內心卻也淌著血。

「你……隨便你……隨便你怎麼說，造謠生事是你的事，我不在乎你用什麼方法欺騙他。」

中威起身，這種令人窒息的質詢氣氛他無法多忍耐一秒鐘，拿起外套就要走人，剛好與買好東西進來的秀女擦肩而過。

「士芬啊，那個陳中威啊……」秀女見中威一臉慍色，緊張的問著女兒。

「他跑不了的，能跑多遠呢，孩子已經在他心裡了，他還能夠跑多遠？之前他不相信還下得了手推我，現在他連碰都捨不得碰我，他怕傷了孩子。」

士芬篤定的說著。

「他看見他了，他在乎他。」士芬笑了起來，摸起自己的肚子，像在摸著一個孩子的頭，喃喃的說著，「你是個好孩子，你會把外公爸爸都留下來的，他們是你的親人，一個都不准走！」士芬看著手上的超音波照片，那一個小小的黑點，卻是她全部的希望。

離開醫院，中威知道自己必須勇敢起來，爲了亮亮，爲了自己，甚至爲了士芬肚子裡還沒出生的孩子。孩子該在愛裡的環境長大，多跟士芬當一天夫妻，他就只會回想起這一切令人難堪的事情，不可能愛士芬，又怎麼可能愛孩子。走進趙靖辦公室，他心裡已經很確定自己要的是什麼。

「自由！」中威面對趙靖的臉，再沒有猶豫。

「除了自由還要什麼？」

「自由不能被取代！沒有任何東西可以取代它！」

門外的子荃手上拿著一些待簽的文件，不過他並沒有敲門，沒有打斷這場談話。

「說得好，說得眞好，自由眞的是很重要，幾乎像親情一樣重要吧，它們都是一樣不能被取代的吧？」

「是，是不能被取代，但也不能被強迫！」

「有人強迫你嗎？你是被迫失去自由？還是被迫成爲父親的？三個

多月以前，就在這個地方，同樣你跟我之間的對話，你還記得嗎？如果你忘了我可以提醒你，我很清楚的告訴你不需要負責，趙家生的孩子趙家自己會養自己會負責，然後呢？陳中威先生，你離開了，不到二十四小時你跟士芬求婚，兩個星期之後令尊令堂從巴西飛到台灣來提親，請問你，在這過程當中有任何人強迫你嗎？」

「那不一樣，那個時候不一樣。」中威記得，他當然記得，他那時候是多麼天眞愚蠢的相信趙士芬的每一句話，是多麼認眞耿直的想爲自己犯的錯負責彌補。

「有什麼不一樣？」

中威想起亮亮說不能告訴趙靖這些殘忍事情的話，將要說的話忍了下去。

「是，是不一樣。不一樣的是那時候你覺得內疚，一個好好的女孩子爲了你流產了，你覺得需要贖罪！好，現在呢？你覺得沒有虧欠了？給了我女兒三個月不幸福的婚姻，一切都可以心安理得的一筆勾消了？你的誠意度跟責任感就値三個月？」趙靖想到躺在醫院裡蒼白的士芬，肚子裡的骨肉不只是流著中威的血，也流著他趙家的血脈啊。

「伯父，你剛才也說了，那是一個不幸福的婚姻……」不能說，他答應過亮亮的，趙靖的確是個老好人，看他對汪家的照顧就知道。

「是你不想讓她幸福！」

「有誰結了婚之後不想幸福？不是不想，那是不能！別人不瞭解你還不能體會嗎？」

中威深呼吸一口氣，「你自己的婚姻……不是也要放棄了嗎？」

「好，你要拿我來做比喻，可以！你像我一樣的努力過嗎？像我一樣的經營過嗎？」趙靖看著眼前的年輕人，在婚姻的路途上只是個剛起步的孩子。

「我盡力了！我可以無愧於心的告訴我自己，我的婚姻眞的無法幸福，我可以爲我自己爭取一點點的自由！你可以嗎？」

「明明知道是一條白走的路，爲什麼要我像你一樣花費大半輩子做無謂的經營呢？結果是一樣的，三個月和三十年，長痛不如短痛！」中威以爲趙靖應該是可以明白他的立場的，但是夾著士芬這個身分在其中，趙靖很難不自私一點點爲自己女兒著想。

「痛的是我女兒！我的外孫！痛的也是你陳中威的骨肉！」趙靖沉痛的說著，「我告訴你，在父親這個角色上我們是不一樣的，我沒有在我的孩子還小的時候就放棄他們，不管我那時候婚姻是多麼的不幸福，我還是一樣陪著他們長大。當中……我曾經……曾經想要放棄一切，一心只想跟自己心愛的人相處，當然，她拒絕了我，但是我很明白，就算那個時候她接受了我，但是當我回來面對我的孩子的時候，我還是會留下來。在往後的十五年裡，我沒有再找過他們，我的孩子還小，我的責任未了。」

「不要說你沒有遺憾。」中威說，而他最不想錯過亮亮，錯過他們可能一起擁有的幸福時光，就是因爲他怕，他怕將來有一天他會有遺憾。

「有，有遺憾，但是沒有後悔，想起來不會心痛，因爲在我孩子成長的每一個階段，我這個做父親的都是全程參與。」

「所以，你現在可以了無遺憾的離開他們了？也就是說，你的三十年不離開，只爲了今天。多滑稽，忍耐了三十年不走，只爲了今天可以走。」中威不能接受這樣的邏輯。

「陳中威，你聽仔細了，現在我還是不會走。」趙靖一字一字的清晰的說。這些天來的天人交戰，已經在他心裡有了決定。

門外的子荃聽了臉色大變。

「因爲此時此刻我女兒需要我，她更需要孩子的父親在身邊，」士芬蒼白的臉孔又浮上他心頭，趙靖心頭一緊。

「亮亮懷孕的時候，你們也是這樣對她嗎？她自己的父親不在身邊，她孩子的父親避之唯恐不及，你們趙家的行事作風都是這樣雙重標準嗎？女兒媳婦，兒子媳婦，兩種完全截然不同的待遇和要求，是這樣的嗎？」中威忿忿不平。

「你習慣於把自己受到的待遇跟別人比較，我告訴你，世界上本來就沒有絕對的公平，這就是人生，今天汪子亮跟趙士芬在你心裡的地位也是平等的嗎？不是吧，你會替亮亮打抱不平，卻不會心疼士芬，陳中威，不要太義正辭嚴啊，也不要太倔強，很快的，你也要成為一個父親。如果你很幸運的先有一個女兒的話，你就能夠體會出一個做父親的心情。」趙靖凝視著窗外說，「父親對女兒，恨不得緊緊的摟在懷裡一輩子，恨不得替她摔跤，替她流眼淚，替她擋掉所有的災難和痛苦，這人世間，所有的快樂歡笑開心都給她。其餘的苦難，我心甘情願的替她承受，這就是父親，一個女兒的父親。」

趙靖逐漸沈溺在過往的回憶裡，士芬眞的是他的心頭肉，夜明珠，他待她如珠如寶。希望自己是一棵大樹，可以為她趴在地上，心甘情願的讓她踩在頭上，高高在上的像一個公主！這就是父親。

「我女兒高高在上，她吃到苦頭了。請不要在這個時候讓她摔下來，她禁不起，她禁不起。拜託……拜託你……」

中威內心的某部分被趙靖的低姿態擊敗了，他知道那種心情，想不顧一切的保護，某個層面來說，愛情和親情是無法比較的。

子荃顫抖著手拿著待簽的文件回到自己的辦公室，氣到全身發抖，沒用的老東西趙靖，他眞不知道他怎麼成功的，怎麼撐起這樣的企業，這樣感情用事，趙士芬掉兩滴眼淚，馬上就讓他煞費的苦心付諸流水，了不起啊你趙士芬。

看到擺在他辦公桌上的全家福，他忍不住對著相片裡的妍秋生氣，「你有什麼用？被人打成這樣子都留不住人家，你有什麼用？」大手一揮，將桌上物品揮倒在地。

「SHIT!」

想起秀女當初的威脅，而他執意的離去，一切的計畫全打亂了。

「SHIT！汪子荃你太沈不住氣了，你太早選邊了，SHIT！」他忍不住對自己發怒，眞是的，他果眞是磨練不夠嗎，火候不到，不然怎麼會沒料到還有這一步。

電話響起。

「汪經理，董事長請您上來一下。」

「知道了。」他陰沈著臉整整領帶，該來的總要來，演一齣好戲吧。

在趙靖辦公室裡，中威剛離去，氣氛中依稀還有苦惱掙扎的氣息，子荃大手一揮，他不要受這些悲情的影響，夠了，他的人生要精彩富有。

「子荃啊。」趙靖看到他，沒等敲門就把門拉開。

「趙叔叔，您放心，我已經把機票給退了，我也已經告訴我媽，她以後想見到老朋友都不是問題了。我相信她聽得懂我說的話，因爲她好開心。臉上的傷還沒有退還在痛，就笑得跟個孩子一樣。我看她那麼開心，我也好開心唷，她還問我，以後還會不會有人去打她，我趕快告訴她，不會不會，有趙叔叔趙叔叔會保護她，她聽了就更放心更開心了。」子荃笑咪咪的連番說著，就好像什麼都不知道。

「子荃啊……」趙靖困難的開口。

「是？」

「士芬她……她懷孕了。」

「啊！那恭喜您啊，趙叔叔你要做外公了。」子荃驚訝眞誠的一笑。

「士芬懷孕了，是件好事，我要做外公了。士芬求我留在家裡，她需要我這個父親，你懂我的意思嗎？子荃！」

「我懂，沒關係，好在現在不是旺季，機票隨時訂隨時有。」子荃愣了一下，不過馬上又接著說道，他要自己看起來是那麼識大體，死纏爛打也不是他汪子荃給自己的身分定位。

「怎麼？子荃，你還是要走，還是要帶著妍秋一起走？離開台灣？」

「對，離開台灣，不會再回來了，可能的話，我想亮亮也會跟我們一起走。」

「亮亮也跟你們一起走？不行啊，子荃，亮亮說不定也懷孕了。」趙靖眉頭深鎖。

「我弟弟死了，我母親被打，士元媽媽不喜歡她，士芬排擠她，台灣對她而言也是個傷心地，我想她也不會要留在台灣了。本來我們都相信，趙叔叔你能夠帶給我媽媽一點快樂和溫暖，現在既然這樣，我們還不如全部都離開，免得趙叔叔您爲難。」

子荃擺一擺手就要走。

「子荃～不要這樣子，不要帶她們走。」趙靖找子荃談，並不是要得到這樣的結果。

「趙叔叔，您想一想，在這種情形下，我們汪家的人還有立足之地嗎？不管是趙家的亮亮，或是趙氏企業的我，都沒有可能再待下去了。」

「不會的，子荃，你想太多了，不管是在趙家或是趙氏企業，都還有我啊。」

「就是因爲您，趙叔叔！他們要的只有您，他們一直認爲，您是因爲我母親要離開的，現在您不走了，那我們……我、亮亮和我媽，我們的日子還會好過嗎？」

「子荃，我很抱歉，這件事是我沒有處理好，請給我一點時間，士芬的婚姻不幸福，她現在能夠靠的就是娘家我這個爸爸了。」唉，怎麼會這樣呢，手心手背都是肉，他又何嘗不想好好照顧汪家之後，亮亮和子荃，他一個也沒把他們當外人啊。

「我答應你，你回去轉告妍秋，請她等我，等我了了士芬這件事情，等孩子平安生下來之後，你告訴她，她的老朋友會永遠守著她，永遠……」

「趙叔叔，永遠對我和亮亮來說，是太久遠的事情，可是對我媽媽而言，這是分秒必爭的夢想，她已經五十多歲了，她的人生過一天少一天，還有什麼永遠是一個老太太可以期待的？對不起，趙叔叔，給您帶來這麼多困擾，我會盡快上辭呈，然後帶她們回美國重新開始，我必須爲我母親的生活和尊嚴而努力。」

子荃語氣堅定，態度擺得多麼凜然，轉身要離去。

「子荃！不要離開，我撥百分之二十的股票在你的名下，再加上我的同意，你可以順利的進入董事會，這樣就沒有人可以動得了你了。」

子荃背對著趙靖，冷冷的笑著，趙靖果然狗急跳牆的跳進他的圈套。

「另外我會撥百分之十的股票給亮亮，讓她在趙家的生活有點保障，有點安全感。」

「不用了，趙叔叔，我一直記得您說過的，您做的是事業，不是開救濟院，您眞的不需要……」子荃故意說著反話，趙靖看不到背著他的子荃露出張狂的笑容。

「不，這絕對不是什麼憐憫酬庸，更不是交換條件，我這麼做其實也是爲了保障你們的生活和尊嚴啊。」

「我們離開了就會有尊嚴！」

「子荃～不要再讓趙叔叔覺得愧疚了好不好？漢文的女兒嫁過來受盡了委屈，漢文的兒子是個人才卻被逼走，漢文的老婆年過半百，生了病居然還要遠走他鄉！汪漢文的這一家子，我趙靖全都沒有照顧到。你叫我這後半輩子如何良心安穩？」趙靖的聲音聽得出來身心俱疲。

「子荃……答應趙叔叔，不要離開，讓我良心安穩，不要再有遺憾，好不好？」

子荃默默的看了趙靖一眼，執意離去。放長線，釣大魚，他汪子荃還懂這層道理。

關於趙靖所說的股票持分，一回到汪家，子荃馬上就告訴坐在客廳的亮亮。

「我不要！」亮亮不加思索就一口回絕。

「爲什麼不要？」他就知道這個妹妹會讓他有麻煩的。

「爲什麼要？那是趙家的財產。」她汪子亮最不希罕的就是錢。

「你不是趙家的人嗎？你嫁給趙士元，你跟蔡秀女一樣都是趙太太。」

「我不會一輩子都是趙太太，我……我會離開趙家的。」她想到中威，現在的她一心都懸在中威身上。是他，又重新給了自己幸福的感覺，而那千里之外的丈夫朦朧的像一場夢。

「還是爲了陳中威對不對？」呼一口氣，子荃根本猜都不必猜。

「我是爲了我自己。」

「不要再自欺欺人了，你從來也沒有忘記過他，還是爲了他吧？」

他慢慢的踱步到亮亮面前，「他值得你這樣爲他等待？值得你這樣爲他放棄一切？」

「值得。」

「你們兩個已經有了默契嗎？」

「對。」

「那你知不知道他已經讓趙士芬懷孕了？」

「我知道，中威……中威他什麼事都不會瞞著我。他只碰過她一次，新婚之夜那一次，更何況，我跟中威都不相信她眞的懷孕了，就算……就算她眞的懷孕了，中威也會離開她的，他們之間根本沒有感情。」這是中威給她的解釋，也是她現在要自己相信的版本，無論別人怎麼猜忌，她跟中威之間一定要互相信任。

「汪子亮，你醒醒，不要傻啦，他不但信了，他不但不會離開趙家，他還跟我們的趙叔叔他的岳父兩個前嫌盡釋了，岳婿兩個在辦公室相談甚歡，一個要當外公一個要做爸爸了，他們有共識有默契，要給趙士芬跟她的孩子一個完整的家。」這就是他剛剛聽到的最新出爐版本，哈，他們汪家，眞的是一家瘋子，別人吃麵他們喊熱。

「不可能！不可能的……不可能的……」亮亮要自己冷靜下來，可是怎麼這麼難。

「不可能？那你等著瞧好了，其實整個狀況攤在眼前，只有一個可恨可悲又殘酷的結果，那就是我們汪家又被犧牲了，媽媽的友情，你的愛情，我的未來！全部都被他們拋在腦後，趙家，包括趙家的女婿，都是這樣欺負我們的！」

「如果眞是這樣，我更不要他們的錢！我不希罕！」

「你不希罕？你……汪子亮，你有沒有爲我們媽媽想過，多少年來，你口口聲聲說愛媽媽，那都是口惠而實不至，不切實際的愛！你帥你瀟灑，你想要兩袖清風的離開趙家，往後我們的媽媽吃什麼喝什麼？拿什麼看病療養？再說句難聽的話，黃泉路上無老少，小敏都比媽先走了，你最好請老天保佑，我們兩個長命百歲，萬一我們一掛，我們的媽媽會很淒慘很可憐，你忍心嗎？」子荃最受不了的就是亮亮這種自以爲清高的人生態度，誰不會生老病死，就跟誰不要富貴命長一樣，人有人性，你要跨越人性，那不如出家。

「如果眞的只剩下媽媽一個人，孤零零的，生著病，恍惚，誰都可以欺負她……」

「好了好了不要再說了！我同意，我同意趙叔叔的建議。」

亮亮不敢想像，子荃說得也是有道理。

「對嘛，這樣你才對……」

「請他把百分之十的股票撥到媽媽的名下。」

「撥到一個神經病的名下？」子荃不可思議的喊道。

「汪子荃！」

「本來就是啊，媽媽根本毫無行爲自主能力……」

「所以才要照顧她，不是嗎？就像你說的，黃泉路上無老少，眞的要是我們先走，到那個時候……」

「到那個時候，依照中華民國憲法繼承順序，一直系卑親屬，你沒有，二配偶，你已經離開趙士元形同沒有，三直系尊親屬，就是我們的媽媽，到時候媽媽一樣享受得到，你爲什麼現在要放棄呢？」子荃耐著性子解釋，天底下哪裡來這種笨蛋，要把白花花的銀子往外推，而且這個笨蛋還是他妹妹……

「我要給媽媽，」亮亮堅持的說，她不是爲了錢。

「你眞的不要？你確定你要放棄？」

「我堅持要放棄我的權益，如果趙叔叔眞的有心，請他把股票給媽媽，就這樣，我堅持。」

「汪子亮！你堅持的永遠是很奇怪的事情！你堅持相信趙家只有趙靖是好人，可是他辜負了我們，你堅持相信陳中威，結果他背叛了你！每一個你堅信不疑的人，在節骨眼上都想到他們自己！」

「你還要趙叔叔怎麼樣？他爲我們做的還不夠多嗎？房子買回來，讓媽媽有個棲身之處，把股票讓出來，保障了我們的生活，這些都不是他的義務，但他都心甘情願的做了，爲什麼你總看不見別人爲我們做的，總看見你想要而不該要的？趙叔叔的誠意度已經夠了，汪家再窮，也不是乞丐，更不該出強盜！」亮亮清亮的雙眼對上子荃的貪婪，她不會後悔，受這筆錢，是連尊嚴也沒有了。

「汪子亮！你會後悔，你會後悔今天的愚蠢。」

「你總說我會後悔，我眞不知道我會後悔什麼，沒選對方向？沒站好位置？是，關於這一點我是很後悔……我後悔當初我沒有選擇中威，我後悔我選擇了趙家媳婦這個位置……所以現在……我要終止跟趙家的關係。」亮亮幽幽的說。

「陳中威不會再選擇你了！不相信你可以去試探OK？」

「我爲什麼要試探？愛了，就要信任，有疑問就直接問，爲什麼要試探？我恨趙家其他三個人，在他們面前我會有保護色，會想盡辦法出口氣，可是我愛中威，在他面前我永不設防。」

子荃被亮亮連番的話語一時堵住了口，還來不及再回話，亮亮就大步離去，關上自己的房門。

可是她一靜下來卻開始想起子荃說的話，亮亮也在心裡害怕中威不會再選擇她了，老實說一個孩子，一個生命，她多麼想當母親，所以她也能瞭解士芬想當母親的心情，尤其是替一個自己深愛的男人傳承下一代的生命，父子天性，她眞的能拆散得了中威和士芬肚裡的孩子嗎？亮亮好怕，好怕，好怕。

第二十七章

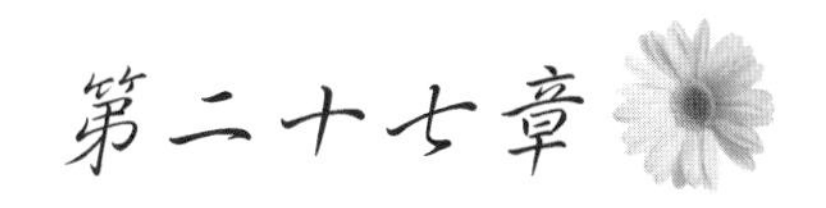

這一天，亮亮一臉失神的從婦產科走了出來，台北華燈初上，四處都是下班後熱鬧匆忙的景象，更襯托出亮亮的失魂落魄。拿起手機想要撥給中威，可是卻是轉語音信箱，不甘心之下亮亮又打到診所去，話筒裡傳來的卻是趙士芬的聲音，亮亮在這頭沈默了。

「見不得人嗎？汪子亮！偷偷摸摸的事情做多了，連名字都不敢報上來啦？原來你也有羞恥心？」士芬聽不見話筒另一頭有回應，心中早就猜出個十之八九。

亮亮只能默默的將電話掛上，她現在的身分沒有光明磊落大聲說話的權利。

她邊慢慢走回家，邊想起剛剛醫生跟她說她懷孕的事情，一切聽起來好不可思議，她想了多久有一個自己的寶貝，可是怎麼此刻，心情卻如此複雜。

她靜靜的走到家附近的這座公園裡，天色逐漸暗下去，亮亮眼睛的顏色也變得深沉。想起失去第一個孩子時她在公園所流的眼淚，想到士元，想到她的這一場婚姻，說不出的苦澀，這一切她也走過了。

忽而又想起中威，他的心意，他的真誠，有時像一個朋友那樣要好，可以頭枕著頭說心事，而他所說的我愛你，就像滾石上的青苔那樣磨人。可這一切都變得好諷刺。中威所承諾的那樣近又那樣遠，亮亮閉上眼睛幾乎不知道自己何去何從。

子荃說的那些，要她死心不要再想中威的話，像河流無法不流進海裡，亮亮承認她沒辦法完全的不往心裡去。可好複雜，說法紛紜，她到底該聽誰的？

猛然中威走到亮亮的身後擁住她。

「亮亮。」

亮亮抬起頭一看清來人，起身就要走。

「亮亮！」中威輕喊。

「她眞的懷孕了，對不對？這一次是眞的了。沒有流掉，你們眞的要有孩子了。恭喜你……」亮亮強打起笑容，她試著要公平一點，這也不是中威應該完全負責的，那個時候他們還是夫妻……可是心裡的苦澀怎麼一直堆積呢，亮亮覺得眼角有點濕了。

「亮亮，我……」中威想要解釋，可是連他都無法說服自己。

「恭喜你，準爸爸……」亮亮看他欲言又止，又怎麼會不知道中威的無力呢，這輩子，他們是有緣無分了。

中威拉住亮亮，想抱住她。「亮亮，我……」

「什麼都不要再說了，我知道她懷孕了，我也知道你是不會離開她了，沒有關係的，中威，你做你應該做的，一個男人要有良心，一個爸爸更要有良心，希望我愛的男人是個有良心的男人。」亮亮背過身去，不要多看中威的難爲一眼，她就會好過一點點。

「亮亮……給我點時間好不好？等她平安的把孩子生下來，我們不要背負意外疏忽的罪名，等孩子生下來我就跟她離婚！」

「中威，不會的，你做不出來的，你做不到，孩子的面你都還沒見到，你就已經愛上他了，等到孩子來到這個世界上，你會更捨不得他……」亮亮聽到自己的哽咽，可是她覺得那不是她的眼淚，是她肚子裡的孩子在輕聲啜泣。

「不，我答應你，我……」

「不要再給我承諾，不要再輕易答應我任何事了。眞的……我們多麼的卑微，多麼的渺小，命運主宰著一切，人類的承諾，我們的誓言……怎麼能跟命運對抗呢？」亮亮深吸一口氣，這輩子，她是注定孤獨了。

「老天爺叫你成眷屬，你就會成眷屬，命中注定是夫妻，怨偶也會白頭偕老的……這就是命……」一時悲從中來的亮亮突然對著灰茫的一片天哭吼著。

「你行！你最大，我認輸了好不好！我輸了我輸了！爲什麼要整我？爲什麼～？」她不懂老天爺爲何總是看不見她，受了這麼多苦難，卻不給她一點希望。

「我的生命就不能有一點點的希望嗎……一點點……只要一點點……讓我為我的孩子留有一點點的希望好不好？好不好？」

這一些前因後果，一一輪番湧上心頭，亮亮再也受不了似的需要一個出口，這些情緒，在夜裡磨著她，像一隻粗礪的擀麵棍，可是她亮亮的心口可不是麵糰做的啊，是一塊塊的肉。

聽著亮亮的話語，中威也激動的抱住她。

「亮亮……你懷孕了嗎？告訴我，你是不是懷孕了？」中威只想要一個答案。

「沒有，沒有！」亮亮發誓，即使她的孩子沒有父親，不能有父親，她也不會讓他少一份愛。

「亮亮！」中威直逼視亮亮的眼睛。

「中威，我不會用我的孩子來為難你，我不會用孩子來勉強你，如果我有了孩子，我會自己去愛他，我會珍惜這份禮物，就算全世界的人都不愛他，或者是他的爸爸有什麼苦衷不能愛他，我愛他！我是亮亮，我是小太陽！我要用我的光和熱一輩子溫暖他。就這樣，沒什麼了不起的。」

「亮亮！告訴我你是不是眞的懷孕了？」

「沒有！」亮亮擦去眼角的淚，堅毅的離去，未來的路她要自己走。

「亮亮，請你不要這麼理智，不要這麼清醒可不可以？」

「我必須要冷靜，我必須要清醒！子荃說的對，他們欺人太甚，對付他們這種惡人，就要用更惡劣的手法，哪裡痛就踩哪裡，哪裡有傷口就在哪裡撒鹽巴，要我死，我偏不死！要我走，我偏要留下！不讓我生孩子，我絕對要把孩子生下來！」

亮亮一臉堅決，心中已經暗自決定了。

亮亮落寞的回到趙家，才剛上樓要回自己的房間時，士芬已經點燃一把戰火，擋在她門前。

「為什麼掛我電話？回答我！你憑什麼掛我趙士芬的電話？」士芬

雙手插腰，一把火燒得正猛。

「我根本沒有打電話給你，我不想跟你趙士芬說話，是你自己把電話接過去！」亮亮一昂頭，她現在可不是小媳婦，她們趙家母女欠她的，她可以不討，可是別想再欺侮她。

「那你打電話給我老公幹什麼？約會嗎？你們每天通幾次電話，每天都見面嗎？」士芬一想到跟自己冷淡到極點的中威，居然可能和亮亮每天濃情蜜意，她簡直是失去理智的要發狂了。

「你自己去問他。」亮亮根本懶得搭理這種無謂的質詢。

「汪子亮！」

「爸，爸，我回來了。」亮亮自顧自的大叫著，要找趙靖。

「叫我爸也沒有用。」

「當然有用，我要找一個可信的人證在現場，我怎麼知道你趙士芬這一次會不會又摔到樓梯底下去？我怎麼知道你趙士芬這一次會不會又藉故動了胎氣呢？」亮亮諷刺的對著士芬說著。

「你……」士芬雙手護住自己的肚子，這可是她的寶貝。

「不要欺負我，眞的，趙士芬，不要再欺負我，你的每一套伎倆我都清楚得很，吃虧吃多了，白癡也會學精的。」亮亮收起笑容，很認眞的盯著士芬，直到士芬心虛的退兩步。

「你威脅我啊？」她不敢相信，這個看起來乖順的汪子亮，竟然也敢警告她。

「是，我就是威脅你，要不要叫你爸出來主持公道啊，你敢不敢讓他知道，我們在他的面前一五一十的說個清楚，一定很精彩！」

「汪子亮，你！」士芬作勢要打亮亮，亮亮反抓住。

「不要碰我！我不想平白犧牲成爲你的藉口。不要碰我，也不要惹我，否則，我怕我眞的會一個不小心把你推下樓去。」亮亮往樓梯下望了望，又轉過頭對士芬露出一個詭異的笑容。

「家裡沒有人，我推了就已經推了，反正黑鍋我也早就背了，一不做二不休，你又敢怎麼樣！」士芬被亮亮一步步的逼到樓梯口，嚇得差點摔下去。

「小心哦，別眞的摔下樓去。」亮亮一轉身用力關上門，士芬倒抽一口氣。

樓下傳來鑰匙打開門鎖的聲響，是秀女回來了。

「媽……我想要回去了。」士芬趕緊匆忙的下樓，神色緊張著。

「你幹嘛啊？這麼晚一個人開車回家多危險啊？不要，住家裡，太晚了我不放心。」

「不要不要，我不要住這裡了。」士芬想起亮亮剛才的臉孔，害怕著。

「士芬，你這麼慌張做什麼啊？你怕什麼啊？」秀女放下手上的提包，察覺到士芬的不安。

士芬看了看樓上。

「我……」

秀女一看士芬的表情，就知道又是亮亮在作怪，絲毫不考慮的，馬上要上去給亮亮一個下馬威。

亮亮正在房間裡看著攤平在桌上的婦產科報告，上面呈陽性那三個紅色的字看起來像是一灘血，她覺得字刺眼得好厲害，幾乎要害她張不開眼來。

門突然打開，是氣呼呼的秀女。

「汪子亮！你到底跟趙士芬說了些什麼不三不四的話？」

「我什麼也沒說，我叫她小心一點，別摔下樓了，有什麼不對嗎？」亮亮強打起精神，轉過身去依靠在化妝台前，小心的不要讓秀女看到壓住的那張紙。

秀女將亮亮一把扭起。

「汪子亮，你給我搞清楚，這是趙士芬她家，永遠都是她家，她高興回來住多久就住多久，誰也不准讓我女兒回家來住得不安心！」

「幹嘛不安心？她做了什麼虧心事啊？」亮亮不著痕跡的退開。

「你閉嘴啊！你要是不高興你回娘家去啊，沒人攔著你啊！」

「不，我不走。嫁出去的女兒潑出去的水，我怎麼能搬回娘家呢？我就要住這睡這，跟趙士芬房門對房門的一起作伴，說不定我也懷了士元的孩子，呵呵，兩個孕婦在一起，一定有說不完的話。」亮亮暗示著秀女，她是懷孕了，這可是和趙士芬的孩子同一個爸呢。

「哼哼～懷孩子啊？哼！」秀女轉身離去。這個神經病瘋婆子，她絕不容許他們趙家出一個這樣敗壞門楣的倒楣鬼，她早就把亮亮給結紮了，她就不信亮亮能懷出個什麼種。

「不要怕，孩子，媽媽會保護你的，有媽媽在，不怕。」亮亮心想。「這個家裡的每一個人都跟你沒有關係，你只屬於媽媽。」亮亮的小手忍不住擱上肚子，這個寶貝，即使只有她一個人，她也要愛他到底。

秀女一把關上亮亮的房門，口裡還喃喃唸著神經病不會滾回家啊，她才不怕和神經病交手呢，越是這樣她越要跟她抗戰到底。偏偏士芬已經緊張兮兮收拾好東西準備要回去。秀女氣女兒怎麼會這麼害怕亮亮，氣得跟士芬說好她決定要將亮亮趕回娘家。

「媽不可以！不可以讓她搬回去！她會去找中威，他們會天天見面，我不放心。」在士芬心中汪子亮是個狠角色，說什麼她也不相信亮亮有點羞恥，趁著她懷孕，怎知道亮亮會不會再去勾引中威。

「士芬啊～你爸不是都說了嗎？陳中威答應過他，不會再提離婚的事了，你就不要這麼多疑神經質了。」秀女安撫道。

「不，我就是多疑！因爲我不相信他們，汪子亮就是想趁我懷孕行動不便，好跟陳中威見面，他們兩個就是要有一個出現在我眼前！」她是神經質，她是多疑，可是她的神經質和多疑又是誰逼出來的呢，汪子亮和中威，沒有他們她會多疑？

「唉呀～你要我怎麼辦呢？讓你一個人回家去住？你不也一樣盯不到陳中威啊。現在人家是高興回去就回去，不回去你也找不到人啊。叫你住家裡，有爸媽照顧你，你又擔心……擔心汪子亮會害你威脅你，好了，我讓她走你又不願意……」秀女覺得眞是人母難爲。

「媽，你記不記得汪子亮懷孕的時候她是怎麼做的？她把她媽媽接到我們家來住啊。」士芬想到什麼似的，插上一句。

「你該不會是要我搬你那去住啊？不行，那不行。」那趙靖呢，她還能不盯著她一點嗎？

「爲什麼不行？你不是說要照顧我的嗎？」

「這個……這個……唉呀，我跟你一樣有同樣的難處嘛，我搬到你那去住，誰盯著你爸啊？」

「那……那我怎麼辦呢？要我搬回來好好安胎，又要我天天面對她，我怎麼知道她會對我做出什麼事呢？我現在懷了孕……我有孩子……我……」士芬一急又露出了一張要哭不哭的臉。

「好啦好啦士芬……好了……別激動啊，你忘了醫生提醒你情緒不能太激動啊。」

「我看這樣好了，叫陳中威也搬回來住啊。」對啦，他是士芬的丈夫，不照顧士芬誰照顧啊。

「這怎麼可能呢？別說我不放心他們同在一個屋簷下，中威他也不會願意的，他現在……」士芬焦急的要辯解，「他……他現在都不願意天天回家跟我見面，你想他可能答應嗎？」

「他不願意天天回去跟你見面，那肚子裡的呢？他不能不面對啊，兒子耶，他要是眞的不在乎，那他現在爲什麼不提離婚兩個字呢？」

「那……那就是說……他們兩個會天天見面嘍……」

「見？讓他們去見啊～那個汪子亮不作怪就好，她要敢使什麼壞心眼，敢對你肚子裡的孩子怎麼樣的話，讓陳中威瞧瞧啊，看他到時候是護你還是護她！」孩子最大，她怎麼不知道啊，趙靖熬了三十年，她不信陳中威可以連續半年都不管。

不顧秀女的反對，士芬決定要自己去找中威談談，怎麼說她肚子裡是他的骨血，難道媽媽懷孕那麼辛苦，男人就可以撿便宜當個現成的爸爸嗎？不論怎麼說，產檢體檢準備嬰兒用品什麼的那些，沒有一個人陪她也做不來啊。可是才剛開口，中威就馬上回絕。

「我不去！」再回到那個家，只會悶死。

「我跟孩子都需要你啊！」士芬急的。

「你口口聲聲說你要做陳太太，那你爲什麼不住在陳家？」中威冷哼，自古以來，還有媳婦回娘家安胎，老公要作陪的嗎？

「我……我這是第一胎啊，上次是眞的子宮不正常收縮，孩子差一點流掉，我爸媽他們不放心，希望我留在家裡安心靜養啊。」士芬放下姿態，她知道這些日子裡的中威很不好過，這樣的婚姻對誰都是折磨，可是她是眞心想要經營的。

「那你就繼續留在娘家吧。」中威頭也不抬的說。

「中威！你也是孩子的爸爸，再怎麼說我也是你老婆啊。」

「我該負的責任還不夠嗎？你要結的婚也結了，你要懷孕也懷了，你不要我現在提出離婚，我也不提了。你還要我怎樣？」

「我們現在跟離婚又有什麼兩樣？你嘴裡說不離婚，結果是天天讓我一個人待在家裡，這不是形同離婚嗎？」士芬輕輕的握起中威的手，放在他的肚子上。

「他已經是個生命了，他都知道，都感覺得到，他知道他的爸爸也許只能陪他短短幾個月，也許他一落地，就是他父母分開的時候，他也會感到難過的啊，你怎麼……怎麼忍心這幾個月都不陪他不給他呢？」

這樣的感情戲碼還要演多久，中威將手抽開。

「如果眞的像你所說的，他有感覺他都知道，那你敢不敢告訴他，他生命的行程是場騙局，他只是他母親的工具而已。」

「我沒有把他當成工具，我愛他！」這種話中威怎麼說得出口，有誰可以把自己的孩子只當作工具，而完全沒有感情成分的。

「你當然愛他！你不但要愛他，你更該感謝他，要不是有他，你的婚姻早就結束了。」

「爲什麼？爲什麼你這麼恨我？」士芬閉上眼睛，難道這眞的是一場錯，她的努力中威從不放眼底，是因爲亮亮早就佔據他所有的心思。

「我們之間的關係原本可以不是這樣，如果你不用卑劣的手段，甚至後來你都要陷亮亮於不義，也許，我會看到你的友善、眞情，可是你沒有，那夜之後，我看到的只是你的醜陋、自私、瘋狂，讓我覺得什麼事你都可以自私可以欺騙！」中威不瞭解士芬爲何不懂婚姻是可以睜一隻眼閉一隻眼，但是一定要在心甘情願的情況下彼此包容，而不是被迫做一個睜眼瞎子。

士芬看著中威，她瞭解的只有一件事，中威不愛她！就算她付出再大的誠意他都看不見，也看不見她對他的愛，甚至也看不見孩子對他的渴望了。

「希望你再考慮一下，我跟孩子都需要你。一個不快樂的母親，是沒有辦法生出一個開朗的孩子的。」

士芬心一酸，說完就黯然離去，留下一室的沈默讓中威沈思。

＊＊＊＊＊＊＊＊＊＊＊＊＊＊＊＊＊＊＊＊＊＊＊＊＊＊＊＊＊＊

從美容沙龍走出，亮亮一頭俏麗的短髮已經取代了之前的飄逸，層次分明的短髮襯著她圓圓的雙頰和一個小尖下巴顯得那麼清秀輕盈，走在午後的風裡，看起來有了幾分小媽媽的味道了。

她對自己說，「再見，汪子亮，愛流眼淚的汪子亮，我要跟你說再見了，以後你不許再哭了，你要開開心心的迎接你的小朋友，我們一起努力。」

陪妍秋剛看完醫生的子荃，先請護士小姐將媽媽帶出門外等候，他有幾句話想和醫生講講。妍秋眨巴著大眼睛挨在虛掩上的門邊偷聽。

「怎麼樣？媽媽最近有沒有好一點？」醫生低著頭看病歷檔案。

子荃瞄到妍秋的身影，放大音量故意說給母親聽。

「沒有，恍惚得厲害，藥也不按時吃。醫生，是這樣子的，最近我考慮讓母親去美國住一陣子，那我們需要醫生證明以及處方箋，好方便在國外拿藥，如果你方便的話，最好還能有她的就診紀錄以及病史。」

妍秋聽了，知道去美國就會離開亮亮，馬上情緒失控的蹲在牆角喊了起來。「我不要去美國……我不要去美國。」

子荃急急忙忙跟醫生道別從裡邊跑出來，輕輕扶住妍秋，「媽？媽！」

「我不要離開亮亮，我不走，你這個壞東西！離我越遠越好！我要回家！我要回家！」

「FINE。」子荃站了起來，看著慌張的妍秋想走回家卻不知該往哪裡去的窘樣。

「走啊，回家啊，你不是本事挺大的嗎？」

「我要回家，回我自己的家。你……你帶我回家好不好？你帶我回家……我不要出國啦。」妍秋抓著子荃的手乞求著。

「你不想出國？」子荃帶著計謀的笑問她。

「不想！」妍秋趕緊搖頭。

「不想離開亮亮？」他再問。

「不想。」妍秋頭搖得更猛了。

「好，我們不出國。」

「謝謝，謝謝你啊。」

「謝謝子荃，我是子荃，汪子荃，你的兒子啊，來，叫我一聲，說謝謝子荃。」

「謝謝子荃。」

「好，我們現在留在台灣了，可是你會乖乖的嗎？你會聽話嗎？」子荃摸了摸妍秋的頭，像摸著一條聽話的狗似的。

「我有聽話呀，我要吃藥，每次都是你不讓我……」

「好啦，過去的事情不要再說了，現在我答應你留在台灣，你答應我乖乖聽話，我怎麼說你怎麼做，嗯？」

妍秋有些懷疑的看著眼前這個曾經對她大吼大叫的人，不回話。

「不然算嘍！我們明天就去美國，明天就走！」子荃又故意開始兇了起來。

「不……我聽……你說什麼我都聽，我都聽。」

「這不是很好嗎？我聽話，你也聽話。」

「那你到底要我做什麼？」妍秋怯生生的問，太難的，她可做不來啊。

「什麼都不必做，好好照顧你自己，好好的照顧趙叔叔。」

「就這樣啊？」

子荃點了點頭，竟攙扶起妍秋。

「來，我們回家了，子荃帶你回家。」

妍秋彆扭的讓子荃牽著，深怕不順身邊這人的意，她就再也看不到亮亮了。

一連去大陸一兩個星期的士元，沒有父親管著，更是每天逍遙的到處找樂子。

這晚，士元又在某家新開的Bar又鬧酒又打牌的，突然手機大響，接起來居然是媽媽的怒喊。

「你不准再玩啦！立刻給我回來！大後天董監事要改選啦，要召開股東大會，你得給我回來投票啊你！你別囉唆了你，趙士芬、你、我、你大舅小舅，統統都得參加，我蔡秀女的人馬一個都不准少，你要是沒有給我回來啊，你當心我扒了你的皮。哼！」還不等他反應，秀女已經掛上電話。

「趙氏企業？」士元將手上這杯酒一口喝光，一堆麻煩事！

＊＊＊＊＊＊＊＊＊＊＊＊＊＊＊＊＊＊＊＊＊＊＊＊＊＊＊＊＊＊＊＊

而此時的子荃走進趙靖的辦公室，股東大會就快要開始了，這是做股份最後確認的時刻了。他實在很難掩飾自己的得意，感覺又離成功更進一步。

「這是亮亮的意思？」聽到子荃說亮亮要把所有的股票分配額都給妍秋，趙靖內心真是百感交集。

「是的，她想要撥在我媽媽的名下。趙叔叔，如果您覺得不妥的話……」就撥在我名下吧，子荃差點脫口。

「不……很好，我覺得這樣做很好，我替妍秋感到欣慰，她這一輩子什麼也不爭，什麼也不求，但是傻人有傻福，老天爺賜給她一雙好兒女，你實際，知道怎樣保障她的生活，亮亮感性，知道在精神上讓她快樂，妍秋是個有福氣的人啊。」

「她最大的福氣，就是能夠有您這個老朋友。」子荃很真心的說，當然了，趙靖可是他們汪家難得的貴人呢。

「子荃，能夠得到你們兄妹倆的諒解，我很開心，你放心，我終究是要守在妍秋身邊的，這是我一輩子的夢想，年紀大了，義務盡了，能夠跟自己喜歡的人在一起，說說話，聊聊往事，彼此關心，多好？我眞渴望有那一天。」

「會的，會有那麼一天的。」子荃暗笑著，等我利用完你們這些棋子之後，你們愛怎樣也不關我的事了。

「爸！」剛剛在路上耽擱，亮亮晚了一點推門而入。

「把頭髮剪啦？好，好看。越來越像你媽年輕的時候了，亮亮，我很對不起，關於答應你們的事情，現在因為士芬懷孕了，所以……」趙靖見到亮亮，還是難掩愧疚。

「爸，你有權利決定自己的作法。」亮亮只是平靜。

「關於股票的事……」

「我不要！我放棄！」

「我知道，子荃都告訴我了，我贊成，我們就這麼做吧，找我還有什麼事嗎？」

「我找子荃。」亮亮看了一眼子荃。

「好，你們談一談。」

趙靖一離去，亮亮就直接質問著子荃。

「媽說你要帶她去美國？汪子荃，你不可以！」

「我沒有，我不會～我只不過是嚇嚇她要她乖乖吃藥看病，好好照顧自己罷了。」

「眞的嗎？」

「亮亮，我是你親哥哥耶，你怎麼老是不相信我？老是要防著我呢？我怎麼可能眞的帶她去美國，我一個人怎麼照顧？」子荃用一種看似寵溺的眼神輕輕責備，像在哄一隻咬壞皮鞋的小狗。「你放心吧，帶不走的。」

「亮亮，你來得正好，有份文件要你簽名。」子荃將準備好的文件推向亮亮。

「什麼文件？」

「放棄股權同意書啊。你現在要轉讓給媽，總要經由你本人同意簽字才行。」

「好啊，現在就去。」

「你眞的不要再多考慮一下？或許你可以……」

「不用啦，是給媽媽的有什麼好考慮的，走吧。」

亮亮堅決的態度，子荃也不多說什麼，子荃看著眼前的妹妹俐落的短髮，轉移了話題。

「你眞的把頭髮剪啦？你不怕等到士元回來……」

「等到他回來？等到他回來，很多事情就不一樣了。」子荃的話讓亮亮聲音低了幾度。

「是啊，等到他回來，很多事情就不一樣了……」子荃玻璃眼鏡後的眼睛瞇了一下，也在預告著什麼重要事情般地神秘。

接到秀女的電話，士元就搭了隔日班機回到台灣，一看見打開門的亮亮，士元兩手皮箱一放，思念很深似地抱住她。

「亮亮！」士元開心又天眞的喊著，喊得一點也不心虛，關於他出走大陸好幾天都失去聯絡的行徑。

「回來啦！」亮亮不著痕跡的退開一點，她現在實在沒辦法再承受士元的溫度了，畢竟她肚子裡的孩子可是……中威的。

亮亮退兩步，看著士元把皮箱拎進門後關上。

「大陸好玩嗎？」亮亮問，看士元大包小包的，在免稅商店買了不少東西。

「好……好累哦，我又不是去玩的，我是陪大舅到大陸看市場的。」士元有點心虛，眼睛不敢正視著亮亮。

「走走好嗎？」亮亮約士元到住家附近的公園走走。

「好啊！」

士元搭著亮亮的肩。

「亮亮，我好想你哦。」

「謝謝。」

「謝謝？謝什麼啊？我是眞的很想你的，要不然我幹嘛這麼倉卒趕回來呢？我就是因爲……因爲……」士元想到媽媽的電話。

「因爲要開董監事大會所以趕回來的？」亮亮笑著接道，這是昭然若揭的事情，如果沒有開會的必要性，她覺得士元大概還要再過兩個月才想得到自己吧。

「亮亮～」

「要不是因爲董監事要改選，恐怕你還繼續忙著考察市場。」

「拜託～我從來都不關心董事會改不改選，那干我什麼事啊？」

「那麼什麼事是你在乎的呢？什麼事才是你的事呢？」亮亮轉身，她就是受夠了士元這個什麼都無所謂，說好聽是與世無爭，其實也是沒有肩膀沒有擔當。

「亮亮！我們不要每一次見面都要吵架好不好？」士元嘆了好大一口氣，他就是討厭這樣，剛開始的甜蜜美好呢，跑哪去了……

「我們不要吵架，我只是想弄明白，究竟在你心裡，什麼事才是重要的？什麼事才是該在乎的？」

「唉呀～你這樣子就是要跟我吵架的意思嘛！」

「我以爲我是瞭解你的，其實……我錯了。我瞭解的是我自己一廂情願打造的趙士元，那個趙士元天眞磊落，勇敢有擔當，那個趙士元愛我，愛我的家人，敢爲我抗爭，是我的天使……那個趙士元跟我是一國的……對我沒有隱瞞……」

亮亮看著眼前的士元，深深的嘆了一口氣。

「你是嗎？你是這樣的嗎？」

「我是！我是趙士元！亮亮，你想太多了吧？」士元把亮亮定住在他的雙手裡，他這個丈夫的身分沒有改變，他不覺得自己是逃避，他只是要透透氣，每個人都有情緒，媽媽妹妹，中威亮亮，他討厭這些責任啊。

「是，想太多了……因爲以前都不想，現在要仔細的想想。」亮亮意有所指的說。

「亮亮，你想要怎麼樣嘛？」士元又覺得煩了。

「士元，記得我曾經跟你說過嗎？當回憶用完的時候，我們還剩下什麼？」

「只要日子過下去，生活裡永遠都會有新的回憶的。」士元笑咪咪的說，他可是很願意帶亮亮多去走走，那麼多國家，好好享樂不是很棒嘛。

「像什麼？」

「像……」士元還沒舉例，亮亮就不想聽的打斷。

「我們這樣的日子過下去，還能有什麼？還會有什麼？新的快樂回憶，可以支撐我們繼續走下去，有什麼事情可以讓我想起來會開心、會笑、會甜蜜？」

「只要你不再咄咄逼人，不要再給我壓力，只要我們相愛！」士元忍不住反嘴。

「我們相愛嗎？愛到我傷心？愛到你逃避？這種愛是愛嗎？」

「因爲我愛你，我不忍心看到你傷心難過才逃避的。」

「停止這種閃躲！我……我們結束吧！」亮亮終於吐出了這幾個字。說完她才發現，自己已經準備了好久好久，這一刻，讓她輕鬆許多。

「結束？」士元嚇到。

「亮亮，你是說……離婚？」

亮亮輕輕堅定的點點頭，短髮襯得臉很清明，就像她的心意。

「爲什麼要跟我離婚？亮亮你說過的，就算全世界都不看好我們，你也要讓他們跌破眼鏡，全世界都反對我們，我們偏要相親相愛一輩子啊，亮亮～」士元激動的拉住亮亮的手。

「我還說過我愛你，我要跟你生孩子！我們可以生孩子嗎？可以嗎？」亮亮也激烈的回應，她受的那些苦，不是士元這兩句話就可以療好傷的。

「我……」士元知道那件事情虧待了亮亮。

「可以嗎？」

「可以！我們當然可以啊，我們以前懷過的！我……」我們可以再生，士元想把話講完，可是他沒有辦法，他知道母親對亮亮已經做了結紮手術的內幕，他不想給亮亮遠在天邊的承諾。

亮亮想起當初的那個士元在公園唱著歌給她聽，帶著小敏一起出去玩，亮亮落下淚來。當初那個鼓勵她的士元，當初那個熱情追求她的士元。

「士元……再見了……」亮亮在心中跟她愛的士元道別，眼前的士元她已經不認得了。

「亮亮……」

士元看著不說話陷入沈默的亮亮，有一種強烈的預感，亮亮好像快離開他了。

＊＊＊＊＊＊＊＊＊＊＊＊＊＊＊＊＊＊＊＊＊＊＊＊＊＊＊＊＊＊＊

今天是股東大會，子荃幫妍秋挑選了衣櫃裡最上等的洋裝外套，哄騙著妍秋說是要帶她出去玩一玩。

「到哪去玩？」妍秋輕輕玩著自己外套的鈕扣，看起來很孩子氣。

「當然是一個好玩的地方，讓你玩得風風光光的。」

子荃覺得自己竟然跟個瘋子哄騙這些，未免蠢了點，搖搖頭便搶過妍秋手中突然拿起的電話。

「你要幹什麼？」妍秋帶著點委屈的望著話筒，「有好玩的當然要找亮亮啊。」

「我們去就可以了。」

「不，我要，我要找亮亮。」

「你不聽話是不是？我們馬上回美國！」

子荃臉色轉爲兇狠，嚇著妍秋。

「不……不要，我聽話，我聽話，我跟你去玩，不要帶我去美國。」

「這樣才聽話。走吧。」子荃陰沈的笑笑。

董監事大會投票會場，秀女和士芬晚了十幾分到，母女倆施施然的才一走進，馬上看到汪子荃和妍秋，秀女一聲驚呼。

「你……」

子荃笑笑的站起身，向著秀女微略一點頭，就當打過招呼。

「汪子荃，你在這幹什麼？你有什麼資格坐這兒啊？」

子荃笑而不答，好戲還在後頭呢。

此時輪到子荃進場進行不記名投票，叫喚子荃的聲音傳出來，他走出會議室牽著母親。

「媽～」子荃扶著妍秋往前走。

「我記得這，我還來這唱過歌的呢。」妍秋像孩子一樣四處好奇張望，因爲認出了這不是全然陌生的地方，露出一點開心的笑。但卻突然看到秀女，還記得上次打自己的人，她忍不住指著秀女喊著。

「壞人……壞人……」

「她怎麼會在這兒？誰把這個神經病帶來這裡的？」秀女生氣的大聲問。

「媽，不怕，不怕，我們進去坐。」子荃根本沒把秀女或士芬放在眼裡，照舊往前。

「ㄟ？這……你……誰能告訴我爲什麼這個瘋子在這啊？」

「因爲他們也是股東。」趙靖開口了。

「你說什麼？」秀女不敢相信的張大著眼，「張律師！」

一旁的張律師向秀女點了點頭。

「是！飛達企業董事會現任董事長趙靖先生，於民國八十八年一月二十一日將其名下百分之二十的股權，以每股六十元釋出，售予汪子荃先生，並同時於該日，將其名下百分之十的股權授與宋妍秋女士，一切過程合法，亦即當日起生效，故汪先生與宋女士目前分別擁有飛達企業總股値百分之十二與百分之六，所以按公司法規定，汪子荃先生與宋妍秋女士有權利參與角逐……」律師照本宣科著。

「住口……住口！住口啊你！」秀女打掉律師手中的文件。

「你角逐什麼？他們在這兒角逐什麼？一個瘋子，一個投機客，憑什麼在這角逐董事？」秀女氣得全身直發抖。

「所有交易過程完全合法，請蔡董事長過目一下。」律師把相關文件遞過去，秀女一把奪過看了兩眼，指著子荃大罵著，「你混帳啊你！你憑什麼在這兒平起平坐的跟我開會？滾，滾出去！爛乞丐！爛要飯的！吃相難看的乞丐！」

「不管你看他們是什麼，乞丐也好，要飯的也好，現在開始，他們就是飛達的新股東了，無論如何，你都得接受。」趙靖突然擋在秀女面前，要她冷靜的接受這個事實。

「汪子荃你是新股東是吧？」士芬忍不住開口說話了。

「是，我和我的母親都是。」

士芬冷笑了一下，轉過身問著張律師。

「張律師，精神耗弱無行爲能力者可以申購股票嗎？」

「對呀，對呀，那個宋妍秋是個神經病～她是瘋子啊！她無行爲自主能力。」秀女笑了起來，哈，瘋子還想肖想什麼啊！

「那百分之六的股權成立嗎？合法嗎？」士芬不放過的繼續問。

她原以爲會一臉錯愕的子荃反倒笑了笑，看著他將地上的文件揀了起來。

「剛剛有請蔡董事長過目，她不看，那請您趙小姐看一下。宋妍秋女士經精神科醫生診斷精神耗弱無行爲自主能力，文件無誤，得經由其債權利害或關係人，不好意思，就是我，向法院申請其爲禁治產人，也就是說，她不能擁有處理任何財物的權利，但是，宋妍秋女士的財產，得經由其直系尊親屬，不好意思，她沒有，直系卑親屬，也就是我和汪子亮代爲監護或處理，亮亮？很可惜，汪子亮放棄這份監護權，所以，目前我母親宋妍秋女士名下的股權合法的屬於我汪子荃所有。各位對我的解釋還滿意嗎？」子荃儼然是有備而來。

「好～要選是不是？你們母子倆加起來的總股值不超過五分之一，一樣是不能進入董事會的，按持股比例來投票的話……」秀女還沒說完，趙靖突然走入插嘴。

「按持股比例我可以投兩票，他投他自己一票，五票裡他佔了三票，過半數，他可以當選。」

「趙靖，你……你把我們趙家人放在哪裡啊？你居然不顧我們蔡家不顧自己人的關係，去便宜一個外人，就因爲他是那個賤女人的兒子？」

「秀女！」趙靖大聲喝止秀女這樣口無遮攔。

「難道不是？他出過什麼錢？他出過什麼力？飛達這一片江山，是我們蔡家幫你打下來的！」

「請你注意！飛達的江山是我趙靖一滴血一滴汗事必躬親的拚出來的！你們蔡家所有的投資早就連本帶利帶厚利完全奉還了。」

「是啊，你拚了老命給了一個外人啊～」

「是！我高興，我願意，這是我的權利！有本事你們自己出去闖，能夠打出一片江山，不要用我趙靖一毛錢股份，我佩服！但是你們可以嗎？」

趙靖看著自己的一雙兒女，有些悲痛的說著。

「多少次，多少次我希望士元能替我分擔一些辛苦，他不願意，怕吃苦，你也由著他寵著他，我希望陳中威來幫幫我，但是卻連趙家的女婿都不想再當下去，我能夠倚重誰？我能夠依靠誰？就算做到死，你們也認爲那是應該的！」

「現在我決定了，就是這樣，汪子荃進入董事會，同時兼任執行總經理，現在生效，張律師，我們開會吧。」趙靖不容置疑的說。

「趙靖！」

秀女看著子荃笑著的臉，子荃向秀女點了點頭，露出一個「請多指教啊」的表情。

秀女簡直無法忍受，氣呼呼的不開會，就往會場外走去。

一回到家，秀女就開始呼天搶地的哀嚎著。

「完了，完了～一切都完了呀，完啦，人向著她呀，心向著她呀，現在錢也向著她啊，一切都完啦，沒良心啊，你爸得了失心瘋啦～一輩子精明啊，他臨老瞎了眼啊，這會兒整副家當讓人吃乾抹淨了。」

「媽，也沒那麼嚴重嘛，你太緊張了。」士元受不了，他知道爸爸不好，可媽剛才一路的哭鬧，簡直讓人受不了。

「你閉嘴呀，你給我閉嘴呀，都是你啦，說什麼一切你都不要，給別人好啦！這會眞的啦，都給別人了，你開心了吧！」烏鴉嘴，烏鴉嘴，該死的全世界的人都不准對不起她蔡秀女一分一毫，今天這場局面，讓她丟光了一輩子風光的老臉。

「我有什麼好開心的？但是也不用這麼難過吧？那是從爸名下撥出去的股份耶……」

「但那些本來都是我們的，你知不知道，趙士元！你是豬啊！一點危機意識也沒有啊，自己被人賣了都不知道！」秀女發狂的說，兒子不成材，女兒一心向老公，這是什麼悲慘的命，還有遇到汪家一家子，她根本覺得倒楣透頂了。

「你要是眞有點本事，眞有點出息，那個汪子荃還能夠那麼囂張的嗎？你呀，你就是玩玩玩，玩一輩子，我們趙家就給你玩光敗光了！」士芬在旁邊也是氣呼呼的，哥哥什麼都不在意，沒有錢哪能讓他這麼放任，想幹什麼就幹什麼。

「你……趙士芬你放屁，要不是你們好好的沒事去打人家，也不會逼的爸走這一步的，我告訴你，那百分之十八的股份，說穿了就是一筆醫藥費！是筆超級天文數字的醫藥費！是你們打出來的。」士元也生氣了，爲什麼什麼事情都要怪罪在他身上。

「要不是你去追汪子亮，爸跟宋妍秋會重逢嗎？他們一輩子都不會見面，當初要不是你嚷著要搬出去，我們現在會有這些煩惱嗎？」

士芬算起總帳，將源頭的禍首直指著士元。

「我可不覺得我現在有什麼煩惱，是你們！是你們太緊張了，我們趙家現在仍然是大股嘛，何況……何況那個汪子荃……」士元想要分析給媽媽聽。

「你閉嘴！以後誰要再敢說到這個名字，我就把他殺了！」但秀女哪裡聽的進去。

「媽，當初那個人不是你也一直都很欣賞的嗎？」拜託，想起當初，是誰口口聲聲的喊汪子荃的名字。

「對啊，子荃長子荃短的叫，又說他是自己人，又說他心向著我們，我早就告訴過你，汪家沒有一個好東西！」士芬冷哼著。

「ㄟㄟㄟ，注意你說話的態度啊。」士元不准士芬這樣說亮亮。

「注意什麼？汪家都壞，尤其你老婆汪子亮最壞最陰險最可惡！」

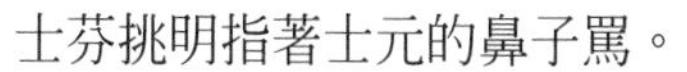

士芬挑明指著士元的鼻子罵。

「最陰險最可惡會被你們設計到蒙在鼓裡去結紮？」

士元對於母親和妹妹的顚倒是非，實在無法苟同。

「趙士元，你說這話什麼意思啊？你把總帳都算在我頭上來啦？我可是爲了你，爲了你們趙家啊！要不然我會冒險去做這種事啊？你好，你有本事擔當，你躲大陸去幹嘛？你去說啊～告訴她我把她綁了！」

士元無話反駁，士芬則繼續推敲著。

「哼～我說這一套計畫，就是他們汪家先商量好的，瘋媽裝可憐博取爸的同情，汪子荃假仁假義博取媽的信任！」她實在不能接受今天的局面，光想到汪子亮會多得意啊，她的家，她的男人，甚至她的錢，她要拿就拿，要帶走就帶走。

「是，是！那亮亮又怎麼樣？她都簽字同意放棄那百分之十的股份了。」士元不能不幫亮亮講一點話，他認識的亮亮從來就不是會對名利計較的人。

「她都能簽字同意了表示她事先早就知道這件事，哼，多陰險啊她先形式上的放棄，然後再實質上把股份合法轉移到她哥哥名下，這些都是她的預謀，她的計畫！」士芬生氣的說，士元怎麼老是袒護著亮亮。

「她有什麼好處要這樣預謀這樣計畫呢？」士元想聽聽自己妹妹又要編導什麼劇本了，眞是的，女人都容易想太多。

「她恨我，要報復，又自卑，想要跟我平起平坐，她娘家有了權就等於她有了權，可以提升她的地位！她以爲她算計得清清楚楚，先把這百分之十放棄，將來她懷了孕生了孩子，母以子貴，她一樣可以擁有趙家的股份。」

「她作夢啊她！除非太陽打西邊出來，要不然她這一輩子什麼都生不出來啦！」秀女生氣極了。

「那不就結了嗎？你們諜對諜誰也不吃虧，我們失去一點股份，她失去當母親的權利，眞講起來，她虧的還比較多咧。」士元要她們想清楚點，做人別那麼不厚道。

「ㄟ～趙士元，你這什麼意思啊？你要敢再替她說一句話，同情她可憐她，你相不相信我就爲了那個爛女人揍你！」偏偏此時的秀女簡直就要發狂了。

「好，好！我不說我不吭氣可以了吧！這個家我眞的再也受不了了，人人有陰謀，處處有陷阱，我眞的不知道我該有什麼情緒了，當兒子，爸爸不滿意寧願重用別人，當丈夫，又對不起老婆不能讓她生孩子！當哥哥，人家把我看成癟三，癟三。」士元掃了士芬和秀女一眼，激動的喊著，「夠了！我煩夠了！我受夠了，我要當回我自己，你們愛怎麼鬥隨便你們怎麼鬥！趙家股份被掏空絕子絕孫都不關我的事，我受夠了～」士元說完就衝出了門。

「趙士元啊！你給我回來啊～汪家我這口氣我嚥不下啊！」秀女眼看自己的兒子頭也不回的跑出去，又氣又傷心的跌坐在沙發裡。

秀女因爲極端憤怒而扭曲的臉，怎麼也忍不下這口氣，這輩子她蔡秀女跟汪家槓定了，她所損失的，她會連本帶利討回來。哼！汪子亮我看你有幾條命可以走。

＊＊＊＊＊＊＊＊＊＊＊＊＊＊＊＊＊＊＊＊＊＊＊＊＊＊＊＊＊＊

中威站在汪家門口，他知道和趙家鬧翻了關係的亮亮，又搬回了自己的家。他在門外躊躇許久，但不敢打電話給亮亮，他覺得亮亮不會再讓他踏入汪家門，剛好看到妍秋在陽台。

「是我，汪媽媽，中威，幫我開門好嗎？」他指指裡邊，代表自己要進去。

「中威啊？很久沒看到你了耶，」妍秋笑咪咪的趕緊開門。

「是啊，你好嗎？」中威也笑了，妍秋就是這樣，總是讓身邊的人放鬆情緒，跟她一樣像孩子般開開心心。

「好，好，很好，快，快進來……」

「中威啊，來，喝茶。」

「汪媽媽，亮亮……您在打毛衣啊？」他看到妍秋手上一直抓著的編織物。

「中威，你幫我算算好不好，我越算越迷糊了。」對啦，哎呀，她在打毛線衣啊，怎麼忘記針數啦，這下可好，打到哪了呢？

「喔，好，汪媽媽，這打得太小了吧？亮亮再瘦也穿不下去。」中威笑道，他看妍秋手上這件頂多讓小娃娃穿……讓小娃娃穿……？

「不是給我們家亮亮打的，是給我們家小外孫穿的。」妍秋斜他一眼，不是給亮亮的。

「汪媽媽，你說打給誰的？小外孫？是亮亮的孩子嗎？」

「噓～你跟我說話我又算糊塗了。」妍秋好不容易剛剛想起來針數，哎呀，好啦又忘了，她拍拍自己腦門。

「汪媽媽，汪媽媽～請你告訴我，這件毛衣是打給亮亮的孩子？」中威屏氣凝神，全身都緊繃起來，他怕自己聽見是，可也怕聽見不是。

「是啊，這顏色是我自己選的耶，棗紅色，男孩女孩都可以穿，小娃皮膚白襯起來多喜氣啊！」妍秋接著說。

「亮亮答應小敏的事是絕對不會騙他的，小敏可以當舅舅了。」

「汪媽媽，你最近都有按時吃藥嗎？」千萬不要搞錯了，千萬不要是汪媽媽自己的幻想，中威在心裡禱告。

「有啊，你幹嘛這樣問我啊？」

「是亮亮告訴你她懷孕的嗎？」他乾脆單刀直入的問。

「是啊，是亮亮告訴我她懷孕啦！」

「你確定？」他忍不住拉住了妍秋。

「你……你這孩子怎麼回事啊？你都不相信我說的話啦？亮亮說這一次不一樣，這一次我們家眞的會有一個小朋友，不會再有外人來欺負我們了。」

中威聽了站起身來，想起亮亮當初說沒有孩子的話。

「中威啊，我忘了告訴你，我們家亮亮把頭髮給剪了耶，她說她要當一個清爽俐落的媽，她那個頭髮一剪更像孩子了，自己都還是個孩子呢，怎麼就要挺著個肚子當媽了呢。」妍秋笑咪咪的說，呵呵，小媽媽，沒關係她也幫著亮亮照顧小娃娃吧。

「汪媽媽，亮亮會回來嗎？最近她不是都住在這邊？今天她會回來嗎？」

中威一臉興奮的問著，亮亮肚子裡已經有他的孩子了，他一定要找到她好好問清楚。

「會呀，她打了電話說要晚點回來，她回趙家去拿東西，一會兒就回來。」

中威閉起眼在心裡吶喊著。

「亮亮，你懷孕了，是我們的孩子，你爲什麼不告訴我，爲什麼這麼倔強？」

而此時亮亮收拾了隨身的幾樣東西正要準備離開趙家，可剛把大門鎖好，突然出現兩個蒙面歹徒將亮亮強拉上車。

亮亮掙扎的要喊，可是喊不出來，她竟然在其中一個蒙面歹徒旁邊看見秀女。

「要做到什麼地步？」其中一個蒙面人問。

「隨便啦……反正不干我的事，你隨便啦。」

秀女隨便說了幾句，怕被人看到似的趕緊離開。

而在汪家等亮亮回來的中威，看了看牆上的鐘，開始擔心了起來，想打電話去趙家問又放下。

而飽受驚嚇的亮亮被歹徒拉扯到一個不知名的地方，在一個陰暗的巷子裡拉扯著她下車，亮亮本能的掙扎著，心中害怕極了。

蒙著臉的歹徒眼神裡透著兇光，亮亮知道她如果不奮力一逃，她就再也逃不了了。於是她乘機咬了歹徒的手，想逃脫，卻被腳程快的歹徒抓住，打得鼻青眼腫，不長眼的拳腳也往肚子上踢。

「不要，不要傷害我的孩子。」

亮亮哀嚎著，盡力的保護著肚子裡的寶寶，可是步步逼近的歹徒只想置她於死地。

亮亮在絕望中，看見一把叉子距離她只有一步之遠，亮亮一個箭步就拿了起來，對著要傷害她的歹徒們。

「我告訴你們，我肚子裡有孩子，誰敢傷了我的孩子，我做鬼也不會放過你們的，我告訴你，只要殺了我，警察一定會抓到你們的，有你們的血跡，你們的指紋，我殺了你們……我殺了你們……」亮亮豁出去的揮舞著，母親的本能給她無比的勇氣，不讓歹徒接近她。

此時亮亮的手機響起，亮亮接起來就狂喊救命啊，兩名歹徒突然聽她這樣一喊，緊張的抄起傢伙就跑。亮亮緊繃極了的神經這時才突然放鬆而暈厥了過去。

亮亮再度醒來時已經躺在醫院了。

中威守在床邊，劈頭就問。

「為什麼不告訴我你懷了我的孩子，為什麼不告訴我？」

「我沒有懷孕。」亮亮還在倔強著。

「你媽都告訴我了，我在你家裡等你，你媽告訴我了。」

「我媽恍惚，她搞不清楚。」

「醫生也恍惚了嗎？你送進醫院的時候，醫生都檢查過了，你有身孕這是千眞萬確的事情，院方該不會恍惚吧。」中威不敢相信她還要騙他。

此時警察進來要做筆錄。

「小姐請問貴姓大名？」

「我姓汪我叫汪子亮。」

「汪小姐能不能把情況說一下，你是不是受到暴力脅迫？」

「我跟我先生吵架發生衝突，比較激烈了點。」亮亮沒有說出實情，她知道她遭受到誰的傷害，但是她要不動聲色的站在她們面前。

「是婚姻暴力？第幾次了？之前有沒有備過案？還是你有任何的驗傷單？你可以提出告訴的。」

「我知道我會考慮的。」亮亮虛弱的笑笑。

「汪小姐，你有沒有什麼隱瞞，或是需要我們協助的？」

「謝謝，如果我有需要我會請求協助的。」她只想休息。

警察知道亮亮的意思，再粗略的問了幾個問題就先離去了。

「為什麼要說謊？這件事跟趙士元一點關係也沒有，我之前打過電話給他，他在PUB喝得爛醉如泥，不可能是他。」

亮亮不說話下了床，看向窗外。

「亮亮，這究竟是怎麼回事？」

「我從趙家離開才要上車，就被兩個男人強行帶走。」亮亮根本不願再去回想那一景。

「這是搶劫綁票，你剛剛爲什麼不報案？」中威不可置信的說。

「不是搶劫，他們根本不要我的錢，更不是綁票，從頭到尾，他們沒有要跟我的家屬聯絡，他們唯一的目的，就是要傷害我羞辱我置我於死地，他們是受人買通的，是一個有計畫有預謀的行動，誰會這麼恨我呢？誰會這麼想除去我呢？除了趙家那一對母女，還會有誰？」

「那更該跟警方報案，爲什麼要隱瞞？」該死，爲什麼趙家母女有如毒蠍，中威替亮亮擔心不已。

「有什麼證據嗎？沒有。就像上一次我出的車禍一樣，我一直懷疑是趙士芬動的手腳，因爲當天下午她有來找過我，跟我發生衝突，也許就是她剪斷了油管，但這一切都是我推斷的，都是假設啊，報案有什麼用？今天不管是趙士芬或是蔡秀女的指示，事情掀開來，她們一樣可以推得一乾二淨，因爲沒有證據。」

「亮亮，難道你就這樣讓她們繼續下去嗎？」

「我不會死的。」亮亮堅強地說，將自己生死說得輕鬆。

「你……上次不會，這次不會，那下次呢？她們是不會善罷干休的！」

中威心疼又害怕。

「亮亮，你不顧自己的安危，也考慮一下你肚子裡的孩子，那也是我的孩子啊！」

「對！跟趙士芬肚子裡的孩子是一樣的，都是你的孩子，都是你的骨肉，你能怎麼樣？如果現在我要你立刻做出選擇，你可以嗎？」

「不用選擇，眞愛就是唯一。」中威愛亮亮的心始終沒變。

「父愛更是唯一！」亮亮提醒著中威說道：「我不是趙士芬，她的愛跟恨沒有分別，只有佔有，爲了佔有，不惜一切，犧牲別人，我不是！今天你們有了孩子，我更不會自私的要求你，離開你的骨肉到我的身邊。」

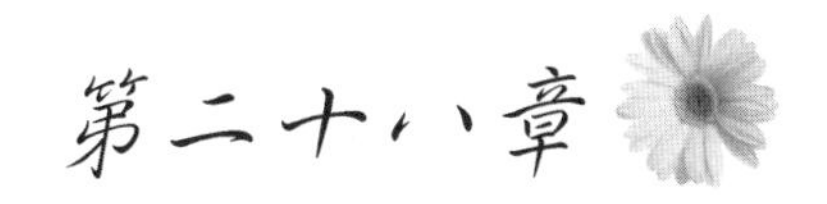

第二十八章

剛剛起床，秀女還來不及洗臉抹嘴的，急匆匆奔到亮亮房間，見亮亮不在，隨便拿條毛巾布把結婚照一蓋，冷哼道。

「汪子亮？呵呵呵呵……」

「還沒回來啊？那兩個人有沒有跟你聯絡啊？」尾隨在後的士芬聽到母親的聲音，也跑進來。

「拿了錢說好不聯絡啦。」秀女一臉你擔心什麼的表情。

「那他們會不會把她給……」士芬摀住心窩口，驚道。

「那最好呀，讓宋妍秋去白髮人送黑髮人，那我寧願你爸多出點股票當喪葬費我都願意。」秀女一昂頭，她可忘不了趙靖昨天對她的態度，是那樣的無情。

「我也願意，最好她死在荒郊野外，屍體叫野狗給啃了，一輩子從人間消失徹底蒸發。」想到中威爲了亮亮癡迷的表情，士芬也恨恨的道。

「你眞是壞呀你，這下宋妍秋有的瘋了，來……去吃早飯去。」母女倆勾著手下樓，當作沒事般的。

「怎麼沒叫亮亮一起下來吃早飯？」正在吃早飯的趙靖，見到母女倆從樓上下來，隨口一問。

「一整晚沒回來呀，誰知道野哪裡去了。」士芬先聲奪人。

「我可擔心呢，她一個晚上不回來，中威也一個晚上沒回家呢。」說到這，她忍不住悶悶道。

「也不曉得是不是回娘家去啦，一個晚上電話沒人接啊。」趙靖雖然知道亮亮時常回娘家過夜，尤其這陣子兩家關係十分尷尬，但趙靖還是擔心的擰著眉說。

「你擔心擔心自己的兒子吧，他也一整夜沒回來了。」秀女沒好氣。

「不過啊～他回來幹什麼呢？早睡早起？好去上班啊？上那個班又幹什麼呢？我要是他，上了班我都覺得丟人啊。明明是個小老闆，總經理給人當去了，還得聽那個姓汪的發號施令，眞是個笑話。」秀女的話裡帶著酸味。

「是笑話，自己不長進，就讓人看一輩子笑話。」想到自己兒子的不成材，他在公司裡還當他沒看到嗎，趙靖簡直一肚子苦水。

此時電話響了，秀女士芬忍不住心虛的交換了一眼，趙靖不明就裡的接起電話。

「喂？是啊，這裡姓趙。警察局？是，是，我是趙士元的父親，」聽到這他就皺起眉頭了。

「怎麼啦？士元怎麼啦？」秀女聽到是士元，緊張的問著。

「我不保他，你讓他自己想辦法。」趙靖憤怒的摔下電話，這小子竟然給他惹禍惹到警局去了，他眞搞不懂啊，怎麼他趙靖就會出這種孽子呢。

「喂？喂？怎麼啦？我兒子怎麼啦？」見到趙靖的強烈反應，秀女又擔心又著急對著已被掛斷的話筒喊著。

「沒出息的東西，三更半夜的跑出去喝酒，喝醉了跟人打架，被抓到警察局去了，窩囊廢！」

趙靖邊說邊就要出門上班，他根本不想管那小子出了什麼紕漏，反正有他呼風喚雨的母親在，他這個做爹的實在不必存在，正要出門的趙靖沒注意，一頭撞上正要進門的亮亮。

「亮亮？」他伸手扶住亮亮顚簸了一下的身子。

聽到趙靖呼喊的聲音，母女倆震驚的向外望，就看見亮亮滿臉是傷的走進來。

「亮亮？你的臉怎麼啦？」看到亮亮抬起頭來，趙靖驚呼。

「緊急煞車，不小心撞到的，」亮亮輕描淡寫的說。

「她亂講，她根本沒開車啊，」秀女話說太快。

「士元媽媽怎麼知道我沒開車的？」亮亮猛地抬眼盯住她，她就知道，她汪子亮會出事還會招誰惹誰，不就是趙家母女嗎？

「你的車好端端的停在門口一整夜，當然知道啦。」秀女連忙補上一句。

「喔，那我臉怎麼啦？怎麼會受傷呢？奇怪了。」亮亮冷笑著問著秀女。

「你到底在幹什麼啊？怎麼自己受的傷自己都不知道呢？你沒有開車，那就表示在別人的車裡嘍？三更半夜的你會在誰的車上？難道眞的是陳中威嗎？」士芬在旁幫腔，擾亂著是非。

「你們太讓我失望了，一個三更半夜的在外面鬼混，一個結了婚……唉～陳中威是你小姑的先生啊。」秀女看起來一臉灰心，她是灰心，怎麼花了那麼大把錢請到兩個殘廢，連汪子亮這樣瘦弱的女子都沒法根除。

「我坐計程車，沒有跟誰在一起，我不想開車回去，叫了計程車，司機要閃避行人緊急煞車，不小心撞到我的臉，就這樣。」亮亮隨意捏造一個事故，她不要中威再爲她背黑鍋受罪了。

「怎麼不早說呢，讓我們大家都擔心。眞是的！」秀女的表情還眞是瞬息萬變，她的灰心一秒間換成一個婆婆對媳婦再普通也沒有的擔心。

亮亮定定的望著趙家母女，直到兩人膽寒心虛的調開視線，亮亮才一人沈默的要走進房裡。

「汪子亮！你……」秀女喊道，可卻不知道要接什麼，她想知道亮亮是怎麼逃脫的，可是問不出口。

「你們不相信我是坐計程車的吧？我告訴你們，是眞的，我是眞的坐計程車，哪個車行的我都記得，那個司機的長相我也記得，必要的時候，我可以找他們出來替我作證，證明昨天晚上我沒有坐在陳中威的車裡，這樣你們就可以放心了吧。」亮亮故意如此說給秀女士芬聽，她要她們清楚的知道關於她們一切的伎倆她是看透了，該害怕的是她們，把柄她都掌握了。

「忘了告訴你們，他們……那個司機也受傷了。」亮亮臨去前撂下一句。

趙靖看亮亮沒事，雖然氣氛有些詭異，但也沒想太多上班去了。

趙靖一離去，秀女憋不住心裡的氣。

「氣死我了，花了錢請了兩個芭樂。」秀女猛然摔開自己手中的瓷杯，她簡直是又怒又狂，怎麼她蔡秀女就那麼倒楣，怎麼那兩個殘廢就那麼不機警，還可以讓汪子亮拖著一身傷回到這個家。

「難道她都知道了？」想到剛剛亮亮的眼神，士芬退了兩步，天啊，她是從來沒有懷過這麼壞的心眼要去害誰，可是亮亮實在是太令她生氣，她對中威的愛已經蒙蔽了她的良知。

「不可能！」秀女斷然道。

「可是你看她那個樣子陰陽怪氣的。」

「頂多懷疑，她不可能確定的。」就算知道了，那又怎麼樣呢，沒有人證，沒有物證，就算有證據，她不信告婆婆告小姑那麼輕易。

「可是她說她知道了。」

「她知道個屁啊，兩個人蒙著臉呢，什麼長相都不知道了，她不死算命大了。看她那張臉被打成這樣，我心裡都高興了。」秀女心裡其實也是半驚，可是嘴裡還是安慰著士芬。

「媽……你說……」士芬看起來有些猶豫，要說什麼卻堵在喉頭。

「唉呀，現在不要說這個了，你哥還在警察局呢，也不曉得在哪一個分局，看我去哪裡找他啊。」猛然想起剛剛趙靖接的電話，哎呀趙靖也沒交代清楚。

「媽！不要把我一個人留在家裡，我可不敢單獨跟她留在家裡的。」懷了孕的士芬實在太怕太怕亮亮那種豁出去不顧一切的眼神，她好怕亮亮會對她做出什麼瘋狂的事情。

「你跟我去警察局啦。」看到女兒這麼沒用，秀女橫了一眼。

「我懷著孩子叫我去警察局？我不要啦，觸我霉頭。」

「那你要我怎麼樣啦？」

「爸不會不管哥的啦，就算他自己不出面，他也會找人把他保出來的啦，沒事啦，媽。」士芬拖著秀女的手臂，滿腦子都還是亮亮剛剛說的話語。

果然趙靖一到公司，馬上就對正在辦公的子荃交代了幾句士元的事，要他先去處理。子荃人到警局，手續都辦完了，士元還是一句話也沒跟他說。

「走啦。」子荃拍拍士元，被士元推開。

「你車在哪裡，我帶你去拿車。」子荃不氣餒的跟上。

「你可不可以離我遠一點啊。」士元沒好氣道。

「怎麼了？我得罪你啦？」子荃倒是笑咪咪的。

「言重了，我哪敢勞煩您呢？公司的董事兼執行總經理，大紅人耶！」

面對子荃一臉冷笑不屑，士元氣極了，「你笑什麼？得意啦？」

「我是笑你根本不是擅長說這種話的人，說尖酸話的時候，臉上應該配合不屑的表情，微微的笑著諷刺，哪有人這樣子氣呼呼的。」子荃的口氣就像對一個無理取鬧的任性孩子。

「你給我住口唷，你以爲你是誰？給你幾分顏色就可以上臉啦？」士元猛猛一個拳頭就幾乎要揮到子荃臉上。

「趙士元，你是來眞的？」

「怎樣？我是來眞的怎麼樣，打我啊？大不了再一起進警察局。」

「再進去就不見得有人會保你出來了。」子荃輕輕的隔開他的手，他就不相信在警局待了一晚是那麼好過，他知道士元生氣是因爲還有一些東西放在身後的警局沒帶出來，譬如說，自尊、面子什麼的。

「你有什麼好擔心的，有人會保你啊，董事長挺你了嘛，你是他的左右手，他一天到晚都少不了你的。」

「你在吃醋。」子荃笑了，輕描淡寫。

「少噁心了，我又不是女人。」士元猛然轉過身。

「一點也沒錯，你是他兒子，他就算再怎麼挺我，我汪子荃畢竟是外人，替你們趙家打工的，你窮緊張什麼？」

「我沒有緊張。我只是很不爽！」士元完全不想掩飾自己的心情，可是他更不想看到被子荃料中的那種得意。

「你有什麼好不爽的，整天清心的遊山玩水，躺在那等著接收趙氏，是我汪子荃辛辛苦苦爲你們打拚，不過分你們一點剩屑殘渣，這筆帳你再怎麼算，你都坐享其成，你有什麼好不爽的？」子荃說得再輕鬆不過了。

「剩屑殘渣？百分之十八的股份，一年幾千幾百萬的紅利，這個叫剩屑殘渣？」士元氣紅了眼，不只是錢，他當一個兒子、哥哥、丈夫的尊嚴，都被敗光了。

「趙士元，你不是在乎這些事情的人。」

「當然，我在乎的當然不是這個，我在乎的是感覺，你的處心積慮讓我感覺很不舒服，在股東大會，你的手段你的嘴裡，你的有備而來，你讓我的母親難堪，這一切都讓我感到很不舒服。」

「那眞是抱歉了，你的感覺我沒有伺候好。」子荃皮笑肉不笑的說，他只認得一個人，那就是新台幣鈔票上的蔣公人頭，其他的包括趙靖，對他來說都是隨時可以替換的棋子兵團。

「哈哈，那當然啦，現在在你眼裡除了趙董事長的感覺是感覺，還有什麼是你在乎的？還有什麼是你該伺候的？畢竟是個奴才嘛，懂得如何選主人，懂得如何抱大腿！」

士元說完就忿忿然離去。

子荃聽到這一句簡直狂怒，他在心裡堅定告訴自己，「趙士元，你要付出代價的，總有一天，我要你連奴才都當不成。」

子荃收拾好像被打了一拳的心情，默默踱步回到辦公室，直接轉向到趙靖那兒報告。

「我本來想把他帶回俱樂部或是直接送他回家的，免得他又在外面鬧事。可是他不肯跟我走，說是自己要去拿車也不讓我跟。趙叔叔，您別擔心了，那我去試試看他的手機，或許可以找到他。」收拾好心情，子荃臉上只有一種情緒，再眞實也沒有的關心。

「不用了。」從手上的文件抬眼，趙靖終於問了這個納悶很久的問題。

「子荃，你爲什麼要向法院申請你母親爲禁治產人呢？」

「趙叔叔，您懷疑我？」子荃心一驚，他可以不在乎趙靖對他的看法，卻不能不在乎趙靖代表的那些財富。

「我只是想知道爲什麼，今天在飛達企業，只要有我的支持，哪怕你只有百分之一的股份，都可以順利的進入董事會，爲什麼還要將你母親的那百分之六納入你的名下？你已經有實權了，股份的多寡對你來說很重要嗎？」

「對我不重要，對我媽確實很重要。」子荃慢慢一字一句的說，邊想著最周全的解釋。

「可是她已經被法院判定爲禁治產人了，她已經喪失了管理自己財產的資格了。」趙靖充滿疑惑的問著。

「那是可以恢復的，趙叔叔，一旦醫師能證明她有行爲自主能力了，我們就可以向法院提出申請恢復她的權利，也就是說，我的作法只是一時的權宜之計，一方面保障我媽媽的權利，二方面也成全了您照顧她的美意啊。」子荃說得坦然，「趙叔叔，您仔細的想一想。那一天在股東大會上如果我沒有申請禁治產人的話，我母親很有可能就因爲她的病而喪失了股東的資格，這麼一來我保護不了她，您照顧她的美意不也就泡湯了嗎？」子荃的表情看起來就是誠懇孝順的兒子。

「今天我只是暫時替她保管她的財產，我眞的沒有其他的目的的，股權的多寡對我毫無實質的意義，因爲就算我有再多，我也不可能掌控整個董事會，這百分之六的差別，對我眞的無足輕重。」

趙靖看著眼前的年輕人，的確聰明得緊，點了點頭。

「很周到，你想得很周到。妍秋的病情怎麼樣？有起色嗎？醫生怎麼說？」

「還恍惚著，要不然醫生也不會開證明啊。趙叔叔，我們該回俱樂部了，下午有法國觀光協會的代表來談交換連鎖的事情。」話鋒一轉，子荃換了個安全的話題。

「我記得這是趙士元在負責的案子啊！」

「是啊，士元在去大陸之前都在接觸了，只是這陣子他都不在，而觀光季又開始了，同業之間競爭得很激烈，我怕再拖下去會耽誤了商機，所以我就……」

趙靖右手一揮，阻止了子荃繼續往下說，接下來的他都懂了，他疲倦的揉揉眉心，「你先回去吧，我約了老劉來接我。」

「是。」子荃離去，而留下來的趙靖一直看著他背影消失的那塊空間，若有所思。

午夜的趙家依舊留一盞燈等晚歸的兒子，只是這次坐在客廳裡的不是秀女，而是累了一天的趙靖。

士元小心翼翼扭開門把進門，被坐在沙發上的父親嚇了一跳。

趙靖假裝沒看到他的詫異，幽幽的說：「車拿到了嗎？」邊開了燈。

「爸，還沒睡呀。」

「架打得怎麼樣？是吃了虧了還是賠錢了事？」趙靖單刀直入的問。

「沒有啦，沒有事。」士元想轉身離去。

「士元～」趙靖喊住他。

「我是你爸爸耶，你怎麼見了我就想躲呢？」

「你見了我就有氣啊，我不想讓你生氣啊，所以我就……」士元傻氣的搔搔腦袋，此時的他看起來真的像極了孩子，眼神忍不住瞄了瞄二樓。

「不要老往二樓看，你要我不氣，第一件要學的事情就是面對現實。不要凡事動不動就想找你媽當擋箭牌。」趙靖如此說著，士元趕緊把眼光收回。

「士元，我永遠會是你的父親，但是……我不見得永遠會和你媽做夫妻，也不可能永遠會是趙氏企業的董事長，這個世界上除了親情血緣之外，沒有任何一種關係或是身分是永恆不變的，你懂我的意思嗎？」趙靖很緩很緩的說，這些語重心長的話他早該跟兒子好好說一回，他不是太忙就是見了闖禍的士元就先一陣罵。

「唉～你能不能替我爭口氣？等到哪一天我跟你媽分開的時候，我好安心的將趙氏企業交給你。」趙靖疲倦極了的往沙發後背依靠。

「爲什麼？」士元不懂，父親不是還是趙氏企業的董事長嗎？

「爲什麼？因爲你姓趙啊，你叫趙士元啊。」趙靖兩手一攤，不明白兒子怎麼會天眞到這地步，難道他還要他這個老骨頭做一輩子？

「爸，你可以不要交給我，你繼續做啊。」

「你要我做到什麼時候？我已經做了一輩子了，最困難創業的部分我已經完成了，你是我的兒子，你能不能替我守守成呢？」趙靖眼神無奈的盯著士元。

「沒有一個人可以做得比你更好的了。」士元由衷的說，要他一下子接管龐大的趙氏企業，他想了頭就疼。

「爲什麼？因爲我會死！我總有閉眼斷氣的那一天，等我這條老牛死了，你們怎麼辦啊？繼續玩？繼續喝酒打架？然後叫汪子荃去保你出來？」疲憊了一天的趙靖耐心已經用盡，自己的兒子對於家業的態度總是滿不在乎，他眞有一種後繼無人的無力感。

「好啦，你在幹嘛呀？」一直在二樓梯口靜靜聽著的秀女馬上出現護著士元。

「趙士元，什麼叫敗家子，你就是個活生生的例子，我們趙氏家當遲早讓你這個敗家子敗個精光。」看到秀女出來，趙靖更是生氣，這樣的媽媽，這樣的兒子，怎麼會有出息。

「媽……」士元不服氣的看著秀女。

「好啦。」秀女緩緩場面。

「沒出息的敗家子！」趙靖不知道自己是罵給秀女聽還是士元聽，他只知道這些讓他好煩。

「是～我蔡秀女生的就是沒出息的敗家子，他們姓汪的都是一門忠孝賢良啊？你的錢寧願讓外人蠶食鯨吞的，卻不顧自己的骨肉，你就從來不在乎我們家趙士元！」

「我不在乎他？我不在乎他，我半夜三更不睡覺在這裡給他等門？我管他被人打死了沒有？我等他，我苦口婆心的勸他，我就差點沒有跪在地上求他爭口氣，好爲將來接收趙氏企業做個準備，可是人家不領情不希罕，不要啊。」趙靖怒極了猛地站起，士元反射性的退了一步，趙靖看了更怒不可抑，他怎麼會有一個扶不起的阿斗。

「是我兒子有骨氣，他可不像那個汪子荃是個窮兇極惡吃相醜陋的乞丐！」

秀女挑著眉，「哼～這會兒嘴裡說好聽說要讓士元接管事業，那邊可大方啊，把百分之十八的股份一口氣送給人家，你到底愛的是誰？我要是趙士元啦，我也不希罕啦，兒子，媽支持你，你有種！」秀女拍拍士元的肩膀，士元只覺得疲倦，怎麼每次情況都要牽扯到他身上。

「蔡秀女，慈母多敗兒啊，你這一雙兒女遲早會毀在你手上。」

「那又怎樣啊？『老貓叼兒』，就算我今天把他給吃了，我兒子也知道我是愛他的。」

趙靖起身嘆了一口氣，看著士元。

「士元，以前我是氣你，現在我是同情你，我這個做父親的生平第一次覺得對不起你，讓你生長在一個沒有母教的家庭裡。」趙靖說完便上樓，他不想再管，也沒有心力了。

「你說這話什麼意思啊？對～你就是對不起他～你心裡就是向著外人啊～你……」趙靖的話讓秀女發飆了。

「好啦……媽……」

「你豬啊，你呀你呀!」秀女使力的戳戳士元，她正幫著他呢！

「我又怎麼啦？」士元快忍不住心中的不耐了。

「人家老頭子要你接管事業你幹嘛不要？」

「媽，你剛自己說……」士元簡直身陷五里霧中，摸不著頭緒。

「我說，我說，我說給你撐面子啊，我說給你爸爸聽啊，你真以爲我不希罕啊？」

「那你到底希不希罕啊？」士元哀嘖了一聲。

「趙士元，你給我聽清楚了，我蔡秀女從頭到尾爭的就是一口氣！我要的是你爸爸的這個人！我希罕的是趙太太這個位置，你要是再懶散下去輸給汪子荃，我就爭不了這口氣了。你爸爸心都向著汪家去了，沒有了趙氏企業，我趙太太擺在哪兒都是活生生的丟人現眼哪！」秀女說到底還是為了自己的顏面，趙氏企業的實權怎可能讓給外人。

「有那麼嚴重嗎？這個擔子為什麼要我來背啊？」士元煩亂的拍拍額頭。

「因為你是趙家的獨子！」秀女一臉「這還要說嗎」的表情。

「你給我聽清楚了，從明天開始，你給我規規矩矩的到你爸公司裡上班，先去跟你爸道歉認錯，然後……去把汪子亮給我接回來！」

「為什麼要我去……」說到亮亮，士元簡直煩惱得不得了，他從小就最討厭棘手的事情了。

「為什麼？爸爸是你的耶，趙氏企業是你的，汪子亮也是你死乞白賴硬要娶回來的，股票都已經失去了一部分，難道你想人財兩失兩頭落空？」秀女不客氣的戳戳士元的後腦，她怎麼會生出個這麼笨的兒子啊！

「接回來……光會要我接回來……接回來以後呢？要不就是拒絕跟我親熱，要不就是要催我生孩子，你到底要我怎麼辦啊？」

「怎麼辦？她要生孩子你就跟她生啊！過些時候她要懷不了孕生不出孩子，那她能怪得了誰啊？」秀女冷哼。

「媽……你……」

「我怎麼樣啊？該怎麼做你就怎麼做呀！過個一年半載的生不出孩子，我還先翻臉呢，弄隻不下蛋的母雞進來，怎麼？我做婆婆的沒權利翻臉啊？」現在秀女翻臉不認帳了，彷彿當初根本沒有阻止亮亮過，甚至沒有做出那些齷齪事。

「那，你太狠心了，你害她結紮還先翻臉罵人啊？」

「人不犯我我不犯人！誰先犯了我我就讓她死得很難看！明天你就把她給我接回來！做也要做給你爸看！哼！」她就不相信，三十年的夫妻情分就這麼了了，他要了，她蔡秀女還不肯呢！

隔天下午，士元硬著頭皮去找亮亮，可是一聽到士元轉述婆婆要她回趙家的原委，亮亮不禁狐疑。

「你媽要你來接我回去？」亮亮挑眉。

「是啊，我媽……我媽她想抱孫子了，你這樣一直住在娘家也不是辦法啊。」士元陪著笑臉。

「你媽想抱孫子？」亮亮看著心虛的士元，重複道。

「嗯。」他頭點得好大一個。

「哼，她想抱孫子，呵呵……」亮亮手摸上自己小腹，好笑了，她明明就把自己給結紮了，卻還虛情假意的來這招，眞是惡毒啊。

「好笑哦，我媽居然現在也不會反對了，她想要抱孫子咧。」士元附和的笑著，當亮亮在笑這件事。

「好笑，眞是好笑，可笑極了。沒想到她居然會說出這句話，居然要我幫她生孫子？」這其中必有蹊蹺。

「亮亮，人總是會變的嘛。」士元好聲好氣的勸著，畢竟是自己媽媽，他只願意相信媽媽是逐漸懂了亮亮的好。

「當然，人當然是會變的。」亮亮意有所指的說了句雙關語。

「亮亮，那你……你……」士元緊張的看看她。

「好，我跟你回去。」亮亮笑了，士元也開心的笑了，但亮亮很快的將臉撇過去，她要回去並不代表她沒有防備之心，她也會牽掛中威，也想知道趙家母女還有什麼把戲。

接回了亮亮，士元先送亮亮回到趙家，晚上又趕到俱樂部裡找爸爸賠罪。

「爸，對不起，我……我是眞的對不起。」士元低著頭。

「你是爲了什麼事情跑來跟我說對不起？」趙靖沈默了幾秒才開口。

「我沒出息，我爲我的不長進不爭氣來跟你說對不起。」

「兒子啊，你看看你，都這麼大了，站在我面前比我還高還壯，老在我面前低頭挨訓的，我罵你都罵得氣短了，我們是父子不是仇人，總不能一見面就吹鬍子瞪眼的，是不是？」趙靖放軟了聲音，心也放軟了。

「是，爸，我知道了，我錯了。」士元聲音暗了暗。

「你看到沒有，將來這一切應該都是你的。不要輕易說不希罕這三個字，人要努力過奮鬥過擁有了，然後才有資格說我不希罕。從來都沒有付出過心血，有什麼權利說不希罕呢？」趙靖大手一揮，眼睛流露了一點眞情感，這些他打拚的江山得來不易，他不是多麼重視利益的人，可是替自己兒子女兒打拚，正是他一直在努力做的事情。

「你是我趙靖的兒子，趙家的事業，你應該要比任何人都要珍惜跟希罕，因爲這裡的每一磚每一瓦都有你父親的心血，別人不心疼你爸爸，你不行，因爲你身體裡流的是我的血，不要讓你爸爸失望。」

「你不比汪子荃聰明，但是你卻有比他更多的機會，這是你的優勢，這也是我做父親唯一能給你的，這是我唯一能爲你做的。」趙靖連續說著，他太知道自己的兒子哪裡需要改善幫忙，這樣的愛才是眞愛不是嗎？幫助他，給他機會，比直接把錢送給他要重要得多了。

「爸，你不也是很喜歡子荃的嗎？」士元思考了很久才說出這句話，他不希望自己流露出一絲絲妒意。

「我喜歡他，但是我更愛你啊，天底下沒有一個做父親的愛別人勝過愛自己的孩子的，有一天等你自己做了父親，你就會完全瞭解了。」趙靖慈祥的笑了。

「對了，亮亮到底懷孕了沒啊？她一直沒再說，我也不提，怕傷到她的心，你問過她了嗎？」

「沒有，她……我是說我問過她了，她沒有懷孕。」士元輕輕的說。

「你們兩個……」

「爸，她要回來了，她答應我過兩天就回來了。」

「那好，那好，把她接回來好好待她，好好過日子，你們啊，該生的生該懷的懷該爲事業打拚的打拚，我也就眞的可以毫無牽掛了。」趙靖吐露心聲，也懷抱著一點疲倦。

「爸，如果我們的努力只是爲了要讓你毫無牽掛心安理得的離開媽媽，那這樣的努力有意義嗎？」士元想到昨晚趙靖的話。

「士元，你的努力跟奮鬥不是爲了我，更不是爲了拿來當籌碼談條件的，即使親如父子也有各自的人生，今天說句殘酷但是眞實的話，我就算留在你母親身邊一輩子，我們也不會快樂，兩個不快樂的人相怨到老，那又有什麼意義呢？」

「但是你是我們的父親啊！」士元絲毫沒有察覺自己的自私，追求幸福是每個人的權利。

「永遠都是，你們的父親，孫子們的爺爺外公，不管我離不離開，這種血緣關係是永遠不會變的，我只是希望在我人生的最後這段路程當中，能夠有點自由和快樂。」

「如果我們不同意呢？」士元深吸了一口氣。

「我會認爲你們殘忍。」趙靖的眼睛周圍有點潮濕，他可以盡量不在乎秀女的看法，可是眞心希望得到自己兒女的諒解。

「我選擇對母親慈悲，我同情媽媽。」

「那不是同情，不是，那是污辱，如果有人硬把一個不愛我的人留在我身邊，我認爲那個人在侮辱我。」趙靖冷靜但是勇敢的說出自己的看法。

「那是你！你在爲你的去留找藉口。」士元年輕氣盛，忍不住動了氣。

「所以我說，即使親如父子也有各自的人生啊，既然是我的人生，我就有權利選擇我的去留，那不是藉口，是我的權利。」

「那我也可以……」

「你不可以，在你對你的人生盡完了義務之後，你才有資格談權利。這個話我跟陳中威也說過，人沒有經過努力就放棄，可恥！」趙靖堅定的說，這三十年來他沒有一天對不起秀女，可是現在，他的人生已經走入夕陽。

士元看著父親，臉龐堅毅的線條訴說著他對他岳母認眞的承諾。

＊＊＊＊＊＊＊＊＊＊＊＊＊＊＊＊＊＊＊＊＊＊＊＊＊＊＊＊＊＊＊

中威環視著明亮乾淨的婦產科，在士芬的一再要求下，這是他第一次陪她來門診產檢。

「還記得你是孩子的爸爸啊？我還以為我懷的是一個父不詳的私生子呢。」走在前頭的士芬忍不住嘲諷。

「真有本事，你可以永遠都不出現啊，來了又不進去，最好不要來。利用這個時間去約會不是剛剛好嗎？你……你就不能問一問……」走出婦產科，士芬還是在碎碎唸。

「孩子好嗎？醫生怎麼說的？」中威打斷她，犧牲整個午休都在聽她說這些，怨氣也應該發完了吧，他真是對士芬的不懂事越來越沒有耐心。

「胎兒太小，營養不夠，體重不足！因為最該愛他的人不愛他，他的父親不關心他，從頭到尾都沒有陪過他，你滿意嗎？我們的孩子不想長大他在抗議！」士芬已經很習慣拿孩子當武器。

「士芬……」中威果然面有難色。

「說不定將來你兒子愛司機都比愛你還多，至少現在都是他送我到醫院的。」士芬抓住話尾繼續說。

「你坐我的車吧。」中威伸出手拉住往司機那頭走的士芬。

「放開我。」

「你口口聲聲說愛孩子，你以這種大動作、惡劣的情緒來愛，能讓他長大嗎？」士芬猛一轉頭，說不出什麼的複雜情緒，如果她的丈夫能多愛她一點，她也不會如此歇斯底里。

「走吧。」中威很疲倦的說，他真的對於這種夫妻相處感到厭倦了，即使只是朋友也應該可以好好講話啊。

士芬突然間感到心軟心疼，不，不是的，她根本不想這樣對待自己的丈夫，更何況中威是她自己挑自己愛的，可是她……好多好多情緒在這場婚姻裡，士芬沈默了，她默默的跟著中威的腳步到中威車旁，卻看見後座的兩袋行李，她狐疑的以眼神詢問中威。

「我跟你一起回娘家住。」中威輕輕牽動嘴角，看不出來但那是一個笑。

士芬看著原先怎麼溝通都不肯和她搬回去住的中威，覺得有什麼觸動了她，她沒辦法再那麼犀利的伶牙俐齒，只是眼角有點潮濕的上了車。

過了像是五十年那麼久的五分鐘，士芬說：「你還是在乎孩子的嘛，何必擺了老半天的架子，做父親的愛孩子有什麼好丟人的？」

「是的，我愛孩子。」中威承認，第一次，他承認他已經愛上那個未出生的寶貝，邊發動了車子。

但是沒人知道，一場更狂暴的大浪正向這個脆弱牽連的關係撲來。

✻✻✻✻✻✻✻✻✻✻✻✻✻✻✻✻✻✻✻✻✻✻✻✻✻✻✻✻✻✻✻

亮亮嘆了一口氣，媽媽最近都不吃飯，汪家的飯桌上剩下的食物越來越多啦。

即將搬回趙家，亮亮對於媽媽又要獨居簡直擔心得不得了，看不出誰才是媽媽，她直唸著。

「媽，你要乖乖吃藥唷，藥我都幫你放在床頭櫃子裡，子荃不會再把你的藥丟掉了，天氣涼了，要記得多加一件衣服唷，晚上要蓋暖一點，還有你千萬要記得不要隨便幫人開門，除了我們家的人，冰箱裡的菜我幫你準備了一個禮拜……」

妍秋不正面看著亮亮，嘴嘟著，不斷打著手上的毛線衣，對亮亮的話置若罔聞。

「媽，你生氣是不是？」亮亮太瞭解妍秋了，她的一舉一動都是有意義的，或許一般人不懂，可是她知道媽媽也是有情緒需要關心的。

妍秋又一個背身不理亮亮繼續打。

「媽……」亮亮技窮的喊著。

「你……你爲什麼又要走了？爲什麼你們都要離開我？漢文離開我小敏離開我，現在連你也要離開我。」妍秋聲音抖抖的。

「還有子荃在啊。」亮亮嘆了口氣。

「我不喜歡他，他兇我！」

「媽，他不會再兇你了，」

「我……我就是不喜歡他嘛！」

「媽……」亮亮簡直不知道怎麼跟像孩子一樣的母親講道理。

「亮亮，媽喜歡你媽愛你，你不要走好不好？留下來陪媽好不好？我們可以一起給小寶貝打毛衣啊，你看，好多顏色，小襪襪、小帽帽、小背心，藍色、橘色、紅色……你看！」

「媽，好，我知道知道……」亮亮哄著她。

「你不知道！你不知道！你們都要離開我，你跟那個汪子荃一樣，嫌棄我，現在你自己有孩子了，不陪我了，也不要我陪你……人家對你那麼壞，你還要回去，你不需要我了……」

妍秋忍不住哭了起來，她再傻也知道女兒受了苦。

「還是小敏好，小敏需要我……可是小敏也不在了。」思緒飄渺又一下子想到小敏。

「我需要你，我一輩子都需要你，媽……我會回來的，我很快就會回來的，一定會……我會回來陪在媽媽身邊，永遠守著媽媽，亮亮跟媽媽永遠都不會再分開了。」亮亮忍不住抱住媽媽。

「騙我！你們都騙我都哄我，我都知道，凡是說要留在我身邊的人都走了……每一個……都不回來了。我身邊所有愛我的人，我都留不住，我愛你們，但也留不住……」太多的悲劇讓妍秋不知何時養成了偏差觀念，亮亮聽了心疼著。

「那你們為什麼還要說愛我？為什麼還要給我希望？我乖乖吃藥有什麼用？我努力看病有什麼用？就連那個趙靖，他求我，求我可憐他收留他照顧他，他也沒來看過我，連他也騙我……亮亮，我一直以為你是不會騙我的～」妍秋時而清醒時而模糊，亮亮從不知道她居然記得那麼那麼多。

「我不會，我不會騙你的。我最愛你了，我一定會回來看你，媽……你乖，乖，不哭了好不好？媽最乖了，不要哭了。」亮亮邊拍著母親的背安撫她，邊想找別的話題。

「你看，媽，你看，這裡沒有圍巾啊，沒有圍巾對不對？也沒有藍色綠色還有紫色的毛線衣呀，還沒織完啊。媽，這樣好不好？等你都織好了，亮亮就回來了。眞的，亮亮不會騙你的，亮亮一定會回來的喔。」

「那……那我現在織，織完了亮亮就回來了對不對？亮亮你答應我的哦，織完了亮亮就回來了。」妍秋臉上又有了光彩，如此簡單的承諾就能讓她再度擁有希望。

「媽……」亮亮哽咽著。

「我要趕快織，織完了亮亮就會回來了……」妍秋手中的棒針不停來回著，纏繞著，就像她對汪家一家人的愛。

亮亮這次是眞的回來了，她搬了三件行李放在趙家的大廳，才剛擦擦汗，秀女就聞聲而至。

「唷～還知道要回家啊？啊？稀客呀。」秀女皮笑肉不笑的說。

「是啊，我回來了，你要抱孫子嘛，希望不會讓你等太久。」亮亮也故意諷刺地說著。

「哼～等多久天注定啦，沒關係呢，我可以等呢，我就等你給我懷個……」

「媽～別見面就這樣子嘛，走，我們上樓。」士元在一旁打圓場。

亮亮一進門，就看見士芬和中威一起下樓，亮亮看見中威大爲驚訝。

「回來啦？」士芬看著滿臉吃驚的亮亮，又看了看身邊的丈夫，輕笑了起來。

「怎麼？他不能來嗎？他要陪我一起回娘家，他不放心我，他要回來照顧我跟我們的孩子啊。」

「對，我要就近方便照顧『我的』孩子。」中威意有所指的講，眼睛很小心的瞄了瞄亮亮還很平坦的肚子。

「聽見了吧，我老公愛孩子，放心不下我們母子，看看以後誰還敢嚇我，讓我睡不好覺，我的胎兒體重不足，我這個做孕婦的心情可是很重要的。」士芬得意洋洋，卻不知道中威想照顧的不是只有她肚子裡的孩子。

「亮亮，我們回房。」士元最不願意的就是讓中威跟亮亮打照面，不知怎地他就是不舒服。

「趙士元啊，你們的房間騰出來給中威跟士芬睡啊。」秀女趕上二樓，跟兩對小夫妻講話。

「爲什麼？那……我跟亮亮？」士元忍不住抱怨。

「亮亮可以睡士芬……」

「我不睡她的床，我睡樓下房間。」亮亮自有主張。

「亮亮～樓下房間那麼小，我要怎麼睡啊？」

「我自己睡樓下，你睡士芬的房間。」亮亮說完就又反身走下樓，她還樂得輕鬆，不必每天上二樓見到秀女和士芬呢。亮亮進入小房間將門關起來。

「媽～爲什麼要我跟亮亮分房睡？他們回來住我們就要分房睡？連大房間都要讓給他們，沒有這種事沒有這種道理的！」士元還忿忿不平的跟在秀女後面叨唸。

秀女不理會士元，亮亮離他兒子越遠她越開心。

「媽～士芬他們可以分房睡，反正她都已經懷孕了。」士元跟著母親走到餐廳倒水。

「豬啊你，給你台階下啊。」秀女白了這個傻兒子一眼。

「你要給我什麼台階？」士元是眞的不明瞭。

「哥，你眞是笨耶，你們兩個分房睡，受孕機率本來就低，這樣她懷不了孕，自然就不會懷疑到你頭上啦。」士芬也跟著下來小聲的說著。

「這會兒是替你解套啊，要不然啊那個狐狸精三不五時就來給你個假懷孕，一會兒要你陪產檢，一會兒要你摸肚子，你不會怕啊？」她可是替兒子著想周到呢，更何況那個女人要自己去睡傭人房再好不過，符合她那低賤的身分。

「那……我一輩子都不能碰我老婆了？」士元啞口。

「碰啊……光想碰！沒出息呀你，人家一天到晚給你擺個死人臉，你還有興趣啊。」她吹鬍子瞪眼睛的。

「我告訴你啊，哥，這樓上樓下有距離，很多事情都有藉口啦，你想跟她親熱的時候就下樓去找她，覺得有壓力的時候反正分房分床她也奈何不了你了，你的問題解決了，我又可以盯著我老公，又可以讓汪子亮親眼看到中威對我們母子的照顧和重視，一天一天讓她死了這條心。」士芬現在可開心了，媽媽的計畫剛好跟她不謀而合。

「這多好啊，完美的計畫。」秀女眼角上揚得意著。

「你們就是這樣子在家裡設計我們，不吭不響的把我也設計進去了。」士元看著眼前的母親和妹妹，怎麼生活裡充滿著計謀，連他也不放過的擺了進去。

「你……你死沒良心的，什麼你們我們的？我告訴你們，我們三個才叫『我們』，你們兩個都是我肚子裡懷胎十月生出來的，媽媽兒子女兒我們三個要緊緊的團結在一起。」

亮亮輕輕靠著房間的門，把趙家母子女三人的對話聽得一清二楚，內心實在是再心寒不過了，怎麼她會嫁到這樣的家庭來呢？

稍事休息之後，亮亮恢復點精神，邊收拾著自己帶回的衣物，邊藉著走動，活動活動懷著孕的身體，她摸著自己的肚子。

「小寶貝，爸爸愛你耶，其實，我們滿幸福的，對不對？在天上有小敏舅舅還有外公保佑我們，爸爸也在我們身邊……還有外婆……外婆在家給我們織毛衣，我們要一起加油一起努力，好不好？」

爲了肚子裡的寶寶、爲了最愛的母親、有一個始終等待著她的情人，亮亮對生命燃起一股強烈的企盼。

中威回到亮亮和士元之前的房間，一進門就看到兩人的結婚照大刺刺的掛在雙人床頭，不禁失神的凝望著相片中看起來那麼幸福漂亮的新娘，他曾經多麼希望自己站在這個新娘的身旁，緊握著她的手，想給她幸福……

中威不自覺的露出了微笑，在床上似乎睡著的士芬卻悄悄的睜開了眼，看見了這一幕，按捺住險些暴起的怒火，轉身睡去。

可早上士芬剛醒，卻瞧見中威連姿勢也沒變的依然失神的看著亮亮的結婚照片，她再也忍不住氣得破口大罵。

「你就盯著她的照片，一整夜呀！陳中威你是不是太過分了！」士芬捶打著中威，中威只是默默的任她發洩著，像是默認般地連解釋也不想解釋。

而剛起床的秀女正巧經過門口，聽到士芬的哭鬧，連忙出現勸住。

樓下正喝著牛奶的亮亮，一口一口吃著手上的吐司，樓上刺耳的吵鬧聲早就傳到她耳裡。

士芬氣極了，不管秀女的勸，衝到樓梯口對樓下的亮亮怒罵著。

「不要臉～狐狸精，不要臉～」

亮亮不以爲意，她清楚自己的品行在趙家母女面前再清高不過了。

趙靖皺著眉頭也從房間門口探頭，一大早的。

「士芬啊～」秀女勸不動士芬，轉頭看向無動於衷的中威。「你這到底算什麼啊？」

「我不知道我有什麼不對。」中威終於說了第一句話。

「剛剛士芬都說了，你一整晚不睡光看著這照片……」秀女馬上先聲奪人，替女兒出氣。

「那你要我怎麼樣？房間是你們選的，要我睡的，換了新床睡不著，我整夜失眠不行嗎？」中威坦然的說著。

「你強詞奪理，你分明就是看她照片看了一整夜！」士芬恨恨的道。

「那你是不是也很無聊，你也一整夜沒有睡盯著我看。」

「你……我就是要看看你過分到什麼地步！有那麼好看嗎？你再看啊！再看啊！」士芬將亮亮的結婚照打翻，並拿了剪刀要刺亮亮的結婚照，剛從對門出來還睡眼惺忪的士元看到了，整個人驚醒。

「狐狸精……狐狸精……你這個狐狸精不要臉！」士芬失去理智了。

「ㄟ！你幹什麼啊！把剪刀給我！你幹什麼，你瘋啦，那是我結婚照！」士元連忙一把衝出來，奪下士芬手中的剪刀，怒視著發了狂的士芬。

亮亮依然在樓下靜靜地吞食著營養的早餐，爲了肚子裡的孩子，其他的事情在她眼前看來只是可笑。

秀女依舊喃喃地責罵中威，而將這一場鬧劇看在眼裡的趙靖忍不住出聲了。

「夠了！都給我住手！」

「為什麼要這樣子呢？你要他陪你他也陪了，你還鬧什麼鬧呢？」對著士芬，他這個做爸爸的實在不能再護短了。

「唷～你叫她這口氣怎麼忍得下去啊～別人不瞭解，我可感同身受啦！」秀女力挺士芬，順便酸了趙靖一記。

「顧一下你自己的身分啊，自己是丈母娘還火上加油啊！」趙靖也是火氣很大。

「你既然願意陪她回來，目的不是要她好好的安胎母子平安嗎？你現在這樣做，不是違背了當初你的原意嗎？她才進過醫院，醫生特地囑咐她要保持情緒穩定。」趙靖吸口氣對著中威曉以大義。

「那我請問你，我該怎麼做？這個空間就這麼大，還有……」

「那你可睡樓下啊。」趙靖說。

「不可以！」士芬與秀女同時反駁。

「你都看到了，她的情緒很容易激動，很難伺候，我該怎麼做？」中威笑了，可是語氣完全不是那回事。

「去……去去去，趙士元你把這照片都給我拿出去，去呀！」看著局面僵著，秀女當下當機立斷，推著士元要把結婚照拿下來。「士芬不要這麼哭傷胎氣啊，不要情緒這麼激動啦～不要哭了……」士芬看中威完全的表態只是容忍這段婚姻，傷心的喘著氣哭著，而士元根本一頭霧水，氣士芬的自私，卻又不得不聽媽媽的話，只好將照片拆下拿走。

「你是在強詞奪理，士芬她說的句句是眞話，你是躺在她身邊卻想著別人。」秀女邊扶著士芬出去，嘴上還在數落中威。

「我尊敬你是個好父親，所以你的請求我都照做，不離婚，不要在這個時候刺激她，我絕口不提。可是，你們不能連我的思想我的內心，都要完全服從，我是個人不是個機器，不能用開關控制我的思想、我的內心。」中威不想理會秀女，他只想和這家中唯一還有理智的趙靖說話。

趙靖瞭解，他也有無限感受，可是他面對的是自己的女兒。

「那就請你在你的內心留一點位置給你孩子行不行？」趙靖幾乎要懇求了。

「是。我有，有我的孩子。」講到孩子，中威的態度也忍不住放軟了。

「那就最好，我做父親做了半輩子了，在我的心裡、眼裡最大的部分是留給我的子女，沒有什麼比他們更重要的了，這才是父親。」趙靖笑得很苦，但起碼是一個笑。

「是，我會記住的，我是父親，沒有人比孩子更重要。」

趙靖的臉色在轉瞬間變換，但實在太快，依稀有一點點感激，但他馬上轉身下樓去，連早餐也不吃的就出門上班去了。

「是啊，我是父親，沒有人比孩子更重要。我會記住的。」看著趙靖的背影，中威默默又在心裡加上一句，那孩子也包括了亮亮肚子裡的。

而剛走下樓的秀女，一邊走向餐廳，一邊回頭向跟在身後還紅著眼的士芬說著。

「來，媽給你做早餐。」偏偏卻看到餐桌上亮亮剛吃過、沒收拾的半條吐司，秀女火又上來了。

「汪子亮啊汪子亮！」秀女馬上敲打著亮亮的門。

「什麼事？」亮亮打開門一臉無表情的。

「桌上那牛奶麵包是不是你吃的？」秀女插腰。

亮亮點了點頭。

「喔，你倒好啦～自己爬起來先把自己餵飽啦，那這一大家子都不要吃啦？還是我是趙家老媽子啊？天生來伺候人的啊？光知道自己吃吃吃。」秀女簡直要氣急攻心，怎麼有這種媳婦，她眞是造孽。

「好，我做，士芬，你吃什麼？」亮亮看著士芬微笑著，她就不相信，她們趙家母女還敢吃她汪子亮經手的一米一飯。

亮亮的微笑在士芬眼裡只覺得詭異。

「我不要！我不餓，不必了……」

士芬一說完，亮亮向秀女笑了一笑，兀自關起門。

「唉呀，我說趙士芬啊你這樣會不會太小題大作啦？」秀女不懂士芬幹嘛有些怕著亮亮。

「一點也不，我就覺得她沒有安什麼好心眼，之前那麼想當母親結果流掉了，然後又拚命想跟中威復合，眼看就要成功啦，我卻懷孕了，老公回到我身邊，這些林林總總加起來，你說她恨不恨啊？」士芬心機很重的分析著亮亮。

「恨，恨又怎麼樣啊？我讓她恨的事可多咧，之前叫那兩個人去揍她，她也不吭一聲。」秀女覺得亮亮反倒是怕著她們才是。

「這才讓我覺得恐怖咧，要不是她發現了什麼，爲什麼要隱瞞爲什麼不報警呢？說不定……她會不會已經知道結紮的事情啦？」

「ㄟ，你神經病啊！這對汪子亮可是天大的委屈啊，她要知道啦，不老早跑你爸那邊告狀去，憑她那討人厭的個性，她不老早把趙家給掀啦？而且你爸給她也不只百分之十八的股份啊！」

「所以我才覺得有鬼啊，好像知道什麼卻又不吭聲的。」

「唉呀！就算她懷疑也沒有證據啦！」

「反正我是不敢吃她煮的東西啦！誰知道她會在裡面放什麼？你看她早餐都先吃了，爲什麼要跟我們分開吃？她就是對我有陰謀，她可能就是對我……」

「好啦，你不吃她煮的，我煮給你吃好不好？唉～我注定當一輩子的老媽子了我。」秀女半埋怨，自己的女兒還不是手心一塊肉。

「媽，我幫你把爸留下來了，這不都虧了這個小外孫，多幫他煮幾頓飯你還要計較啊？」

「煮煮煮～要我養他一輩子我都甘願啊！只是想到那個女的也要吃現成的，我心裡就不舒服，討厭哪！」哼，別人是媳婦熬成婆，她根本這輩子別想享清福了。

「好了啦，媽，你就當作是爲我嘛～」快要當媽媽的士芬，卻越來越像個孩子，脾氣像，任性起來的執拗更像。

把被士芬刺穿的結婚照搬回房間的士元，拖著亮亮來看，一邊心疼的用襯衫袖口擦拭上面的灰塵，一面問亮亮還有沒有存著底片。

「毀了就毀了吧。」

「當然不可以，我告訴你上次你問我啊，當我們之間的回憶用完的時候還剩下什麼？我知道了，是相片啊，你現在知道相片有多重要了吧？」士元癟著嘴，他不喜歡亮亮的無謂，看到照片裡的亮亮那時候笑起來多天眞浪漫，都是對未來的引頸期盼和對他的信任，他實在捨不得。

「重要？眞的很重要，當感覺都沒有的時候，還有相片，眞的很重要。」亮亮若有所思的說。

樓下幫忙的阿桑突然大喊，「汪小姐，你的快遞。」

「快遞？什麼東西啊？誰會寄快遞給你啊？」士元三步併兩步的跑下樓，拆開一看是孕婦吃的補品。

「這個是……」士元納悶的看著亮亮。

「這是我給我媽訂的健康食品。」亮亮直覺是中威，她馬上圓了個謊。

「對了，別忘了，底片要找出來很重要的喔，回憶沒有了還有相片嘛，那我回辦公室了。」

亮亮微笑著送士元出門，轉過身來才仔細在一堆補品裡翻檢，突然看到一張小紙片。

信上寫著：「亮亮，不要拒絕一個父親的心意，你不要我爲難，不強迫我做出選擇，但是，你應該看出我已經做了選擇，我要就近照顧我所愛的人，亮亮，我愛你。」

亮亮閉上眼，強忍多時的眼淚終於順著臉頰落下。

晚餐時刻，好久一陣子以來趙家終於團聚在一塊，誰都在，氣氛卻緊緊的。

「士芬，多吃點哦！你看看你命好啊，孩子孝順你啊，連害個喜都沒有呢，那就是有本錢多吃點呢，來……吃魚啊，對孩子好啊，將來孩子生下來了，頭腦聰明啊。」

中威聽了便將魚這道菜換到靠近士芬的地方。

「吃魚，要多吃魚。」中威故意說著給亮亮聽。

「盤子都給你遞到面前了，你就自己動手吧。那麼嬌？還要人餵啊？」趙靖一臉笑的取笑士芬。

亮亮聽進中威的話，也自個夾了一塊魚吃。

「魚有營養，多吃是好的。」中威看了繼續說著。

亮亮嚼著魚肉，心中有股甜蜜，但魚腥味卻刺激到她的味覺，突然感覺喉頭一陣噁心，連忙起身衝去廁所。

「人家懷孕她也跟著湊什麼熱鬧？一副害喜的樣子，我可都沒吐呢！」士芬受不了的翻翻白眼，眞是會演戲。

「唉呀～看人家懷孕心裡頭不舒服啊，就怕沒人注意她。」秀女也冷嘲熱諷。

「士元，你去看看，到底是怎麼啦？」趙靖比較關心，擔憂的叮嚀士元。

「可能沒事啦，大概吃壞肚子了。」士元望了一眼廁所的方向，並不以爲意。

「要不要看看醫生？」中威問著回座的亮亮，一隻手還摀著嘴。

「你擔什麼心啊？吃壞了吐吐不就沒事了？」士芬搶白說著，別以爲她沒瞧見亮亮出了廁所和中威互望的眼神。

「媽，我要喝湯。」士芬沒好氣的說，眞了不起，她懷孕亮亮就吃壞肚子，分明要跟她一爭高下博取同情。

「我幫你盛。」湯離亮亮近，她順手接過士芬的碗。

「我不要！」士芬激動的將自己的碗打翻。

「士芬，你是怎麼啦？亮亮好心要幫你盛湯，你幹嘛那麼兇啊？」趙靖斥責著士芬。

「我不要她幫我盛嘛。」士芬眼睛只看著媽媽，心中就是怕亮亮搞鬼。

「好，來……我去盛我去盛。」秀女知道女兒的擔憂，站起身打著圓場。

「你媽盛的跟亮亮盛的有什麼不一樣？」中威忍不住問了一聲。

「我怕她得腸胃炎把病菌傳染給我啊。」士芬再光明正大也沒有的說。

「是啊！懷孕就……」秀女幫腔著。

「亮亮，可不可以麻煩你幫我盛碗湯。」中威開口。

「你故意的是不是啊？」士芬又動氣，她最受不了的就是中威護著亮亮。

「什麼故意的，我又沒有懷孕，我又不怕傳染。」中威假裝聽不懂。

「你就是故意的！怎麼惹我生氣你就怎麼做！」士芬眼睜睜看著亮亮竟然真的接過中威遞的碗。

「亮亮……謝謝。」中威露齒一笑。

中威要接過湯碗，卻又被士芬一手打翻。

「不准！我說不准就是不准！」士芬咬著下唇，一臉倔強。

「士芬！」趙靖喊道，難道一早鬧的還不夠嗎，他想責備士芬兩句，但中威卻先突然站起身質問士芬。

「為什麼不能請亮亮盛碗湯？我這位子不方便，你懷孕了不敢勞駕你，難道請亮亮盛碗湯都不可以嗎？」中威故意說著，他就要士芬磊落的說出她到底在害怕著什麼。

士芬瞪大了眼怒視著中威，卻也說不出一句話，中威看了就覺得可笑，推開椅子就離席。

「你得意啦，他看你的照片，你幫他盛湯，你賢慧啦！你怎麼不幫趙士元盛湯呢？眼裡沒有自己的老公，光招呼別人的老公啊？」士芬看著中威離去的背影，把氣都發在亮亮身上。

「趙士芬，你鬧夠了沒有啊？懷一個孕有什麼了不起，又不是只有你懷過孕！亮亮以前懷孕的時候也沒像你這樣古怪啊！」士元也忍不住幫亮亮講話，倒是亮亮自己，像沒事人似的擦乾手上的湯水，又繼續吃飯。

「不要拿我跟她做比較，我沒有她那麼衰呀！懷個孕孩子也生不下來，家裡倒死了個人！」士芬怎麼可能這麼輕易放過亮亮，尖牙利齒的就是要傷害她。

趙靖重重的放下了筷子，不想多說什麼了，這個女兒，眞的變得跟秀女一模一樣，士元也拉開椅子再也吃不下這頓不安寧的晚餐。

「你留點口德好不好？你這個爛嘴巴……」

「你老婆最爛！」

身後的士元和士芬還在吵著，趙靖搖了搖頭，連口氣都懶得嘆了。

「好了！夠了！你們兩個！」秀女喊叫著，卻瞪著亮亮。

「這下你得意了？一碗湯，一碗湯把你爸給氣走啦，你怎麼心腸這麼壞呀你，你安的是什麼心啊？」秀女不斷用手指指著亮亮的頭。

「好啦！什麼事都要防著我，那你就不要叫我回來，怕他看我相片，也不要讓他回來啊，什麼事都要防什麼事都不敢，那就不要懷孕！」亮亮聲音很輕，但清楚得不得了。

「唉呀～你在幹嘛啊？你爸前腳走，你現在兇我，造反啦！」

「你要動手打我嗎？何必呢？再叫兩個打手來蒙著臉不就解決了嗎？不過這一次恐怕要謹愼一點，我怕我藉口用完了，要替你瞞都瞞不住了。」

亮亮看著秀女一臉吃驚的樣子，她知道她在說什麼，說完就走進自己房裡。

「你說什麼，你是在說什麼！」秀女裝傻的在她身後大喊著。

「好了啦！媽，亮亮說什麼？什麼打手，是誰蒙著臉？」士元摸不著頭緒，亮亮剛剛說的話到底是什麼意思？

「我怎麼知道她在說什麼，她神經病！走，別動了胎氣，我們上樓去。」說完秀女趕緊攙著士芬走。

「媽！」士元在後頭喊，一桌子的人全走光了，士元也心煩的將筷子丟在桌上，厭惡著。

＊＊＊＊＊＊＊＊＊＊＊＊＊＊＊＊＊＊＊＊＊＊＊＊＊＊＊＊＊＊

「一碗湯而已啊，只爲了這一點點事就鬧得雞飛狗跳的，我眞是受夠了！」

趙靖在跟妍秋抱怨著，子荃聽著走出家門，心裡笑著趙家再這樣繼續吵下去，遲早會把趙靖逼走的。

子荃關上了家門，讓趙靖多跟母親獨處，卻迎面看見蔡秀女來了。

他擋在秀女的面前，沒說話。

「這路你們家的呀？」

秀女瞧見是子荃，沒好氣的說著。

「路不是我家的，可是你要去的是我家，對不起，不歡迎。」

「唷～怎麼你們家就只做趙靖生意呀？哼！這有個行當啊，中文叫龜公又叫皮條客，怎麼？你現在改行做這個啦？」

「您貴人多忘事，我現在的職業是飛達企業的董事兼執行總經理！」

「你不要臉！你還不是靠拉皮條得到這個位置的，你有多大本事啊？」

「我是沒多大本事，我還得謝謝您，是您好大的本事成全了我，要不是你留不住老公，我能把他拉來嗎？要不是你下手那麼重把我媽打得鼻青臉腫，那百分之十八的股份我可以拿得到手嗎？」面對秀女的諷刺，子荃笑著的眼睛瞇成了一條線，毫不遮掩著他對秀女的訕笑。

「行，你羞辱我媽是妓女，你老公是恩客，羞辱我是皮條客，OK，無所謂請繼續啊，你羞辱的越多，我汪子荃得到的也越多，我謝謝你，你請進啊，他們在裡面。」秀女的臉一陣青一陣白，臉上的青筋全爬上來了。

「怎麼？不記得我家門牌號碼啦？」

秀女終於被子荃的話給激怒了，氣得上前打了子荃一巴掌。

「你眞是壞啊你！你怎麼這麼壞呀，你也不想想你剛從美國回來的時候，溫順得跟條哈巴狗似的，我跟趙靖說了多少好話，把你留下來賞你口飯吃啊，就算是條哈巴狗都會感恩圖報啊！」

秀女不可一世的模樣，讓子荃的笑意一收，眼神帶著些許兇狠。

「對，就是這句話，就是這句話你永遠都把我當成一條狗！表面上對我再好，骨子裡看我，看我們汪家，都是一條狗！是畜生、是乞丐、是要飯的！」

「是，你連乞丐、畜生都不如啊～我對畜生好，畜生還不會反咬我一口呢！」秀女不甘示弱的繼續羞辱著。

「你對我又有多好？啊？你把我留下來，不是看我是個人才，不是賞識我汪子荃，你是要我留下來當狗腿子，留下來當眼線監視我媽、監視亮亮。」

子荃的話語明白拆台。

「高興了，給我個好臉色看，不高興了，半夜三更叫我過去拍桌子大罵羞辱我，OK！這也沒有關係，可是你用了我，又給我什麼好處呢？要不是趙靖挺我，那天在股東大會上，我能夠順利進入董事會嗎？」

子荃的話語讓秀女倒抽一口氣，子荃比她想像中的要有城府多了。

「你那張輕蔑不屑的嘴臉，我一輩子都不會忘記。」

秀女突然冷笑了起來。

「說到底你就是要好處嘛～你還要什麼好處啊你？」

「先說你要什麼？」

「我要趙靖啊～」

「不，你要的不是那個人，你要的是面子，要的是位置，要的是董事長夫人這個頭銜。」

「那還不都一樣啊！」

「不一樣，如果你要的是趙靖的心，那我愛莫能助。」

「你……」

「我還沒講完，可是如果你要的是面子、位置和頭銜，那我們可以商量。我可以也願意影響我媽，說服她，讓她頂著個汪家的姓永遠當個汪太太。」

「檯面上還是你的勢力，我母親不過是個地下情人。他們還能夠做些什麼事情呢？不過就說說話談談心做做夢，難不成還眞的上床生個孩子？」

秀女嘖了一聲，聽著子荃繼續說著。

「但是面子你有了，裡子你得給我。」

「子荃啊！你到底還想要什麼啊？你也不想想你自己是什麼呀？身無分文……」

「閉嘴！你又來了，把我當條狗是不是？我現在告訴你我要什麼，你要仔細聽清楚。」

「第一，我要尊敬。」

秀女轉身哼了一聲，想跟她談條件，也不想想自己的身分。

「你，蔡秀女，你要誠心誠意的尊敬我，永遠不准再把我當條狗。第二，你不准把亮亮趕出趙家，一個趙太太換一個趙太太，我母親可以不姓趙，但是我妹妹得一輩子是趙家的人。」

「是啊，是啊，所有的好處全讓你一個人佔盡了！你非得弄一個汪家的人留在趙家好享受權利呀！硬要你妹妹留在我們家，好拿實權和股份，還讓你妹妹繼承我們家的產業，你非得把趙家吃……」

「第三，士元舅舅在汕頭有設廠，我要股份。」

秀女看著眼前態度轉變之大的子荃，竟然不知羞恥的獅子大開口，氣得大口喘著氣，再也忍受不了的捶打著子荃。

「混蛋！你王八蛋！」

子荃不痛不癢的抓住秀女的手。

「你有什麼損失啊你！要面子，你有了！一輩子是董事長夫人，誰也動不了你！要裡子趙士芬有了，汪子亮不離開趙家，她可以永遠當她的陳太太，我佔了便宜了嗎？」

子荃將利害關係說得清清楚楚，秀女理虧的轉過頭去。

「也許，但是我也同樣付出代價，在趙氏，我不是光領乾股不做事，同樣的在你蔡家，大陸廠我也會付出心力去經營，今天得力的不光是我，還有你，還有你女兒，還有趙氏蔡氏都弄到了人才，請問你有什麼損失？嗯？」

秀女說不出話，淚水在眼眶裡打轉。

子荃突然又輕聲的在秀女耳邊叫喚了一句。

「董事長夫人。」

秀女緊繃了一下。

「請問我們算達成協議了嗎？」

「我不信任你！」

「你會信任我，你必須信任我，信任而且尊敬！」語氣逐漸加強的子荃讓秀女害怕。

「這個月我替飛達簽下了三件大case，董事長夫人，我替你賺了錢，不要懷疑我的能力，記住，我會是最好的伙伴。」

子荃大聲笑著離開。

看著子荃離去背影的秀女思索著，心力交瘁，一陣暈眩。

趙靖在汪家客廳裡，抱怨許多內心話給妍秋聽，平常不多話的他，不知爲何在妍秋面前總是會像個孩子一樣，而妍秋總是靜靜地在他身旁聽著。

趙靖看著妍秋緊閉的嘴角微微的上揚著，安靜知足的表情總能讓煩亂的趙靖也漸漸平靜下來。

妍秋手中的棒針來回穿梭著，到一個段落就獻寶似地拿了一堆她剛打好的小毛線衣、毛線帽給趙靖看，眼裡淨是要做外婆的喜悅。

「你看看，我打的這些小帽子、小襪子、小圍巾多可愛呀，是不是？」

趙靖微笑看著妍秋翻動著滿手的針織品。

「亮亮說了，等我把綠色的紫色的還有藍色的這個圍巾都打好了以後，她就會回來陪我了。」妍秋笑著。「哪是她陪我啊，是我陪她，我照顧她。」

趙靖知道妍秋話中無意諷刺，卻仍是一臉虧欠的看著妍秋。

「你那個老婆啊，太兇了，」妍秋回想著心有餘悸地說，「她對亮亮不好，我看她是不會照顧亮亮的，沒關係，我的女兒我自己照顧，她兇，我們惹不起，躲她總成了吧。」

「妍秋，上回……上回她到這兒發瘋打了你，我……」趙靖難過自己沒有看管好秀女傷害了妍秋。

「你……你都知道啦？你怎麼知道的啊？還有上一次子荃說要帶我出去玩，結果跑到你們俱樂部去開什麼會，我也都不敢告訴你，我怕你一知道火氣冒上來，血壓又高了，那就糟了。」妍秋滿臉溫柔語帶感嘆的說。「趙靖，年紀大了，禁不起折騰，發不起脾氣啊，尤其你工作多，應酬忙的……」

趙靖看著妍秋溫柔的臉，心中有個情緒在激盪著。

「妍秋……你答應過我的，當我放棄一切來找你，你會照顧我的，對不對？」

趙靖激動地握住妍秋的手。

「你答應過我的啊，我一無所有的時候，我還是會有你，對不對？」

「我……」妍秋有些不知所措，低頭不語。

「你不能不管我啊，」趙靖像個孩子乞糖，突然又想到個主意，「妍秋啊～我們去賣麻辣鍋怎麼樣？」

妍秋倏然抬頭，「麻辣鍋？不太好吧，味道這麼重，對健康不好，尤其是你，血壓那麼高，不能吃太鹹的。」

趙靖看妍秋認眞的模樣笑了起來。「你弄錯了，那是賣給客人吃的，又不是給我自己吃的……」

「不好不好……客人的健康也是健康啊，不好啦，我不喜歡賣麻辣鍋。」妍秋連連搖手又低下頭嘟著嘴。

「好！那說，你喜歡什麼，我們就做什麼。怎麼樣？」趙靖興致勃勃地說，像個小夥子在談論著他的第一份工作。

「我想想，我想想啊，」妍秋果眞凝眉思索，突然間靈光大現，「牛肉麵！賣牛肉麵可不可以啊？」她拍著手興奮地說。

「牛肉麵？好！我們就賣牛肉麵！」趙靖也跟著她起舞，兩人開心的笑著像孩子般。

但妍秋開心的臉突然蒙上一層灰，突然想起什麼對趙靖道。

「可是……可是你是董事長耶，董事長賣牛肉麵不太好吧。」

「唉呀！那個時候我哪有什麼董事長啊，我那時候，就是跑堂的……夥計！」趙靖構築著心中的情景，牛肉麵店老闆娘跟夥計兩個人的打拚，「什麼粗活兒，擦桌子、洗碗、拖地，都我來幹！」

「那我做什麼啊？我做什麼啊？」妍秋開心的指著自己。

「你……你當董事長啊，」趙靖理所當然地說，「你就負責看著我管我就好啦！」

「我沒管過人啊。」妍秋睜大眼稀奇地說，對這突如其來的計畫深信不疑。

「沒關係，」趙靖拍著胸脯說，「你只要每天坐在我面前看著我，看我有沒有把活做好，碗有沒有擦乾淨，麵有沒有煮好吃，那就夠了！」

「會……這我會，這我會！」妍秋興奮地十指交握訴說她的想法，「那個肉要買好肉唷～要買土產的牛肉。」

「對！」趙靖馬上起來附和，「土產的黃牛肉！肉要好肉，滷味兒要好料，還有……」

「還要小菜！我要滷豆腐乾，我們家亮亮和小敏最愛吃我滷的豆腐乾了～」妍秋樂不可支地扶著趙靖說，巴不得他們的店馬上就開張營業美夢實現。

「是嘛～我還會做我們家鄉的四川泡菜，唉呀～我們四川泡菜……」

兩人的對話全被折回家中卻沒入門的子荃聽到了，子荃心裡譏笑著兩人像神經病一樣作著白日夢，可笑的趙靖放著幾億身家的企業不做，去賣牛肉麵，兩個人都瘋了，他看著趙靖在母親面前比手畫腳的，心中冷哼了一句。

「趙靖哄人倒挺有一套的，可惜只能騙騙傻瓜。」

而受到子荃羞辱的秀女，一回去跟士芬抱怨子荃對她所說的那些話，越講就越氣，越氣就越坐不住。

「那汪子荃居然敢跟我談條件，他什麼東西啊，他也配跟我談條件啊？威脅我？」

秀女氣得拍桌。

士芬卻出乎意料的回了秀女一句。「答應他。」

秀女不敢相信的看向冷冷盯著窗外的士芬。

「我說趙士芬，你在說什麼啊？」

士芬轉過身，對母親重複著。「答應他！」

「你瘋啦？」秀女幾乎要懷疑起自己的耳朵。「之前我瞎了眼相信他你都還罵我呢，怎麼現在……」

「現在我還是不相信他！」士芬心中打定主意似地說，同時冷笑著撇撇嘴。

「那……那你要我……你……」秀女被搞糊塗了。

「我們不用相信他，」士芬終於把眼神定在母親臉上開始分析道，「我們是要利用他，說好聽點我們是合夥，說實際點呢，我們是互相利用，各取所需。」

「各取所需？」秀女雙手揮舞著，「你知道我爲這四個字付出多大的代價啊？我們家會……」汪子荃那個人貪得無厭的野心她已經見識到了。

士芬卻絲毫不爲所動，緩緩說著。

「我們會得到更多的，不是嗎？我們所損失的，只不過是一點股份，一點錢嘛。」

「你看你現在的樣子啊，」秀女責怪著士芬不知不覺間心眼兒卻有些鬆動了，「活脫脫的像那個汪子荃，好的不學，怎麼老學那個……」

士芬哈一聲接口道，「我們早就該跟人家學了，我們趙家早就該出個腦袋清楚的人了，如果趙士元也能學學人家汪子荃，要知道維護家裡的利益，保護家裡的女人，我們現在也不會這麼慘了！」而汪子亮那個女人也就不能隨心所欲了，她牙癢癢地想。

「我說趙士芬啊，你該不會……你該不會是站到他那邊去了吧？」秀女不確定地問說。

士芬呸道，「他是誰啊？他也配我趙士芬移樽就教，往他那邊站？是我要他靠到我們這邊的。」

秀女立即給予反駁，「別想啦～他只站在他自個兒那一邊。」這是她上過汪子荃當後的心得。

「不，」士芬瞇起眼提高了音量說，「他有慾望，人有慾望就可以被掌握。他要權，給他！他要錢，也給他！但是只給一點點，不要多，要給得恰到好處，讓他覺得還要得到更多。」士芬此時儼然已變成另一個人，眼裡沒有一絲對人信任的純眞，充滿了心機的說著。「他會爲了想要得到更多，而爲我們賣命的。」

看到女兒的篤定秀女還不能全然放心，「你知道那個汪子荃他是個狠角色呀，他連他媽媽妹妹都可以出賣的。」

「那還不好嗎？那還不値得我們拉攏他？」士芬分析給秀女聽著。「你仔細想想，他跟你說的那些話，是談判也好，是威脅也罷，不管是什麼，他所談到的，沒有宋妍秋沒有汪子亮的利益，有的只是他的，你的，我的，我們三個人的好處，管他是什麼角色，利益能結合，我們就能同盟。」

「可我不甘心啊，」秀女氣呼呼地坐下，「我們趙家的股份他有，我們蔡家的股份他也要啊，他還想留個棋子把他妹妹留在我們家裡呢！」她力求鎭定地拿了杯水咕嚕咕嚕灌進喉嚨。

「媽，你別擔心，」士芬環上了母親的肩拍拍她，「汪子荃可不知道他妹妹生不出孩子哦，留汪子亮下來有什麼用，況且股份汪子亮也放棄了，汪子荃只是留個死棋在我們趙家，可是汪子亮對我來說可是個工具，可好得很呢！」士芬惡狠狠的模樣，讓秀女覺得她眞是變了。

「她一輩子也別想脫離趙家，跟我老公在一起。」

士芬說到底還是爲了中威，秀女嘆口氣，母女兩人的命運，爲何都走上婚姻關係巍巍顫顫的窄途上……

＊＊＊＊＊＊＊＊＊＊＊＊＊＊＊＊＊＊＊＊＊＊＊＊＊＊＊＊＊＊＊

妍秋一大早就上了菜市場，回來時手裡提了一些剛買的東西，一進門就碰見子荃要出門上班，盡量避免和子荃面對面的妍秋，因爲驟然的相遇使她心臟漏跳一拍。

「這麼早就出去啦？」子荃假意招呼著，眼裡是早洞悉一切的笑容。

妍秋有些吞吐的說。

「我……我只是出去一會兒，我去買酸菜跟豆乾。」

子荃哼了一聲，知道妍秋爲何要買，卻不屑的拉開門，不說什麼的要出門去。

「子荃！我……」妍秋突然喚住子荃，心中有些話想說出口。

「我跟趙靖……我們要去賣牛肉麵。」

看著子荃搖著頭不屑的悶哼，妍秋不解的走上前。

「我答應要照顧他的。」

「可以，賣牛肉麵？可以，要照顧他嘛？也可以。」

「可以哦？你說可以就好。」妍秋像是鬆了一口氣笑了起來。

「可以照顧，可以賣牛肉麵，」子荃轉過身看著妍秋，「可是不可以結婚！」

「沒有，我們沒有要結婚，子荃你不要胡說唷。」

妍秋慌亂的搖著頭，單純的只有一個想法。

「那最好，你是汪漢文的妻子，不可以再嫁給別人！」子荃和秀女是有約定的，母親的幸福快樂在他的利益之前顯得渺小，甚至不惜祭出父親以爲威脅。

「我沒有要嫁給他！」妍秋極力的否認著。「是……是趙靖可憐嘛，老婆那麼兇，孩子又不聽話，他說他一無所有，要我收留他照顧他。」

「他一無所有？」子荃失笑。

「是啊，眞的，」妍秋認眞地點著頭，「他是這麼跟我說的，所以才去賣牛肉麵啊。」

「好～」子荃拍了下掌，這下不得不佩服起趙靖不愛江山愛美人的情操了。「帶著幾億的家產，跟著你賣牛肉麵，倒也愜意啊。」

「你到底在說什麼啊？」妍秋聽得糊裡糊塗。

「沒事，我去上班了。」子荃不打算跟妍秋再多聊下去，反正她也不會懂的，我汪子荃這一次就不用選邊了，兩邊都站，誰也不得罪誰，他心中暗笑著。

✳✳✳✳✳✳✳✳✳✳✳✳✳✳✳✳✳✳✳✳✳✳✳✳✳✳✳✳✳✳✳

這一晚，中威在外遊蕩了一晚，他不想太早回去，面對士芬的咄咄逼人。

可是卻又想看到亮亮，知道她今天有沒有吃好。矛盾的他只能去喝點小酒，麻痺一些知覺。

他有些搖晃的走回到趙家，開了門卻筆直的走向亮亮的房門，他再也止不住對亮亮的思念，各種複雜的情緒反覆折騰著他，他敲了亮亮的門。

「亮亮？你開門，請你開門。」

亮亮聽到中威的聲音，下床打開門。

中威一見開門的亮亮，一把用力擁進懷裡。

「中威，你瘋啦！」亮亮被中威突如其來的舉動嚇了一跳，她推開中威，更何況他們正在趙家。

「亮亮……我們不要再這樣忍受煎熬了好不好？停止一切歸零，我們重新開始好不好？」中威再也忍受不了這樣子的煎熬。

「大家都離婚，重新開始，我求求你，亮亮……」中威近乎失控地緊抓著亮亮的手，慌亂的眼神裡透著瘋狂，又將亮亮擁入懷裡。

「不准碰我！」亮亮猛力地推開他喘著氣。

「亮亮……亮亮……」中威一時錯愕。

亮亮義正辭嚴地說：「我愛你，但這是趙家，是趙士元的家，我雖然對他失望，但這一點我必須尊重他，尊重趙叔叔，我們不能在趙家的屋簷下彼此擁抱。」她甚至肯定地看著中威。

「但是我渴望你，不要把我推走好嗎？我關心你，我要光明正大的關心你，關心我們的孩子……」中威執意拉近亮亮與他的距離，亮亮不斷掙扎著。

「亮亮，不要再浪費彼此的生命了，好不好？亮亮，我求求你。」

亮亮痛苦的抽開自己的手，轉過身去。

「亮亮，」中威百感交集地激動道：「我以爲我可以在你身邊默默的關心你，我以為我只要看到你，讓你在我眼前，我就可以保護你，我錯了，這是不可能的。我沒辦法親眼目睹你受盡委屈而愛莫能助，我要發瘋了，我快要崩潰了，我不明白為什麼要忍受這種煎熬。」

「因為……」亮亮轉過身看著中威，話還沒說完，就被中威打斷。

「因為孩子嗎？亮亮，你說過的，都是我的孩子，為什麼一個可以倍受嬌寵，一個要躲在黑暗中見不得人？好了，夠了，可以了，我們現在就把事實眞相公開，你可以享受敗部復活的快感，就在現在，把他們都叫醒來，把事實眞相說清楚！」中威一臉不可擋的堅定語氣，讓亮亮急得直搖頭。

亮亮抓住轉身離去的中威。

「不要！不可以！你答應趙叔叔的，你說過要等士芬把孩子生下來……」亮亮急切地說，腦子飛快轉動，想著有什麼法子可以阻止神智不清的中威。

「我後悔了，我後悔了行不行？」中威不為所動，只是神情激昂地叫道：「我後悔我們認識五年我沒有說過我愛你，我後悔在你婚前我沒有努力的爭取，我後悔再給趙士芬機會，我後悔答應趙靖，一切一切我都後悔了行不行！」中威緊抓著亮亮的手臂搖晃著。

「中威……」亮亮暈眩著囁嚅著。

「我沒有後悔的權利嗎？我沒有爭取自己幸福的權利嗎？亮亮，再猶豫下去，我要一輩子活在悔恨當中了，亮亮！」中威眞的不想再多等一秒鐘。

「中威你聽我說，你不要這樣！」亮亮軟弱無力地推著他，試圖做最後的挽回。

「亮亮，我求求你……」中威只有把亮亮抓得更緊。

「你們在做什麼？」突然旁邊傳來士元猛烈的暴喝。

兩人聽到士元的聲音，嚇了一跳。

士元早就在門口聽到他們兩人斷斷續續細瑣的耳語，他慢慢移步往前趨近亮亮的房門，映入他眼中的是一幕足以燃起他憎惡之火的景象。他不懂中威的手為何緊抓著亮亮的臂膀，兩人拉扯的身影在他眼裡成了親暱的重疊，壓低的耳語成了調情的字句。

士元無法忍受地大聲叱喝，霎時，亮亮與中威兩人慌張的推開彼此，倉皇失措的表情讓士元更加證實自己的推論，看著面對著自己心虛不已的兩人，再次大吼，「你們在做什麼？」

「士元，事情不是你想像的那樣。」亮亮急著轉身向士元解釋著。

可是，士元此時耳中如耳鳴般嗡嗡地完全聽不到亮亮的解釋，直衝向中威質問。「爲什麼？三更半夜到我老婆的房間，這是你搬進來的目的嗎？」

步步逼近中威的士元，腦海裡滿是兩人背叛他的畫面，壓抑不住的情緒，讓他一把用力地抓住中威的衣領，直撞向冷硬的牆壁。

亮亮沒想到事情會變成這樣，只能死命地抱住士元的身軀，不要讓即將引爆的衝突傷害到彼此。

「亮亮，你走開！」中威喊著。

「你還護著他！」士元看著兩人不捨的情態，更加氣憤地怒吼，而嫉妒的情緒讓士元更加曲解放大兩人細微的動作。

士元心想，那充滿關愛的眼神，亮亮從來不曾落在他身上過。

士元明瞭了，如當頭棒喝般地。

「難怪啊……汪子亮要搬下來，原來你們每天都在見面。」

語畢，不等兩人開口解釋，憤怒的拳頭就狠狠地打在中威的臉上，力道強得令中威往後退了好幾步，還沒站穩，士元衝上去又是一陣扭打。

樓下吵雜的碰撞聲，驚醒了士芬，士芬往樓下走去，站在樓梯上看到自己的丈夫和哥哥扭打成一塊，士元片片斷斷憤怒的話語，讓士芬瞭解了一切，心想又是汪子亮這個不要臉的女人，於是一個箭步走向沒有防備的亮亮身後。

「汪子亮！你……」士芬一手抓住亮亮，亮亮嚇了一跳，一轉頭，看見士芬另一手高高舉起，就要打在她的臉上。

「士芬！」中威一鼓作氣推開了士元，抓住了士芬就將揮下的巴掌。

此時，一聲叱喝，「陳中威！你敢動我女兒，你要是傷了她一根汗毛，我會宰了你。」趙靖不知何時已和秀女出現在他們身後。而趙靖威嚴的眼神一掃，令眾人都停止了動作。

士芬冷笑了一聲，輕蔑的瞪視著中威，諒他也不敢怎麼樣。

「現在把你的手給我輕輕放下。」趙靖命令式地要中威緊箍的手鬆開，才一鬆手，士芬就如脫韁的野獸，狠狠地撞向亮亮。

「不准碰她！不准碰她！」中威心急地推開士芬，一把抱住了亮亮。

看著自己的女婿如此護著她最厭惡的賤人，秀女再也忍不住地開口大罵。

「陳中威，你要死啦！你敢推她，她有身孕了！」

「她也有身孕了！」中威抱著顫抖的亮亮，怒視著客廳裡這所謂的一家人，激動地說著。

「亮亮也懷孕了，她也有一個多月的身孕了，為什麼要挨打？」中威質問著在場的每一個人。

秀女聽了，先是一陣驚愕，緊接著卻訕笑了起來。「她～懷孕啦？你作夢啊！哼！只有你這傻子才會相信呢。」秀女譏諷的言語，像是知道了什麼秘密似的。

而亮亮環視著周圍的人，趙靖懷疑不解的眼光，士元眉頭緊蹙的低著頭，還有士芬嘴角揚起的那抹陰冷的笑容，心頭一寒，直衝向秀女跟前質問。

「為什麼我不能懷孕？為什麼我懷孕就是在作夢？」

「你不要再搞假懷孕這種老把戲了。」士芬雙手插在胸前，搶先在秀女欲張的嘴裡，迸出一句奚落的話語。

「是誰搞過這種老把戲？趙士芬，你敢說嗎？」亮亮指著士芬，指尖因滿腹的委屈憤慨而抖個不停。士芬自知理虧，張口結結巴巴卻說不出半個字。

趙靖一頭霧水的看著每個人的反應，再也忍不住的問了。

「亮亮，這一次……你確定嗎？」他滿是懷疑的口吻，「醫生……

檢查過了嗎？」

「是……檢查過了……是孫醫生替我檢查的。」亮亮一提到孫醫生時，秀女的臉色突然一陣青白，而亮亮的目光仍舊死命地盯著她，哀怨的語氣瞬間轉換成絕望的怒吼，對著秀女一字一句放大似地重複著。

「孫醫生替我檢查的，該不會錯吧！還要我繼續說下去嗎？」

「閉嘴呀！你閉嘴呀你！」秀女發狂似地一把推開亮亮，提高的音調像是要掩蓋亮亮將要脫口而出的話語。

「什麼事？什麼事不能說的？」趙靖又是一句怒吼，要秀女安靜，讓亮亮把話說完。

此時在士元眼裡，這個家中的確隱藏著太多不能說的骯髒事物，所有的一切像是默許般地壓在每一個人的心裡。現在，暗潮洶湧的波動就要衝破這層薄壁，這不是士元所欲見的，這不是他當初所謂的家，不想面對的情緒讓士元轉身想逃開這一切。

「站住！」趙靖叫住士元，他要每一個人都留下來，把事情向他說明白。

「你們做了什麼事？這個家有什麼事情瞞著我？」

「哎呀～好了好了……趙靖啊～」秀女見事情越鬧越大，拉著一臉異樣的丈夫直往樓上走去。

「走走走……我們上樓去睡覺吧，他們吵架不關我們的事，他們打死了也不關……」

邊說邊要將今天的狀況再度平息成普通姑嫂間的爭執。

趙靖知道事情沒有這麼單純，他甩開了秀女的手。

「你說！我要知道什麼事。」

「好啦～趙靖啊～……」秀女不死心地仍想掩蓋一切。

「這是我的家，在我家的屋簷下，除了我的女婿勾搭我的媳婦之外，究竟還發生什麼齷齪事？我趙靖有權知道，說！」趙靖不理會秀女的安撫，瞪視著屋中的每一個人，眾人卻像木頭般地陷入一片沈默。

中威看著士芬與秀女的視線落在亮亮顫抖的身影上，他看得出她們的眼中沒有一絲一毫的愧疚，有的只是冷漠的偏見與恨意，這是一個多麼變態的家庭啊！有些事情是該說清楚的時候了。

「說啊！」趙靖的一聲咆哮，讓中威一鼓作氣地說出。

「是趙太太！暗中唆使孫醫生，在上一次替亮亮做人工流產的時候，未經亮亮同意，私自為她做了結紮手術！」中威深吸口氣說，「在這個屋簷下，除了你不知道，每一個人都知道！」

沒等其他人反應，中威忿忿地一口氣全盤托出，「亮亮先是不知道，是老天有眼，讓她再度遇上孫醫生，知道了這件事情。」傷口再一次被觸動，亮亮此時所有委屈的情緒湧上心頭，淚水全上了眼眶，只要一晃動，就將滴落。

「你們每一個人都知道……」趙靖目光掃視一圈落在了秀女身上，心頭一震。

「是！他們默許共同隱瞞了這件事情，他們擅自剝奪了亮亮做母親的權利！」

中威心疼地看著亮亮，替亮亮控訴著這家中的每一分子。

「趙·士·元！」趙靖深受打擊地一字字叫出兒子的名字，他不敢相信如此不堪的事情，竟然做丈夫的對自己妻子的委屈，只是低著頭，連吭都沒有吭一聲，這叫什麼保護？這叫什麼婚姻？

「是，是我做的。我決定的，我給的錢，不關他們任何人的事。那怎麼樣？那你殺了我好了！」秀女見事情被揭發了，索性以一古腦兒全豁出去的氣勢，擋在兒子與丈夫的中間。但是，一旦瞥見趙靖的眼裡閃爍著許多不解的困惑，她心下一驚，語氣一轉。

「我也是為了你們趙家，醜人醜事我都做盡了。」希望丈夫念在她也為他受過委屈的份上。豈知，這句話卻更撩起了趙靖心中的怒火。

「你何止醜陋，你簡直是卑鄙！你怎麼做得出來這種事？居然讓一個年紀輕輕的女孩子永遠當不了母親，你……怎麼下得了手？你自己也有女兒啊！」

亮亮此時眼中的淚水，再也止不住無聲地落在地板上。

秀女被丈夫狂吼的語氣一時給愣住了，但看著破壞這幸福家庭的元兇，在那裝著弱者無助的臉，隨即又冷冷的哼著。

「她也配當母親嗎？這種有神經病遺傳基因的女人，不配替我們趙家生兒育女，像她們都應該紮掉！綁了！」

趙靖搖著頭，聽著秀女仍不知悔改的話語。

「瘋了……」

「你還要聽更瘋狂的事嗎？」中威語不驚人死不休。

「中威！」亮亮想阻止中威再繼續說下去。

趙靖慢慢轉過身看著陳中威。「還有什麼？還有什麼？為什麼你什麼都知道？你在這個家裡到底扮演什麼角色？」

中威看著亮亮，一臉心疼，緩緩地說著。

「我跟亮亮一樣，都是受害者，眞正假懷孕的是趙士芬。在婚前，我從來沒有跟她發生過關係。」

「那她那一次流產？」趙靖提出他的疑問。

「是假的，」中威咬牙切齒一疊聲道，「懷孕是假的，流產是假的，那封匿名信是她寫她寄的，從樓梯上摔下來是她設計的，為的是讓我回來負責，讓亮亮背黑鍋，她一定要摔下來，一定要流產，一定要送醫院。」中威一口氣說出來，趙靖心中滿是痛。

「即使差一點把我氣得中風，也一定要這麼做？是嗎？」

趙靖看著士芬，一臉哀戚。

「是嗎？士芬？」趙靖又再問了一次。

士芬咬著唇，不敢看著父親，羞愧與難過的淚水也滴了下來。

「你就這麼不擇手段嗎？為什麼？我是這麼愛你呀，我這麼疼你，我捨不得讓你受一點點委屈，我甚至為了你放棄我的自由、我的快樂、我的尊嚴～你就用這個報答爸爸的愛？」趙靖聲淚俱下，秀女在一旁聽著也流淚。

「爸，我……」士芬抽噎地說不出半句話。

「士芬，告訴爸爸，你沒有做這些事情，你告訴爸爸，你是愛爸爸的，你不會這麼不擇手段，連爸爸一條老命都不顧，你告訴爸爸，你告訴爸爸……你說啊……」趙靖搖著女兒的肩膀，想從她口中聽到一點點的否認的話，一點點他都願意相信。

「爸……爸……」士芬只是不斷地哭著。

趙靖瞭解了，心痛不已，捶著自己的胸。

「我明白了，你們每一個人都愛自己勝過愛我。」他看著家裡的每一個人，眼神空洞地，失去魂魄地走著。「你們怎麼這麼自私呢？」

「汪子亮！我恨你！」士芬從未看見父親這樣絕望過，痛恨的反身對亮亮吼著。

「你憑什麼恨她？半年前那場車禍，就是你動的手腳，差點害死亮亮！」中威護著亮亮。

趙靖聽著，不知該如何反應了，秀女在一旁也流著淚勸著。

「趙靖……」

「士芬？眞的是你！」士元不敢相信的看著自己的妹妹。

「還有上一次，你又叫了兩個人去打亮亮，要置她於死地，亮亮已經夠厚道了，回來吭都沒有吭，只說不小心出了車禍，其實就是你！」中威指著秀女，把所有亮亮受的委屈全盤說出。秀女狂搖著頭，趙靖痛苦的閉上眼睛，他不想再看到這一家子齷齪的行徑。

「你有什麼證據，沒有人看到是我呀，沒有人看到我呀～」秀女還在狡辯著。

「有你這句話就是證據。」中威才不理她那一套，有力地說。

「趙靖！」秀女轉頭看丈夫，希望趙靖不要相信中威所說的，但趙靖絕望的眼神已經給了她答案。

「趙先生，亮亮在你家，受了太多太多的委屈，被迫避孕，被迫流產，被迫結紮，暴力車禍，還死了弟弟！」中威一口氣替亮亮申冤，爲她的待遇鳴不平。

趙靖不敢相信，他原以爲只是個無理取鬧的妻子和驕縱的女兒，卻因爲中威一連串毫不保留的控訴，更多了許多的醜陋，他再也受不了了，雙腿一軟，跪在地上，眾人見狀皆不約而同的大叫。

「爸～」亮亮驚呼。

只見趙靖頭抬得高高的大聲喊著，老淚縱橫。

「漢文，我對不起你～亮亮……趙家對不起你，請你原諒，請你原諒……對不起……對不起……」

亮亮趕忙衝上去跪在趙靖身旁。「爸，你不要這樣……你這樣子我爸在天上他會罵我的，爸～」無論亮亮如何哭喊著拉趙靖，趙靖絲毫不起身，嘴裡不斷的道歉。

「不是你的錯，爸，你起來，爸～」士元跟秀女也過來一起拉著趙靖。

「亮亮懷了我的孩子。」冷不防的，中威在一旁說出了最爆炸性的一句。

士元身體抖了一下，心縮得絞痛。

「我們找醫生動了手術，接通了輸卵管，她現在肚子裡懷了我的孩子，我們要求各自離婚，請你們放手，請你們成全。」

士元聞言說不出話，憤怒難過直衝腦門，望著天花板的趙靖，則慢慢起身，傻傻笑著，一邊流著淚，一邊喃喃自語著。

「這就是我的家，這就是我趙靖努力了一輩子所建立的家啊！原來早就是一個腐爛的空殼子了啊～」趙靖慢慢步出屋外，頭也不回的，任憑秀女在身後如何呼喊，都停不了他要離去的腳步。

無數的景象往趙靖腦中奔來，摯友漢文的笑臉、妍秋慎重囑咐他的神情，回頭他瞧見的卻是他們唯一的女兒亮亮，在他們家中被折磨的醜陋眞相。他想給他的妻兒一些理由原諒他們，但如今步履凌亂的他，連抬起腳步都要借上夜裡的風力。

趙靖步出了由欺瞞堆砌的家，腳一癱軟跌坐在柏油路上，他發現自己渾身都在發抖。他拿左手握住了自己的右手，才知道自己抖得多厲害，他連出聲大哭的力氣都沒有了。趙靖仰望著滿天星斗，都成落淚。

這夜，趙家一片混亂。

太陽花二部曲——情歸何處

作　　　　者：劉果珍
出　版　者：生智文化事業有限公司
發　行　人：宋宏智
企 劃 主 編：林淑雯
行 銷 企 劃：汪君瑜
文 字 編 輯：張愛華、林玫君
版 面 構 成：零・工作室 視覺設計
封 面 設 計：上藝視覺設計工作室
印　　　　務：許鈞棋
專案行銷主任：吳明潤
登　記　證：局版北市業字第677號
地　　　　址：台北市新生南路三段88號7樓之3
電　　　　話：(02)2363-5748　(02)2366-0313
網　　　　址：http://www.ycrc.com.tw
讀者服務信箱：service@ycrc.com.tw
郵 撥 帳 號：19735365　戶名：葉忠賢
印　　　　刷：上海印刷廠股份有限公司
法 律 顧 問：北辰著作權事務所　蕭雄淋律師
初 版 一 刷：2005年9月　定價：新台幣250元
I S B N：957-818-687-8

國家圖書館出版品預行編目資料

太陽花二部曲 : 情歸何處 / 劉果珍 著.
-- 初版. --臺北市 : 生智, 2004[民93] 面 ; 公分
-- (臺灣作家系列)
ISBN 957-818-687-8 (平裝)

857.7　93019789

總經銷：揚智文化事業股份有限公司
地址：台北市新生南路三段88號5樓之6
電話：（02）2366-0309　傳真：（02）2366-0310

※本書如有缺頁、破損、裝訂錯誤，請寄回更換

廣 告 回 信
臺灣北區郵政管理局登記證
北 台 字 第 8719 號
免 貼 郵 票

106-□□

台北市新生南路3段88號5樓之6

揚智文化事業股份有限公司　　收

□□□-□□

地址：　　　市縣　　鄉鎮市區　　路街　段　巷　弄　號　樓

姓名：

生智

D7106

太陽花02——情歸何處

生智文化事業有限公司

生智 讀·者·回·函

感謝您購買本公司出版的書籍。
爲了更接近讀者的想法，出版您想閱讀的書籍，在此需要勞駕您詳細爲我們填寫回函，您的一份心力，將使我們更加努力！！

1. 姓名：________
2. E-mail：________
3. 性別：□ 男 □ 女
4. 生日：西元____年____月____日
5. 教育程度：□ 高中及以下 □ 專科及大學 □ 研究所及以上
6. 職業別：□ 學生 □ 服務業 □ 軍警公教 □ 資訊及傳播業 □ 金融業 □ 製造業 □ 家庭主婦 □ 其他____
7. 購書方式：□ 書店 □ 量販店 □ 網路 □ 郵購 □書展 □ 其他____
8. 購買原因：□ 對書籍感興趣 □ 生活或工作需要 □ 其他____
9. 如何得知此出版訊息：□ 媒體____ □ 書訊 □ 逛書店 □ 其他____
10. 書籍編排：□ 專業水準 □ 賞心悅目 □ 設計普通 □ 有待加強
11. 書籍封面：□ 非常出色 □ 平凡普通 □ 毫不起眼
12. 您的意見：________
13. 您希望本公司出版何種書籍：________

☆填寫完畢後，可直接寄回（免貼郵票）。
我們將不定期寄發新書資訊，並優先通知您
其他優惠活動，再次感謝您！！